JOHN GRISHAM

L'ENGRENAGE

roman

traduit de l'américain par Patrick Berthon

LE GRAND LIVRE DU MOIS

Titre original : THE BRETHREN

(édition originale : ISBN 0-385-49746-6 Doubleday/Random House, Inc., New York)

1.

Le polichinelle portait sa tenue habituelle : pyjama bordeaux usagé et décoloré, mules en éponge bleu lavande. Il n'était pas le seul détenu à passer la journée en pyjama, mais personne d'autre n'osait garder ses mules. Il s'appelait T. Karl, il avait possédé plusieurs banques à Boston.

Plus déroutante encore était sa perruque. Divisée par une raie, elle tombait lourdement sur ses épaules en longues boucles serrées, roulées en spirale. Elle était d'un gris éclatant, presque blanc, à la manière des postiches des anciens magistrats. Un ami de l'extérieur l'avait dénichée dans une boutique de costumes d'occasion à Greenwich Village, à Manhattan.

T. Karl tirait une grande fierté de sa perruque qui, si bizarre que cela pût paraître, était devenue à la longue une partie intégrante du spectacle. En tout état de cause, avec ou sans perruque, les autres gardaient leurs distances avec T. Karl.

Armé d'un marteau en plastique, il tapa sur la frêle table pliante de la cafétéria de la prison et s'éclaircit la voix.

– Oyez, oyez, annonça-t-il avec gravité, l'audience du tribunal inférieur de Floride du Nord est ouverte ! Veuillez vous lever.

Personne ne bougea, plus exactement personne ne fit mine de se mettre debout. Les trente détenus présents restèrent affalés sur les sièges en plastique, certains regardant le polichinelle, d'autres continuant à discuter, comme s'il n'existait pas.

– Que tous ceux qui demandent justice s'avancent pour se faire entuber, poursuivit T. Karl.

Pas un seul rire. Ce qui avait été drôle la première fois, quelques mois plus tôt, était maintenant éculé. Il s'assit avec précaution, s'assurant que les longues boucles de la perruque à boudins étaient bien disposées sur ses épaules, avant d'ouvrir le gros livre rouge relié en cuir qui servait de registre d'audience. T. Karl prenait son rôle au sérieux.

Trois hommes entrèrent par une porte latérale. Le premier grignotait un biscuit salé. Le dernier était pieds nus ; sous sa robe, ses jambes maigres, lisses et brunies par le soleil apparaissaient jusqu'aux genoux. Un grand tatouage s'étalait sur son mollet gauche.

Ils étaient vêtus de vieilles robes de chanteurs de gospel d'un vert pâle liseré d'or ; elles venaient de la même boutique que la perruque de T. Karl, qui les leur avait offertes pour Noël. Il tenait à son poste de greffier.

Des sifflets et quelques quolibets fusèrent de l'assistance tandis que les juges en robe flottante s'avançaient lentement sur le sol carrelé. Ils prirent place à une longue table pliante, près de T. Karl mais pas trop, face à leur public de la semaine.

Le petit gros assis au milieu s'appelait Joe Roy Spicer ; il faisait office de président du tribunal. Dans sa vie précédente, Spi cer avait été juge de paix, régulièrement élu par les habitants de son petit comté du Mississippi ; il s'était fait pincer pour détournement de fonds d'un club de bingo par la police fédérale, qui l'avait envoyé derrière les barreaux.

– Veuillez vous asseoir, ordonna Spicer.

Personne n'était debout.

Les juges avancèrent leurs chaises pliantes et secouèrent leurs robes jusqu'à ce que le drapé leur convienne. Dans un coin de la salle se tenait le sous-directeur, accompagné d'un surveillant en uniforme ; personne ne s'occupait d'eux.

Les Frères se réunissaient une fois par semaine avec la bénédiction de la direction. Ils jugeaient des affaires, réglaient de petits litiges entre les détenus, jouant dans l'établissement un rôle stabilisateur.

Spicer regarda le rôle, une feuille manuscrite, préparée avec soin par T. Karl.

– La séance est ouverte, déclara-t-il.

Sur sa droite se trouvait le Californien, Finn Yarber, soixante ans, à qui il restait cinq ans à tirer sur les sept années auxquelles il avait été condamné pour fraude fiscale. Une vengeance personnelle, continuait-il de proclamer haut et fort. Une cabale organisée par un gouverneur républicain qui avait réussi à rallier les électeurs pour éjecter le juge Yarber de la présidence de la Cour suprême de Californie. Le point clé avait été l'opposition de Yarber à la peine de mort et son obstination à retarder les exécutions. Le peuple voulait du sang ; Yarber le lui refusait. Les républicains avaient désigné le juge à la vindicte publique et remporté une écrasante victoire. Il s'était retrouvé à la rue et le fisc n'avait pas tardé à s'intéresser à lui. Diplômé de Stanford, mis en examen à Sacramento et condamné à San Francisco, il purgeait sa peine dans un établissement fédéral de Floride.

Deux ans s'étaient écoulés, mais Finn Yarber demeurait plein d'amertume. Il croyait encore à son innocence, rêvait encore de vaincre ses ennemis. Les rêves s'estompaient pourtant : il passait beaucoup de temps sur la piste de jogging, seul, en plein soleil, imaginant une autre vie.

– Première affaire, annonça Spicer comme si un gros procès antitrust allait s'ouvrir. Schneiter contre Magruder.

– Schneiter n'est pas là, observa Beech.

– Où est-il ?

– À l'infirmerie ; j'en viens. Encore des calculs biliaires.

Hatlee Beech, le troisième membre de ce tribunal, passait le plus clair de son temps à l'infirmerie pour ses hémorroïdes, des maux de tête ou des inflammations des ganglions. Âgé de cinquante-six ans – le plus jeune des trois –, il lui restait neuf ans à tirer et il était convaincu de mourir en prison. Beech était un ancien juge fédéral de l'est du Texas, un conservateur à tout crin qui connaissait les Écritures sur le bout des doigts et aimait glisser des citations pendant les procès. Il avait eu des ambitions politiques et de l'argent provenant des revenus pétroliers de la famille de son épouse. Beech buvait trop, mais il avait réussi à garder le secret jusqu'au jour où, dans le parc national de Yellowstone, il avait renversé un couple de randonneurs. Ils étaient tous deux morts sur le coup. Le véhicule conduit par Beech appartenait à une jeune femme retrouvée nue sur le siège avant, ivre morte, incapable de marcher.

Il avait pris douze ans.

Joe Roy Spicer, Finn Yarber, Hatlee Beech composaient le tribunal inférieur de Floride du Nord. Les Frères, comme on les appelait à Trumble, un pénitencier fédéral de sécurité minimum, sans clôtures, sans miradors ni barbelés.Tant qu'à faire de la prison, autant que ce soit dans un établissement fédéral, à Trumble par exemple.

– Faut-il le considérer comme défaillant ? demanda Spicer à Beech.

– Non, renvoyons l'affaire à la semaine prochaine.

– D'accord. Je ne pense pas qu'il aille très loin.

– Je proteste ! lança Magruder dans l'assistance.

– Dommage, répliqua Spicer. L'affaire est ajournée.

– C'est le troisième ajournement ! reprit Magruder en se levant d'un bond. Je suis le plaignant, je demande justice ! Il court se planquer à l'infirmerie avant chaque audience !

– Sur quoi porte le litige ? s'enquit Spicer.

– Dix-sept dollars et deux revues, répondit obligeamment T. Karl.

– Ah oui, quand même ! fit Spicer.

À Trumble, pour dix-sept dollars, on allait en justice.

Finn Yarber commençait à s'ennuyer ferme. D'une main, il caressait les poils gris de sa barbe touffue, de l'autre, il faisait crisser ses ongles sur la table. Puis il se mit à battre le sol de ses orteils, produisant un petit bruit continu qui portait sur les nerfs. Dans son autre vie – quand il avait le titre de président de la Cour suprême de Californie –, il lui arrivait souvent de siéger au tribunal en sandales de cuir, pieds nus, de manière à faire jouer librement ses orteils au long des fastidieux débats.

– L'affaire est ajournée, déclara-t-il.

– Cet ajournement est un déni de justice, affirma gravement Magruder.

– Voilà qui est original, fit Hatlee Beech. Attendons la semaine prochaine et nous rendrons un jugement par défaut contre Schneiter.

– Ainsi en a décidé la cour, conclut Spicer d'un ton péremptoire.

T. Karl inscrivit quelque chose sur son registre ; Magruder se rassit sans cacher sa mauvaise humeur. La plainte remise à T.

Karl résumait en une page les allégations portées contre Schneiter. Une seule page : les Frères ne supportaient pas la paperasse. Une page pour aller devant les juges. Schneiter avait répondu par six pages d'invectives, impitoyablement sabrées par T. Karl.

Les règles étaient simples. Brève exposition des faits, pas de communication des pièces du dossier avant l'audience, procédure expéditive. Les décisions avaient force exécutoire quand les deux parties avaient reconnu la compétence de la cour. Pas d'appel; à quelle autre juridiction adresser un recours? Les témoins n'étaient pas tenus de prêter serment. On n'attendait pas des déclarations de prisonniers qu'elles servent à établir la vérité; les faux témoignages étaient monnaie courante.

– Affaire suivante, reprit Spicer.

– C'est l'affaire Whiz, répondit T. Karl après un instant d'hésitation.

Au silence qui tomba dans la cafétéria succéda aussitôt une bruyante offensive des chaises en plastique. Les détenus continuèrent de traîner leur siège en piétinant jusqu'à ce que T. Karl leur intime l'ordre d'arrêter. Ils n'étaient plus qu'à cinq ou six mètres des juges.

– Tenez-vous convenablement! lança T. Karl.

L'affaire couvait depuis plusieurs mois. Whiz était un jeune escroc de Wall Street qui avait arnaqué quelques clients fortunés. Quatre millions de dollars s'étaient évaporés; tout portait à croire que Whiz avait planqué l'argent à l'étranger et faisait fructifier le magot de l'intérieur de la prison. Il lui restait six ans à tirer; il aurait moins de quarante ans au moment de sa libération conditionnelle. On s'accordait à penser qu'il purgeait tranquillement sa peine jusqu'au jour glorieux où il sortirait libre, encore jeune, pour sauter dans un jet privé qui le conduirait dans un pays chaud où l'argent attendait.

Cette légende ne faisait que croître et embellir dans l'enceinte de la prison, en partie parce que Whiz, seul dans son coin, passait jour après jour de longues heures à étudier des documents financiers et techniques ou à lire d'obscures publications économiques. Le directeur en personne avait essayé d'obtenir de lui des tuyaux sur la Bourse.

Un ex-avocat du nom de Rook avait réussi à se lier avec Whiz et même à le convaincre de partager quelques miettes de son savoir avec le club d'investissement qui se réunissait une fois par semaine dans la chapelle de la prison. C'est au nom de ce club que Rook poursuivait Whiz pour escroquerie.

Rook prit place à la barre des témoins et entreprit d'exposer les faits. Le tribunal faisait fi des règles habituelles de procédure afin d'arriver rapidement à la vérité, sous quelque forme que ce fût.

– Je vais donc voir Whiz et je lui demande ce qu'il pense de ValueNow, une nouvelle société en ligne dont j'avais entendu parler dans *Forbes*. Elle allait être introduite en Bourse et ce que j'avais lu me plaisait. Whiz a dit qu'il allait se renseigner. Comme il ne me faisait pas signe, je suis retourné le voir ; il a dit qu'il pensait que c'était une société solide, que les actions allaient crever le plafond.

– Je n'ai pas dit ça, glissa vivement Whiz, seul au fond de la salle, les bras croisés sur le dossier du siège de devant.

– Si, c'est ce que tu as dit.

– Non.

– Peu importe. Je suis donc retourné au club annoncer que Whiz croyait dur comme fer à ValueNow ; on a décidé d'acheter quelques actions. Mais c'était une offre fermée, les petits comme nous ne pouvaient pas acheter. J'ai dit à Whiz : « Tu crois que tu pourrais appeler tes potes de Wall Street pour leur demander de nous procurer des actions ValueNow ? » Il a dit qu'il pouvait faire ça.

– Mensonge ! lança Whiz.

– Silence ! ordonna Spicer. Vous aurez la parole à votre tour.

– Il ment, répéta Whiz, comme s'il y avait une règle qui l'interdisait.

Si Whiz avait de l'argent, rien ne l'indiquait, du moins à Trumble. Sa cellule de trois mètres cinquante sur deux mètres cinquante était entièrement nue, à l'exception des piles de publications financières. Ni chaîne stéréo ni ventilateur, ni livres ni cigarettes, rien de ce dont tout le monde ou presque aimait à s'entourer. Cette austérité ajoutait à la légende. Whiz était tenu pour un pingre, un mec bizarre qui ne voulait rien dépenser pendant que son argent faisait des petits à l'étranger.

– Nous avons donc décidé, poursuivit Rook, de risquer le tout pour le tout et de mettre le paquet sur ValueNow. Notre stratégie consistait à liquider nos possessions et à consolider.

– Consolider ? s'étonna Beech.

Il avait l'impression d'entendre un gérant de portefeuille habitué à brasser des milliards.

– Oui, consolider. On a emprunté tout ce qu'on a pu aux amis et à la famille pour arriver à près de mille dollars.

Pas mal pour des détenus, songea Spicer.

– Mille dollars, répéta-t-il. Et alors ?

– J'ai annoncé à Whiz que nous étions prêts à foncer. Pouvait-il nous avoir des actions ? C'était un mardi ; l'introduction avait lieu le vendredi. Pas de problème, a dit Whiz. Il avait un pote chez Goldman Sux – un nom comme ça – qui pouvait s'en occuper.

– Mensonge ! lança Whiz du fond de la salle.

– Le mercredi, donc, je l'ai vu dans la cour de l'aile est et j'ai parlé des actions. Il a répété qu'il n'y avait pas de problème.

– Mensonge !

– J'ai un témoin.

– Qui ? demanda Spicer.

– Picasso.

Assis derrière Rook avec les six autres membres du club d'investissement, Picasso leva la main à contrecœur.

– C'est vrai ? s'enquit Spicer.

– Ouais, répondit Picasso, Rook lui a parlé des actions. Whiz a dit qu'il les aurait ; pas de problème.

Picasso témoignait dans nombre d'affaires ; il avait été pris plus souvent que les autres en flagrant délit de mensonge.

– Poursuivez, fit Spicer.

– Mais le jeudi, je n'ai pas pu trouver Whiz. Il se cachait.

– Pas du tout.

– Le vendredi, introduction du titre. Le prix de l'action était fixé à vingt dollars, ce qu'on aurait payé si Whiz avait tenu ses promesses. Elle a grimpé à soixante à l'ouverture, est restée à quatre-vingts une grande partie de la journée avant de redescendre à soixante-dix à la clôture. Notre idée était de vendre aussi vite que possible : on aurait pu acheter cinquante actions à vingt dollars, les vendre à quatre-vingts et empocher trois mille dollars dans l'affaire.

Les actes de violence étaient rares à Trumble. On ne se faisait pas tuer pour trois mille dollars, mais on pouvait avoir quelques os cassés. Whiz avait eu de la chance de ne pas tomber dans un guet-apens.

– Vous estimez donc que Whiz vous est redevable de ce manque à gagner ? demanda l'ex-juge Finn Yarber en continuant tranquillement à s'arracher les poils des sourcils.

– Et comment ! Le plus dégueulasse, c'est que Whiz en a acheté pour lui, des actions !

– Foutu menteur ! répliqua Whiz.

– Surveillez votre langage ! ordonna Beech.

Le meilleur moyen de perdre son procès devant les Frères était de choquer Beech par des propos grossiers.

Les rumeurs selon lesquelles Whiz aurait acheté des actions pour son compte avaient été lancées par Rook et sa bande. Il n'en existait aucune preuve, mais l'histoire avait plu ; répétée et enjolivée par la plupart des détenus, elle était devenue une vérité établie. Cela collait si bien au personnage.

– C'est tout ? fit Spicer.

Il restait quelques points que Rook eût aimé aborder, mais les Frères ne supportaient pas la verbosité. Surtout de la part d'ex-avocats cherchant à revivre un passé glorieux. Il y en avait au moins cinq à Trumble, qui semblaient vouloir plaider à chaque audience.

– Je suppose, répondit Rook.

– Qu'avez-vous à dire ? demanda Spicer à Whiz.

Whiz se leva, fit quelques pas en direction des juges en foudroyant du regard ses accusateurs, Rook et sa bande de ringards. Puis il s'adressa à la cour.

– Quelles preuves sont recevables ici ?

Spicer baissa aussitôt les yeux, attendant qu'on vienne à son secours ; un juge de paix n'a pas de formation juridique. Sans même terminer ses études secondaires, Spicer avait travaillé deux décennies dans la boutique paternelle, une épicerie dont les clients étaient autant d'électeurs. Spicer croyait avant tout au bon sens, souvent en contradiction avec la loi, et laissait à ses deux collègues le soin de répondre à toute question de nature théorique.

– Il nous appartient d'en décider, fit Beech, peu désireux d'en découdre avec un boursier sur les règles de procédure.

– Des preuves évidentes et convaincantes ? insista Whiz.

– Peut-être, mais pas dans cette affaire.

– Qui ne laissent pas de place à un doute fondé ?

– Probablement pas.

– Des preuves qui l'emportent sur celles de la partie adverse ?

– C'est plutôt cela.

– Dans ce cas, ils n'ont aucune preuve, conclut Whiz en agitant les mains comme un mauvais acteur de téléfilm.

– Si vous nous donniez simplement votre version des faits ? poursuivit Beech.

– Avec plaisir. ValueNow est une de ces nouvelles sociétés online lancées à grand renfort de publicité mais qui sont toujours dans le rouge. Rook m'en a parlé, c'est vrai, mais quand j'ai passé mes coups de fil, il était trop tard. Un ami m'a assuré qu'il n'y avait rien à faire, même pour les gros cabinets de courtage.

– Comment est-ce possible ? demanda Yarber.

Le silence régnait dans la salle. Whiz parlait d'argent ; tout le monde écoutait.

– C'est toujours comme ça pour une OPO. Une offre à prix ouvert.

– Nous savons ce que c'est, affirma Beech.

Spicer, pour sa part, n'en avait jamais entendu parler ; on n'en avait guère l'occasion au fin fond du Mississippi.

Whiz se détendit légèrement. Il allait continuer de les faire rêver un moment et gagner sa cause avant de retourner tranquillement dans son antre.

– L'OPO de ValueNow était contrôlée par Bakin-Kline, une petite société d'investissement basée à San Francisco. Cinq millions d'actions étaient mises sur le marché. Bakin-Kline en avait vendu la quasi-totalité à l'avance à ses meilleurs clients et aux amis, de sorte que les grosses sociétés d'investissement ont vu les actions leur passer sous le nez. Ça arrive souvent.

Les juges et tous les détenus étaient suspendus aux lèvres de Whiz.

– Il est stupide de s'imaginer, continua-t-il, qu'un petit avocat radié, tombé par hasard en prison sur un vieux numéro de *Forbes*, soit en mesure d'acheter pour mille dollars d'actions ValueNow.

Présenté de la sorte, cela semblait effectivement stupide. Rook contenait sa fureur tandis que les membres de son club commençaient à le maudire en silence.

– En avez-vous acheté ? demanda Beech.

– Bien sûr que non ; aucune chance. Et puis ces sociétés internet et technologiques sont montées avec de l'argent de provenance douteuse. Je ne touche pas à ça.

– Que préférez-vous ? poursuivit vivement Beech, cédant à la curiosité.

– Ce qui prend de la valeur, le long terme. Je ne suis pas pressé. C'est un procès bidon monté par des gars cherchant à se faire un peu d'argent.

Whiz agita la main en direction de Rook, tassé sur son siège. Il avait l'air parfaitement crédible.

Ouï-dire, suppositions, témoignage de Picasso, un menteur notoire, voilà tout ce qu'avait Rook.

– Avez-vous des témoins ? s'enquit Spicer.

– Je n'en ai pas besoin, répondit Whiz en se rasseyant.

Chacun des trois juges griffonna quelque chose sur un bout de papier. La délibération était toujours brève, le verdict immédiat. Yarber et Beech firent glisser leur papier vers Spicer.

– Par deux voix contre une, annonça-t-il, la cour se prononce en faveur de la défense. L'affaire est classée. Affaire suivante ?

En réalité, la décision avait été prise à l'unanimité, mais le verdict était toujours officiellement rendu par deux voix contre une. Cela laissait à chacun un peu de marge, en cas de besoin.

Les Frères étaient bien considérés à Trumble. Leurs décisions étaient rapides et aussi équitables que possible. En vérité, ils faisaient montre d'une remarquable lucidité compte tenu de l'imprécision de la plupart des témoignages. Pendant des années, Spicer avait réglé de petits litiges dans l'arrière-boutique du magasin paternel ; il reniflait de loin un menteur. Beech et Yarber avaient derrière eux une longue carrière dans les prétoires ; ils ne supportaient ni les plaidoiries interminables ni les moyens dilatoires auxquels les avocats avaient recours.

– C'est tout pour aujourd'hui, annonça T. Karl. Plus de cause au rôle.

– Très bien. L'audience est levée ; la cour se réunira la semaine prochaine.

T. Karl bondit de son siège, les boucles de sa perruque flottant sur ses épaules.

– L'audience est levée. Tout le monde debout.

Personne ne se leva, personne ne fit un geste tandis que les Frères quittaient la salle. Rook et sa bande chuchotaient dans leur coin, préparant sans doute leur prochaine action en justice. Whiz se retira sans perdre de temps.

Le sous-directeur et le gardien s'éloignèrent discrètement. L'audience hebdomadaire était une des distractions les plus prisées dans l'enceinte de la prison

2.

Malgré les quatorze années qu'il avait passées au Congrès, Aaron Lake conduisait encore lui-même sa voiture dans Washington. Il n'avait pas besoin de chauffeur, il n'en voulait pas plus que d'un garde du corps. Il arrivait qu'un assistant l'accompagne pour prendre des notes, mais, la plupart du temps, Lake préférait sa tranquillité ; il écoutait de la guitare classique en stéréo. Nombre de ses collègues, en particulier ceux qui exerçaient la charge de président ou de vice-président d'une commission parlementaire, circulaient dans une grosse voiture avec chauffeur, parfois une limousine.

Pas Aaron Lake. C'était une perte de temps et d'argent, une atteinte à la vie privée. S'il était un jour nommé à une haute fonction, il ne s'encombrerait jamais d'un chauffeur. Il se plaisait dans la solitude.

Son bureau était une véritable maison de fous : quinze personnes y couraient en tous sens, répondant au téléphone, transportant des dossiers, s'efforçant de rendre service aux électeurs de l'Arizona qui l'avaient envoyé à Washington. Deux autres s'occupaient exclusivement de réunir de l'argent. Trois assistants parlementaires contribuaient à engorger un peu plus les couloirs et à lui faire perdre du temps.

Veuf, il vivait seul à Georgetown dans une charmante petite maison à laquelle il était très attaché. Il menait une existence paisible, s'autorisant de loin en loin une escapade dans la vie mondaine qui, les premières années, les avait attirés, sa femme et lui.

Aaron Lake suivit le boulevard périphérique où une légère chute de neige ralentissait la circulation. Après avoir franchi sans encombre le poste de contrôle à l'entrée de Langley, il constata avec satisfaction qu'un emplacement de stationnement lui était réservé ; deux fonctionnaires de la CIA en civil l'attendaient.

– M. Maynard vous reçoit tout de suite, fit gravement l'un d'eux en ouvrant la portière de la voiture tandis que l'autre prenait sa serviette.

Le pouvoir procurait certains avantages.

Lake n'avait jamais rencontré le directeur de la CIA dans son bureau de Langley. Ils s'étaient entretenus à deux reprises dans les couloirs du Congrès, plusieurs années auparavant, quand le pauvre homme pouvait encore marcher.

Aujourd'hui, cloué dans un fauteuil roulant, Teddy Maynard souffrait le martyre ; les sénateurs eux-mêmes se faisaient conduire à Langley quand il avait besoin de les voir. Le directeur de la CIA avait appelé Lake une demi-douzaine de fois en quatorze ans, mais c'était un homme très occupé qui laissait le plus souvent le soin à ses collaborateurs de régler les affaires courantes.

Les barrières tombaient l'une après l'autre devant le parlementaire et son escorte tandis qu'ils s'enfonçaient dans les profondeurs du quartier général de la CIA. Quand Lake arriva au bureau de Maynard, son dos était un peu plus droit, son pas plus assuré. Il n'y pouvait rien : le pouvoir enivre.

Teddy Maynard avait demandé à le voir.

Seul à l'intérieur de la vaste salle carrée sans fenêtre surnommée le bunker, le directeur de la CIA avait le regard fixé sur un écran mural montrant un gros plan du visage d'Aaron Lake. C'était une photographie récente, prise trois mois plus tôt à une soirée de collecte de fonds. Lake y avait bu un demi-verre de vin, mangé du poulet rôti et refusé de prendre un dessert ; il avait regagné son domicile au volant de sa voiture pour se coucher – seul – avant 23 heures. La photo retenait le regard : Lake était si séduisant avec ses cheveux abondants, d'un blond roux naturel, à peine teinté de fils argentés, ses yeux d'un bleu profond, sa mâchoire carrée et ses dents parfaites. Il avait cinquante-trois ans et l'âge ne semblait pas avoir de prise sur lui. Il passait une demi-heure par jour sur un rameur ; son taux de cholestérol était de 160. Ils n'avaient pas réussi à lui trouver un seul vice. Lake aimait la compagnie des femmes, surtout quand il était important d'être vu avec elles. Il fréquentait en ce moment une veuve de soixante ans, vivant à Bethesda, dont le défunt mari avait fait fortune comme lobbyiste.

Il avait perdu ses parents ; son fils unique était instituteur à Santa Fe. Son épouse, à qui il était marié depuis vingt-neuf ans, avait succombé en 1996 à un cancer des ovaires. L'année suivante, son épagneul était mort à l'âge de treize ans ; depuis, Aaron Lake, le représentant de l'Arizona, vivait vraiment seul. De confession catholique, ce qui n'avait plus grande importance, il allait à la messe au moins une fois par semaine. Teddy Maynard appuya sur une touche et le visage disparut.

Lake était inconnu hors de Washington, essentiellement parce qu'il n'avait jamais cherché à occuper le devant de la scène. S'il avait des ambitions, elles restaient soigneusement dissimulées. Son nom avait été cité pour le poste de gouverneur de l'Arizona, mais il se plaisait trop à Washington. Il adorait Georgetown – la foule, l'anonymat, la vie citadine –, les bons restaurants, les petites librairies et les cafés. Il aimait le théâtre et la musique ; du vivant de sa femme, il n'avait jamais manqué un spectacle au Kennedy Center.

Auprès de ses collègues, Lake avait la réputation d'un parlementaire intelligent, travailleur, sachant s'exprimer, d'un homme d'une honnêteté et d'une fidélité sans faille, consciencieux à l'excès. Les usines de quatre gros fournisseurs de l'armée se trouvant dans sa circonscription, il était devenu un spécialiste du matériel militaire avant d'accéder au poste de président de la commission des Forces armées de la Chambre. C'est en cette qualité qu'il avait fait la connaissance de Teddy Maynard.

Le directeur de la CIA appuya sur la même touche : le visage de Lake réapparut. Avec son demi-siècle d'expérience dans les guerres du renseignement, il était rare que Teddy eût l'estomac noué. Il avait échappé à des balles, trouvé refuge sous des ponts, cru mourir de froid dans les montagnes, empoisonné deux espions tchèques, abattu un traître à Bonn, appris sept langues, participé à la guerre froide, œuvré pour éviter la suivante. Il avait vécu plus d'aventures que dix de ses agents, mais devant le visage innocent du député Aaron Lake, il sentit son estomac se nouer.

Il s'apprêtait à faire ce que la CIA n'avait encore jamais fait.

Ils avaient épluché les dossiers des cent sénateurs, des cinquante gouverneurs et des quatre cent trente-cinq membres de la Chambre des représentants, tous les candidats possibles ; il en restait un seul. Aaron Lake, le député de l'Arizona.

Teddy effleura la touche : le mur redevint blanc. Ses jambes étaient recouvertes par un plaid. Jour après jour, il était habillé de la même façon : pull marine à col en V, chemise blanche, nœud papillon de couleur discrète. Il fit avancer son fauteuil roulant jusqu'à la porte et s'apprêta à accueillir son candidat.

Pendant les huit minutes d'attente, on servit à Lake du café et on lui proposa une pâtisserie, qu'il refusa. Il mesurait un mètre quatre-vingt-trois, pesait soixante-dix-sept kilos et prenait grand soin de son corps. S'il avait accepté la pâtisserie, Teddy eût été fort étonné ; à sa connaissance, il ne prenait jamais de sucreries. Jamais.

Le café était fort. En le sirotant, Lake consulta les documents qu'il avait apportés. L'objet de la réunion était l'augmentation alarmante de pièces d'artillerie livrées au marché noir dans les Balkans. Lake avait deux mémos, quatre-vingts pages de notes en double interligne, sur lesquelles il avait travaillé jusqu'à 2 heures du matin. Il ne savait pas exactement pourquoi Maynard avait tenu à le faire venir à Langley pour discuter de cette situation, mais il avait pris soin de se préparer.

Un léger bourdonnement se fit entendre, la porte s'ouvrit et le directeur de la CIA apparut dans son fauteuil roulant, enveloppé dans un plaid, faisant largement ses soixante-quatorze ans. Sa poignée de main était pourtant ferme, sans doute en raison des efforts exigés pour déplacer son fauteuil. Lake le suivit, laissant les deux pitbulls diplômés devant la porte.

Ils s'installèrent face à face, de part et d'autre de la longue table s'étirant jusqu'au fond de la salle où un grand pan de mur blanc faisait office d'écran. Maynard abrégea les préliminaires et appuya sur une touche : un visage apparut. Une autre touche et la lumière baissa. Lake adorait cela : on appuie sur une touche, une image apparaît. La salle devait être bourrée de matériel électronique, assez pour surveiller son pouls à dix mètres.

– Vous le reconnaissez? demanda Teddy.

– Possible. Cette tête me dit quelque chose.

– C'est Natli Chenkov. Ex-général, membre de ce qui reste du parlement russe.

– Surnommé Natty, glissa Lake avec une pointe de fierté.

– Exactement. Un communiste pur et dur, étroitement lié aux militaires, un esprit brillant, un ego démesuré, aussi ambitieux qu'implacable, aujourd'hui l'homme le plus dangereux de la planète.

– Ça, je l'ignorais.

Une touche effleurée fit apparaître un autre visage taillé dans le granit sous une coiffure militaire de parade.

– Voici Yuri Goltsin, reprit Teddy, le numéro deux de ce qui reste de l'Armée rouge. Chenkov et Goltsin ont de grands projets.

L'image suivante montra la carte d'une région de la Russie, au nord de Moscou.

– Ils sont en train d'accumuler des armes dans cette province, expliqua Teddy. En pillant les dépôts de l'armée, ils s'en volent à eux-mêmes, en quelque sorte, mais, plus grave, ils en achètent au marché noir.

– D'où vient l'argent?

– De partout. Ils échangent du pétrole contre des radars israéliens. Ils font du trafic de drogue pour acheter des chars chinois par l'intermédiaire du Pakistan. Chenkov est en étroites relations avec des chefs mafieux; l'un d'eux vient d'acheter en Malaisie une usine où on fabrique uniquement des fusils d'assaut. Tout est minutieusement organisé. Chenkov est un grand cerveau, un génie peut-être.

Teddy Maynard était lui-même un génie; s'il conférait cette qualité à un autre, Aaron Lake était tout disposé à le croire.

– Qui veut-il attaquer?

Teddy ne répondit pas ; le moment n'était pas venu.

– Vous voyez la ville de Vologda, à huit cents kilomètres à l'est de Moscou. Nous avons suivi la trace de soixante Vetrov jusqu'à un entrepôt. Le Vetrov, comme vous le savez...

– Est l'équivalent de notre missile de croisière Tomahawk, mais plus long de soixante centimètres.

– Exactement. Ils en ont acheminé trois cents au cours des trois derniers mois. Vous voyez la ville de Rybinsk, au sud-ouest de Vologda ?

– Comme pour son plutonium...

– Oui, des tonnes. Assez pour fabriquer dix mille ogives nucléaires. Chenkov, Goltsin et leur clique contrôlent toute la zone.

– Contrôlent ?

– Avec l'aide d'un réseau de bandes organisées et d'unités de l'armée. Chenkov a mis ses troupes en place.

– En place pour quoi ?

Teddy appuya sur une touche ; le mur redevint blanc. L'éclairage était si faible que sa voix, quand il répondit à son visiteur, semblait sortir de l'ombre.

– Le coup d'État est pour bientôt, monsieur Lake. Nos pires craintes se réalisent. La société russe craque de toutes parts et se désagrège. La démocratie est une farce, le capitalisme un cauchemar. Nous croyions pouvoir imposer l'enseigne McDonald's dans tout le pays : le résultat est désastreux. Les ouvriers ne sont pas payés ; ils n'ont pas à se plaindre, ils ont du travail. Ce n'est pas le cas de vingt pour cent de la population. Des enfants meurent, faute de médicaments ; de nombreux adultes aussi. Un Russe sur dix n'a pas de toit, un sur cinq ne mange pas à sa faim. La situation empire de jour en jour. Les bandes organisées ont mis le pays en coupe réglée. Nous estimons – au bas mot – à cinq cents milliards de dollars l'argent volé qui a passé les frontières. Il n'y a aucune amélioration en vue. Le moment est propice pour un nouvel homme fort, un nouveau dictateur qui s'engagera à rétablir la stabilité. La Russie se cherche un chef ; Chenkov a décidé d'assumer ce rôle.

– Et il a le soutien de l'armée.

– Il n'en faut pas plus. Le coup d'État s'accomplira sans effusion de sang. Le peuple est prêt, il accueillera Chenkov à bras ouverts. Il conduira le défilé sur la place Rouge et nous défiera de lui mettre des bâtons dans les roues. Nous redeviendrons les méchants.

– Nous nous dirigeons donc vers une nouvelle guerre froide, observa Lake d'une voix lente.

– Elle n'aura rien de froid. Chenkov mènera une politique expansionniste, il cherchera à reconstruire l'ancienne Union soviétique. Comme il a désespérément besoin d'argent, il s'en procurera sous la forme de terres, d'usines, de pétrole et de récoltes. Il déclenchera des guerres locales, qu'il gagnera aisément.

Une nouvelle carte apparut sur le mur ; elle présentait à Lake la Phase Un du nouvel ordre mondial. Teddy poursuivit sa démonstration.

– J'imagine qu'il envahira les pays baltes, renversant l'un après l'autre les gouvernements d'Estonie, de Lettonie et de Lituanie. Puis il se tournera vers les nations de l'ancien bloc de l'Est pour conclure des alliances avec les communistes en place.

Muet de stupeur, le parlementaire regardait s'élargir les frontières de la Russie. Les prévisions de Maynard étaient si convaincantes, si précises.

– Et les Chinois ? demanda-t-il.

Teddy n'en avait pas terminé avec l'Europe de l'Est. Il effleura une touche ; la carte changea.

– Voici où nous sommes directement concernés.

– La Pologne ?

– Oui. Comme d'habitude, si j'ose dire. La Pologne est aujourd'hui membre de l'OTAN, pour des raisons qui m'échappent. Imaginez un peu : la Pologne apporte sa contribution à la protection de l'Europe et des États-Unis. Chenkov élargit donc les frontières de la Russie et tourne un regard de convoitise vers l'Ouest. Comme Hitler, mais lui regardait vers l'Est.

– Pourquoi voudrait-il faire main basse sur la Pologne ?

– Pourquoi Hitler a-t-il voulu faire main basse sur la Pologne ? Parce qu'elle se trouvait entre la Russie et lui. Il détestait les Polonais et n'a pas hésité à leur déclarer la guerre. Chenkov se contrefiche de la Pologne ; il tient simplement à l'avoir sous sa domination. Et il veut provoquer la destruction de l'OTAN.

– Il serait prêt à courir le risque d'une Troisième Guerre mondiale ?

Teddy Maynard appuya sur quelques touches. L'écran redevint un mur blanc, des lumières se rallumèrent. La projection était terminée ; le moment était venu d'aborder l'essentiel. La douleur irradiait dans les jambes de Teddy ; il ne put retenir une grimace.

– Je n'ai pas de réponse à cette question, fit-il. Nous en savons beaucoup, mais nous ignorons ce qu'il pense. Il agit avec discrétion, il place ses pions, prépare le terrain. Ce n'est pas vraiment une surprise, vous savez.

– Bien sûr. Nous avons élaboré des scénarios de ce genre depuis huit ans, mais toujours en souhaitant que cela ne se réalise pas.

– Cette fois, nous y sommes, monsieur Lake. Chenkov et Goltsin ont commencé à éliminer leurs adversaires.

– Quel est le calendrier ?

Teddy changea de position sous son plaid dans l'espoir d'atténuer la douleur.

– Difficile à dire. S'il est intelligent, ce dont je ne doute pas, il attendra que des émeutes éclatent dans la rue. Je pense que d'ici à un an, Natty Chenkov sera l'homme le plus célèbre de la planète.

– Un an, fit Lake à mi-voix, comme s'il venait d'entendre prononcer son arrêt de mort.

Dans le long silence qui suivit, il songea à la fin du monde ; Teddy le laissa faire. Il se sentait moins nerveux. Lake lui plaisait : il savait s'exprimer, il avait du charme et l'esprit vif. Ils avaient fait le bon choix.

Lake pouvait être élu.

Après un café et un coup de téléphone que Teddy ne put refuser de prendre – c'était le vice-président –, ils reprirent le cours de leur conversation. Lake était ravi que Teddy eût tout ce temps à lui consacrer. Le péril rouge allait redevenir d'actualité, mais le directeur de la CIA paraissait si calme.

– Il n'est pas besoin de vous dire que notre armée n'est pas préparée, déclara-t-il d'un ton grave.

– Pour quoi ? Pour une guerre ?

– Peut-être. Si nous ne sommes pas préparés, une guerre n'est pas à exclure. Si nous sommes forts, nous éviterons la guerre. Le Pentagone ne pourrait faire aujourd'hui ce qu'il a fait en 1991, pour la guerre du Golfe.

– Nous sommes à soixante-dix pour cent, affirma Lake avec force.

Il savait de quoi il parlait.

– À soixante-dix pour cent, nous aurons la guerre, monsieur Lake. Et nous ne pourrons pas la gagner. Chenkov investit tout l'argent qu'il s'approprie dans du matériel lourd, flambant neuf alors que nous réduisons le budget de la défense et que nos troupes vont en diminuant. Nous voulons la guerre presse-boutons : lâcher des bombes intelligentes afin d'éviter de verser le sang d'un seul Américain. Chenkov aura deux millions de soldats affamés, avides de se battre et d'offrir leur vie, si nécessaire.

Un instant, Lake se sentit fier de lui. Il avait eu le cran de voter contre le dernier budget qui réduisait les dépenses militaires ; ses électeurs lui en avaient voulu.

– Ne peut-on montrer Chenkov sous son vrai jour ?

– Pas question, répondit Teddy. Nous recevons d'excellents renseignements. Si nous nous manifestons, il saura que nous sommes au courant de ses manœuvres. C'est tout l'art de l'espionnage, monsieur Lake. Le moment n'est pas encore venu de faire de lui un monstre.

– Alors, que comptez-vous faire ? lança hardiment Aaron Lake.

Il était présomptueux d'interroger Teddy Maynard sur ses intentions. L'entretien avait rempli son objet : mettre en garde un parlementaire. Lake pouvait être congédié à tout moment pour laisser la place à un autre président de commission.

Mais Teddy avait de grands desseins dont il souhaitait lui faire part.

– La primaire du New Hampshire a lieu dans deux semaines. Les quatre républicains et les trois démocrates qui s'y présentent racontent tous la même chose. Pas un seul candidat ne veut augmenter le budget de la défense. Nous avons cette année – cela tient du miracle – un excédent budgétaire. Tout le monde abonde en idées sur ce qu'il faut en faire : bande d'imbéciles ! Il n'y a pas si longtemps, le déficit était énorme et le Congrès dépensait l'argent plus vite qu'il ne sortait des presses. Aujourd'hui il y a un excédent et c'est la curée !

Aaron Lake détourna les yeux ; il décida de ne pas relever.

– Pardonnez-moi, reprit Teddy, je m'emporte. Le Congrès dans son ensemble est irresponsable, mais les bons élus ne manquent pas.

– Vous ne m'apprenez rien.

– Quoi qu'il en soit, tous ces candidats sont comme des clones ; il y a quinze jours, les sondages donnaient d'autres favoris. Ils ne cessent de se traîner dans la boue et de se porter des coups bas, tout cela pour s'imposer dans un de nos plus petits États. Stupide !

Terry s'efforça en grimaçant de déplacer le poids mort de ses jambes.

– Il nous faut du sang neuf, monsieur Lake, reprit-il, et nous pensons que vous êtes l'homme de la situation.

La première réaction de Lake fut d'étouffer un rire. Il sourit, se mit à toussoter, mais se ressaisit rapidement.

– C'est une blague ?

– Vous savez que je ne blague pas, monsieur Lake, déclara Teddy d'un ton grave.

Aaron Lake comprit qu'il avait donné dans un piège habilement tendu. Il s'éclaircit la gorge, recouvra sa maîtrise de soi.

– Très bien, fit-il. J'écoute.

– L'idée est simple. D'une simplicité qui en fait toute la beauté. Il est trop tard pour vous présenter dans le New Hampshire ; de toute façon cela n'a pas d'importance. Laissons les autres s'entredéchirer. Attendons que ce soit terminé avant de prendre tout le monde au dépourvu en annonçant votre candidature à la présidence. On se demandera de toutes parts : « Mais qui est donc Aaron Lake ? » Parfait, c'est ce que nous voulons. Ils l'apprendront assez tôt. Votre programme tournera autour d'un seul thème : les dépenses militaires. Vous jouerez l'oiseau de mauvais augure qui se repaît de prédictions alarmantes sur l'état de notre armée. L'attention générale se portera sur vous quand vous proposerez de doubler le budget de l'armée.

– Doubler ?

– Vous voyez que cela marche : j'ai éveillé votre attention. Le doubler au long des quatre années de votre mandat.

– À quoi bon ? S'il est nécessaire d'augmenter le budget de la défense, le doubler serait excessif.

– Pas si nous sommes sous la menace d'une nouvelle guerre, monsieur Lake. Une guerre où nous nous contenterions d'appuyer sur des boutons pour lancer par milliers des missiles Tomahawk à un million de dollars pièce. N'oublions pas que nous avons failli en manquer l'an dernier dans le foutoir des Balkans. Nous n'avons pas assez de soldats, de marins ni de pilotes, monsieur Lake, vous le savez. L'armée a besoin de tonnes d'argent pour recruter des jeunes gens. Soldats, missiles, chars, avions et porte-avions sont en nombre insuffisant. Chenkov est en train de bâtir une armée ; pas nous. Nous en sommes encore à réduire la nôtre. Si nous poursuivons dans cette voie jusqu'au terme d'un autre mandat présidentiel, nous sommes morts.

Teddy avait progressivement haussé la voix ; quand il termina sur « nous sommes morts, » Aaron Lake crut sentir la terre trembler sous les bombes.

– D'où viendra l'argent ? demanda-t-il.

– Quel argent ?

– Pour l'armée.

– Comme d'habitude, répondit Teddy avec un grognement de dégoût. Est-il besoin de rappeler que nous avons un excédent budgétaire ?

– Nous faisons en sorte de le dépenser.

– Je n'en doute pas, monsieur Lake. Vous n'aurez pas de souci à vous faire pour l'argent. Juste après l'annonce de votre candidature, nous instillerons la peur dans l'esprit des électeurs. Ils vous prendront au début pour un cinglé, un farfelu venu de l'Arizona qui veut fabriquer des quantités de bombes. Mais nous allons les secouer ; nous créerons une crise à l'autre bout du monde et Aaron Lake deviendra aussitôt un visionnaire. Il suffit de choisir son moment. Vous ferez sur notre faiblesse en Asie un discours que l'on n'écoutera que d'une oreille. Nous ouvrirons là-bas une crise assez grave pour tenir le monde en haleine et vous verrez que tout le monde aura envie de vous parler. Cela se répétera au long de la campagne. Nous ferons monter la tension en publiant des rapports, en manipulant les médias, en embarrassant vos adversaires. En toute franchise, monsieur Lake, je ne pense pas que ce sera bien difficile.

– À vous entendre, on dirait que ce n'est pas la première fois.

– Détrompez-vous, protesta Teddy d'une voix où perçait une pointe de regret. Il nous est arrivé de faire de drôles de choses pour essayer de protéger notre pays, mais jamais de peser sur une élection présidentielle.

Lake repoussa lentement son fauteuil. Il se leva, s'étira et fit quelques pas jusqu'au fond de la pièce. Ses jambes étaient lourdes, son cœur battait la chamade : il avait donné dans le piège.

– Je n'ai pas assez d'argent, reprit-il en revenant vers son siège.

Il savait qu'il s'adressait à quelqu'un qui avait étudié le problème. Un sourire aux lèvres, Teddy hocha la tête et fit semblant de réfléchir. La maison de Georgetown valait quatre cent mille dollars. Lake en avait en outre trois cent mille en fonds communs de placement et en obligations. Pas de dettes, un compte électoral créditeur de quarante mille dollars.

– Un candidat trop riche n'exercerait pas d'attrait, affirma Teddy en posant le doigt sur une touche.

Des images apparurent sur le mur, nettes, en couleur.

– L'argent ne sera pas un obstacle, monsieur Lake, poursuivit-il d'un ton plus enjoué. Nous mettrons à contribution les fournisseurs de l'armée. Observez ce graphique, ajouta-t-il en tendant le bras, comme si Lake n'avait pas su quoi regarder. L'an dernier, le chiffre d'affaires de l'aéronautique et de la défense s'est élevé à près de deux cent milliards de dollars. Nous n'en prélèverons qu'une fraction.

– De quel ordre ?

– En fonction de vos besoins. Nous pouvons aisément réunir cent millions de dollars.

– On ne peut pas dissimuler une telle somme.

– N'en croyez rien, monsieur Lake. Et ne vous inquiétez pas ; nous nous occuperons de l'argent. Faites les discours, tournez les clips, menez votre campagne et l'argent coulera à flots. Quand viendra l'heure de vérité, les électeurs terrifiés par la perspective d'un conflit planétaire ne chercheront pas à savoir combien vous avez dépensé. Votre victoire sera écrasante.

Ainsi, Teddy Maynard lui garantissait une victoire facile. Abasourdi, Lake regardait en silence les chiffres sur le mur. Cent quatre-vingt-quatorze milliards pour la défense et l'aéronautique. Le budget de l'armée s'élevait à deux cent soixante-dix milliards. Doublé sur quatre ans, il atteindrait cinq cent quarante milliards et les fournisseurs de l'armée s'en mettraient plein les poches. Sans parler des ouvriers dont les salaires grimperaient en flèche ! Et du travail pour tout le monde !

La candidat Lake ferait à la fois le bonheur des dirigeants et des syndicats. À mesure qu'il revenait de sa surprise, la simplicité du plan de Teddy lui paraissait plus évidente. Prendre l'argent chez ceux qui s'engraisseront, effrayer les électeurs afin qu'ils se précipitent aux urnes. Remporter une victoire écrasante pour être en mesure de sauver le monde.

– Nous nous appuierons essentiellement sur des comités de soutien, reprit Teddy après lui avoir laissé le temps de réfléchir. Syndicats, ingénieurs, cadres supérieurs, associations professionnelles : ce ne sont pas les groupements politiques existants qui manquent. Et nous en formerons d'autres.

Lake était déjà en train de les former. Des comités de soutien par centaines, apportant plus d'argent qu'il n'y en n'avait jamais eu dans aucune élection. La surprise était maintenant passée ; il ne restait que la fièvre suscitée par ce plan. Les questions se bousculaient dans sa tête. Qui sera le vice-président ? Qui dirigera la campagne ? Et le porte-parole ? Où annoncer sa candidature ?

– Oui, fit-il en refrénant son exaltation, cela pourrait marcher.

– Cela marchera, monsieur Lake, croyez-moi. Nous y travaillons depuis un certain temps.

– Qui est au courant ?

– Quelques personnes seulement. Vous n'avez pas été choisi au hasard, monsieur Lake ; parmi les nombreux candidats potentiels, votre nom revenait sans cesse. Votre vie a été passée au peigne fin.

– Assez terne, non ?

– J'imagine. Mais votre liaison avec Mme Valotti nous préoccupe : elle a divorcé deux fois et abuse des calmants.

– Je ne savais pas que j'avais une liaison avec Mme Valotti.

– On vous a vu avec elle ces derniers temps.

– Rien ne vous échappe, hein ?

– Cela vous étonne ?

– Pas vraiment.

– Vous l'avez emmenée récemment à une soirée mondaine en faveur des femmes opprimées d'Afghanistan. Il faut arrêter cela, monsieur Lake !

Le ton de Teddy s'était fait plus sec, chargé de sarcasme.

– Je ne voulais pas y aller.

– Alors, n'y allez pas. Laissez ces conneries à Hollywood. Mme Valotti ne peut rien vous apporter de bon.

– C'est tout ? demanda Lake, sur la défensive.

Sa vie intime était sans relief depuis le début de son veuvage ; il en éprouva une soudaine fierté.

– À peu près, répondit Teddy. Mme Benchly paraît équilibrée et elle est fort décorative.

– Merci infiniment.

– On vous attaquera sur la question de l'avortement, mais vous ne serez pas le premier.

– C'est un sujet rebattu, soupira Lake.

Et qui lui sortait par les yeux. Il s'était prononcé en faveur de l'interruption volontaire de grossesse, puis contre, il avait été favorable puis opposé au droit à disposer de son corps, pour le libre choix, pour la vie de l'embryon, contre les femmes, acclamé par les féministes. Au long des quatorze années de ses mandats successifs, il avait erré en tous sens sur le terrain semé d'embûches de l'interruption volontaire de grossesse où chaque prise de position stratégique le laissait plus meurtri.

Ce sujet ne lui faisait plus peur, du moins dans l'immédiat. Il était bien plus préoccupé par le fait que la CIA eût fouiné dans son passé.

– Et GreenTree ? demanda-t-il.

– Cela remonte à vingt-deux ans, répondit Teddy en agitant la main. Pas de condamnation. Votre associé a fait faillite et a été mis en examen, mais il s'en est tiré sans dommage. L'affaire sera déterrée, comme toujours, mais soyez sans crainte, monsieur Lake, nous détournerons l'attention. L'avantage de celui qui se présente au dernier moment est que la presse n'a pas beaucoup de temps pour fouiller dans sa vie.

– Je suis célibataire. Jusqu'à présent, un seul président non marié a été élu.

– Vous êtes veuf d'une femme ravissante, respectée aussi bien à Washington que dans l'Arizona. Croyez-moi, ce ne sera pas un obstacle.

– Alors, qu'est-ce qui vous inquiète ?

– Rien, monsieur Lake. Absolument rien. Vous êtes un excellent candidat, digne d'être élu. Nous créerons des crises, nous instillerons la peur et nous nous occuperons du financement.

Lake se leva de nouveau pour faire le tour de la pièce. Il se frotta les cheveux, se gratta le menton afin d'essayer de s'éclaircir les idées.

– J'ai des tas de questions.

– J'ai peut-être un certain nombre de réponses, fit Teddy. Nous en reparlerons demain, même endroit, même heure. Réfléchissez, monsieur Lake. Le temps nous est compté, poursuivit-il avec un franc sourire, mais j'imagine que l'on peut avoir besoin de vingt-quatre-heures de réflexion avant de prendre une telle décision.

– Bonne idée. Je vais réfléchir ; vous aurez ma réponse demain.

– Cette petite conversation restera entre nous.

– Bien entendu.

3.

La bibliothèque de droit occupait exactement le quart de la surface totale de la bibliothèque de Trumble. Elle se trouvait dans un angle, séparée par une cloison de brique et de verre réalisée avec goût aux frais du contribuable. Au centre de l'espace attribué au droit, des rayonnages bourrés de volumes défraîchis étaient accolés de telle sorte qu'un détenu avait à peine la place de se glisser entre eux. Le long des murs étaient disposés des bureaux chargés d'ordinateurs, de machines à écrire et d'assez de paperasse pour ressembler à la bibliothèque d'un gros cabinet juridique.

Cet espace était le domaine des Frères. Il était évidemment loisible à leurs codétenus de la fréquenter, mais une règle tacite voulait qu'on leur demande la permission. Du moins qu'on les en informe.

Le juge Joe Roy Spicer du Mississippi était payé quarante cents de l'heure pour balayer la bibliothèque et mettre de l'ordre sur les bureaux et dans les rayonnages. Il était également chargé de vider les poubelles ; de l'avis général, c'était du travail cochonné. Le juge Hatlee Beech du Texas était le bibliothécaire en titre ; à cinquante cents de l'heure, il était le mieux payé des trois. Il prenait grand soin de « ses volumes » et se chamaillait fréquemment avec Spicer, à qui il reprochait son manque d'ordre. Quant au juge Finn Yarber, ex-président de la Cour suprême de Californie, il touchait vingt cents de l'heure en qualité de technicien d'informatique. Un salaire de misère justifié par la pauvreté de ses connaissances.

En temps normal, ils passaient tous les trois entre six et huit heures par jour dans la bibliothèque. Quand un détenu avait un problème de nature judiciaire, il prenait rendez-vous avec un des Frères. Hatlee Beech s'y connaissait en condamnations et en appels ; Finn Yarber s'occupait des faillites, des divorces et des pensions alimentaires. Joe Roy Spicer, sans véritable formation juridique, n'avait pas de spécialité. Il avait assez à faire avec les arnaques.

Le règlement intérieur interdisait formellement aux Frères de demander des honoraires pour les consultations. Mais ce n'était qu'un règlement intérieur ; ils faisaient un peu de gratte et tout le monde était content. Le quart des détenus arrivant à Trumble avaient été abusivement condamnés ; Beech savait étudier un dossier et trouver la faille. Le mois précédent, il avait réussi à faire réduire de quatre ans la peine d'un jeune homme qui en avait pris quinze. La famille avait accepté de payer ; les Frères avaient touché cinq mille dollars, la plus grosse somme jusqu'à présent. Spicer s'était occupé du versement sur leur compte secret, par l'intermédiaire de leur avocat.

Derrière les rayonnages, à peine visible du reste de la bibliothèque, se trouvait une salle de réunion exiguë. La porte était garnie d'un grand panneau de verre, mais nul ne se donnait la peine de regarder à l'intérieur. Les Frères, qui s'y retiraient pour les affaires exigeant de la discrétion, l'appelaient leur bureau.

Spicer venait de voir leur avocat ; il avait du courrier, quelques bonnes lettres. Il agita une enveloppe devant le nez de Beech et Yarber.

– Une jaune, fit-il. C'est chou, non ? Adressée à Ricky.

– De qui est-elle ? demanda Yarber.

– Curtis, de Dallas.

– Le banquier ? lança Beech, tout excité.

– Non. Curtis est le bijoutier. Écoutez.

Spicer déplia la missive rédigée sur un soyeux papier jaune. Il sourit, s'éclaircit la voix.

– « Cher Ricky. Votre lettre du 8 janvier m'a fait monter les larmes aux yeux. Je l'ai lue trois fois de suite. Pauvre garçon ! Pourquoi vous garde-t-on dans cet endroit ? »

– Où est-il ? coupa Yarber.

– Ricky est enfermé dans un luxueux centre de désintoxication où l'a envoyé son oncle fortuné. Il y a passé un an, il est désintoxiqué, mais les méchants qui dirigent le centre refusent de le laisser partir avant avril ; ils reçoivent vingt mille dollars par mois de l'oncle, qui préfère le savoir enfermé et ne veut pas envoyer d'argent de poche. Cela te rappelle quelque chose ?

– Maintenant, oui.

– Nous en avons parlé ensemble, si je ne me trompe. Puis-je continuer ?

– Je t'en prie.

– « J'ai envie de sauter dans un avion pour aller dire en face à ces méchantes gens ce que je pense d'eux, poursuivit Spicer. Et votre oncle ! Un de ces riches qui croient qu'il suffit de distribuer de l'argent pour être tranquille. Mon père en avait, je vous l'ai dit, mais il était l'être le plus méprisable que j'aie connu. Bien sûr il m'achetait des choses, des objets de consommation, sans valeur. Mais jamais il n'avait de temps à me consacrer : c'était un mauvais homme, comme votre oncle. Vous trouverez ci-joint un chèque de mille dollars, pour vos frais. J'ai hâte de vous voir en avril, Ricky. J'ai parlé à ma femme du Salon international du diamant qui se tient à Orlando à cette époque ; elle n'a pas envie de m'y accompagner. »

– En avril ? fit Beech.

– Oui. Ricky est sûr de sortir en avril.

– N'est-ce pas mignon ? ricana Yarber. Et Curtis a une femme et des enfants ?

– Il a cinquante-huit ans, trois enfants majeurs et deux petits-enfants.

– Où est le chèque ? demanda Beech.

Spicer passa à la deuxième page et poursuivit sa lecture.

– « Nous devons faire en sorte de nous retrouver à Orlando. Êtes-vous certain de sortir enfin en avril ? J'en serais si heureux. Je pense à vous sans cesse. Quand je prends votre photo dans le tiroir de mon bureau et que je vous regarde dans les yeux, je sais que nous devrions être ensemble. »

– C'est à gerber, fit Beech avec un petit sourire. Dire qu'il vit au Texas !

– Je suis sûr qu'il y a des tas de jolis garçons au Texas, glissa Yarber.

– Pas en Californie, peut-être ?

– Je passe sur le reste, c'est de la guimauve, déclara Spicer en parcourant la fin de la lettre.

Ils auraient le temps de lire plus tard. Spicer montra à ses compagnons le chèque de mille dollars. Le moment venu, il sortirait clandestinement de la prison, par le biais de leur avocat qui le déposerait sur leur compte secret.

– Quand allons-nous ferrer le poisson ? demanda Yarber.

– Échangeons encore quelques lettres. Les malheurs de Ricky ne sont pas terminés.

– Un gardien pourrait le tabasser, suggéra Beech.

– Il n'y a pas de gardien, répliqua Spicer. Une clinique de désintoxication haut de gamme n'a que des conseillers.

– Mais s'ils sont enfermés dans l'établissement, il existe des grilles et des murs ; il doit y avoir un ou deux gardiens. Et si Ricky se faisait agresser sous la douche ou dans le vestiaire ?

– Pas d'agression sexuelle, objecta Yarber. Cela risquerait d'effrayer Curtis : il pourrait imaginer que Rickv a attrapé une sale maladie ou quelque chose.

Pendant quelques minutes, donnant libre cours à leur imagination, ils inventèrent de nouveaux malheurs pour le pauvre Ricky. Sa photographie prise sur un tableau d'affichage avait été photocopiée par leur avocat et envoyée à ce jour à plus d'une douzaine de correspondants dans toute l'Amérique du Nord. Elle montrait un étudiant souriant, un jeune homme d'une grande beauté en costume universitaire bleu marine, un diplôme à la main.

Il fut décidé que Beech travaillerait quelques jours sur la suite de l'histoire et qu'il présenterait un premier jet de la lettre à Curtis. Beech était Ricky, leur petit personnage imaginaire et tourmenté qui s'épanchait auprès de huit âmes compatissantes. Yarber était Percy, un autre jeune toxicomane en mal de liberté, guéri et en quête d'un protecteur âgé avec qui passer utilement du temps. Ils étaient cinq à avoir mordu à l'hameçon ; Percy enroulait lentement la ligne.

Joe Roy Spicer, qui n'avait pas la plume facile, remplissait la fonction de coordinateur. Il participait à la création des histoires, s'assurait de leur suivi, recevait l'avocat apportant le courrier et s'occupait de l'aspect financier.

– Celle-ci, messieurs, annonça-t-il en montrant une autre lettre, est de Quince.

Beech et Yarber considérèrent l'enveloppe en silence. À en croire les six lettres précédentes adressées à Ricky, Quince était un riche banquier dans une petite ville de l'Iowa. Comme les autres, ils l'avaient déniché dans la rubrique des petites annonces d'une revue gay cachée parmi les volumes de la bibliothèque de droit. Quince était leur deuxième prise ; la première avait eu des soupçons et n'avait plus donné signe de vie. La photographie envoyée par Quince, un instantané pris au bord d'un lac, le montrait torse nu, bedonnant, avec les bras maigres et le crâne dégarni d'un homme de cinquante et un ans, entouré de sa famille. Une photo de piètre qualité, certainement choisie par Quince pour qu'il soit difficile de l'identifier.

– Veux-tu nous la lire, mon petit Ricky ? demanda Spicer en tendant la lettre à Beech.

Beech regarda l'enveloppe : toute blanche, dactylographiée, sans adresse d'expéditeur.

– Tu l'as lue ?

– Non. Vas-y.

Beech sortit lentement la lettre de l'enveloppe : une feuille de papier blanc, un texte tapé en interligne simple sur une vieille machine à écrire.

– « Cher Ricky, commença-t-il. C'est fait ! Je n'arrive pas à y croire, mais j'y suis arrivé. J'ai téléphoné d'une cabine et envoyé un mandat pour ne pas laisser de traces. La compagnie de New York dont vous m'avez parlé était parfaite : discrétion et efficacité. Je dois vous avouer, Ricky, que je n'en menais pas large. Jamais je n'aurais rêvé prendre un jour deux billets pour une croisière gay ! Et c'était follement excitant : je suis si fier de moi ! Nous avons une cabine à mille dollars la nuit et je meurs d'impatience ! »

Beech s'interrompit pour regarder par-dessus les lunettes qui lui pinçaient le nez. Ses deux complices souriaient, savourant chaque mot.

– « Nous levons l'ancre le 10 mars, reprit-il, et j'ai une merveilleuse idée. Comme j'arriverai la veille à Miami, nous n'aurons pas beaucoup de temps pour faire connaissance. Si nous nous retrouvions sur le bateau, dans notre cabine ? J'arriverai le premier, je ferai préparer le champagne et je vous attendrai. Qu'en dites-vous ? Nous aurons trois jours à passer ensemble, sans sortir de la cabine. »

Beech ne put s'empêcher de sourire, tout en secouant la tête de dégoût. Il poursuivit sa lecture.

– « Si vous saviez comme l'idée de ce voyage m'excite ! Je me suis enfin décidé à découvrir qui je suis véritablement ; vous m'avez aidé à faire le premier pas. Nous ne nous sommes jamais vus, Ricky, mais je vous en serai éternellement reconnaissant. Répondez-moi vite pour confirmation. Tendrement. Quince. »

– Je crois que je vais vomir, fit Spicer d'un ton peu convaincant.

– Il est mûr, déclara Beech.

Les deux autres acquiescèrent.

– Combien ? fit Yarber.

– Au moins cent mille, répondit Spicer. Sa famille possède des banques depuis deux générations. Son père est encore en activité ; on peut imaginer qu'il deviendra fou si l'homosexualité du fiston éclate au grand jour. Quince ne peut pas courir le risque de se faire déshériter : il paiera ce que nous demandons. La situation est idéale.

Beech prenait des notes, Yarber aussi. Spicer se mit à tourner dans la petite pièce comme un ours en cage. Les idées venaient lentement, la formulation et la stratégie étaient longues à se dessiner, mais la lettre prenait forme. Beech lut le premier jet à voix haute.

– « Cher Quince. Quel plaisir de recevoir votre lettre du 14 janvier. Je suis heureux que vous ayez acheté les billets pour la croisière ; n'est-ce pas merveilleux ? Petit problème : je ne pourrai pas vous accompagner, pour deux raisons. La première est que je ne serai pas libéré avant plusieurs années ; je ne suis pas dans un centre de désintoxication, Quince, mais en prison. Seconde raison : je ne suis pas gay, loin de là. J'ai une femme et deux enfants qui se trouvent financièrement dans une situation difficile, puisque je ne suis pas en mesure de subvenir à leurs besoins. C'est là que vous entrez en scène, Quince. J'ai besoin d'argent : je veux cent mille dollars. Appelons cela le prix du silence. Envoyez l'argent, j'oublie Ricky et la croisière; personne à Bakers, Iowa, n'en saura jamais rien. Votre femme, vos enfants, votre père, les autres membres de votre riche famille, personne n'entendra jamais parler de Ricky. Dans le cas contraire, j'inonderai votre petite ville de copies de vos lettres. On appelle cela de l'extorsion, Quince, et vous vous êtes fait avoir. C'est cruel, vicieux et répréhensible, mais cela ne me fait ni chaud ni froid. J'ai besoin d'argent; vous en avez. »

Beech s'interrompit pour quêter du regard l'approbation des autres.

– Magnifique, déclara Spicer qui réfléchissait déjà à la manière de dépenser le magot.

– C'est dégueulasse, lâcha Yarber. Et s'il choisit de se tuer?

– Un risque à courir, répondit Beech.

Ils relurent la lettre avant de déterminer si le moment était opportun. Aucune allusion à l'illégalité de leur entreprise pas plus qu'à la peine encourue. Ces sujets avaient été définitivement mis de côté quelques mois auparavant, quand Joe Roy Spicer avait convaincu les deux autres de se joindre à l'entreprise. Les risques étaient insignifiants par rapport aux gains potentiels. Ceux qui, comme Quince, se laissaient piéger n'iraient certainement pas porter plainte pour une tentative d'extorsion.

S'ils n'étaient pas encore passés à l'acte, ils entretenaient des relations épistolaires avec une douzaine de victimes potentielles, des hommes entre deux âges qui avaient commis l'erreur de répondre à cette simple annonce :

JH, 25 ans, cherche monsieur la cinquantaine, attentionné et discret pour correspondance.

Cette annonce en petits caractères, publiée dans les pages intérieures d'une revue gay, avait suscité soixante réponses. Spicer s'était chargé de faire le tri, éliminant les candidats sans intérêt pour ne conserver que les riches pigeons. La tâche lui avait d'abord paru écœurante, avant de l'amuser. À présent, l'affaire devenait sérieuse : ils s'apprêtaient à soutirer cent mille dollars à un homme totalement innocent.

Leur avocat en empocherait le tiers, un pourcentage qui, pour être habituel, n'en était pas moins dur à digérer. Ils n'avaient pas le choix : son rôle était essentiel.

Au bout d'une heure passée sur la lettre destinée à Quince, ils convinrent d'attendre le lendemain pour rédiger la version définitive. Il y en avait une autre, écrite sous le pseudonyme d'Hoover, adressée à Percy. C'était la seconde ; le signataire consacrait quatre paragraphes à l'observation des oiseaux. Yarber allait être obligé d'étudier l'ornithologie avant de répondre en prétendant s'intéresser au sujet. Hoover, à l'évidence, avait peur de son ombre. Il ne révélait rien de personnel, ne parlait pas d'argent.

Les Frères décidèrent de ne pas précipiter les choses. Commencer à parler des oiseaux avant d'aborder insidieusement le sujet d'une relation physique. Si Hoover ne réagissait pas, s'il ne révélait rien de sa situation financière, ils laisseraient tomber.

Pour l'administration pénitentiaire, Trumble était officiellement classée parmi les camps. Cette dénomination signifiait qu'il n'existait ni clôture, ni barbelés, ni miradors occupés par des gardiens armés, impatients de faire un carton sur des prisonniers en train de se faire la belle. En l'absence de sécurité périphérique, un détenu pouvait quitter le camp si l'envie lui en prenait. Il y en avait un millier à Trumble ; rares étaient ceux qui choisissaient de partir.

Les conditions de vie étaient meilleures que dans la plupart des établissements scolaires. Dortoirs climatisés, cafétéria impeccable servant trois repas par jour, salle de musculation, billards et jeux de cartes, racquet ball, basket et volley, piste de jogging, bibliothèque, chapelle et aumôniers, conseillers, assistantes sociales, heures de visites illimitées : Trumble offrait ces nombreux avantages aux détenus, tous considérés comme non dangereux. Quatre-vingts pour cent avaient été condamnés pour trafic de stupéfiants. Une quarantaine d'entre eux avaient braqué des banques sans faire de mal à personne. Les autres étaient des délinquants en col blanc, du petit combinard au Dr Floyd, un chirurgien qui, en vingt ans, avait escroqué l'assistance médicale aux personnes âgées de six millions de dollars.

La violence n'avait pas droit de cité, à Trumble. Les menaces y étaient rares, les règles nombreuses ; la direction n'avait pas de mal à les faire respecter. Celui qui ne jouait pas le jeu était expédié dans un établissement où la sécurité était plus stricte, avec des barbelés et des gardiens brutaux.

Les détenus de Trumble s'appliquaient à bien se tenir et comptaient les jours.

Avant l'arrivée de Joe Roy Spicer, nul n'avait jamais poursuivi des activités criminelles. Juste avant de tomber, Spicer avait entendu parler de l'arnaque d'Angola, du nom du pénitencier d'État de Louisiane, de sinistre réputation. Le chantage contre des homos y avait été mis au point par plusieurs détenus, qui avaient extorqué sept cent mille dollars à leurs victimes avant de se faire prendre.

Spicer résidait dans un comté rural, limitrophe de la Louisiane, où l'arnaque d'Angola avait fait couler beaucoup d'encre. Jamais il n'aurait imaginé la reproduire. Mais il s'était retrouvé un jour dans un pénitencier fédéral, et avait décidé de faire du mal à tous ceux qu'il pourrait atteindre.

Tous les jours, à 13 heures, le plus souvent seul, toujours avec un paquet de Marlboro, il était sur la piste de jogging. Lui qui n'avait pas fumé pendant les dix années précédant son incarcération en était maintenant à deux paquets par jour. Il marchait pour compenser les dommages infligés à ses poumons. En trente-quatre mois, il avait parcouru deux mille kilomètres. Et perdu dix kilos, même si, contrairement à ce qu'il prétendait, l'exercice n'y était pas pour grand-chose. L'interdiction de consommer de la bière expliquait plus probablement sa perte de poids.

Trente-quatre mois de marche et de tabac ; il lui en restait encore vingt et un.

Une partie du magot détourné du bingo – quatre-vingt-dix mille dollars précisément – était enterrée dans son jardin. À huit cents mètres de la maison, près d'une cabane à outils, en sécurité dans un coffre de ciment dont sa femme ignorait l'existence. Elle l'avait aidé à dépenser le reste ; il y avait eu cent quatre-vingt mille dollars en tout, dont la moitié avait échappé aux agents fédéraux. Ils avaient acheté des Cadillac, s'étaient offert des vols en première classe de La Nouvelle-Orléans à Las Vegas, où une limousine les conduisait jusqu'à la suite qui leur était réservée.

Si Spicer caressait encore un rêve, c'était celui de devenir un joueur professionnel, basé à Las Vegas, connu et redouté. Son jeu était le black-jack ; il y avait perdu une fortune mais demeurait persuadé de pouvoir faire sauter la banque de tous les casinos de la planète. Il y en avait dans les Antilles qu'il ne connaissait pas ; l'Asie avait le vent en poupe. Il irait aux quatre coins du monde, descendrait dans des palaces, se ferait servir dans sa chambre et terroriserait tous les croupiers assez bêtes pour lui distribuer des cartes.

Il récupérerait le magot enterré dans le jardin, l'ajouterait à sa part de l'arnaque d'Angola et irait s'installer à Las Vegas. Avec ou sans sa femme. Au début, elle venait toutes les trois semaines, mais n'avait pas mis les pieds à Trumble depuis quatre mois. Il avait des visions cauchemardesques de sa femme défonçant le jardin pour découvrir son trésor. Malgré sa quasi-certitude qu'elle ignorait l'existence du magot, un doute subsistait. L'avant-veille de son départ pour la prison, il avait beaucoup bu et mentionné l'argent caché. Il ne se souvenait plus de ses paroles exactes ; il avait beau faire, elles ne lui revenaient pas.

Il alluma une Marlboro après avoir parcouru un kilomètre et demi. Peut-être avait-elle un amant. Rita Spicer était une femme attirante ; un peu enveloppée, peut-être, mais l'argent pouvait tout masquer. Et si elle avait découvert le magot et le dépensait joyeusement avec un homme ? L'image qui revenait hanter les rêves de Joe Roy Spicer était une scène tirée d'un mauvais film : Rita et un inconnu, une pelle à la main, creusant comme des fous sous la pluie. Pourquoi la pluie ? Il n'en savait rien. Mais cela se passait toujours de nuit, au plus fort d'un orage ; les éclairs illuminaient le ciel et il les voyait avancer dans le jardin, s'approchant inexorablement de la cabane à outils.

Dans un de ces cauchemars l'amant mystérieux, juché sur un bulldozer, ensevelissait la ferme des Spicer sous un tas de terre tandis que Rita agitait une pelle en montrant divers endroits du jardin.

Joe Roy ne pensait qu'à cet argent ; il avait l'impression de sentir sous ses doigts le contact des billets. Il allait plumer le maximum de pigeons en attendant sa libération, puis il irait récupérer le magot et filerait à Las Vegas. Il ne laisserait à personne dans sa ville natale le plaisir de le montrer du doigt en murmurant : « Tiens, voilà ce vieux Joe Roy. On dirait qu'il est sorti de prison. » Pas question !

Il allait mener la grande vie. Avec ou sans elle.

4.

Teddy regarda ses flacons de pilules alignés au bord de la table comme une rangée de bourreaux dociles, prêts à le libérer de ses souffrances. Assis en face de lui, York lisait ses notes à voix haute.

– Il est resté au téléphone jusqu'à 3 heures du matin. Il appelait des amis de l'Arizona.

– Qui ?

– Bobby Lander, Jim Gallison, Richard Hassel, toute la bande. Ceux qui s'occupent de la collecte des fonds.

– Dale Winer ?

– Lui aussi, répondit York, sidéré par la mémoire de Teddy.

Les yeux fermés, le directeur de la CIA se frottait les tempes. Quelque part au fond de son cerveau étaient gravés les noms des amis de Lake : ses bailleurs de fonds et ses confidents, ses sondeurs et ses vieux professeurs de lycée. Tout était parfaitement classé, prêt à être utilisé, si besoin était.

– Quelque chose vous a frappé ?

– Rien de particulier. Les questions que l'on peut imaginer de la part d'un homme placé dans une situation aussi inattendue. Ses amis étaient surpris, choqués, voire quelque peu réticents, mais ils s'y feront.

– Ont-ils parlé d'argent ?

– Naturellement. Il est resté vague, s'est contenté de dire que ce ne serait pas un obstacle. Les autres étaient sceptiques.

– A-t-il su garder nos secrets ?

– Absolument.

– Redoutait-il d'être sur écoute ?

– Je ne crois pas. Il a donné onze coups de téléphone de son bureau, huit de son domicile. Pas un seul d'un portable.

– Fax ? E-mail ?

– Non. Il a parlé deux heures avec Schiara, son...

– Porte-parole.

– Exact. Ils ont tracé les grandes lignes de la campagne ; Schiara veut la diriger. Ils trouvent que Nance, le sénateur du Michigan, ferait un bon vice-président.

– Pas un mauvais choix.

– Nous commençons à fouiller dans son passé. Il a divorcé à vingt-trois ans, mais cela remonte à trente ans.

– Pas de problème. Lake est-il prêt à foncer ?

– Bien sûr. C'est un politicien à qui on a promis les clés du royaume. Il a commencé à écrire des discours

Teddy prit une pilule dans un flacon et l'avala sans l'aide d'aucun liquide. Il grimaça comme si elle avait un goût amer et lissa les rides de son front.

– Dites-moi, York, reprit-il, vous êtes sûr que rien ne nous a échappé ? Il n'y a pas de squelette dans son placard ?

– Aucun squelette, monsieur le directeur. Nous avons passé sa vie au peigne fin pendant six mois. Il n'y a rien qui puisse nous nuire.

– Il ne s'est pas mis en tête d'épouser une idiote ?

– Non. Il voit plusieurs femmes, mais rien de sérieux.

– Pas de liaison avec une de ses assistantes ?

– Non. Il est blanc comme neige.

Les deux hommes répétaient un dialogue qu'ils avaient déjà eu à maintes reprises. Une de plus ne pouvait pas faire de mal.

– Pas d'affaire douteuse dans une autre vie ?

– Rien.

– Alcool, drogues, pharmacodépendance, jeux d'argent sur Internet ?

– Non, monsieur. Il est propre, sérieux, intelligent, un homme remarquable.

– Nous allons lui parler.

Aaron Lake fut de nouveau escorté jusqu'au bunker, au plus profond des installations de Langley, cette fois par trois beaux jeunes gens qui veillaient sur lui comme si un danger le guettait au coin de chaque couloir. Il marcha encore plus vite que la veille, la tête encore plus haute, le dos encore plus droit. Sa stature ne cessait de croître.

Il serra la main calleuse de Teddy, suivit le fauteuil roulant dans le bunker et prit place en face du directeur de la CIA. Ils échangèrent quelques propos aimables. York observait la scène dans une pièce au bout du couloir ; pas un mot, pas un geste n'échappait aux caméras cachées, reliées à trois moniteurs. Il était en compagnie de deux hommes dont le travail consistait à visionner des bandes vidéo afin de déterminer ce que voulaient réellement dire des gens qui parlaient, respiraient, remuaient les mains et les yeux, la tête et les pieds.

– Avez-vous bien dormi ? demanda Teddy en esquissant un sourire.

– En fait, oui, mentit Lake.

– Bien. J'imagine que vous êtes disposé à accepter notre marché.

– Un marché ? Je n'avais pas compris qu'il s'agissait d'un marché.

– Mais si, monsieur Lake, c'est exactement ce dont il s'agit. Nous nous engageons à vous faire élire et vous vous engagez à doubler le budget de la défense pour être prêt à répliquer aux Russes.

– Alors, marché conclu.

– Parfait, monsieur Lake. Je suis très satisfait. Vous ferez un excellent candidat et un bon président.

Ces mots retentissaient dans les oreilles de Lake, mais il ne pouvait y croire. Le président Lake. Le président Aaron Lake. Jusqu'à 5 heures du matin, il avait marché de long en large en essayant de se convaincre qu'on lui offrait la Maison-Blanche. Cela paraissait trop facile.

Malgré tous ses efforts, il ne parvenait pas à faire abstraction des signes extérieurs liés à la fonction. Le Bureau ovale. Les jets et les hélicoptères. Les voyages aux quatre coins de la planète. La multitude de collaborateurs à son entière disposition. Les dîners officiels avec les puissants de ce monde.

Et, par-dessus tout, une place dans l'Histoire.

Oui, Teddy, marché conclu.

– Parlons un peu de la campagne, reprit le directeur de la CIA. Je pense que vous devriez faire acte de candidature deux jours après les primaires du New Hampshire. Attendre que la fièvre soit retombée, laisser les vainqueurs savourer leur moment de gloire et les vaincus porter de nouveaux coups bas.

– N'est-ce pas un peu précipité ?

– Le temps nous est compté. Nous faisons l'impasse sur le New Hampshire pour nous préparer à l'Arizona et au Michigan, le 22 février. Il est impératif que vous remportiez deux victoires. Vous vous poserez ainsi comme un candidat sérieux et vous serez prêt pour le mois de mars.

– J'avais pensé me présenter chez moi, à Phœnix.

– Il vaut mieux que ce soit dans le Michigan. C'est un État plus peuplé : cinquante-huit délégués contre vingt-quatre pour l'Arizona. Votre victoire sera attendue chez vous ; si vous l'emportez le même jour dans le Michigan, vous deviendrez un homme avec qui il faut compter. Annoncez d'abord votre candidature dans le Michigan puis, quelques heures plus tard, dans votre circonscription.

– Excellente idée.

– Il y a dans le Michigan, à Flint, une usine d'hélicoptères, D-L Trilling, avec quatre mille ouvriers et un grand hangar. Je peux parler au PDG.

– Prenez date, fit Lake, certain que Teddy en avait déjà touché un mot au PDG.

– Êtes-vous libre après-demain pour commencer à tourner des clips de campagne ?

– Je le serai.

Lake se laissait guider ; à l'évidence, ce n'est pas lui qui menait la barque.

– Avec votre accord, nous engagerons un groupe de consultants extérieurs pour présenter les messages télévisés, mais nous avons ici de meilleurs spécialistes qui ne coûteront rien. Je répète que l'argent ne sera pas un problème.

– Une centaine de millions devrait suffire.

– Certainement. Quoi qu'il en soit, nous commençons dès aujourd'hui à travailler sur les clips de campagne ; je crois que vous les aimerez. Ils sont d'un pessimisme absolu : l'état lamentable de nos forces armées, les menaces de toute sorte qui pèsent sur nous à l'extérieur. De quoi inspirer de la terreur. Nous y glisserons votre nom, votre visage et quelques mots ; en un rien de temps, vous serez le politicien le plus célèbre du pays.

– La célébrité ne fait pas gagner une élection.

– La célébrité, non, l'argent, oui. L'argent achète la télévision et les suffrages. Il n'en faut pas plus.

– J'aimerais croire que le message aussi est important.

– Il l'est, monsieur Lake, n'en doutez pas. Notre message est infiniment plus important que les réductions d'impôts, les mesures en faveur des minorités, l'IVG, les valeurs familiales et toutes les niaiseries dont on nous rebat les oreilles. Notre message parle de vie et de mort. Il changera la face du monde et préservera notre prospérité ; rien d'autre ne compte.

Lake acquiesça de la tête. Protéger l'économie, préserver la paix : les électeurs porteraient au pouvoir celui qui tiendrait ce discours.

– J'ai quelqu'un de bien pour diriger la campagne, fit-il, désireux de se rendre utile.

– Qui ?

– Mike Schiara. Mon bras droit, un homme en qui j'ai une confiance absolue.

– A-t-il de l'expérience au niveau national ? demanda Teddy, sachant parfaitement qu'il n'en était rien.

– Non, mais il est compétent.

– Très bien. Cette campagne est la vôtre.

Lake hocha la tête en souriant, soulagé. Il commençait à se le demander.

– Et votre colistier ? poursuivit Teddy.

– J'ai deux noms en tête. Nance, le sénateur du Michigan, un vieil ami. Je pense aussi à Guyce, le gouverneur du Texas.

Teddy donna l'impression de peser soigneusement les deux noms. Pas un mauvais choix, mais Guyce ne faisait pas le poids. Né avec une cuillère d'argent dans la bouche, il avait fait du patinage toute sa jeunesse et s'était mis au golf la trentaine venue avant d'engloutir une partie de la fortune paternelle dans la conquête du poste de gouverneur du Texas. Un État qui, par ailleurs, leur était acquis.

– Nance me paraît bien, déclara Teddy.

Alors, ce sera Nance, faillit dire Lake.

Ils parlèrent d'argent une heure, de la première vague provenant des comités d'action politique, et de la manière de recueillir cette manne sans provoquer trop de suspicion. La deuxième serait alimentée par les fournisseurs de l'armée, la troisième consisterait en dons en espèces dont il serait impossible de retrouver la provenance.

Et une autre dont Lake n'aurait jamais connaissance. En fonction des sondages, Teddy Maynard et les siens n'hésiteraient pas à inonder littéralement de liquide des sièges de syndicats, des églises des quartiers noirs et des associations d'anciens combattants blancs à Chicago, Detroit ou Memphis et dans les États du Sud. Travaillant la main dans la main avec des représentants locaux qu'ils étaient en train de choisir, ils seraient en position d'acheter tous les suffrages possibles.

Plus il y réfléchissait, plus Teddy était convaincu qu'Aaron Lake l'emporterait.

Le petit cabinet de Trevor se trouvait à Neptune Beach, à quelques centaines de mètres d'Atlantic Beach – nul ne savait exactement où était la limite entre les deux plages. À l'ouest, Jacksonville ne cessait de s'étendre en direction de la mer. Du porche affaissé donnant sur l'arrière de la location de vacances dont il avait fait son cabinet, Trevor voyait la grève et entendait les mouettes ; il avait peine à croire qu'il occupait les lieux depuis douze ans. Il aimait, dans les premiers temps, se retirer sous le porche, loin du téléphone et des clients, pour contempler interminablement les flots paisibles de l'Atlantique distant de moins de deux cents mètres. Natif de Scranton, Pennsylvanie, il avait fini par se lasser de contempler l'océan, de parcourir la plage pieds nus et de lancer des miettes de pain aux oiseaux de mer ; il préférait maintenant perdre son temps enfermé dans son bureau.

Trevor avait une sainte horreur des prétoires et des juges. Un sentiment peu répandu dans sa profession, mais dont il n'avait pas à rougir. Il se cantonnait en conséquence dans la paperasse – opérations immobilières, testaments, baux, ces aspects banals, ternes, peu glorieux de la profession, jamais abordés dans le courant de ses études. Il acceptait de loin en loin une affaire de drogue, quand il n'y avait pas de risque de procès.

C'est l'un de ses malheureux clients incarcéré à Trumble qui l'avait mis en relation avec Joe Roy Spicer. En peu de temps, il était devenu l'avocat des trois juges, Spicer, Beech et Yarber. Les Frères, comme il les appelait lui-même.Trevor leur servait de coursier, ni plus ni moins. Il leur remettait des lettres maquillées en documents juridiques et donc protégées par le secret professionnel. Et il faisait sortir leur courrier. Il ne donnait aucun conseil ; ils ne lui demandaient rien. Il s'occupait aussi de leur compte bancaire à l'étranger et des communications téléphoniques avec les familles de leurs clients en détention. En couvrant leurs sales petites magouilles, Trevor échappait aux tribunaux, aux juges et à ses confrères ; il s'en trouvait fort bien.

Il était complice de leur racket et tomberait avec eux s'ils se faisaient prendre, mais cela ne l'inquiétait pas outre mesure. L'arnaque d'Angola était une merveille d'ingéniosité : les victimes ne pouvaient porter plainte. S'il y avait gros à gagner, il était disposé à partager les risques avec les Frères.

Trevor sortit discrètement sans voir sa secrétaire. Il monta dans sa voiture, une Coccinelle de 1970 retapée, sans climatisation. Il suivit la 1re rue en direction d'Atlantic Boulevard, d'où on apercevait l'océan entre les villas et les immeubles. Il portait un vieux pantalon kaki, une chemise de coton blanc avec un nœud papillon jaune, et une veste en velours bleu aussi froissée que le reste de ses vêtements. Il passa devant chez Pete, le plus ancien bar et grill du front de mer, son bistrot préféré malgré l'afflux d'étudiants, qui venaient de le découvrir. Il avait chez Pete une vieille ardoise de trois cent soixante et un dollars – presque uniquement des bières bouteille Coors et des daïquiris – qu'il tenait vraiment à régler. Il s'engagea sur Atlantic Boulevard, où la circulation vers le centre de Jacksonville était difficile, commença à pester contre les constructions, les ralentissements, les véhicules portant des plaques canadiennes. Il atteignit enfin la bretelle de l'autoroute qui contournait l'aéroport par le nord et s'enfonçait dans la plate campagne de la Floride.

Cinquante minutes plus tard, il garait sa voiture sur le parking de la prison. L'administration pénitentiaire faisait bien les choses : nombreuses places de stationnement à proximité du portail, environnement paysagé, entretenu quotidiennement par les détenus, bâtiments modernes, en bon état.

– Salut, Mackey ! lança-t-il au gardien blanc. Salut, Vince ! à son collègue noir.

À l'accueil, Rufus examina la radioscopie de sa serviette tandis que Nadine remplissait les papiers pour la visite.

– Ça mord, en ce moment ? demanda-t-il à Rufus.

– Pas une touche.

Jamais, dans la courte histoire de Trumble, un avocat n'avait fait autant de visites que Trevor. Selon le rite immuable, on le photographia et on apposa sur le dos de sa main un tampon d'encre invisible ; Rufus l'accompagna dans le petit couloir auquel deux portes donnaient accès.

– Bonjour, Link, dit Trevor au gardien suivant.

– 'Jour, Trevor.

Link avait la responsabilité de l'espace visiteurs, un vaste local abondamment garni de sièges rembourrés, avec une rangée de distributeurs contre un mur, un coin aménagé pour les enfants et même une petite cour à ciel ouvert, meublée d'une table pliante, où deux personnes pouvaient partager un moment d'intimité. Tout était d'une propreté impeccable et totalement désert. L'endroit était plus fréquenté le week-end, mais le reste du temps, Link veillait sur un espace vide.

Ils se rendirent dans la salle des avocats, un local exigu fermé par une porte vitrée à travers laquelle Link pouvait observer les occupants, si l'envie lui en prenait. Joe Roy Spicer attendait en lisant les pages sportives du quotidien régional : il faisait des paris sur les rencontres de basket-ball universitaire. Au moment où les deux hommes franchissaient le seuil de la petite pièce, Trevor prit deux billets de vingt dollars qu'il glissa prestement dans la main du gardien. Le geste échappait aux caméras de surveillance s'il avait lieu dans l'encadrement de la porte. Comme à l'accoutumée, Spicer fit celui qui n'avait rien vu.

Trevor ouvrit ensuite la serviette ; Link feignit d'en examiner le contenu sans toucher à quoi que ce soit. Trevor en tira une grande enveloppe cachetée en papier kraft, portant en grosses lettres l'inscription DOCUMENTS JURIDIQUES. Link la palpa pour s'assurer qu'elle ne contenait ni arme ni flacon de pilules. Cette opération avait été répétée des dizaines de fois.

Le règlement de Trumble exigeait que les documents soient montrés à un surveillant et les enveloppes ouvertes en sa présence. Mais Link se dirigea aussitôt vers la porte où il se posta ; il n'y avait dans l'immédiat rien d'autre à surveiller. Il savait que des lettres allaient et venaient ; il s'en balançait. Tant que Trevor ne faisait entrer ni armes ni drogues, il n'avait pas à intervenir. Les règles étaient souvent stupides. Appuyé au chambranle, le dos tourné à la porte, il ne tarda pas à glisser dans une de ces somnolences dont il était coutumier, une jambe raide, l'autre pliée, tel un échassier.

Dans la salle des avocats, il ne se passait pas grand-chose. Spicer était encore absorbé dans ses pronostics. La plupart des détenus accueillaient volontiers les visiteurs ; lui tolérait simplement la présence de l'avocat.

– Hier soir, commença Trevor, j'ai reçu un coup de fil du frère de Jeff Daggett, un petit gars de Coral Gables.

– Je le connais, fit Spicer en baissant enfin son journal, attiré par l'appât du gain. Il a pris douze ans pour trafic de drogue.

– C'est ça. Son frère lui a dit qu'il y avait un ex-juge fédéral dans la prison qui avait étudié son dossier et pensait pouvoir obtenir une réduction de peine. Comme ce juge voulait être payé, Daggett a appelé son frère qui m'a appelé.

Trevor enleva sa veste froissée et la lança sur une chaise. Spicer détestait son nœud papillon.

– Combien peuvent-ils donner ?

– Avez-vous fixé un prix ?

– Beech l'a peut-être fait, je n'en sais rien. On demande cinq mille pour une réduction de deux à cinq ans.

Spicer parlait avec l'assurance de celui qui a une longue fréquentation des juridictions criminelles. En réalité, il n'avait vu de sa vie qu'un seul tribunal fédéral, celui où il avait été condamné.

– Je sais, fit Trevor. Je ne suis pas sûr qu'ils puissent réunir cinq mille dollars : Jeff a été défendu par un avocat commis d'office.

– Essayez de leur prendre le maximum, pas moins de mille dollars payés d'avance. C'est un bon petit gars.

– Vous vous ramollissez, Joe Roy.

– Au contraire, je suis de plus en plus dur en affaires.

Spicer disait vrai : il était la cheville ouvrière de l'association. Yarber et Beech, qui avaient le talent et les connaissances, avaient été trop humiliés par leur déchéance pour conserver de l'ambition. Spicer, avec des connaissances réduites et peu de talent, avait d'assez grandes qualités de manipulateur pour garder ses collègues sur la bonne voie. Tandis qu'ils broyaient du noir, Spicer rêvait de revanche.

Il ouvrit un dossier dans lequel il prit un chèque

– Voici mille dollars à mettre en dépôt. Un chèque de Curtis, un de nos correspondants du Texas.

– Prometteur ?

– J'y crois beaucoup. Nous nous apprêtons à épingler Quince, de l'Iowa.

Spicer montra une ravissante enveloppe lavande adressée à Quince Garbe, à Bakers, Iowa.

– Combien ? demanda Trevor en la prenant.

– Cent mille.

– Ha, ha !

– Il a l'argent et il paiera. Je lui ai donné les instructions pour le virement. Prévenez la banque.

En vingt-trois ans de pratique, Trevor n'avait jamais touché – et de loin – des honoraires d'un montant de trente-trois mille dollars. Il eut soudain l'impression de les voir, de les toucher et même – il avait beau s'en défendre – il commença à les dépenser. Une telle somme pour ne rien faire d'autre que transporter du courrier.

– Vous croyez réellement que cela marchera ? s'inquiéta-t-il en songeant qu'il allait régler son ardoise chez Pete.

Il garderait sa voiture, sa chère Coccinelle, mais peut-être y ferait-il installer la climatisation.

– Naturellement, répondit Spicer.

Il avait deux autres lettres, écrites de la main de Yarber et portant la signature du jeune Percy. Trevor les saisit avec empressement.

– Arkansas se déplace à Kentucky ce soir, poursuivit Spicer en reprenant son journal. On donne quatorze points d'écart. Qu'en pensez-vous ?

– Ce sera bien plus serré. Kentucky est dur à battre à domicile.

– Vous jouez ?

– Et vous ?

Trevor connaissait un book chez Pete ; il ne pariait pas gros, mais avait appris à se fier au juge.

– Je vais mettre cent dollars sur Arkansas, déclara Spicer.

– Moi aussi.

Ils jouèrent une demi-heure au black-jack sous le regard réprobateur de Link qui jetait de loin en loin un coup d'œil par la vitre. Les cartes étaient interdites pendant les visites, mais quelle importance ? Joe Roy avait un jeu agressif : il s'entraînait pour sa prochaine carrière. Le poker et le gin-rummy étaient les jeux les plus pratiqués dans la salle de détente ; Spicer avait souvent du mal à trouver un adversaire au black-jack.

Trevor ne jouait pas particulièrement bien, mais il ne refusait jamais une partie. Une qualité, de l'avis de Spicer, qui rachetait tout le reste.

5.

L'annonce de la candidature eut lieu dans l'ambiance de fête d'une victoire électorale, avec des fanions bleus, blancs et rouges, des banderoles accrochées au plafond et une musique rythmée emplissant le hangar. Tous les employés de D-L Trilling, au nombre de quatre mille, étaient présents. Pour stimuler les troupes, on leur avait promis une journée de congé supplémentaire, huit heures payées au salaire horaire moyen de vingt-deux dollars et quarante cents. La direction n'en avait cure : elle avait trouvé l'homme providentiel. Sur l'estrade élevée en hâte, au milieu d'une forêt de fanions, se pressaient les cadres de l'entreprise, souriant de toutes leurs dents et battant frénétiquement des mains au rythme endiablé de la musique. Trois jours plus tôt, personne n'avait entendu parler d'Aaron Lake ; aujourd'hui, il était leur sauveur.

Il avait véritablement le look d'un candidat à la présidence avec sa nouvelle coiffure un peu plus courte, proposée par un conseiller en image, et son complet marron foncé suggéré par un autre. Seul Reagan avait osé porter des complets de cette couleur et il avait gagné deux fois dans un fauteuil.

Quand Lake fit enfin son apparition sur l'estrade, qu'il traversa d'un pas résolu en serrant la main de ces huiles qu'il ne reverrait jamais, un vent de folie souffla parmi les ouvriers. Le volume du son fut délicatement augmenté de deux crans par un membre de l'équipe payée vingt-quatre mille dollars pour la soirée. L'argent n'était pas un problème.

Des ballons tombaient du plafond comme une manne. Certains étaient crevés par des ouvriers à qui on avait demandé de le faire, de sorte que l'on put croire un moment que des salves d'artillerie éclataient dans le hangar. Préparez-vous. Préparez-vous à la guerre, Lake, avant qu'il soit trop tard.

Le PDG de Trilling l'étreignit comme un vieux camarade de promotion, alors qu'ils n'avaient fait connaissance que deux heures auparavant. Il prit le micro, attendit que le brouhaha retombe ; à l'aide de notes qu'on lui avait faxées la veille, il se lança dans une ample et vibrante présentation d'Aaron Lake, le futur président. Il fut interrompu cinq fois par des acclamations.

Lake attendit en agitant la main dans la posture du héros et s'avança juste quand il le fallait.

– Je m'appelle Aaron Lake et je me présente à l'élection présidentielle, déclara-t-il.

Un tonnerre d'applaudissements s'éleva, la musique se fit assourdissante, de nouveaux ballons furent lâchés.

Quand il en eut assez, il entama son discours. Le thème, la plate-forme électorale, la seule raison pour laquelle il se portait candidat était la sécurité nationale. Il martela les effrayantes statistiques prouvant à quel point le gouvernement en place avait affaibli l'armée. Aucune autre question n'a cette importance, déclara-t-il sans ambages. Si la nation se laissait entraîner dans une guerre qu'elle n'était pas en mesure de gagner, on oublierait vite les querelles éculées sur l'interruption volontaire de grossesse, les races, les armes en vente libre, les mesures en faveur des minorités, les impôts. S'inquiétait-on de l'érosion des valeurs familiales ? Si nous perdons au combat nos fils et nos filles, nos familles auront alors de véritables problèmes.

Lake était très bon. Le discours écrit de sa main avait été revu par des conseillers en communication et peaufiné par d'autres spécialistes avant d'être soumis la veille au soir à l'approbation de Teddy Maynard qui, du fond de son bunker, n'y avait apporté que des modifications mineures.

Enveloppé dans son plaid, Teddy regardait le spectacle avec une grande fierté ; York était à ses côtés, silencieux comme à son habitude. Il leur arrivait souvent de rester tous deux devant une batterie d'écrans, regardant le monde devenir de plus en plus dangereux.

– Il est bon, fit doucement York.

Teddy acquiesça de la tête, ébaucha même un petit sourire.

Au milieu de son discours, Lake s'emporta magnifiquement contre les Chinois.

– Au cours des vingt dernières années, nous les avons laissés dérober quarante pour cent de nos secrets nucléaires ! lança-t-il, accompagné par les sifflets des ouvriers. Je dis bien quarante pour cent !

C'était en réalité près de la moitié, mais Teddy avait préféré minimiser légèrement les chiffres. La CIA s'était fait taper sur les doigts.

Aaron Lake passa cinq minutes à fustiger les Chinois, leurs pillages, leur puissance militaire d'un niveau sans précédent. Il suivait la stratégie de Teddy. Brandir l'épouvantail de la Chine, non de la Russie, pour effrayer les électeurs. Ne pas leur donner d'indication ; mettre sous le boisseau la véritable menace jusqu'à ce que la campagne soit plus avancée.

La conclusion de Lake souleva l'enthousiasme. Quand il promit de doubler le budget de la défense dans le courant de son mandat, les quatre mille employés de D-L Trilling lui firent une ovation.

Teddy observait tranquillement la scène, fier de sa création. Ils avaient réussi à ravir la vedette à l'élection du New Hampshire en la traitant par le mépris. Le nom de Lake ne figurait pas sur la liste des candidats et il avait été le premier depuis des décennies à s'en montrer fier. « Je n'ai pas besoin du New Hampshire, avait-il déclaré. Je l'emporterai dans le reste du pays. »

Il acheva son discours au milieu d'un tonnerre d'acclamations et distribua une nouvelle tournée de poignées de main sur l'estrade. CNN rendit l'antenne au studio, où des analystes politiques allaient passer un quart d'heure à raconter aux téléspectateurs ce qu'ils venaient de voir.

Teddy appuya sur quelques touches ; une nouvelle image apparut sur l'écran.

– Voici le produit fini, dit-il à York. Premier épisode.

C'était un clip de campagne pour le candidat Lake ; le film commençait par l'image fugace d'une rangée d'austères généraux chinois au garde-à-vous, assistant à un défilé de matériel lourd. « Croyez-vous que le monde soit plus sûr ? » articula une voix off profonde et menaçante. Suivaient des images fugitives des tyrans au pouvoir assistant au défilé de leurs troupes. Hussein, Kadhafi, Milosevic, Kim Jong-Il, jusqu'au pauvre Castro avec les vestiges de son armée en guenilles dans les rues de La Havane. « Notre armée ne pourrait pas faire aujourd'hui ce qu'elle a fait en 1991 pendant la guerre du Golfe », reprit la voix avec gravité, comme si une nouvelle guerre avait été déclarée. Puis une explosion, un champignon atomique, suivis par des milliers d'Indiens dansant dans les rues. Une autre explosion et les voisins pakistanais dansaient à leur tour. « La Chine veut envahir Taïwan », poursuivit la voix tandis qu'une multitude de soldats chinois défilaient au pas cadencé. « La Corée du Nord veut la Corée du Sud. » Des chars traversaient la zone démilitarisée. « Et les États-Unis font toujours une cible facile. »

Une autre voix plus aiguë prit le relais tandis que les images montraient un général bardé de décorations s'adressant à une sous-commission parlementaire. « Le Congrès, disait-il, consacre chaque année moins d'argent à l'armée. Votre budget de la défense était plus élevé il y a quinze ans. Vous nous demandez d'être prêts à la guerre en Corée, au Moyen-Orient et aujourd'hui en Europe de l'Est, mais notre budget ne cesse de se réduire. La situation est critique. » L'écran devint noir. « Il y a douze ans, reprit la première voix, il y avait deux superpuissances ; aujourd'hui, il n'en reste aucune. » Le clip s'achevait sur le visage séduisant d'Aaron Lake et le slogan lancé par la voix grave : « Lake, avant qu'il soit trop tard. »

– Je ne suis pas sûr d'aimer, déclara York après un silence.

– Pourquoi ?

– C'est tellement négatif.

– Bien. Cela vous a mis mal à l'aise, non ?

– Très.

– Bien. Nous allons inonder les écrans de télévision pendant une semaine. Ce clip mettra les gens mal à l'aise ; ils le rejetteront.

York connaissait la suite : les téléspectateurs rejetteraient la publicité, mais elle finirait par les terrifier et Lake serait perçu comme un visionnaire. Teddy jouait sur la peur.

Il y avait deux salles de télévision à Trumble, une dans chaque aile. Deux petites salles nues où les détenus pouvaient fumer et regarder les programmes que les gardiens choisissaient. Pas de télécommande : ils avaient essayé au début, mais cela avait causé trop de complications, les détenus ne parvenant pas à se mettre d'accord.

Les téléviseurs personnels étaient interdits.

Le surveillant de service aimait le basket; il y avait une rencontre universitaire sur ESPN et une des salles était bondée. Seul dans l'autre, Hatlee Beech, qui détestait le sport, suivait distraitement des sitcoms insipides. Quand il passait douze heures par jour au tribunal, il ne regardait jamais la télévision. Comment aurait-il trouvé le temps de le faire? Il avait chez lui un bureau où il travaillait jusqu'à une heure avancée de la nuit pendant que tout le monde restait scotché devant ces niaiseries. Il prenait maintenant conscience de la chance qu'il avait eue.

Beech alluma une cigarette. Il n'avait pas fumé depuis la fac et avait résisté à la tentation les deux premiers mois de sa détention. Le tabac l'aidait maintenant à lutter contre l'ennui, mais il ne s'autorisait qu'un paquet par jour. Sa tension artérielle faisait du yoyo; il y avait des cardiaques dans sa famille. À cinquante-six ans, avec neuf années à tirer, il sortirait les pieds devant, il en était sûr. Trois ans, un mois, une semaine. Beech comptait encore les jours depuis son arrivée, non ceux qui le séparaient de la quille. Quatre ans plus tôt, il bâtissait sa réputation de jeune juge fédéral intransigeant, toujours sur la brèche. Quatre années d'un véritable enfer. Quand il se déplaçait d'un tribunal à l'autre dans sa juridiction de l'est du Texas, il avait avec lui un chauffeur, une secrétaire, un greffier et un marshal. Quand il entrait dans une salle d'audience, le public se levait respectueusement. Les avocats le tenaient en haute estime pour son impartialité et le travail qu'il abattait. Sa femme était un être désagréable mais, grâce aux revenus du pétrole qu'elle touchait de sa famille, il avait réussi à vivre en paix avec elle. Leur couple était stable, sans véritable passion ; avec trois beaux enfants à l'université, ils avaient de quoi être fiers. Après avoir traversé des moment difficiles, ils étaient décidés à vieillir ensemble. Elle avait l'argent, lui la position. Ils avaient fondé une famille, élevé leurs enfants. Où auraient-ils pu aller ?

Certainement pas en prison.

Quatre années abominables.

Il s'était mis à boire sans s'en rendre compte. Peut-être à cause de la pression du travail, peut-être pour échapper aux récriminations de sa femme. Pendant des années, après ses études, il s'était contenté de quelques verres en société, rien qui ressemblât à un vice. Quand les enfants étaient petits, sa femme les avait emmenés passer quinze jours en Italie. Beech était resté seul, ce qui lui convenait parfaitement. Pour des raisons qui lui échappaient ou qu'il avait oubliées, il s'était mis au bourbon. Il ne s'était jamais arrêté. Le bourbon avait pris une place importante dans sa vie ; il en cachait dans son bureau et buvait en douce, la nuit. Comme ils faisaient chambre à part, sa femme ne l'avait pas souvent pris sur le fait.

Il était parti trois jours à Yellowstone à l'occasion d'un colloque. Il avait rencontré la jeune femme dans un bar, à Jackson Hole ; après avoir passé plusieurs heures à boire, ils avaient pris la malheureuse décision de faire une balade en voiture. Pendant qu'il conduisait, elle avait enlevé tous ses vêtements, juste pour le plaisir. Il n'avait pas été question de sexe entre eux et, dans son état, il était totalement inoffensif.

Les deux victimes étaient des étudiants de Washington qui venaient de parcourir les sentiers de grande randonnée. Ils étaient morts sur le coup, fauchés sur le bas-côté d'une route étroite par un chauffard qui ne les avait même pas vus. Le véhicule avait été découvert dans un fossé, lui accroché au volant, incapable de sortir, elle nue, sans connaissance.

Il ne se souvenait de rien. En se réveillant quelques heures plus tard, il avait vu pour la première fois de sa vie l'intérieur d'une cellule. « Vous vous habituerez », avait ricané le shérif.

Beech avait remué ciel et terre, fait jouer ses relations en pure perte. Deux jeunes gens étaient morts ; il avait été surpris en compagnie d'une jeune femme dévêtue. L'argent du pétrole appartenait à son épouse : ses amis avaient détalé comme des chiens apeurés. En fin de compte, pas une seule voix ne s'était élevée en faveur du juge Hatlee Beech.

Il avait eu de la chance de n'écoper que de douze ans. Des collectifs de mères et d'étudiants avaient manifesté devant le palais de justice lors de sa première comparution. Ils demandaient la réclusion à perpétuité. À perpétuité !

Inculpé de double homicide par imprudence, le juge Hatlee Beech ne disposait d'aucun système de défense. Il avait assez d'alcool dans le sang pour tuer quelqu'un sans s'en rendre compte ; un témoin affirmait l'avoir vu rouler trop vite, du mauvais côté de la route.

Son crime, par bonheur, avait été porté devant une juridiction fédérale

Sinon, il eût été expédié dans un pénitencier d'État où tout était beaucoup plus dur. On pouvait dire ce qu'on voulait, les autorités fédérales savaient tenir une prison.

Seul dans la pénombre, il fumait en regardant une comédie qui aurait l'air d'être écrite par des adolescents de douze ans ; son attention fut attirée par un des clips politiques qui foisonnaient sur les écrans. Il n'avait pas encore vu ce petit film sinistre où une voix d'outre-tombe prédisait le pire si on ne s'empressait pas de construire des bombes en quantité. Fort bien fait, d'une durée de quatre-vingt-dix secondes, il avait dû coûter un prix fou. Le message qu'il véhiculait, personne ne voulait l'entendre : « Lake, avant qu'il soit trop tard. »

Qui était donc Aaron Lake ?

La politique avait été la passion de Beech dans son autre vie ; on disait de lui à Trumble qu'il suivait ce qui se passait à Washington. Ils n'étaient pas nombreux à le faire.

Aaron Lake ? Beech n'avait jamais entendu parler de lui. Quelle étrange stratégie pour un parfait inconnu de se lancer dans la course à la Maison-Blanche après l'élection du New Hampshire. Il y avait toujours des guignols qui voulaient devenir le président.

L'épouse de Beech avait demandé le divorce avant le procès. Elle avait moins bien supporté la présence de la femme nue que la mort des deux étudiants : quoi de plus naturel ? Les enfants avaient pris le parti de leur mère à la fois parce qu'elle avait l'argent et qu'il avait fichu leur vie en l'air. Une décision assez facile. Une semaine après son arrivée à Trumble, le divorce était prononcé.

Seul son plus jeune fils était venu le voir, deux fois en trois ans, des visites en cachette de sa mère ; elle avait interdit aux enfants d'aller à Trumble.

Les familles des victimes s'étaient constituées parties civiles. Sans amis pour parler en son nom, il avait essayé de se défendre. À quoi bon ? Le tribunal avait fixé à cinq millions de dollars le montant des dommages-intérêts. De la prison il avait fait appel du jugement et avait de nouveau attaqué la décision après avoir été débouté. Sur le fauteuil voisin, près de ses cigarettes, était posée une enveloppe apportée par Trevor. La cour d'appel avait rejeté son pourvoi : le jugement était définitif.

Cela n'avait guère d'importance : il avait fait une déclaration de faillite personnelle. Les papiers tapés à la machine dans la bibliothèque de la prison avaient été envoyés au tribunal du Texas où il était autrefois tenu pour un dieu.

Condamné, divorcé, chassé de la magistrature, emprisonné, en faillite personnelle.

La plupart des détenus de Trumble purgeaient sereinement leur peine parce qu'ils n'étaient pas tombés de haut. La plupart étaient des récidivistes incarcérés pour la troisième ou quatrième fois. La plupart aimaient leur prison, car elle était mieux que les autres qu'ils avaient connues.

Mais Beech avait tellement perdu. À peine quatre ans plus tôt, il avait une femme riche à millions, trois grands enfants qui l'adoraient et une belle maison. Juge fédéral, nommé à vie par le président, il gagnait cent quarante mille dollars par an, bien moins que les royalties du pétrole versées à sa femme, mais un bon salaire. Il se rendait deux fois par an à Washington pour participer à des réunions au ministère de la Justice ; il était un homme important.

Un de ses vieux amis avocat était passé le voir deux fois en allant à Miami, où vivaient ses enfants. Il lui avait raconté les derniers potins, insignifiants en majeure partie, mais le bruit courait que l'ex Mme Beech voyait quelqu'un. Avec sa fortune et sa taille de guêpe, ce ne pouvait être qu'une question de temps.

Une nouvelle publicité pour le candidat Lake. Celle-ci commençait par des images vidéo montrant des hommes armés qui rampaient dans le désert, roulaient sur eux-mêmes en tirant, s'entraînant à l'évidence au combat. Puis le faciès sinistre d'un terroriste surgit en gros plan – des yeux et des cheveux noirs, un teint basané qui ne pouvaient appartenir qu'à quelque extrémiste islamique. « Nous frapperons les Américains partout où ils se trouvent ; nous sommes prêts à mourir dans notre guerre sainte contre le grand Satan », déclara l'homme en arabe sous-titré. Il y eut ensuite une succession d'images de bâtiments en flammes et d'attentats contre des ambassades. Un autocar de touristes. Les débris d'un avion éparpillés dans une prairie.

Le beau visage d'Aaron Lake apparut. « Je m'appelle Aaron Lake, vous ne me connaissez probablement pas, déclara-t-il en regardant Hatlee Beech au fond des yeux. Je me présente à la présidence, car j'ai peur. Peur de la Chine, de l'Europe de l'Est et du Moyen-Orient. Peur d'un monde dangereux et de ce qu'est devenue notre armée. Le gouvernement fédéral disposait l'an dernier d'un excédent budgétaire énorme, mais l'enveloppe de la défense était inférieure au montant d'il y a quinze ans. La force de notre économie nous rend suffisants, mais le monde d'aujourd'hui est infiniment plus dangereux que nous le croyons. Nos ennemis sont légion et nous ne sommes pas en mesure de nous protéger. Si je suis élu, je doublerai le budget de la défense dans le courant de mon mandat. »

Pas de sourires, pas de chaleur. Le franc-parler d'un homme qui disait ce qu'il pensait. « Lake, avant qu'il soit trop tard », conclut une voix off.

Pas mal, se dit Beech.

Il alluma une nouvelle cigarette, sa dernière de la soirée, et considéra l'enveloppe posée sur le fauteuil. Cinq millions de dollars accordés aux familles des victimes ; il aurait payé, s'il avait pu. Il ne les avait pas vus. Le quotidien du lendemain montrait les photos d'une fille et d'un garçon souriants, deux étudiants en vacances.

Il avait envie d'un bourbon.

La déclaration de faillite personnelle lui permettrait d'échapper à la moitié des dommages-intérêts ; l'autre moitié représentait les dommages-intérêts punitifs. Il en serait toujours redevable, où qu'il aille, nulle part sans doute. Il aurait soixante-cinq ans à la fin de sa peine, mais il serait mort avant. Il quitterait Trumble dans un cercueil à destination du Texas où on le mettrait en terre près de la petite église de campagne où il avait été baptisé. Un des enfants se fendrait peut-être d'une pierre tombale.

Beech sortit sans éteindre le téléviseur ; il était presque 22 heures, l'heure de l'extinction des feux.

Il partageait la chambre de Robbie, un petit gars du Kentucky qui avait effectué deux cent quarante cambriolages avant de se faire pincer. Il vendait les armes, les micro-ondes et les chaînes stéréo pour acheter de la coke. Robbie était pensionnaire de Trumble depuis quatre ans ; son ancienneté lui avait permis de choisir le lit du bas. Beech grimpa dans le sien, souhaita bonne nuit à son compagnon et éteignit la lumière. « Bonne nuit, Hatlee », répondit Robbie d'une voix douce.

Il leur arrivait de bavarder dans l'obscurité ; leurs conversations étaient protégées par les murs de parpaing et la porte métallique. Robbie avait vingt-cinq ans. Il en aurait quarante-cinq quand il sortirait. Vingt-quatre années : une pour dix maisons cambriolées.

Le moment qui séparait le coucher du sommeil était le pire de la journée. Le passé revenait au pas de charge : les erreurs, les malheurs, les remords et les regrets. Hatlee fermait les yeux, mais en vain, pas moyen de s'endormir. Il lui fallait d'abord se flageller. Il avait une petite-fille qu'il n'avait jamais vue – il commençait toujours par elle. Puis il songeait à ses trois enfants. Il ne pensait pas à son ex-femme, mais à son argent. Et les amis... Ah ! les amis ! Qu'étaient-ils devenus ?

Trois ans de détention. Quand il n'y a pas d'avenir, il ne reste que le passé. Le pauvre Robbie rêvait de repartir de zéro à l'âge de quarante-cinq ans. Pas Beech. Certains soirs, il avait presque envie de sentir la terre chaude du Texas sur son corps, derrière la petite église. Il y en aurait bien un qui achèterait une pierre tombale.

6.

Ce 3 février devait être le jour le plus noir de la vie de Quince Garbe ; il aurait même pu être le dernier si son médecin traitant n'avait pas été absent. Quince n'avait pas réussi à se faire prescrire des somnifères et il n'avait pas eu le courage d'utiliser un pistolet pour mettre fin à ses jours.

Tout avait pourtant bien commencé, par un bol de flocons d'avoine devant la cheminée du salon, seul. Sa femme était déjà partie pour une de ses longues journées remplies de thés et de collectes au profit d'associations caritatives, les multiples activités bénévoles qui lui permettaient de s'occuper et de rester loin de lui.

Il neigeait quand le banquier Quince avait quitté la grosse maison prétentieuse dans les faubourgs de Bakers, Iowa, pour le trajet quotidien de dix minutes dans sa longue Mercedes noire. Il était un homme important, un Garbe, un membre de la famille qui possédait la banque depuis plusieurs générations. Il se gara sur l'emplacement qui lui était réservé, derrière l'établissement dont la façade donnait sur la rue principale, et passa par le bureau de poste, comme il avait coutume de le faire deux fois par semaine. Il y louait depuis plusieurs années une boîte postale à l'insu de sa femme et surtout de sa secrétaire.

Comme il était riche et qu'ils n'étaient pas nombreux dans ce cas à Bakers, il parlait rarement aux gens dans la rue. Les autres pouvaient penser de lui ce qu'ils voulaient ; ils vouaient un culte à son père et cela suffisait pour que les affaires restent florissantes.

Serait-il obligé, à la mort du vieux, de changer de comportement ? Lui faudrait-il sourire sur les trottoirs et rejoindre le club local du Rotary, créé par son grand-père ?

Quince en avait assez de dépendre des autres. Il en avait assez de se reposer sur son père pour garder la clientèle satisfaite. Il en avait assez de la banque, de l'Iowa, de la neige et de sa femme. Ce qu'il désirait par-dessus tout en ce matin glacial de février, c'était trouver une lettre de son très cher Ricky, un petit mot gentil donnant confirmation de leur rendez-vous.

Tout ce qu'il voulait au fond, c'était une croisière de trois jours en amoureux avec Ricky. Peut-être ne reviendrait-il jamais.

Le bureau de poste de Bakers, dix-huit mille habitants, était un endroit très fréquenté ; au guichet, ce n'était jamais la même tête. Pour louer sa boîte postale au nom de CMT Investissements, il avait attendu de voir apparaître un nouveau visage. Il se dirigea droit vers la rangée de boîtes, derrière un angle du mur.

Il y avait trois lettres dans la sienne ; il les prit prestement, les fourra dans la poche de son manteau. Son cœur fit un bond dans sa poitrine quand il vit que l'une d'elles venait de Ricky. Il reprit en hâte le chemin de la banque où il arriva à 10 heures tapantes. Son père était déjà là depuis quatre heures, mais ils avaient cessé depuis longtemps de se chamailler au sujet des horaires. Il s'arrêta selon son habitude devant le bureau de sa secrétaire pour enlever ses gants, comme si des choses importantes l'attendaient. Elle lui tendit son courrier, ses deux messages téléphoniques, lui rappela qu'il déjeunait deux heures plus tard avec un agent immobilier.

Quince ferma soigneusement la porte de son bureau, lança ses gants d'un côté et son manteau de l'autre avant de déchirer l'enveloppe de Ricky. Il se laissa tomber sur le canapé et mit ses lunettes, l'haleine courte non à cause de la marche, mais de son impatience. Il commença sa lecture dans un état proche de l'excitation sexuelle.

Les premiers mots le frappèrent comme une grêle de balles. Après le deuxième paragraphe, il laissa échapper un gémissement de douleur, puis deux ou trois exclamations horrifiées et lâcha enfin d'une voix sifflante un vibrant « petit salopard ! »

Doucement, se dit-il. La secrétaire a toujours une oreille qui traîne. La première lecture l'avait secoué, la deuxième le laissa incrédule. La réalité de la situation lui apparut à la troisième ; ses lèvres se mirent à trembler. Ne pleure pas, bon dieu !

Il jeta la lettre par terre, fit machinalement le tour de son bureau en s'efforçant de ne pas regarder les visages souriants de sa femme et de ses enfants. Vingt années de photos de classe et de portraits de famille étaient alignés sur la console, juste au-dessous de la fenêtre. Il considéra un moment la neige tombant à gros flocons, qui s'accumulait sur les trottoirs. Comme il détestait cette ville ! Il avait cru pouvoir s'en échapper pour batifoler au soleil avec un beau jeune homme, il avait rêvé de ne plus jamais revenir.

Il allait partir d'une tout autre manière.

Il essaya de se convaincre qu'il s'agissait d'une plaisanterie, d'une sale blague. Mais il savait qu'il n'en était rien ; le filet s'était refermé sur lui. Il s'était laissé piéger par un professionnel.

Après avoir enfin trouvé le courage d'assumer les pulsions contre lesquelles il avait lutté toute sa vie, il venait de se faire pigeonner par un escroc. Stupide, stupide, stupide. Pourquoi était-ce si difficile ?

Des pensées fugaces se bousculaient dans son esprit tandis qu'il regardait la neige tomber. Le suicide représentait la solution de facilité, mais son médecin était absent et il n'avait pas véritablement envie de mourir. Du moins pas tout de suite. Il ne savait pas où trouver les cent mille dollars qu'on lui réclamait sans éveiller les soupçons. Son père avait les doigts crochus ; il lui versait un salaire de misère ; sa femme faisait les comptes du ménage. Ils avaient un peu d'argent de côté, qu'il ne pouvait retirer sans qu'elle le sache. La vie d'un riche banquier à Bakers, Iowa, c'était un nom, une Mercedes, une grande maison à crédit et une épouse très active. Comme il aurait voulu échapper à tout cela !

Il irait en Floride, il retrouverait l'expéditeur des lettres, démasquerait l'escroc et exposerait le chantage au grand jour. Il n'avait rien fait de mal ! Il était la victime d'agissements criminels. Il pouvait engager un privé, peut-être un avocat, qui le protégeraient et révéleraient toute l'affaire.

Même s'il trouvait l'argent et le virait conformément aux instructions, Ricky – ou plutôt celui qui se faisait appeler Ricky – risquait d'en vouloir plus. Qu'est-ce qui l'empêcherait de poursuivre indéfiniment le chantage ?

S'il avait du cran, il partirait quand même ; il irait à Key West ou dans un de ces endroits où il ne neige jamais, il vivrait au gré de ses désirs et laisserait les pauvres gens de Bakers jaser tout leur soûl. Mais Quince n'avait rien dans le ventre : c'est ce qui le rendait si triste.

Ses enfants le regardaient : visages souriants semés de taches de rousseur et appareils dentaires. Son cœur se serra ; il sut qu'il trouverait l'argent et ferait le virement comme on le lui demandait. Il devait les protéger.

La banque valait une dizaine de millions de dollars ; elle était dirigée d'une main de fer par son père, qu'il entendait aboyer des ordres dans le couloir. Le vieux restait très fringant, mais il avait quand même quatre-vingt un ans. Quand il ne serait plus là, Quince s'arrangerait avec sa sœur qui vivait à Boston et la banque lui reviendrait. Il la vendrait aussi vite que possible et quitterait Bakers avec plusieurs millions en poche. En attendant, il était obligé de faire ce qu'il avait toujours fait : ne pas déplaire au vieux. La vérité porterait un coup terrible à son père et réglerait le problème de la succession : la sœur de Chicago serait la seule héritière.

Quand les éclats de voix eurent cessé dans le couloir, il sortit, passa devant le bureau de sa secrétaire pour aller chercher un café. Il revint sans lui accorder un regard, donna un tour de clé à la porte et relut la lettre pour la quatrième fois. Il trouverait l'argent et le virerait sur le compte indiqué en priant de toutes ses forces pour que Ricky disparaisse de sa vie. Sinon, s'il revenait à la charge, Quince appellerait son médecin pour lui demander des somnifères.

Il allait déjeuner avec un agent immobilier, un flambeur dur en affaires, sans doute un escroc. Quince commença à s'y préparer. Ils se mettraient d'accord sur des opérations douteuses : surévaluation d'un terrain, versement du capital, revente à un homme de paille. Il savait le faire.

Quince trouverait l'argent.

Les clips apocalyptiques accompagnant le lancement de la campagne d'Aaron Lake firent grand bruit dans l'opinion publique. Des enquêtes répétées au long de la première semaine montrèrent un énorme accroissement de l'indice de notoriété du nouveau candidat, qui passa de deux à vingt pour cent. Mais les films furent unanimement détestés : ils faisaient peur. Les gens n'avaient pas envie de penser à la guerre, au terrorisme, à des armes nucléaires traversant nuitamment des montagnes : ils voyaient les clips – impossible d'y échapper – et recevaient le message, mais ils refusaient de se laisser inquiéter. Ils étaient trop occupés à gagner de l'argent et à le dépenser. Les questions soulevées en période de prospérité économique étaient limitées aux valeurs familiales et aux réductions d'impôts.

Les premiers journalistes qui soumirent le candidat Lake à une interview le traitèrent comme un de ces excentriques qui se présentaient périodiquement à l'élection présidentielle. Jusqu'au jour où il annonça en direct qu'il avait reçu onze millions de dollars en moins d'une semaine. Il ajouta sans fanfaronner qu'il s'attendait à atteindre vingt millions en deux semaines. C'était une nouvelle d'importance. Teddy Maynard tenait parole : l'argent affluait.

Jamais personne n'avait réuni vingt millions en deux semaines ; avant la fin de la journée, il n'était bruit que de cela à Washington. L'excitation fut à son comble quand Lake apparut, encore en direct, dans le journal du soir de deux des trois chaînes nationales. Mine resplendissante, large sourire, grande facilité d'élocution, complet de bonne coupe, coiffure impeccable : l'homme était présidentiable.

La confirmation définitive qu'Aaron Lake était un candidat sérieux arriva plus tard dans la soirée, quand un de ses adversaires lui lança une pique. Dan Britt, le sénateur du Maryland, dans la course à la Maison-Blanche depuis un an, venait d'être battu d'une courte tête dans le New Hampshire. Il avait réuni neuf millions de dollars, en avait dépensé beaucoup plus et se trouvait contraint en pleine campagne de passer la moitié de son temps à courir après les bailleurs de fonds. Il était las de tendre la main, de faire des coupes claires dans son équipe, de se tourmenter pour les clips télévisés. Quand un journaliste lui demanda à la porte d'une usine du Michigan où il serrait des mains sous la pluie ce qu'il pensait de Lake et de ses vingt millions, Britt saisit la balle au bond. « C'est de l'argent sale, déclara-t-il. Un candidat honnête ne peut en réunir autant en si peu de temps. »

La petite phrase fit le tour des rédactions et fut reprise à l'envi.

Il fallait compter avec Aaron Lake.

Le sénateur Britt avait d'autres problèmes, qu'il avait essayé d'oublier.

Neuf ans plus tôt, avec une délégation parlementaire, il s'était rendu en Asie du Sud-Est. Comme de juste, Britt et ses collègues du Congrès avaient voyagé en première classe et étaient descendus dans les plus grands hôtels ; ils étaient partis étudier la pauvreté dans cette région du globe et rassembler des éléments sur la vive controverse provoquée par Nike et l'utilisation d'une main-d'œuvre étrangère bon marché. Dès la première étape du voyage, à Bangkok, Britt avait rencontré une fille ; se faisant porter malade, il avait laissé ses collègues poursuivre sans lui leur enquête au Laos et au Viêt-nam.

Payka n'était pas une prostituée. Âgée de vingt-trois ans, elle travaillait comme secrétaire à l'ambassade des États-Unis ; sachant qu'elle était payée par le gouvernement de son pays, Britt ne pouvait s'empêcher d'éprouver un léger sentiment de possession. Il était loin du Maryland, de sa femme, de ses cinq enfants et de ses électeurs. Payka était bien faite et sensuelle, avide de partir étudier aux États-Unis.

Ce qui avait commencé comme une aventure se mua rapidement en relation passionnelle ; le sénateur Britt dut se secouer pour regagner Washington. Deux mois plus tard, il était de retour à Bangkok pour une mission urgente et secrète, d'après la version qu'il donna à sa femme.

En neuf mois, il fit quatre allers et retours à Bangkok en première classe et aux frais du contribuable ; même les globetrotters impénitents du Sénat commençaient à s'en étonner. Britt fit jouer ses relations au Département d'État pour que Payka vienne s'installer aux États-Unis.

Elle ne fit jamais le voyage. Lors de la quatrième et dernière rencontre à Bangkok, elle avoua à Britt qu'elle était enceinte. Catholique, elle refusait l'avortement. Britt ne voulut rien entendre, lui dit qu'il devait réfléchir et quitta Bangkok en pleine nuit. Fin de la mission d'étude.

À son arrivée au Sénat, Britt avait attiré l'attention en critiquant le gaspillage dont, à ses yeux, la CIA se rendait coupable. Teddy Maynard n'avait pas réagi, mais il n'avait certainement pas apprécié d'être montré du doigt. Le dossier du sénateur ne contenait pas grand-chose ; on le sortit et il reçut une attention particulière. Quand Britt se rendit à Bangkok pour la deuxième fois, il ne partit pas seul. Des agents de la CIA prirent l'avion avec lui, d'autres attendaient à l'aéroport. Ils surveillèrent l'hôtel où les amants passèrent trois jours, les photographièrent dans des restaurants chic. Britt ne se rendit compte de rien.

Après la naissance de l'enfant, la CIA se procura le dossier de l'hôpital, puis les dossiers médicaux permettant un test ADN. Payka conserva son emploi à l'ambassade ; il était facile de la retrouver.

Quand l'enfant eut un an, on le photographia sur les genoux de sa mère dans un jardin public. D'autres photos suivirent ; à l'âge de quatre ans, il présentait une lointaine ressemblance avec le sénateur du Maryland.

Son père avait disparu depuis longtemps. L'intérêt zélé que Dan Britt vouait à l'Asie du Sud-Est était complètement retombé ; il avait reporté son attention sur d'autres régions du globe. Il finit par viser la présidence, l'affection qui, tôt ou tard, frappe tous les sénateurs. Payka n'ayant jamais donné de nouvelles, le cauchemar avait été facile à oublier.

Dan Britt était entouré de cinq enfants légitimes et d'une épouse qui n'avait pas la langue dans sa poche ; ils travaillaient la main dans la main, en défenseurs des valeurs familiales. Ils avaient même écrit ensemble un livre sur la manière d'élever les enfants dans une Amérique malade, bien que leur aîné eût à peine treize ans. Quand ses mésaventures sexuelles mirent le président en exercice en situation périlleuse, le sénateur Britt fit entendre sa voix, avec des accents de vierge effarouchée.

Il avait visé juste : les dons affluèrent, venus des rangs des conservateurs. Il avait fait bonne figure dans l'Iowa, s'était incliné de justesse dans le New Hampshire, mais l'argent commençait à manquer et il chutait dans les sondages.

Le pire était à venir. Au terme d'une épuisante journée de campagne, le sénateur et son entourage s'installèrent dans un motel de Dearborn, Michigan, pour prendre quelques heures de repos. C'est là que Dan Britt se trouva face à face avec son sixième enfant, du moins en esprit.

L'agent McCord suivait le sénateur depuis une semaine avec une fausse carte de presse. Il prétendait travailler pour un quotidien de Tallahassee mais était en réalité employé depuis onze ans par la CIA. Les journalistes tournant autour de Dan Britt étaient si nombreux que personne n'avait songé à vérifier.

McCord s'était lié avec un assistant du sénateur ; dans le bar du Holiday Inn, il confessa devant le dernier verre qu'il avait en sa possession de quoi détruire le candidat à la présidence, des documents que quelqu'un du camp de son rival, le gouverneur Tarry, lui avait remis. Il s'agissait d'un carnet dont chaque page était une bombe. Une déclaration sous serment de Payka exposant leur liaison dans ses grandes lignes ; deux photos de l'enfant âgé de sept ans, la dernière prise un mois auparavant, montrant qu'il ressemblait de plus en plus à son père ; les résultats d'une analyse de sang et d'un test ADN établissant de manière probante la paternité du sénateur ; des factures indiquant que le sénateur avait consacré trente-huit mille six cents dollars à filer le parfait amour à l'autre bout du monde.

Le marché était simple et clair : que le sénateur se retirait sans délai de la course à la Maison-Blanche et l'histoire n'était pas divulguée. McCord le journaliste se faisait une haute idée de son métier et n'avait pas le cœur de publier ces saloperies. Le gouverneur Tarry garderait le silence si Britt lui laissait la voie libre. Qu'il se retire et sa femme ne saurait rien.

Un peu après 1 heure du matin, Teddy Maynard reçut l'appel de McCord annonçant que le colis avait été livré. Le sénateur Britt avait prévu une conférence de presse pour midi.

Teddy avait accumulé des dossiers compromettants sur des centaines de politiciens en exercice ou retirés de la vie publique. D'une manière générale, ils étaient faciles à piéger. Une jolie jeune femme placée sur leur chemin permettait le plus souvent d'alimenter un dossier ; en cas d'échec, l'argent marchait toujours. Ils voyageaient, fricotaient avec les lobbyistes, se prêtaient aux exigences des gouvernements étrangers assez habiles pour distribuer de l'argent à Washington, formaient des comités destinés à recueillir des fonds pour leurs campagnes. Il suffisait de les observer et les dossiers se remplissaient. Teddy aurait aimé que ce soit aussi facile avec les Russes.

Il avait du mépris pour la classe politique dans son ensemble mais du respect pour une poignée d'hommes publics. Aaron Lake en faisait partie. Jamais celui-ci n'avait couru après les femmes, jamais il n'avait été porté sur l'alcool ni eu de mauvais penchants, jamais l'argent n'avait semblé le préoccuper, jamais il n'avait été enclin à poser pour la galerie. Plus Teddy observait Lake, plus l'homme lui plaisait.

Il prit sa dernière pilule de la nuit et s'apprêta à dormir. Ainsi, Britt n'était plus dans la course. Bon débarras. Il regrettait de ne pouvoir étaler l'histoire au grand jour ; ce faux jeton méritait une bonne leçon. Mets cette histoire de côté, se dit-il, tu pourras t'en resservir. Le président Lake aurait peut-être besoin de Britt un jour ; il serait commode d'avoir le petit garçon de Thaïlande sous la main.

7.

Picasso avait porté plainte contre Sherlock et contre X afin de les empêcher d'uriner sur ses roses. Quelques jets d'urine mal dirigés n'allaient pas mettre en péril l'équilibre de la vie à Trumble, mais le plaignant demandait aussi cinq cents dollars de dommages-intérêts. C'était une somme.

Le litige remontait à l'été précédent, quand Picasso avait surpris Sherlock en flagrant délit. Le directeur adjoint était intervenu ; il avait demandé aux Frères de régler l'affaire. Sherlock avait fait appel à un ex-avocat du nom de Ratliff, incarcéré pour fraude fiscale, afin de multiplier les manœuvres procédurières et les actions dilatoires. Mais la tactique de Ratliff ne plaisait pas aux Frères qui ne tenaient en haute estime ni Sherlock ni son avocat.

La roseraie de Picasso était un bout de jardin soigneusement entrenu, le long du gymnase. Trois ans de lutte contre l'administration avaient été nécessaires pour convaincre un bureaucrate de Washington que ce passe-temps, doté de toute éternité de vertus thérapeutiques, était indiqué dans le cas de Picasso, qui souffrait de troubles divers. Quand le jardin reçut l'approbation du ministère, le directeur donna son accord et Picasso se mit au travail. Les roses furent fournies par un grossiste de Jacksonville, ce qui nécessita encore des tonnes de paperasse.

L'emploi officiel de Picasso était laveur de vaisselle à la cafétéria, ce qui lui rapportait trente cents de l'heure. Le directeur rejeta sa requête d'être classé comme jardinier, considérant que la culture des roses était un passe-temps. On voyait donc

Picasso, de bon matin et en fin de journée, à quatre pattes, retournant la terre, creusant, arrosant. Il parlait même à ses fleurs.

Les roses en question étaient des Rêves de Belinda, une variété d'un rose pâle, pas particulièrement belles mais auxquelles Picasso vouait une passion. Le jour où elles étaient arrivées de Jacksonville, tout le monde à Trumble avait su que les Belinda étaient là. Picasso les avait amoureusement plantées sur le devant et au centre du parterre.

Sherlock avait commencé à pisser sur les fleurs juste pour le plaisir. Uriner sur les roses de Picasso, un menteur notoire qu'il n'aimait pas, lui paraissait bien. D'autres l'imitèrent ; Sherlock les y encouragea en leur assurant que cet apport d'engrais était bon pour les roses.

Les Belinda perdirent leur couleur, s'étiolèrent ; Picasso en fut horrifié. Quelqu'un glissa un mot sous sa porte : le secret était éventé, son précieux jardin avait été transformé en vespasienne. Deux jours plus tard, il guetta Sherlock et le prit sur le fait. Les deux hommes rondouillards et vieillissants se battirent comme des chiffonniers devant le massif de roses.

Les fleurs devinrent d'un jaune terne ; Picasso porta plainte.

Quand l'affaire arriva enfin devant la cour, après des mois de manœuvres procédurières, les Frères en avaient déjà par-dessus la tête. Ils l'avaient discrètement confiée à Finn Yarber, dont la mère cultivait des rosiers. Après quelques heures de recherches, il avait informé ses collègues que l'urine ne changeait pas la couleur des fleurs. Quarante-huit heures avant l'audience, ils se mirent d'accord : ils rendraient une décision visant à empêcher Sherlock et les autres porcs de souiller les roses de Picasso, mais n'accorderaient pas de dommages-intérêts.

Ils écoutèrent pendant trois heures des hommes dans la force de l'âge se chamailler pour savoir qui pouvait pisser où et quand. Picasso, qui ne s'était pas fait assister d'un avocat, implora, les larmes aux yeux, ses témoins de dénoncer leurs amis. Ratliff, l'avocat de la défense, se montra cruel, caustique et prolixe ; il fut évident au bout d'une heure que sa radiation du barreau était méritée, quelles qu'aient été ses fautes.

Pendant ce temps, le juge Spicer étudiait les pronostics des rencontres de basket universitaire. Quand il n'avait pas vu Trevor, il s'amusait à parier sur chaque match. Sur le papier, il avait gagné trois mille six cents dollars en deux mois ; il était dans une bonne passe et s'épuisait en insomnies passées à imaginer sa future vie de joueur professionnel à Las Vegas ou aux Bahamas. Avec ou sans sa femme.

L'air pensif, le front creusé de rides profondes, le juge Beech semblait prendre des notes détaillées alors qu'il rédigeait le premier jet d'une nouvelle lettre destinée à Curtis. Les Frères avaient décidé de le faire cracher une deuxième fois au bassinet. Sous le nom de Ricky, Beech expliquait qu'un gardien du centre de désintoxication faisait planer la menace de toutes sortes d'agressions odieuses s'il n'était pas en mesure de payer sa « protection ». Ricky avait besoin de cinq mille dollars pour se protéger de la brute ; Curtis pouvait-il lui avancer l'argent ?

– Pourrions-nous accélérer le mouvement ? lança Beech d'une voix forte, interrompant l'ex-avocat Ratliff.

Du temps qu'il était un vrai juge, Beech maîtrisait l'art de lire une revue tout en écoutant d'une oreille un avocat pérorer devant le jury. Un rappel à l'ordre lancé à point nommé par la cour réveillait l'attention du public.

« C'est un jeu vicieux auquel ils jouent ici, écrivait Beech. Nous arrivons en mille morceaux. Ils les nettoient lentement, les sèchent, les recollent un par un. Ils nous apprennent à voir clair en nous-mêmes, nous enseignent la discipline et la confiance, nous préparent à notre retour dans la société. Ils font du bon boulot, mais ils laissent aussi ces brutes de gardiens nous menacer quand nous sommes encore si fragiles, détruire ce qui a demandé tant d'efforts. J'ai peur de cet homme, je me terre dans ma chambre au lieu de prendre le soleil et de faire de l'exercice. Je ne dors plus, je recommence à rêver d'alcool et de drogue. Je vous en prie, Curtis, prêtez-moi cet argent : il me servira à acheter ma tranquillité, à terminer ma désintoxication et à sortir indemne d'ici. Quand nous nous rencontrerons, je veux être sain et en pleine forme. »

Que penseraient les amis du juge Hatlee Beech en le voyant faire de la prose comme une tantouze pour extorquer de l'argent à des innocents ?

Il n'avait pas d'amis. Il n'avait pas de règles. La justice qui autrefois était tout pour lui l'avait envoyé là où il était, dans la cafétéria d'une prison, vêtu d'une robe de choriste, écoutant une bande de détenus s'engueuler pour savoir où ils devaient uriner.

– Vous avez déjà posé cette question huit fois ! lança-t-il à l'adresse de Ratliff qui, à l'évidence, avait regardé trop de mauvais films policiers.

Comme l'affaire avait été confiée à Yarber, celui-ci aurait dû au moins feindre de suivre les débats. Mais il ne faisait aucun effort, pas plus qu'il ne se préoccupait des apparences. Nu comme d'habitude sous sa robe d'un vert pisseux, les jambes croisées, un pied levé, il nettoyait les ongles de ses orteils à l'aide d'une fourchette en plastique.

– Tu crois qu'elles deviendraient marron, tes roses, si je chiais dessus ? cria Sherlock à Picasso.

Un énorme éclat de rire secoua la cafétéria.

– Surveillez votre langage ! ordonna Beech.

– Silence ! lança T. Karl en secouant sa perruque grise.

Il ne lui appartenait pas de rappeler l'assistance à l'ordre, mais il le faisait bien ; les Frères ne s'en formalisaient pas.

– Silence dans la salle ! reprit T. Karl en frappant sur la table avec son marteau.

« Aidez-moi, Curtis, je vous en prie, écrivait Beech. Je ne sais vers qui d'autre me tourner. Je sens que je craque, j'ai peur de m'effondrer. J'ai peur de ne jamais pouvoir sortir d'ici. Faites vite. »

Spicer misa cent dollars sur Indiana contre Purdue, Duke contre Clemson, Alabama contre Vanderbilt et la même somme sur Wisconsin contre Illinois. Que savait-il du basket dans le Wisconsin ? Aucune importance : il était un joueur professionnel, un as. Si le magot était encore enterré près de la cabane à outils, il se targuait, en un an, de le faire fructifier pour atteindre un million.

– Suffit ! déclara Beech, les deux mains levées.

– J'en ai assez entendu aussi, ajouta Yarber en laissant ses ongles tranquilles et en décroisant les jambes.

Les Frères se rapprochèrent pour délibérer, comme si leur décision pouvait créer un précédent ou du moins avoir une influence profonde sur la jurisprudence. Le front plissé, ils se grattaient la tête, et donnaient l'impression de peser le pour et le contre. Pendant ce temps, le pauvre Picasso, seul dans son coin, était au bord des larmes, épuisé par la tactique de Ratliff.

Le juge Yarber s'éclaircit la voix avant de prendre la parole.

– Par deux voix contre une, déclara-t-il, la cour a pris sa décision. Interdiction est faite à tous les détenus d'uriner sur ces fichues roses ; toute personne prise sur le fait sera condamnée à payer une amende de cinquante dollars. Aucun dédommagement n'est pour l'instant accordé.

T. Karl assena aussitôt un coup de marteau sur la table.

– La séance est levée ! rugit-il. Vous pouvez vous retirer.

Comme il fallait s'y attendre, personne ne bougea.

– Je veux faire appel ! s'écria Picasso.

– Moi aussi ! répliqua Sherlock.

– Ce doit être une bonne décision, déclara Yarber. Les deux parties sont mécontentes.

Il se leva, tenant sa robe d'une main ; ses deux collègues l'imitèrent. Les Frères sortirent de la cafétéria à la queue leu leu. Un surveillant s'avança au milieu des plaideurs et des témoins.

– C'est fini, les gars, dit-il. Retournez au boulot.

Le PDG d'Hummand, une société de Seattle qui fabriquait des missiles et des dispositifs de brouillage radar, était un ancien parlementaire qui avait entretenu des liens étroits avec la CIA. Teddy Maynard le connaissait bien. Quand l'industriel annonça au cours d'une conférence de presse que sa société avait réuni cinq millions de dollars pour la campagne d'Aaron Lake, CNN interrompit un reportage sur la liposuccion pour retransmettre l'événement en direct. Cinq mille ouvriers de chez Hummand avaient signé chacun un chèque de mille dollars, le maximum autorisé par la loi. L'industriel présenta à la caméra une boîte contenant les chèques avant de sauter dans un jet de la société à destination de Washington où il remit les dons au quartier général de la campagne de Lake.

Suivez l'argent, il mène au vainqueur. Depuis l'annonce de la candidature de Lake, plus de onze mille ouvriers de la défense et de l'aérospatiale avaient versé huit millions de dollars. Les services postaux distribuaient des colis remplis de chèques ; leurs syndicats en avaient envoyé à peu près autant. L'état-major de Lake s'adressa à un cabinet d'experts-comptables pour s'occuper des chèques.

Le PDG d'Hummand débarqua à Washington au milieu d'un tohu-bohu médiatique. Le candidat Lake voyageait à bord d'un autre jet privé, un Challenger récemment loué quatre cent mille dollars par mois. Il fut accueilli à son arrivée à Detroit par deux Suburban noires, flambant neuves, louées mille dollars par mois.

Il avait maintenant une escorte, un petit groupe qui s'attachait à ses pas ; il s'y ferait, il n'y avait pas de doute, mais, au début, c'était agaçant. Tous ces inconnus à ses côtés, en permanence. Ces hommes en complet noir, la mine grave, un petit micro dans l'oreille, un pistolet sous l'aisselle. Deux agents du Service secret l'avaient accompagné à bord du jet ; trois autres attendaient près des Suburban.

Il y avait aussi Floyd, un membre de son équipe du Congrès, le rejeton falot d'une famille en vue de l'Arizona, qui n'était bon qu'à remplir des tâches subalternes. Floyd servait de chauffeur. Il se mit au volant d'une des Suburban, Lake à son côté, deux agents fédéraux et une secrétaire à l'arrière. Deux assistants et les trois autres agents s'entassèrent dans le second véhicule. Les deux voitures prirent la direction du centre-ville de Detroit où attendaient des journalistes d'une importante chaîne locale de télévision

Lake n'avait pas le temps de faire du porte-à-porte, de manger du poisson-chat en public ni de serrer des mains sous la pluie à l'entrée des usines. Il ne pouvait pas se promener devant les caméras, ni organiser des réunions publiques, ni se faire filmer dans les décombres des ghettos en établissant un constat d'échec de la politique de la ville. Le temps lui manquait pour faire tout ce qu'on attendait d'un candidat à la présidence. Il s'était lancé tardivement dans la course à la Maison-Blanche sans avoir préparé le terrain, sans base, sans soutien local d'aucune sorte. Il avait pour lui un visage séduisant, une voix agréable, de beaux costumes, un message urgent et de l'argent en abondance.

Si l'on pouvait remporter une élection en achetant la télé, Aaron Lake s'apprêtait à en faire la démonstration.

Il téléphona à son trésorier qui l'informa de la remise des cinq millions de dollars de dons. Il n'avait jamais entendu parler d'Hummand ; il demanda si c'était une entreprise publique. On lui répondit que non, c'était une entreprise privée dont le chiffre d'affaires s'élevait à près d'un milliard de dollars, spécialisée dans le domaine du brouillage radar. Un vrai pactole s'offrait à Hummand si le bon candidat était élu et desserrait les cordons de la bourse.

Lake avait dix-neuf millions de dollars à sa disposition, un record, bien entendu. Les prévisions étaient revues à la hausse : le trésor de guerre devrait atteindre trente millions au bout des quinze premiers jours.

Impossible de dépenser l'argent à mesure qu'il arrivait.

Lake coupa la communication et rendit le portable à Floyd qui semblait avoir du mal à trouver la bonne route. « Dorénavant, nous utiliserons des hélicoptères », lança-t-il par-dessus son épaule à la secrétaire qui nota docilement : trouver des hélicoptères.

À l'abri de ses lunettes noires, Lake essaya de comprendre ce que représentaient trente millions de dollars. La transition du parlementaire au candidat indépendant n'était pas des plus faciles, mais il fallait dépenser cet argent. Il n'avait pas été extorqué aux contribuables ; il s'agissait de contributions librement versées. Quand il serait élu, il continuerait de se battre pour les ouvriers.

Ses pensées revinrent à Teddy Maynard dans la pénombre de son bunker, les jambes enveloppées dans un plaid, grimaçant de douleur à chaque mouvement, tirant des ficelles qu'il était seul en mesure de tenir, faisant tomber l'argent du ciel. Lake ne saurait jamais tout ce que Teddy accomplissait pour lui ; il préférait ne pas le savoir.

Avec ses vingt ans d'ancienneté, Lufkin, le directeur des Opérations au Moyen-Orient, avait la confiance de son chef. Quatorze heures plus tôt, il se trouvait à Tel-Aviv ; il était maintenant face à Teddy, l'air frais et dispos. Le message dont il était porteur devait être transmis en personne, de bouche à oreille, en évitant le téléphone, les signaux, les satellites. Ce qui se dirait entre les deux hommes ne sortirait pas de la pièce ; il en allait ainsi depuis de longues années.

– Un attentat contre notre ambassade au Caire est imminent, déclara Lufkin.

Aucune réaction de Teddy : ni surprise, ni perplexité, ni regard glacial, rien. Ce n'était pas la première fois qu'on lui annonçait une nouvelle de cette nature.

– Yidal ?

– Oui. Son bras droit a été vu au Caire la semaine dernière

– Par qui ?

– Les Israéliens. Ils ont aussi suivi deux camions remplis d'explosifs en provenance de Tripoli. Tout semble indiquer qu'ils sont prêts.

– Pour quand ?

– C'est imminent.

– Mais encore ?

– Je dirais dans les huit jours.

Teddy tira sur le lobe de son oreille en fermant les yeux. Lufkin s'efforça de ne pas le regarder ; il s'abstint de poser des questions. Il allait bientôt repartir pour le Moyen-Orient. Et il attendrait. L'attaque contre l'ambassade pouvait être déclenchée du jour au lendemain. Les victimes se compteraient par dizaines, un cratère fumerait plusieurs jours au cœur du Caire. À Washington, la CIA serait encore montrée du doigt et recevrait tout le poids de la responsabilité.

Rien de tout cela ne détournerait Teddy Maynard de la voie qu'il s'était tracée. Lufkin avait appris au fil des ans que Teddy jouait parfois sur la terreur pour accomplir ce qu'il avait décidé.

À moins que l'ambassade ne soit épargnée, que l'attentat ne soit déjoué par l'intervention d'un commando égyptien soutenu par les Américains. On féliciterait la CIA pour la qualité de son travail ; Teddy n'en serait pas plus ému.

– Vous en êtes certain ?

– Autant qu'on puisse l'être en pareil cas.

Lufkin ignorait que son patron complotait pour faire élire le candidat de son choix. Il avait à peine entendu parler d'Aaron

Lake ; peu lui importait qui serait le prochain président. Il était resté assez longtemps en poste au Moyen-Orient pour savoir que l'identité de celui qui faisait la politique américaine n'avait pas grande importance.

Dans trois heures, il embarquerait à bord du Concorde à destination de Paris, où il passerait une journée avant de regagner Jérusalem.

– Allez au Caire, fit Teddy sans ouvrir les yeux.

– Très bien. Et je fais quoi ?

– Vous attendez.

– Quoi ?

– Que la terre tremble. Restez à l'écart de l'ambassade.

La première réaction de York fut violemment négative.

– On ne peut pas passer ce clip, Teddy. On dirait un film d'horreur, avec des flots d'hémoglobine !

– Ça me plaît, fit Teddy en appuyant sur une touche de la télécommande. Un film d'horreur pour une campagne présidentielle : jamais cela n'a été fait.

Ils le repassèrent. D'abord l'explosion d'une bombe, puis des images du casernement des marines à Beyrouth ; fumée, gravats, chaos, victimes extraites des décombres, corps mutilés, alignement de cadavres. Le président Reagan criant vengeance devant la presse ; mais les menaces sonnaient creux. Puis la photo d'un soldat américain encadré par deux hommes en armes cagoulés. « Depuis 1980, articula une voix d'outre-tombe, plusieurs centaines d'Américains de par le monde ont été assassinés par des terroristes. » Une autre explosion, des survivants couverts de sang, hébétés, de la fumée et des décombres. « Nous crions toujours vengeance, nous menaçons toujours de trouver et de châtier les responsables. » Des images fugitives du président Bush promettant en deux occasions d'exercer des représailles ; un autre attentat, des corps ensanglantés. Puis un terroriste devant la porte d'un avion, tirant le corps d'un soldat américain. Le président Clinton, au bord des larmes, la voix cassée, déclarant : « Nous n'aurons de cesse que nous découvrions les responsables. » Puis le beau visage grave d'Aaron Lake, regardant la caméra en face, s'exprimant avec un accent de sincérité : « En réalité, nous n'exerçons jamais de représailles. Nous n'agissons qu'en paroles, nous bombons le torse, nous brandissons des menaces, mais, en fin de compte, nos morts à peine ensevelis, ils sont oubliés. Les terroristes sont en train de gagner, car le courage de riposter du tac au tac nous a manqué. Quand je serai votre président, nous utiliserons nos moyens militaires pour frapper le terrorisme où qu'il se trouve. Pas un seul assassinat ne restera sans réponse. Nous ne nous laisserons pas humilier par des combattants en haillons qui se terrent dans les montagnes ; nous les anéantirons. »

Le clip durait exactement soixante secondes et n'avait pas coûté grand-chose ; Teddy était déjà en possession des images. Sa diffusion commencerait quarante-huit heures plus tard, à l'heure de plus forte écoute.

– Je ne sais pas, Teddy, soupira York. C'est révoltant.

– Le monde est révoltant.

Ce clip plaisait à Teddy ; rien d'autre ne comptait. Lake avait protesté contre tout le sang montré à l'écran, mais s'était rapidement incliné. Son indice de notoriété venait de grimper à trente pour cent, mais les clips provoquaient toujours des réactions négatives.

Tout vient à point à qui sait attendre, se répétait Teddy. Attendons qu'il y ait de nouveaux cadavres.

8.

Trevor sirotait un grand crème de chez Beach Java en se demandant s'il allait ajouter un ou deux doigts d'Amaretto pour se mettre les idées en place quand le téléphone sonna. Il n'avait jamais jugé utile de faire installer un interphone dans le bureau. Jan pouvait crier un message du bout du couloir ; il répondait sur le même ton, quand il en avait envie. Depuis huit ans, l'avocat et sa secrétaire communiquaient en hurlant.

– Une banque des Bahamas ! cria Jan à tue-tête.

Trevor faillit renverser son café en bondissant sur le combiné.

C'était un Anglais, dont l'accent était adouci par la prononciation antillaise. Un virement d'un montant élevé venait d'être effectué en provenance d'une banque de l'Iowa.

– Quel montant ? demanda Trevor en mettant la main devant sa bouche pour que Jan ne puisse entendre.

– Cent mille dollars.

Trevor raccrocha et se versa trois doigts d'Amaretto. Il savoura l'exquise boisson en regardant le mur avec un sourire béat. Jamais, depuis le début de sa carrière, il n'avait touché trente-trois mille dollars d'honoraires. Loin de là. Une fois, il en avait perçu sept mille cinq cents pour un accident de la circulation ; deux mois plus tard, il ne lui restait plus un sou.

Jan ignorant tout du compte à l'étranger et du racket qui l'alimentait, il attendit une heure à s'affairer inutilement avant d'annoncer qu'une affaire d'importance l'appelait à Jacksonville et qu'on avait besoin de lui à Trumble. Jan s'en contrefichait : il était tout le temps en vadrouille et elle avait de la lecture pour s'occuper.

Il roula à toute allure jusqu'à l'aéroport, faillit rater la navette de Fort Lauderdale. Il descendit deux bières pendant le vol de trente minutes, deux autres dans l'avion à destination de Nassau. À sa sortie de l'aéroport, il se laissa tomber à l'arrière du taxi, une Cadillac 1974 à la carrosserie dorée, sans climatisation et dont le chauffeur avait bu lui aussi. L'air était chaud, humide, la circulation d'une lenteur exaspérante. Quand le taxi le déposa au centre-ville, près de l'immeuble de la Geneva Trust Bank, la chemise de Trevor collait à son dos.

M. Brayshear arriva au bout de quelques minutes et le conduisit dans son petit bureau. Il montra l'ordre de virement : cent mille dollars provenant de la First Iowa Bank, à Des Moines, émetteur CMT Investments, bénéficiaire Boomer Realty, Ltd. Boomer était le nom du chien de chasse préféré de Joe Roy Spicer.

Trevor signa les formulaires pour un transfert de vingt-cinq mille dollars sur son compte personnel dans le même établissement, dont l'existence n'était connue ni de sa secrétaire ni du fisc. Huit mille dollars lui furent remis en espèces dans une grosse enveloppe. Il la fourra dans une poche de son pantalon, serra la petite main molle de Brayshear et quitta la banque. Pourquoi ne pas rester deux jours, prendre une chambre donnant sur la plage, s'installer confortablement au bord de la piscine et boire du rhum jusqu'à ce qu'on refuse de le servir ? Dans le terminal, la tentation devint si forte qu'il faillit sauter dans un autre taxi pour revenir en ville ; mais il parvint à résister, résolu cette fois à ne pas dilapider son avoir.

Deux heures plus tard, il était au bar de l'aéroport de Jacksonville, devant un café noir, sans alcool, la tête remplie de projets. Il prit la route de Trumble où il arriva à 16 h 30 ; il attendit Spicer près d'une demi-heure.

– Agréable surprise, fit sèchement Spicer en entrant dans la salle des avocats.

Trevor n'ayant pas de serviette, le gardien se contenta de palper ses poches et se retira. L'enveloppe était cachée sous le tapis de sol de la Coccinelle.

– Nous avons reçu cent mille dollars de l'Iowa, murmura Trevor en lançant un coup d'œil vers la porte.

Spicer se montra soudain heureux de voir son avocat. Le « nous » lui déplaisait et le pourcentage prélevé par Trevor lui restait sur l'estomac. Mais leur combine ne pouvait marcher sans aide extérieure ; l'avocat, comme d'habitude, était un mal nécessaire. Trevor, jusqu'alors, avait mérité leur confiance.

– L'argent est aux Bahamas ?

– Oui, j'en viens. Les soixante-sept mille dollars y sont en sécurité.

Spicer inspira profondément en savourant sa victoire. Un tiers du butin lui revenait, vingt-deux mille dollars et des poussières. Il était temps d'écrire d'autres lettres !

Il prit dans la poche de sa chemise une coupure de journal soigneusement pliée qu'il étudia un instant, le bras tendu devant lui.

– Duke joue à Georgia Tech ce soir. Misez cinq mille dollars sur Tech. Il faut onze points à zéro.

– Cinq mille ?

– Oui.

– Je n'ai jamais misé cinq mille sur un match.

– Vous avez un book ?

– Il ne prend pas de gros paris.

– Si c'est son boulot, il assurera. Appelez-le dès que possible. Même s'il doit passer quelques coups de fil, il prendra le pari.

– D'accord.

– Pouvez-vous revenir demain ?

– Probablement.

– Combien d'autres clients à ce jour vous ont versé trente-trois mille dollars ?

– Aucun.

– Bien. Je vous attends demain, à 16 heures ; j'aurai du courrier à poster.

Spicer sortit rapidement du bâtiment administratif en saluant d'un petit signe de tête le surveillant et traversa d'un pas décidé la pelouse au gazon impeccable. Il trouva ses collègues dans la bibliothèque, seuls comme à l'accoutumée, plongés dans leur travail.

– Nous avons reçu les cent mille de Quince, annonça-t-il de but en blanc.

Les mains de Beech s'immobilisèrent sur le clavier de son ordinateur. Il regarda par-dessus ses lunettes, bouche bée.

– C'est une blague ? parvint-il à articuler.

– Pas du tout. Je viens de parler avec Trevor : l'argent viré conformément à nos instructions est arrivé ce matin aux Bahamas. Oui, messieurs, Quince a payé.

– Faisons-le cracher une deuxième fois, lança Yarber avant que les autres aient eu le temps d'y penser.

– Quince ?

– Bien sûr. Ce fut si facile que nous pouvons remettre cela. Qu'avons-nous à perdre ?

– Absolument rien, répondit Spicer avec un sourire.

– Combien ? demanda Beech.

– Essayons cinquante mille, fit Yarber, lançant le chiffre au petit bonheur, comme si tout était possible.

Les deux autres acquiescèrent de la tête en se représentant le butin à venir.

– Si nous faisions un état des lieux, poursuivit Spicer, prenant les choses en main. Je pense que Curtis, à Dallas, est mûr et nous allons presser Quince comme un citron. C'est une affaire qui marche : nous devrions passer la vitesse supérieure, montrer plus d'agressivité, vous voyez ? Prenons chacun de nos correspondants, analysons la situation et faisons monter la pression.

Beech éteignit son ordinateur et saisit un dossier ; Yarber dégagea son bureau minuscule. Leur petite affaire venait de recevoir un apport de sang frais et l'odeur de l'argent était grisante.

Ils entreprirent de relire les vieilles lettres et d'en rédiger de nouvelles. Il ne leur fallut pas longtemps pour décider qu'il devait y avoir d'autres victimes. De nouveaux textes seraient publiés dans la rubrique des petites annonces des revues gay.

Trevor arriva chez Pete juste à temps pour l'apéritif à prix réduit, qui commençait à 17 heures et s'achevait à la première rixe. Il trouva Prep, trente-deux ans, étudiant en deuxième année à l'université du nord de la Floride, qui jouait au billard à

9 boules, à vingt dollars la partie. L'avocat de sa famille était tenu de lui servir une rente mensuelle de deux mille dollars aussi longtemps qu'il serait inscrit à plein temps dans une faculté. Il était en deuxième année depuis onze ans.

Prep était le bookmaker le plus recherché chez Pete ; Trevor lui glissa dans le creux de l'oreille qu'il avait une grosse mise à déposer sur la rencontre Duke-Georgia Tech.

– Combien ? demanda Prep avec un coup d'œil circulaire dans l'atmosphère enfumée.

– Quinze mille, répondit Trevor avant de descendre une grande lampée de bière.

– Tu parles sérieusement ? fit Prep en frottant de craie le bout de sa queue de billard.

Jamais Trevor n'avait misé plus de cent dollars sur une rencontre.

– Ouais, répliqua l'avocat en vidant sa bouteille.

Il sentait que la chance était avec lui. Si Spicer avait eu le cran de mettre cinq mille dollars sur Duke, il allait doubler la mise. Il venait d'en gagner trente-trois mille ; il pouvait en perdre dix. C'est la part qui aurait dû revenir au fisc.

– Il faut que je passe un coup de fil, fit Prep en prenant son portable.

– Dépêche-toi. Le coup d'envoi est donné dans une demi-heure.

Le barman était un gars du pays qui n'avait jamais mis les pieds hors de la Floride, mais n'en vouait pas moins une véritable passion au rugby australien. Un match était retransmis des antipodes ; Trevor dut allonger un billet de vingt dollars pour qu'il change de chaîne et passe au basket universitaire.

Trevor avait misé quinze mille dollars sur Georgia Tech et Duke ne ratait pas un seul tir, du moins en première mi-temps. Il commanda des frites et descendit plusieurs bières à la file en s'efforçant de ne pas regarder Prep, accoudé à une table de billard, qui l'observait du coin de l'œil.

Pendant la seconde mi-temps, Trevor faillit lâcher un autre billet pour que le barman retourne en Australie. Les effets de l'alcool se faisaient sentir. À dix minutes de la fin du match, il traitait à voix haute Joe Roy Spicer de tous les noms. Qu'est-ce que ce péquenot connaissait au basket universitaire ? Il restait neuf minutes de jeu et Duke menait de vingt points quand l'arrière de Georgia Tech aligna quatre paniers à trois points d'affilée. Trevor avait ses onze points à zéro.

À soixante secondes de la fin, les deux équipes étaient à égalité ; Trevor se fichait pas mal de connaître le vainqueur. Il régla son ardoise, laissa cent dollars de pourboire au barman et gratifia Prep d'un sourire goguenard en se dirigeant vers la porte. Prep lui fit un bras d'honneur.

Trevor suivit Atlantic Boulevard dans la fraîcheur du soir. Il laissa les lumières derrière lui, longea les immeubles de location tassés les uns contre les autres, les pimpantes maisons de retraite aux pelouses impeccables et aux façades fraîchement repeintes, avant de descendre les vieilles marches de bois menant à la plage. Il enleva ses chaussures, marcha au bord de l'eau. La température ne dépassait pas 10 °C, ce qui n'était pas rare à Jacksonville en février ; il ne tarda pas à avoir les pieds mouillés et glacés.

Il ne sentait pas le froid, tout à sa joie d'avoir empoché en une journée quarante-trois mille dollars dont le fisc ne verrait pas la couleur. L'année précédente, tous frais payés, il lui en était resté vingt-huit mille pour un boulot à plein temps – pinailler avec des clients fauchés ou radins, demeurer à l'écart des tribunaux, traiter avec des agents immobiliers et des banquiers minables, se chamailler avec la secrétaire.

L'argent vite gagné était un tel plaisir ! Il se méfiait de la combine des Frères, mais force lui était de reconnaître qu'elle valait de l'or. Extorquer de l'argent à ceux qui ne sont pas en position de se plaindre. Une idée de génie !

Comme elle fonctionnait si bien, il savait que Spicer allait foncer à toute vapeur. Le courrier deviendrait plus lourd, les visites à Trumble plus fréquentes. Il était disposé à y aller tous les jours, si nécessaire, à faire entrer et sortir des lettres, à arroser les surveillants.

Il marchait pieds nus dans l'eau tandis que le vent se levait et que les vagues grossissaient.

Il serait encore plus fort d'extorquer de l'argent aux maîtres chanteurs, des escrocs patentés qui n'étaient certainement pas en position de se plaindre. L'idée était diabolique ; il en en fut presque honteux, mais elle demeurait valable. Toutes les possibilités devaient être envisagées. Qui avait dit que les loups ne se mangent pas entre eux ?

Il lui fallait un million de dollars, ni plus ni moins. Il avait souvent fait le calcul sur la route de Trumble, au bar de chez Pete ou bouclé dans son bureau. Un petit million de dollars et il pourrait fermer son triste cabinet, dire adieu au barreau, acheter un voilier et passer le restant de ses jours à naviguer sur la mer des Caraïbes.

Son rêve était à portée de main.

Spicer se retourna encore une fois dans son lit. Difficile de trouver le sommeil dans la pièce exiguë, sur ce petit lit, avec les ronflements d'Alvin juste au-dessus de sa tête. Alvin avait fait la route pendant des décennies ; sur le tard, il avait commencé à ressentir la fatigue et la faim. Il avait été condamné pour avoir dévalisé un facteur rural dans l'Oklahoma. Son arrestation avait été grandement facilitée par le fait qu'il était entré dans le bureau du FBI à Tulsa en déclarant : « C'est moi qui l'ai fait. » Les agents fédéraux s'étaient échinés pendant six heures à trouver ce dont il parlait. Tout le monde jusqu'au juge savait qu'Alvin avait organisé son avenir ; il voulait un lit dans un pénitencier fédéral, pas dans une prison de l'Oklahoma.

Spicer avait encore plus de mal à s'endormir que d'habitude, car il avait un nouveau sujet d'inquiétude : l'avocat. Maintenant que l'arnaque avait donné ses premiers résultats, il y avait de l'argent à ramasser. Et ce n'était pas fini. Plus le compte de Boomer Realty gonflait aux Bahamas, plus la tentation serait grande pour Trevor. Il était le seul à pouvoir subtiliser leur magot en toute impunité.

Mais ils ne pouvaient se passer d'un complice extérieur. Il fallait quelqu'un pour faire entrer et sortir le courrier, quelqu'un pour recevoir les fonds.

Il devait y avoir un moyen de court-circuiter l'avocat ; Spicer était résolu à le trouver. Il était prêt pour cela à se passer de sommeil pendant un mois. Il ne laisserait pas un avocaillon empocher le tiers de ses gains et peut-être la totalité.

9.

Le Comité d'action politique-Défense, ou CAP-D, le sigle sous lequel il allait bientôt être connu du grand public, fit une entrée fracassante dans le paysage aux contours troubles du financement politique. Jamais, dans l'histoire récente du pays, un comité d'action politique n'était apparu sur le devant de la scène avec de tels moyens.

Le capital initial venait d'un financier de Chicago du nom de Mitzger qui possédait la double nationalité américaine et israélienne. Il versa le premier million de dollars, de quoi tenir une semaine. D'autres juifs fortunés dont l'identité demeura cachée derrière des sociétés-écrans et des comptes à l'étranger furent rapidement mis à contribution. Teddy Maynard était conscient des dangers que pouvait constituer un groupe de riches juifs contribuant ouvertement et d'une manière organisée à la campagne de Lake. Il fit appel à de vieux amis de Tel-Aviv pour répartir les fonds à New York.

Mitzger avait une étiquette politique de libéral, mais rien ne lui tenait plus à cœur que la sécurité d'Israël. Aaron Lake, trop modéré sur le chapitre social, croyait dur comme fer à la nécessité de renforcer l'armée. La stabilité au Moyen-Orient dépendait d'une Amérique forte, du moins dans l'esprit de Mitzger.

Il prit une suite à l'hôtel Willard, à Washington. Le lendemain midi, il avait loué tout un étage d'un immeuble de bureaux près de l'aéroport Dulles. Ses collaborateurs de Chicago se mirent au travail d'arrache-pied pour régler la multitude de détails qu'exigeait l'installation immédiate de matériel de technologie dernier cri dans les locaux de trois mille sept cents mètres carrés. Il invita pour un petit déjeuner de travail à 6 heures du matin Elaine Tyner, une avocate d'un gigantesque cabinet de Washington bâti avec sa volonté de fer et l'aide des magnats du pétrole qu'elle avait pour clients. À soixante ans, Elaine Tyner était considérée comme la plus puissante lobbyiste de la capitale. Devant des petits pains et des jus de fruits, elle accepta de représenter CAP-D moyennant une provision de cinq cent mille dollars. Son cabinet allait aussitôt envoyer vingt collaborateurs et autant de secrétaires dans les nouveaux bureaux où un de ses associés prendrait les choses en main. Une partie de l'effectif s'occuperait exclusivement de lever des fonds ; une autre s'attellerait, avec circonspection dans un premier temps, à la tâche délicate consistant à trouver des appuis dans les rangs des sénateurs, des députés et même des gouverneurs. Ce ne serait pas facile : la plupart d'entre eux s'étaient déjà engagés derrière d'autres candidats. Le reste se consacrerait à des recherches sur le matériel militaire, les coûts, les nouveaux dispositifs, les armes futuristes, les innovations russes et chinoises, tout ce qu'Aaron Lake pouvait avoir besoin de savoir.

Elaine Tyner se chargerait pour sa part de lever des fonds auprès des gouvernements étrangers, une de ses spécialités. Elle était proche des Sud-Coréens qu'elle représentait à Washington depuis une dizaine d'années ; elle avait tissé des liens étroits avec les diplomates, les hommes d'affaires, les décideurs. Peu de pays accueilleraient le renforcement de l'armée américaine avec autant de soulagement. « Je suis sûre qu'ils apporteront cinq millions, glissa-t-elle sur le ton de la confidence. Pour commencer. » Elle dressa de mémoire une liste des vingt entreprises françaises et britanniques dont le quart des ventes annuelles, au moins, dépendait du Pentagone ; c'est par elles qu'elle commencerait.

Elaine Tyner était devenue l'archétype de l'avocat de la capitale. Elle n'avait pas mis les pieds dans l'enceinte d'un tribunal depuis quinze ans et, pour elle, tout ce qui se passait d'important dans le monde avait son origine à Washington.

Le défi à relever était sans précédent : faire élire un candidat de dernière minute, un quasi-inconnu dont l'indice de notoriété ne dépassait pas trente pour cent, avec seulement douze pour cent d'opinions positives. Mais, contrairement aux fantaisistes de tout poil qui se lançaient dans la course à la présidence et s'en retiraient, leur candidat disposait de finances apparemment illimitées. Grassement payée pour faire gagner ou perdre les politiciens, Elaine Tyner avait la conviction inébranlable que l'argent faisait toujours la différence. Si on lui donnait l'argent, elle pouvait faire élire ou battre n'importe qui.

Pendant la première semaine de son existence, CAP-D bouillonna d'une folle énergie. Dans les bureaux ouverts vingt-quatre heures sur vingt-quatre, les collaborateurs d'Elaine Tyner s'étaient mis fiévreusement au travail. Ceux qui avaient la charge de la collecte des fonds sortirent un listing comportant trois cent dix mille noms d'ouvriers de la défense et des industries apparentées, à qui ils envoyèrent un courrier bien tourné pour leur demander de contribuer au financement de la campagne. Une autre liste comportait vingt-huit mille noms de cols blancs dont les revenus annuels dépassaient cinquante mille dollars par an ; eux aussi reçurent une lettre de sollicitation.

Ceux dont le rôle était d'obtenir le soutien des parlementaires dressèrent la liste des cinquante membres du Congrès dont la circonscription comptait le plus grand nombre d'ouvriers de la défense. Trente-sept d'entre eux se représentaient aux élections, ce qui rendrait les pressions d'autant plus faciles. CAP-D organiserait une campagne téléphonique à grande échelle auprès de la base, les ouvriers et les cadres des industries de la défense, pour les inciter à voter pour Aaron Lake et l'augmentation du budget de l'armée. Six sénateurs élus dans des États où les industries de la défense avaient un grand poids se trouvaient dans une position difficile ; Elaine Tyner prit rendez-vous avec chacun d'eux pour un déjeuner.

Un afflux massif d'argent ne passe pas longtemps inaperçu à Washington. Un jeune et humble représentant du Kentucky avait désespérément besoin de capitaux pour mener dans son État un combat mal engagé. Il n'avait jamais fait parler de lui. Pas une seule fois en deux ans il n'avait pris la parole à la Chambre et personne ne voulait financer sa campagne. Il avait entendu parler d'Elaine Tyner et s'était résolu à l'appeler.

– Combien vous faut-il ? avait demandé l'avocate.

– Cent mille.

Il avait marqué une hésitation, elle non.

– Êtes-vous disposé à apporter votre soutien à Aaron Lake ?

– Je soutiendrai n'importe qui, à condition qu'il y mette le prix.

– Bien. Nous vous verserons deux cent mille dollars et nous nous occuperons de votre campagne.

– Vous avez carte blanche.

Ce n'était pas toujours aussi facile, mais CAP-D réussit à s'assurer le soutien de huit parlementaires au cours des dix premiers jours de son existence. Tous, d'obscurs représentants qui avaient côtoyé Lake et pensaient du bien de lui. L'idée était de les aligner devant les caméras une ou deux semaines avant le 7 mars, le grand Super Mardi.

Mais la plupart des parlementaires s'étaient déjà prononcés en faveur d'autres candidats.

Tyner multiplia les contacts, allant jusqu'à prendre trois repas par jour, aux frais de CAP-D. Son objectif était de faire savoir dans la capitale qu'elle avait un nouveau client, que l'argent coulait à flots et qu'elle soutenait un inconnu qui ferait bientôt la course en tête. Dans une ville où les commérages constituaient une activité des plus prisées, elle n'eut guère de difficulté à faire passer le message.

La femme de Finn Yarber arriva à l'improviste, sa première visite à Trumble depuis dix mois. Elle portait des sandales de cuir au bout râpé, une jupe en toile de jean tachée, un chemisier blousant orné de perles et de plumes, et un assortiment de fanfreluches d'inspiration hippie autour du cou, des poignets et de la tête. Elle avait les cheveux gris et ras, et des poils sous les bras. Elle ressemblait à la réfugiée épuisée des années 60 que Finn avait connue. Il ne fut pas vraiment transporté de joie quand on lui annonça que sa femme l'attendait au parloir.

Elle s'appelait Carmen Topolski-Yocoby, un nom à coucher dehors dont elle avait fait une arme au long de sa vie d'adulte. Féministe pure et dure, elle était avocate à Oakland, spécialisée dans la défense des lesbiennes victimes de harcèlement sexuel dans leur activité professionnelle. Chaque cliente était une femme en colère affrontant un employeur en colère. Saleté de boulot !

Mariés depuis trente ans, ils n'avaient pas toujours vécu ensemble. Finn avait partagé la vie d'autres femmes, elle d'autres hommes. Il leur était même arrivé, au début de leur mariage, d'en avoir toute une maisonnée et de changer de combinaison chaque semaine. Ils étaient tous deux libres de faire ce que bon leur semblait. Une période chaotique de six ans de monogamie avait produit deux enfants qui n'avaient pas fait grand-chose de leur vie.

Ils s'étaient rencontrés en 1965, sur les champs de bataille du campus de Berkeley ; étudiants en droit, ardents partisans de la noble cause du changement social, ils manifestaient contre la guerre et tous les fléaux de l'époque. Ils œuvraient avec zèle pour promouvoir l'inscription sur les listes électorales et combattaient pour la dignité des travailleurs immigrés saisonniers. Ils avaient été arrêtés pendant l'offensive du Têt, s'étaient enchaînés à des séquoias, avaient plaidé pour les baleines devant les tribunaux et arpenté les rues de San Francisco à l'occasion de chaque manifestation, apportant leur soutien à toutes les causes possibles et imaginables.

Et ils buvaient beaucoup, couraient les soirées avec enthousiasme, prisaient la culture de la drogue. Ils allaient et venaient, multipliaient les aventures sans se poser de questions : ils avaient déterminé leur propre moralité. Quand on se bat pour protéger les Mexicains et les séquoias, on ne peut être que bon !

Il ne leur restait plus qu'une grande lassitude.

Elle était gênée de voir son mari, cet homme brillant qui était parvenu à se faire nommer à la Cour suprême de Californie, dans une prison fédérale. Finn, de son côté, était soulagé d'être en Floride plutôt qu'en Californie où les visites de sa femme auraient pu être plus fréquentes. D'abord incarcéré près de Bakersfield, il avait réussi à se faire transférer à Trumble.

Jamais ils ne s'écrivaient ni ne se téléphonaient. Elle allait voir une sœur à Miami ; la prison était sur sa route.

– Joli bronzage, commença-t-elle. Tu as bonne mine.

Toi, tu ressembles à un pruneau tout desséché, se dit Finn. Comme elle paraissait vieille et usée !

– Que deviens-tu ? demanda-t-il avec indifférence.
– Je fais des tas de choses. Je travaille trop.
– Bien.

Tant mieux pour elle si elle gagnait sa vie, comme elle l'avait fait épisodiquement pendant des années. Il restait à Finn cinq ans à tirer avant de sortir de Trumble, mais il n'avait aucunement l'intention de retourner vers elle ni de retrouver la Californie. S'il vivait jusque-là, ce dont il doutait chaque jour, il serait libre à soixante-cinq ans ; son rêve était de trouver un lieu échappant à la mainmise du fisc, du FBI et de toutes les agences gouvernementales avec leurs sigles barbares. Finn vouait une haine si profonde à l'administration de son pays qu'il envisageait de renoncer à la citoyenneté américaine.

– Tu bois toujours ? reprit-il.

Il avait arrêté, par la force des choses, même si, de temps en temps, il parvenait à se faire offrir un coup par un surveillant.

– Je ne bois plus, je te remercie de t'en préoccuper.

Chaque question était une pointe, chaque réponse une riposte. Finn se demanda pourquoi elle était passée ; il ne tarda pas à comprendre.

– J'ai décidé de divorcer, déclara-t-elle.

Il haussa les épaules comme pour dire : pourquoi se donner cette peine.

– Ce n'est certainement pas une mauvaise idée.
– J'ai rencontré quelqu'un, poursuivit-elle.
– Homme ou femme ? s'enquit-il par simple curiosité.

Rien ne pouvait l'étonner.

– Un homme plus jeune.

Un nouveau haussement d'épaules. Fonce, ma vieille ! faillit-il dire.

– Ce n'est pas le premier.
– Ne parlons pas de ça.

Finn n'avait pas d'objection. Il avait toujours admiré sa sexualité exubérante et sa vigueur, mais il était difficile d'imaginer une femme de cet âge ayant des relations sexuelles régulières.

– Montre-moi les papiers, fit-il. Je les signerai.
– Ils seront là dans une semaine. Avec ce qui nous reste, il n'y aura pas grand-chose à partager.

Au point culminant de la carrière du juge Finn Yarber, le couple avait contracté un emprunt-logement pour une maison dans la marina de San Francisco. La demande d'emprunt prudemment formulée de manière à éliminer tout soupçon de machisme, de sexisme, de racisme ou d'âgisme par des avocats californiens vivant dans la terreur de poursuites intentées par une bonne âme offensée montrait un gouffre entre l'actif et le passif de près d'un million de dollars.

Ils n'y attachaient ni l'un ni l'autre d'importance, trop occupés qu'ils étaient à ferrailler contre le négoce du bois et les fermiers exploitant sans pitié la main-d'œuvre immigrée. Au fond d'eux-mêmes, ils tiraient fierté de la maigreur de leur patrimoine.

Mariés selon la loi de Californie sous le régime de la communauté, les époux conserveraient chacun la moitié des biens. La signature des papiers du divorce ne devrait pas présenter de difficultés, pour différentes raisons.

Il y en avait une que Finn Yarber passerait sous silence : l'arnaque d'Angola rapportait de l'argent. De l'argent sale, hors de portée des doigts crochus de l'administration. Une chose était sûre : Carmen n'en connaîtrait jamais l'existence.

Finn ne savait pas si le régime de la communauté pouvait étendre ses tentacules jusqu'à un compte bancaire secret aux Bahamas et n'avait nullement l'intention de s'en assurer. Qu'on lui apporte les papiers, il signerait d'un cœur léger.

Ils bavardèrent quelques minutes en évoquant le souvenir de vieux amis. Une brève conversation : la plupart des amis ne donnaient plus signe de vie. Ils se séparèrent sans tristesse ni regrets; leur couple était mort depuis longtemps. C'est le soulagement qui l'emportait.

Finn lui fit ses adieux sans même la serrer dans ses bras. Il prit aussitôt la direction de la piste de jogging, se mit en short et marcha une heure au soleil.

10.

Au soir de sa deuxième journée au Caire, Lufkin avait dîné à la terrasse d'un bar de Shari' el-Corniche. Devant un café noir, il regardait les commerçants fermer leur échoppe, des marchands de tapis, de dinanderie, de sacs de cuir et de linge en provenance du Pakistan, des articles pour les touristes. À quelques mètres, un vieillard au visage parcheminé replia minutieusement son étal et disparut sans laisser de trace.

Lufkin ressemblait à s'y méprendre à un Arabe moderne. Pantalon blanc, veste kaki de toile légère, feutre blanc incliné sur les yeux. Il regardait le monde derrière un chapeau et des lunettes noires. Il entretenait le hâle de son visage et de ses bras, et gardait les cheveux très courts. Il parlait parfaitement l'arabe et se trouvait aussi à l'aise à Beyrouth qu'à Damas ou au Caire.

Il était descendu à l'hôtel El-Nil, au bord du fleuve, à quelques centaines de mètres de là. Tandis qu'il flânait sur les trottoirs au milieu d'une fouille grouillante, il fut rejoint par un étranger grand et maigre, de type indéterminé, s'exprimant dans un anglais passable. Ils se connaissaient assez bien pour se faire confiance et poursuivirent leur marche comme si de rien n'était.

– Nous pensons que c'est pour ce soir, déclara le contact dont les yeux aussi étaient dissimulés derrière des lunettes.

– Continuez.

– Il y a une réception à l'ambassade.

– Je sais.

– Un joli cadre et beaucoup de mouvement. La bombe sera dans une camionnette.

– Quelle marque ?

– Nous ne savons pas.

– Autre chose ?

– Non.

L'homme se fondit aussitôt dans la foule.

En buvant un pepsi au bar d'un hôtel, Lufkin se demanda s'il devait appeler son patron. Quatre jours s'étaient écoulés depuis leur rencontre à Langley et Teddy ne s'était pas manifesté. Ils s'étaient déjà trouvés dans ce genre de situation : Teddy n'allait pas intervenir. Le Caire était devenu une ville dangereuse pour les Occidentaux et nul ne reprocherait à la CIA de n'avoir pu déjouer l'attentat. Ils ne couperaient pas aux gesticulations ni aux accusations, mais le massacre serait rapidement relégué au tréfonds de la mémoire collective. La campagne présidentielle battait son plein et le monde allait si vite. La multiplicité des attentats, des agressions, des actes de violence gratuite aussi bien chez eux qu'à l'étranger avait endurci les Américains. Informations en continu, un flash spécial après l'autre, toujours une crise quelque part. Nouvelles de dernière minute, une flambée de violence par-ci, une secousse par-là, au bout d'un moment, il n'était plus possible de suivre la marche des événements.

Lufkin sortit du bar pour regagner son hôtel. De la fenêtre de sa chambre au quatrième étage, il contempla la mégalopole bâtie dans la confusion au fil des siècles. Le toit de l'ambassade des États-Unis se trouvait juste devant lui, à quinze cents mètres.

Il ouvrit un livre de poche de Louis L'Amour et attendit le feu d'artifice.

Le véhicule, une camionnette Volvo de deux tonnes, était bourré d'explosifs : quinze cents kilos de plastic fabriqué en Roumanie. L'inscription sur le hayon vantait la qualité des services d'un traiteur bien connu de la capitale, une société travaillant régulièrement avec les ambassades occidentales. La camionnette était garée près de l'entrée de service, dans le sous-sol du bâtiment.

Le conducteur habituel était un Égyptien costaud et sympathique surnommé Shake par les marines assurant la surveillance de l'ambassade; ils le voyaient souvent passer à l'occasion des réunions mondaines. Shake était mort, étendu sur le plancher de la camionnette, une balle dans la tête.

La détonation de la charge d'explosif se produisit à 22 h 20, commandée à distance par un terroriste caché de l'autre côté de la rue. Dès qu'il eut enfoncé les touches de la télécommande, l'homme se baissa derrière une voiture, redoutant de regarder.

L'explosion fit voler en éclats les piliers soutenant l'édifice; l'ambassade bascula sur le côté. Des débris furent projetés à une grande distance, la plupart des bâtiments voisins endommagés, les vitres soufflées à quatre cents mètres à la ronde.

Lufkin somnolait dans un fauteuil quand il entendit la déflagration. Il se dressa d'un bond, s'avança sur l'étroit balcon et découvrit le nuage de poussière : le toit de l'ambassade n'était plus visible. En quelques minutes, les premières flammes apparurent et les hurlements prolongés des sirènes déchirèrent la nuit. Il plaça son siège devant la balustrade et s'installa pour un long moment; il ne dormirait pas cette nuit. Six minutes après l'explosion, l'électricité fut coupée, la ville plongée dans l'obscurité, à l'exception du rougeoiement de l'incendie qui dévorait l'ambassade.

Il appela Teddy.

Le technicien de service assura Lufkin que la ligne était sûre; la voix du vieux cacique lui parvint aussi nettement que s'ils se parlaient entre New York et Boston.

– Maynard à l'appareil.

– Je suis au Caire, Teddy. Je regarde notre ambassade partir en fumée.

– Cela s'est passé quand?

– Il y a une dizaine de minutes.

– Les dégâts...

– Difficile à dire. Je suis dans un hôtel, à plus d'un kilomètre. Certainement très importants.

– Rappelez dans une heure. Je vais rester la nuit ici.

– Entendu.

Teddy fit rouler son fauteuil jusqu'à un ordinateur et pianota sur le clavier; quelques secondes suffirent pour trouver Aaron Lake. Le candidat était entre Philadelphie et Atlanta, à bord de son avion flambant neuf. Il avait un téléphone dans sa poche, un appareil digital aussi mince qu'un briquet.

Teddy appuya sur quelques touches pour établir la communication et parla à son moniteur.

– Monsieur Lake. C'est Teddy Maynard.

Je ne vois pas qui d'autre cela pourrait être, se dit Lake. Personne n'a ce numéro.

– Êtes-vous seul? poursuivit Maynard.

– Un instant.

Teddy attendit que Lake revienne en ligne.

– Voilà, je suis dans la cuisine.

– Il y a une cuisine dans l'avion?

– Une petite, oui. C'est un bel avion, monsieur Maynard.

– Bien. Je ne voudrais pas vous importuner, mais j'ai de mauvaises nouvelles. Un attentat a été commis il y a une quinzaine de minutes contre notre ambassade au Caire.

– Qui est derrière?

– Ne me le demandez pas.

– Pardon.

– La presse va sauter sur vous. Prenez un moment pour préparer quelques phrases; ce sera le moment idéal pour exprimer votre sympathie pour les victimes et leurs proches. Réduisez les considérations politiques au minimum sans dévier de votre ligne de conduite. Vos clips sont devenus prophétiques; vos propos seront repris d'un bout à l'autre du pays.

– Je m'y mets tout de suite.

– Appelez-moi dès votre arrivée à Atlanta.

– Je n'y manquerai pas.

Quarante minutes plus tard, l'avion de Lake se posait à Atlanta. Dûment informés de son arrivée, l'attentat du Caire sur toutes les lèvres, les journalistes se pressaient à l'aéroport. Aucune image de l'ambassade n'avait encore été diffusée, mais plusieurs agences de presse avaient fait état de « centaines » de victimes.

Dans le petit terminal de l'aérodrome privé Lake fit face à un groupe de journalistes, certains munis d'un micro et d'une caméra, d'autres d'un magnétophone portable, d'autres encore d'un bon vieux carnet. Il s'adressa à eux avec solennité, sans avoir recours à aucune note.

– Nous devrions en ce moment prier pour ceux qui ont péri ou ont été blessés dans cet acte de guerre. Nos pensées vont à eux, à leurs familles et aux équipes de secours. Mon intention n'est pas de politiser cet attentat ; je dirai seulement qu'il est absurde que notre pays, une fois de plus, souffre par la faute des terroristes. Quand je serai président, aucune vie américaine ne sera prise impunément. J'utiliserai notre nouveau matériel militaire pour traquer et anéantir les groupes terroristes qui s'en prennent à des innocents. C'est tout ce que j'ai à déclarer.

Il se retira sans s'occuper des questions lancées à tue-tête par la meute des journalistes.

Admirable, se dit Teddy qui avait suivi la scène en direct de son bunker. Vivacité, compassion et fermeté inébranlable. Superbe prestation ! Il se félicita encore une fois d'avoir choisi un candidat aussi exceptionnel.

Quand Lufkin rappela, il était minuit passé au Caire. L'incendie avait été maîtrisé et les sauveteurs retiraient les corps des ruines fumantes. Beaucoup avaient été ensevelis sous les décombres. Lufkin était à deux cents mètres, au milieu d'une foule immense, derrière des barrières élevées par l'armée. L'air était lourd de fumée et d'une épaisse poussière. Lufkin s'était trouvé dans sa carrière sur les lieux de plusieurs attentats ; il n'avait jamais vu pareille scène de désolation.

Teddy se servit un nouveau déca. Les clips de campagne de Lake allaient passer à l'heure de plus forte écoute ; en une soirée, trois millions de dollars seraient engloutis pour noyer le pays sous un déluge d'images de terreur et de mort. Ils annonceraient dès le lendemain qu'ils retiraient les clips ; par respect pour les victimes et leurs familles, leur diffusion serait suspendue. Et le lendemain à midi, ils commenceraient les sondages sur une grande échelle.

Il était temps que la cote de popularité du candidat Lake se mette à grimper. Les primaires de l'Arizona et du Michigan se tenaient dans moins d'une semaine.

Les premières images en provenance du Caire montraient un journaliste nerveux, le dos tourné aux soldats qui l'observaient d'un air farouche. Des sirènes hurlaient, des lumières clignotaient. Mais le journaliste ne savait pas grand-chose. Une énorme charge d'explosif avait détoné dans le sous-sol de l'ambassade, à 22 h 20, au moment où les invités d'une réception se retiraient. Il n'avait aucune idée du nombre de victimes, mais elles seraient nombreuses. L'armée avait bouclé le quartier et, pour faire bonne mesure, interdit l'utilisation de l'espace aérien : il n'y aurait malheureusement pas de prises de vue d'hélicoptère. L'attentat n'avait pas encore été revendiqué, ce qui ne l'empêcha pas d'avancer le nom de trois groupes extrémistes, les suspects habituels. « Il pourrait s'agir de l'un des trois ou bien d'un autre », ajouta-t-il pour être précis. Sans scène de carnage à filmer, la caméra restait braquée sur le journaliste qui, n'ayant rien à dire, entreprit d'expliquer que le Moyen-Orient était une région dangereuse, comme s'il y avait là quelque chose de nouveau, susceptible de donner matière à un reportage.

Lufkin appela vers 20 heures, heure de Washington, pour informer Maynard que l'on n'avait pas encore retrouvé l'ambassadeur des États-Unis et que l'on craignait qu'il ne fût enseveli sous les décombres. C'est du moins la rumeur qui courait dans la ville.Tout en parlant à Lufkin, Teddy regardait sans le son le journaliste filmé en direct du Caire. Un clip de Lake commença sur un autre écran. Il montrait les décombres, le carnage, des extrémistes responsables d'un autre attentat, puis le visage d'Aaron Lake s'engageant d'une voix calme et grave à ne pas laisser les actes de terrorisme impunis.

Le moment n'aurait pu être mieux choisi.

Teddy fut réveillé à minuit par un agent qui apportait un thé au citron et un sandwich aux crudités. Comme cela lui arrivait souvent, il avait somnolé dans son fauteuil, devant les images muettes des écrans de télévision. Dès qu'il fut seul, il remit le son.

Le soleil brillait sur Le Caire. On n'avait pas retrouvé l'ambassadeur.

Teddy n'avait jamais rencontré le diplomate, un parfait inconnu que la presse portait maintenant aux nues. Sa disparition ne préoccupait pas Teddy outre mesure, même si elle devait amplifier les critiques contre la CIA. Elle donnerait une gravité accrue à l'attentat, ce qui ferait le jeu d'Aaron Lake.

Soixante et un corps avaient été dénombrés. Les autorités égyptiennes incriminaient Yidal, le suspect numéro un, dont la petite armée s'était attaquée à trois ambassades occidentales ces seize derniers mois et qui appelait ouvertement à la guerre contre les États-Unis. Le dossier de la CIA sur le terroriste évaluait son armée à une trentaine de combattants et son budget annuel à près de cinq millions de dollars provenant en quasi-totalité de la Libye et de l'Arabie Saoudite. Mais les fuites organisées à l'intention de la presse donnaient à entendre qu'il avait mille hommes derrière lui et des fonds illimités, employés pour terroriser d'innocents Américains.

Les Israéliens savaient où Yidal prenait son petit déjeuner et ce qu'il mangeait. Ils auraient pu l'éliminer une dizaine de fois, mais jusqu'alors le terroriste n'avait pas dirigé ses armes contre eux. Tant qu'il se contentait de massacrer des Occidentaux, ils ne s'en mêleraient pas. Leur intérêt était que la haine des extrémistes islamistes se répande dans les pays occidentaux.

Après avoir mangé lentement, Teddy fit un autre petit somme. Lufkin appela vers midi, heure locale, pour annoncer que les corps de l'ambassadeur et de son épouse avaient été retrouvés. Le nombre des victimes s'élevait maintenant à quatre-vingt-quatre ; onze seulement n'étaient pas américaines.

Les caméras dénichèrent Aaron Lake devant une usine de Marietta, Géorgie, serrant des mains dans l'obscurité. On l'interrogea sur les événements du Caire.

– Il y a seize mois, déclara-t-il, ces mêmes criminels ont commis des attentats contre deux de nos ambassades. Trente de nos compatriotes y ont laissé leur vie et nous n'avons rien fait pour les empêcher de recommencer. Ils agissent en toute impunité, car nous n'avons pas la volonté de nous battre.

Quand je serai président, je déclarerai la guerre aux terroristes et je mettrai fin aux massacres.

Cette dureté fut contagieuse. Quand l'Amérique, à son réveil, apprit les terribles événements du Caire, elle reçut en prime une avalanche de menaces et d'ultimatums lancés par les sept autres candidats. Même les plus passifs avaient dans leurs propos des accents belliqueux.

11.

Il neigeait encore sur l'Iowa : de gros flocons portés par un vent tourbillonnant, qui fondaient sur les chaussées et les trottoirs. Quince Garbe marchait dans Main Street en rêvant de plage et de soleil, la tête baissée comme pour se protéger des bourrasques. En vérité, il ne voulait parler à personne ni qu'on le voie entrer encore une fois dans le bureau de poste.

Il y avait une lettre dans son casier. Une lettre de Ricky. Pétrifié, il la regarda, posée sur un tas de prospectus, innocente comme un petit mot d'un vieil ami. Il tourna la tête de droite et de gauche, tel un voleur taraudé par son sentiment de culpabilité, la saisit prestement et la fourra dans la poche intérieure de son manteau.

Sa femme était à l'hôpital où elle préparait une fête pour les enfants handicapés. Il n'y avait à la maison qu'une bonne, qui passait ses journées à somnoler dans la lingerie ; il ne l'avait pas augmentée depuis huit ans. Il roula doucement à cause des rafales de neige, maudissant le maître chanteur qui avait brisé sa vie en abusant de ses sentiments, redoutant d'ouvrir la lettre qui, chaque minute, devenait plus lourde contre son cœur.

Sans que la bonne donne signe de vie, il ouvrit la porte d'entrée en faisant autant de bruit que possible. Il monta dans sa chambre, s'enferma à double tour ; il y avait un pistolet sous son matelas. Il lança son manteau et ses gants sur un fauteuil, puis sa veste et s'assit au bord du lit pour examiner l'enveloppe. Même papier bleu lavande, même écriture, cachet de la poste de Jacksonville portant la date de l'avant-veille. Il déchira l'enveloppe, sortit la feuille qu'elle contenait.

Cher Quince,

Merci infiniment pour l'argent. Pour que vous ne pensiez pas que je suis un être sans cœur, sachez que je l'ai envoyé à ma femme et à mes enfants. Ils souffrent tant. Mon éloignement les a laissés sans ressources. Ma femme fait une dépression ; elle est incapable de travailler. Mes quatre enfants survivent grâce à l'aide sociale et aux bons de nourriture.

(Avec cent mille dollars, ils vont pouvoir se requinquer, se dit Quince.)

Ma famille vit dans un logement social et n'a pas de moyen de transport. Merci encore pour votre aide. Une rallonge de cinquante mille dollars leur permettra de rembourser les dettes et de mettre de l'argent de côté pour les études des enfants.

Les règles ne changent pas : virement effectué sur le même compte, promesse de dévoiler votre vie cachée si l'argent n'arrive pas rapidement. Si vous le faites sans attendre, Quince, je jure que ce sera ma dernière lettre. Encore merci.

Affectueusement.

Ricky.

Il se dirigea vers la salle de bains, ouvrit l'armoire à pharmacie où se trouvait le tube de Valium de sa femme. Il en prit deux, repoussa la tentation d'avaler le contenu du tube. Il avait besoin de s'allonger, mais ne pouvait utiliser le lit ; le dessus-de-lit serait froissé et on lui poserait des questions. Il s'étendit par terre, à même la moquette usagée mais propre et attendit que les comprimés fassent effet.

Il avait supplié, raclé les fonds de tiroir et même menti un peu pour réunir l'argent du premier versement. Dans sa situation financière catastrophique, au bord de la déconfiture, il lui était impossible de dégager cinquante mille dollars. Sa grande maison était lourdement grevée d'une hypothèque détenue par son père, qui signait aussi ses chèques en fin de mois. Ses voitures étaient grosses et étrangères, mais elles avaient un million de kilomètres au compteur et ne valaient plus grand-chose. Qui à Bakers, Iowa, aurait voulu acheter une Mercedes de onze ans ?

Et même s'il trouvait un moyen pour détourner de quoi payer l'escroc qui se faisait appeler Ricky, son bourreau le remercierait et en demanderait encore.

C'était fini, bien fini.

Il avait le choix : Valium ou pistolet.

La sonnerie du téléphone le fit sursauter. Sans réfléchir, il se releva et décrocha.

– Allô, grogna-t-il.

– Qu'est-ce que tu fabriques ?

C'était son père, avec ce ton qu'il ne connaissait que trop bien.

– Euh... je ne me sens pas très bien, parvint-il à articuler.

En regardant sa montre, il se souvint de l'important rendez-vous de 10 h 30 avec un inspecteur d'une compagnie d'assurances.

– Je me contrefiche que tu te sentes bien ou pas. M. Colthurst attend dans mon bureau depuis un quart d'heure.

– Je suis en train de vomir, papa.

Il eut un mouvement de recul en prononçant le mot « papa ». À cinquante et un ans, continuer d'appeler son père « papa » !

– Tu mens. Tu aurais appelé si tu étais malade. Gladys m'a dit qu'elle t'avait vu devant la poste, un peu avant 10 heures. Veux-tu m'expliquer ce qui se passe ?

– Excuse-moi, il faut que j'aille aux toilettes. Je te rappellerai.

Il raccrocha.

Le Valium provoquait une agréable sensation cotonneuse. Assis au pied du lit, Quince regardait les carrés bleu lavande éparpillés sur la moquette. Les idées se formaient lentement dans son cerveau embrumé.

Il pouvait cacher les lettres, puis se tuer. Il laisserait un mot dans lequel il ferait peser sur son père la responsabilité de son acte. La mort n'était pas une perspective si désagréable : plus de femme, plus de banque, plus de papa, plus de Bakers, plus de secret honteux.

Ses enfants lui manqueraient. Et ses petits-enfants.

Et si ce monstre de Ricky n'avait pas connaissance de son suicide, s'il envoyait une autre lettre ? On découvrirait la vérité et son homosexualité serait révélée bien après l'enterrement.

Il lui vint ensuite l'idée saugrenue de mettre sa secrétaire dans le coup, une femme en qui il avait pourtant une confiance très limitée. Il lui dirait la vérité, lui demanderait d'écrire à son bourreau pour annoncer le suicide de Quince Garbe, exerçant ainsi une sorte de vengeance sur Ricky.

Plutôt mourir que de tout avouer à sa secrétaire.

La troisième idée lui vint quand les effets du Valium se firent pleinement sentir ; elle lui arracha un sourire. Pourquoi ne pas jouer la carte de la franchise ? Écrire à Ricky en invoquant sa situation financière. Lui proposer dix mille dollars, dire qu'il ne pouvait faire mieux. Si Ricky était résolu à briser sa vie, il serait contraint de l'entraîner dans sa chute. Il avertirait le FBI qui remonterait la piste des lettres et des transferts de fonds, et les deux hommes perdraient tout.

Après avoir dormi une demi-heure sur la moquette, il prit ses affaires et quitta la maison sans avoir vu la bonne. Sur la route de la banque, osant regarder la vérité en face, il dut s'avouer que ce n'était qu'une question d'argent. Son père avait quatre-vingt-un ans, la banque valait dix millions de dollars ; tôt ou tard, elle lui reviendrait. Il fallait continuer de protéger son secret, après quoi il vivrait comme il l'entendait.

Ne va pas tout foutre en l'air.

Coleman Lee était propriétaire d'un restaurant de tacos dans un centre commercial des faubourgs de Gary, Indiana, un quartier contrôlé par les Mexicains. Coleman avait quarante-huit ans, deux méchants divorces déjà lointains, mais, par bonheur, pas d'enfants. Adipeux, ventripotent, les joues flasques, il se déplaçait pesamment. Coleman n'était pas beau et la solitude lui pesait.

Ses employés étaient pour la plupart de jeunes Mexicains, des immigrés en situation illégale qu'il avait tous, un jour ou l'autre, harcelés ou cherché à séduire. Ses maladroites tentatives aboutissaient rarement, le personnel se renouvelait à un rythme rapide, les affaires ne marchaient pas fort; les gens jasaient et Coleman n'était pas bien considéré. Qui avait envie d'acheter des tacos chez un pervers?

Il louait deux boîtes postales au bureau de poste situé à l'autre bout du centre commercial : une pour le restaurant, l'autre pour le plaisir. Le préposé qui distribuait le courrier à son domicile était du genre curieux; certaines choses devaient être entourées de la plus grande discrétion. Tous les jours ou presque, il recevait son lot de revues porno.

Coleman suivit le trottoir sale en bordure du parking, passa devant les magasins discount de chaussures et de produits de beauté, un vidéoclub porno dont l'accès lui était interdit et le bureau d'aide sociale ouvert dans cette lointaine banlieue par un politicien aux abois, en quête de suffrages. Le bureau de poste était bourré de Mexicains peu pressés; il faisait froid dehors.

La livraison du jour était composée de deux revues hard expédiées sous simple emballage de papier kraft et d'une lettre à l'aspect vaguement familier. Une enveloppe jaune, carrée, sans adresse d'expéditeur, postée à Atlantic Beach, Floride. La mémoire lui revint quand il la prit : le petit Percy, en cure de désintox.

De retour dans son bureau exigu, coincé entre la cuisine et la réserve, il feuilleta les revues; ne trouvant rien de nouveau, il les posa en haut d'une pile formée d'une centaine d'autres. Il ouvrit la lettre de Percy. Manuscrite comme les deux précédentes, elle était adressée à Walt, le nom qu'il utilisait pour son courrier porno. Walt Lee.

Cher Walt,

Votre dernière lettre m'a vraiment fait plaisir. Je ne me lasse pas de la lire; j'aime la manière dont vous écrivez. Comme je l'ai dit, je suis ici depuis près de dix-huit mois et la solitude devient insupportable. Je garde vos lettres sous mon matelas; quand je me sens seul au monde, je les lis et les relis. Où avez-vous appris à écrire comme cela ? Envoyez m'en une autre dès que vous pourrez, je vous en prie.

Avec un peu de chance, je sortirai en avril. Je ne sais pas où j'irai ni ce que je ferai. Je dois avouer que j'ai peur en pensant qu'un beau matin, au bout de près de deux ans, je vais quitter cet endroit sans avoir personne à retrouver. J'espère que nous serons encore amis à ce moment-là.

J'hésite à vous demander quelque chose et cela me gêne terriblement, mais je n'ai personne d'autre à qui m'adresser, alors je me lance. Vous êtes entièrement libre de refuser, cela ne nuira pas à notre amitié, mais vous serait-il possible de me prêter mille dollars ? Il y a dans la clinique une petite boutique où on peut acheter des livres et des CD à crédit ; je suis là depuis si longtemps que mon ardoise commence à devenir bien lourde. Si vous pouvez m'avancer l'argent, je vous en serai très reconnaissant. Sinon, je comprendrai.

Merci du plaisir que m'apporte cette correspondance, Walt. Écrivez-moi vite. Vos lettres me sont précieuses.

Affectueusement.

Percy.

Mille dollars ? Pour qui se prenait-il, ce petit salopard ? Coleman flairait une arnaque. Il déchira la lettre, jeta les morceaux à la poubelle.

– Mille dollars ! marmonna-t-il en prenant la première revue de la pile.

Curtis n'était pas le vrai nom du joaillier de Dallas. Le correspondant de Ricky qui signait ses lettres Curtis s'appelait en réalité Vann Gates.

À cinquante-huit ans, père de trois enfants et deux fois grand-père, Vann Gates était en apparence heureux en ménage. Il était propriétaire avec sa femme de six magasins situés à la périphérie de la ville, tous dans des galeries marchandes. Leur valeur était estimée à deux millions de dollars : l'œuvre d'une vie. Ils habitaient dans une belle maison neuve à Highland Park, où chacun avait sa chambre. Ils se retrouvaient dans la cuisine pour prendre le café et dans le salon pour regarder la télé ou recevoir les petits-enfants.

Vann avait eu quelques aventures, toujours très discrètes. Personne ne se doutait de rien. La correspondance échangée avec Ricky était sa première tentative pour trouver l'amour par le biais des petites annonces ; jusqu'à présent, il en était enchanté. Il louait une boîte sous le nom de Curtis V. Cates dans le bureau de poste d'une des galeries marchandes.

Il prit l'enveloppe bleu lavande adressée à Curtis Cates, attendit d'être dans sa voiture pour prendre connaissance de la tendre prose de son très cher Ricky. Dès les premiers mots, il eut l'impression d'être frappé par la foudre.

Cher Vann Gates,

La fête est finie. Je ne m'appelle pas Ricky, pas plus que vous ne vous appelez Curtis. Je ne suis pas un homo en quête d'une liaison. Mais vous, cher Vann, vous avez ce secret honteux que vous tenez à protéger. Je ne demande qu'à vous aider.

Voici le marché : un virement de cent mille dollars à la Geneva Trust Bank, Nassau, Bahamas, compte n° 144-DXN-9593, au nom de Boomer Realty, Ltd.

Faites-le immédiatement ! Ce n'est pas une plaisanterie, mais un bon vieux chantage dont vous êtes la victime. Si l'argent n'est pas arrivé dans les dix jours, j'enverrai à Mme Glenda Gates, votre épouse, un petit paquet contenant des copies de vos lettres et des photos.

Si l'argent est viré à temps, je disparaîtrai de votre vie.

Affectueusement.

Ricky.

Vann finit par trouver la bretelle d'accès à l'A-635, après quoi il suivit l'A-820 qui contournait Fort Worth et reprit la direction de Dallas. Il roulait précisément à quatre-vingt-dix kilomètres à l'heure, sur la voie de droite, sans se rendre compte qu'il ralentissait une longue file de véhicules. Si des larmes avaient pu servir à quelque chose, il aurait pleuré un bon coup. Il n'éprouvait aucune honte à pleurer, surtout dans l'intimité de sa Jaguar.

Mais il était trop remonté pour cela, trop amer pour se sentir blessé. Et il avait trop peur pour gaspiller du temps à se languir de quelqu'un qui n'existait pas. Il lui fallait agir avec rapidité, décision et discrétion.

Pourtant, le chagrin finit par l'envahir ; il se gara sur l'accotement en laissant le moteur tourner. Tous ces merveilleux rêves avec Ricky, ces heures innombrables passées à contempler son visage enchanteur au sourire ironique et à lire ses lettres, tristes ou drôles, désespérées ou vibrantes d'espoir. Comment pouvait-on transmettre tant d'émotions par la plume ? Il les connaissait toutes par cœur ou presque.

Jeune, débordant de virilité, Ricky était pourtant si seul, en quête de l'amitié d'un homme mûr. Le Ricky dont il s'était épris avait besoin de l'étreinte protectrice d'un ami plus âgé ; un projet avait mûri dans l'esprit de Curtis pendant des mois. Le prétexte était un salon de diamantaires à Orlando tandis que sa femme serait chez sa sœur, à El Paso. Il avait mis les détails au point dans le plus grand secret.

Le pauvre Vann finit par pleurer à chaudes larmes. Il s'abandonna à ses sanglots sans gêne ni honte : personne ne pouvait le voir. Les voitures filaient sur l'autoroute à cent trente kilomètres à l'heure.

Il jura de se venger, comme un amoureux mortifié. Il allait retrouver ce monstre de cruauté qui se faisait appeler Ricky et lui avait brisé le cœur.

Quand les sanglots s'apaisèrent, il pensa à sa femme et à sa famille : l'image sécha ses larmes. À elle les six magasins et la grande maison, à lui le ridicule, le mépris et les ragots, dans une ville qui s'en délectait. Ses enfants prendraient le parti de leur mère et ses petits-enfants entendraient toute leur vie raconter des abominations sur leur grand-père.

Il reprit l'autoroute sur la voie de droite, à quatre-vingt-dix kilomètres à l'heure, traversa Mesquite pour la deuxième fois, relisant encore la lettre tandis que les poids lourds le dépassaient en rugissant.

Il n'avait personne à appeler, pas de banquier à qui confier le soin de se renseigner sur le compte des Bahamas, pas d'avocat à qui demander conseil, pas d'ami auprès de qui s'épancher.

Pour un homme comme Vann qui avait discrètement vécu une double vie, trouver l'argent n'avait rien d'insurmontable.

Sa femme surveillant de près les dépenses du ménage et la comptabilité des magasins, il était depuis longtemps passé maître dans l'art de mettre de l'argent à gauche. Il cachait des gemmes, des rubis, des perles, parfois de petits diamants qu'il vendait au comptant à des collègues. C'était une pratique courante dans la profession. Il avait des cartons bourrés de billets, des boîtes à chaussures soigneusement empilées dans un coffre ignifugé, à Plano. De l'argent pour l'après-divorce, pour sa nouvelle vie, une croisière sans fin avec Ricky, sur tous les océans du globe.

– Petit salopard ! siffla-t-il entre ses dents serrées. Petit salopard !

Pourquoi ne pas écrire à son maître chanteur pour lui dire qu'il était dans l'incapacité de payer ? Ou le menacer de dévoiler le racket dont il était victime ? Pourquoi ne pas se défendre bec et ongles ?

Parce que l'ordure savait exactement ce qu'il faisait. Il s'était renseigné, avait appris le vrai nom de Vann et celui de sa femme. Il savait que le joaillier avait de quoi payer.

Il tourna dans l'allée de la maison, vit Glenda en train de balayer la terrasse.

– Où étais-tu passé, mon chéri ? demanda-t-elle d'un ton léger.

– Je faisais des courses, répondit-il en souriant.

– Il t'en a fallu du temps, poursuivit-elle en continuant de balayer.

Il n'en pouvait plus. Elle surveillait tous ses mouvements ! Depuis trente ans, il était sous la coupe de cette femme qui vivait un chronomètre à la main.

Il l'embrassa machinalement sur la joue avant de descendre au sous-sol où il s'enferma pour donner libre cours aux larmes qui embuaient ses yeux. Il voyait sa maison comme une prison (rien de plus facile avec les mensualités de sept mille huit cents dollars) dont sa femme était la geôlière, le cerbère. Son unique moyen d'évasion venait de s'évanouir, laissant place à un impitoyable maître chanteur.

12.

Il fallait de la place pour loger quatre-vingts cercueils. Disposés sur plusieurs lignes, soigneusement enveloppés dans les plis du drapeau américain, ils avaient tous les mêmes dimensions. Ils étaient arrivés depuis une demi-heure à bord d'un avion-cargo militaire d'où ils avaient été débarqués avec pompe. Près d'un millier de parents et d'amis, assis sur des chaises pliantes disposées sur le sol de ciment du hangar, contemplaient d'un air horrifié la mer de drapeaux déployés devant eux. Parqués derrière des barrières et un cordon de la police militaire, les journalistes étaient encore plus nombreux.

Même pour une nation accoutumée à payer le prix fort pour sa politique étrangère, le nombre des victimes était impressionnant. Quatre-vingts Américains, huit Anglais, huit Allemands – pas de Français, car au Caire ceux-ci boudaient les réceptions diplomatiques occidentales. Pourquoi y avait-il encore quatre-vingts Américains dans l'enceinte de l'ambassade à 22 heures passées ? La question était sur toutes les lèvres ; personne n'avait fourni de réponse satisfaisante. Nombre de ceux qui avaient prolongé la soirée reposaient maintenant dans un cercueil. À en croire la version la plus satisfaisante qui circulait à Washington, le traiteur était arrivé en retard et l'orchestre encore plus.

Les terroristes ayant à maintes reprises apporté la preuve qu'ils étaient en mesure de frapper quand bon leur semblait, l'heure jusqu'à laquelle l'ambassadeur, son épouse, le personnel et les invités avaient eu envie de s'amuser était de peu d'importance.

La deuxième question que l'on se posait était de savoir pourquoi la représentation américaine au Caire comptait quatre-vingts personnes. Le Département d'État n'avait pas encore fourni d'explication.

Après quelques mesures funèbres exécutées par un orchestre de l'armée de l'Air, le président prit la parole. Il parla d'une voix étranglée et parvint à faire perler une larme ou deux à ses paupières ; au bout de huit ans, plus personne ne s'y laissait prendre. Comme il avait déjà crié vengeance en nombre d'occasions, il préféra insister sur la consolation, le sacrifice et la promesse d'une vie meilleure dans l'au-delà.

Le secrétaire d'État lut le nom de toutes les victimes, une litanie morbide destinée à marquer la gravité du moment. Les sanglots augmentèrent, bientôt couverts par la musique militaire. Le discours le plus long fut celui du vice-président, en pleine campagne électorale et pénétré d'une détermination de fraîche date d'abolir le terrorisme. Il n'avait jamais porté l'uniforme, mais paraissait impatient de lancer des grenades.

Lake avait pris de l'avance sur tout le monde.

Aaron Lake suivit la lugubre cérémonie à bord de l'appareil qui le conduisait de Tucson à Detroit où il était attendu pour de nouvelles interviews. Il était accompagné de son nouveau mage, l'envoyé d'un institut de sondage, qui ne le quittait plus. Tandis que le candidat et son état-major regardaient les informations, le sondeur s'activait fiévreusement à une petite table sur laquelle étaient entassés deux ordinateurs portables, trois téléphones et des kilomètres de listings.

À trois jours des primaires de l'Arizona et du Michigan, les intentions de vote en faveur de Lake grimpaient en flèche, surtout chez lui, dans l'Arizona, où il arrivait à égalité avec Tarry, le gouverneur de l'Indiana, qui faisait depuis longtemps la course en tête. Dans le Michigan, Lake avait dix points de retard, mais il suscitait l'intérêt des électeurs. Le drame du Caire jouait largement en sa faveur.

L'argent commençait à manquer au gouverneur Tarry. Pas à Aaron Lake ; les contributions affluaient au point qu'il ne pouvait tout dépenser.

Quand le vice-président arriva enfin au bout de son discours, Lake regagna son fauteuil en cuir à dossier inclinable et ouvrit un journal. On lui apporta un café qu'il but lentement en contemplant les plaines du Kansas, treize mille mètres au-dessous de l'appareil. Quelqu'un d'autre lui tendit un message censé exiger une réponse urgente du candidat. Lake regarda autour de lui : il compta treize personnes, sans les pilotes.

Pour un homme attaché à sa vie privée et à qui sa femme manquait encore, Lake avait de la peine à se faire à cette absence totale d'intimité. Son planning journalier était découpé en tranches d'une demi-heure, chaque action coordonnée par un ou plusieurs membres de son équipe de campagne, chaque interview précédée par un travail écrit consistant à deviner les questions qui seraient posées et à proposer des réponses. Il lui restait six heures de solitude, la nuit, dans une chambre d'hôtel, et les agents du Service secret auraient dormi sur la moquette s'il les avait laissés faire ! Mort de fatigue, il avait un sommeil de bébé. Ses seuls véritables moments de tranquillité et de réflexion, il les avait sous la douche ou dans les toilettes.

Mais il restait lucide. Aaron Lake, l'obscur représentant de l'Arizona, était devenu la coqueluche du monde politique. Il allait au pas de charge alors que les autres faiblissaient. L'argent coulait à flots dans ses caisses et les médias suivaient le mouvement. Ses déclarations recevaient un large écho. Il avait des amis puissants et, à mesure que les pièces du puzzle se mettaient en place, la nomination devenait un objectif réalisable. Il n'aurait jamais rêvé de cela un mois plus tôt.

Lake appréciait pleinement la situation. La campagne ressemblait à une course effrénée, mais le tempo de sa vie de président serait une autre affaire. Avec ses horaires d'employé de bureau, Reagan avait éte bien plus efficace que Carter, un bourreau de travail. Va jusqu'à la Maison-Blanche, ne cessait-il de se répéter, supporte ces imbéciles, remporte les primaires, garde le sourire et ta vivacité d'esprit, et tu seras bientôt dans le Bureau ovale, seul, le monde à tes pieds.

Et tu auras ton intimité.

Dans son bunker, York à ses côtés, Teddy regardait la cérémonie retransmise en direct de la base aérienne d'Andrews. Il préférait être en compagnie de York quand il y avait un coup de tabac. Les accusations avaient été d'une rare violence. On réclamait des boucs émissaires et les idiots cherchant à se placer sous les projecteurs mettaient, comme toujours, le drame sur le dos de la CIA.

Si seulement ils savaient la vérité.

Il avait fini par confier à York les avertissements de Lufkin ; York avait parfaitement compris. Ce n'était malheureusement pas la première fois. Quand on est le gendarme du monde, il faut s'attendre à déplorer des pertes en vies humaines ; Teddy et York avaient partagé bien des moments de chagrin en regardant les cercueils recouverts de la bannière étoilée descendre des C-130 de l'armée, preuves d'un nouveau fiasco à l'étranger. La campagne de Lake serait l'ultime effort de Teddy pour sauver des vies de citoyens américains.

L'échec semblait peu probable. CAP-D avait réuni plus de vingt millions de dollars en quinze jours et commençait à distribuer l'argent à Washington. Vingt et un parlementaires avaient été enrôlés pour appuyer la candidature d'Aaron Lake, pour un coût total de six millions. Le plus gros poisson était le sénateur Britt, ex-candidat et père d'un petit garçon thaïlandais. Quand il avait jeté l'éponge, ses dettes s'élevaient à près de quatre millions, un déficit qu'il n'avait aucun moyen de combler. L'argent va rarement à ceux qui déposent les armes au beau milieu de la bataille. Elaine Tyner avait demandé à voir le sénateur ; en moins d'une heure, l'affaire était conclue. CAP-D réglerait sur une période de trois ans les dettes de campagne de Britt ; en échange, le sénateur prendrait fait et cause pour Aaron Lake et le ferait hautement savoir.

– Avions-nous une estimation des victimes ? demanda York.

– Non, répondit Teddy après un silence.

Ils devisaient toujours en prenant leur temps.

– Pourquoi y avait-il tant de monde ?

– À cause de l'alcool. C'est toujours comme ça dans les pays arabes. La culture y est différente, la vie un peu morne ; quand les diplomates donnent une réception, ils ne font pas les choses à moitié. La plupart des victimes avaient beaucoup bu.

– Où se trouve Yidal ? reprit York au bout de plusieurs minutes.

– En ce moment, il est en Irak. Hier, en Tunisie.
– Il faudrait songer à l'empêcher de nuire.
– Attendons l'année prochaine. Ce sera un grand moment pour le président Lake.

Douze des seize parlementaires venus manifester leur soutien à Aaron Lake portaient une chemise bleue, un détail qui n'avait pas échappé à Elaine Tyner. Elle avait l'œil pour ce genre de chose. Quand un politicien de la capitale s'approchait d'une caméra, il y avait gros à parier qu'il avait mis sa plus belle chemise de coton bleu. Les quatre autres avaient choisi une blanche.

Elaine plaça les parlementaires devant les journalistes dans la salle de réception de l'hôtel Willard. Le doyen d'âge, le représentant de Floride, Thurman, ouvrit le bal en souhaitant la bienvenue à la presse. En s'aidant de notes, il exposa son opinion sur la situation internationale, ajouta quelques remarques sur les événements du Caire, parla de la Chine et de la Russie avant d'affirmer que le monde était infiniment plus dangereux qu'il n'y paraissait. Il débita ensuite les statistiques habituelles sur la réduction des moyens militaires avant de se lancer dans une apologie de son ami Aaron Lake, un homme qu'il côtoyait depuis dix ans et connaissait mieux que la plupart des gens. Lake était porteur d'un message que personne n'avait vraiment envie d'entendre, mais qui n'en était pas moins d'une importance cruciale.

S'il lâchait le gouverneur Tarry, c'était à son corps défendant et avec un sentiment de trahison, mais il avait tiré d'une douloureuse introspection la conclusion qu'Aaron Lake était le seul homme en mesure d'assurer la sécurité du pays. Thurman omit de préciser qu'un sondage tout frais indiquait que Lake devenait très populaire dans sa circonscription de Floride.

Un de ses collègues de Californie lui succéda au micro. Il n'avait rien de plus à dire, mais garda la parole dix minutes. Sa circonscription au nord de San Diego comptait quarante-cinq mille ouvriers de la défense et de l'aérospatiale ; chacun d'eux, semblait-il, lui avait écrit ou téléphoné. Il s'était converti sans difficulté : la pression de son électorat et un chèque de deux cent cinquante mille dollars remis par Elaine Tyner lui avaient montré la voie à suivre.

Quand vint le moment des questions, les seize hommes se serrèrent les uns contre les autres, avides de répondre et de montrer leur tête, craignant de ne pas être dans le champ des caméras.

Même en l'absence de présidents de commissions, le petit groupe ne manquait pas d'allure. Ils réussirent à faire passer l'idée qu'Aaron Lake était un candidat sérieux, un homme qu'ils connaissaient et en qui ils plaçaient leur confiance. Un homme dont la nation avait besoin, un homme digne d'être élu.

Bien organisée, bien couverte par les médias, la conférence de presse fut largement diffusée. Elaine Tyner avait cinq autres parlementaires pour le lendemain ; elle gardait le sénateur Britt pour la veille du grand Super Mardi.

La lettre dans la boîte à gants de Ned était signée de Percy, le jeune homme en cure de désintoxication, qui faisait adresser son courrier à Laurel Ridge, BP 4585, Atlantic Beach, Floride, 32233.

Ned se trouvait à Atlantic Beach depuis quarante-huit heures, avec la lettre ; il s'était mis dans la tête de retrouver Percy, car il flairait une arnaque. Ned n'avait rien de mieux à faire. Il était à la retraite, avait de quoi vivre confortablement et pour ainsi dire pas de famille ; par-dessus le marché, il neigeait à Cincinnati. Il avait pris à l'auberge de la Tortue de mer une chambre donnant sur la plage et faisait la tournée des bars de nuit d'Atlantic Boulevard. Il avait déniché deux excellents restaurants, de petits établissements bourrés de jolies jeunes filles et de beaux garçons. Il avait fini ses deux premières soirées chez Pete d'où il était ressorti en titubant, bien éméché. Son hôtel était au coin de la rue.

Pendant la journée, Ned surveillait le bureau de poste, un bâtiment fédéral moderne, de brique et de verre, dans la 1re Rue, une voie parallèle à la plage. La boîte postale 4585, un petit casier sans ouverture, se trouvait à mi-hauteur du mur, au milieu de quatre-vingts autres, dans une zone assez peu fréquentée. Il l'avait inspectée, avait essayé de l'ouvrir avec des clés et du fil de fer, et même posé des questions au guichet, à des employés fort peu serviables. Avant de partir, Ned avait collé un fil noir de cinq centimètres au bas de la porte de la boîte postale; il saurait si quelqu'un était venu prendre le courrier.

La boîte contenait une lettre de lui, dans une enveloppe rouge vif, postée trois jours plus tôt à Cincinnati, juste avant de filer vers la Floride. À la lettre était joint un chèque de mille dollars au nom de Percy, qui disait avoir besoin de cet argent pour acheter du matériel de peinture. Dans un courrier précédent, Ned avait révélé qu'il avait été propriétaire d'une galerie d'art moderne à Greenwich Village. C'était un mensonge, mais mensonge pour mensonge...

Ned avait des soupçons depuis le début. Avant d'envoyer le chèque, il avait essayé de se renseigner sur Laurel Ridge, la clinique chic où Percy était censé suivre sa cure de désintoxication. Il y avait un numéro de téléphone privé qu'il n'avait pas réussi à obtenir auprès des renseignements. Pas d'adresse non plus. Percy avait expliqué dans sa première lettre que l'établissement cultivait le secret; un grand nombre de patients étaient des cadres supérieurs ou des hauts fonctionnaires qui tous, d'une manière ou d'une autre, avaient succombé aux drogues dures. L'explication avait un accent de vérité; Percy savait écrire.

Et il avait une gueule d'ange, sur la photo. C'est pour cela que Ned avait poursuivi la correspondance.

La demande d'argent l'avait pris par surprise; comme il s'ennuyait, il avait décidé d'aller faire un tour à Jacksonville. De l'endroit où il avait garé sa voiture, la tête dépassant à peine du volant, le dos tourné à la rue, il voyait les boîtes sur le mur du bureau de poste et surveillait les allées et venues des clients. Les chances de réussite étaient minces, mais il pouvait toujours tenter le coup. Il utilisait des jumelles de spectacle; de loin en loin, un passant lui jetait un regard méfiant. Rester une journée en planque devenait vite monotone, mais, à mesure que le temps s'écoulait, sa certitude se renforçait que quelqu'un viendrait prendre l'enveloppe rouge. La boîte devait être vidée au moins tous les trois jours; une clinique de désintoxication recevait nécessairement du courrier pour les patients. Ou n'était-ce qu'une couverture pour un escroc qui venait une fois par semaine relever ses filets ?

L'homme se montra le troisième jour, en fin d'après-midi. Il gara sa Coccinelle près de la voiture de Ned et se dirigea d'un pas tranquille vers le bureau de poste. Vêtu d'un pantalon kaki froissé, d'une chemise blanche, d'un nœud papillon et d'un chapeau de paille, il avait une allure savamment débraillée.

Après une longue pause de midi chez Pete, Trevor avait fait une sieste d'une heure dans son bureau pour cuver son vin. Au réveil, il avait décidé de se secouer et commençait sa tournée. Il ouvrit la boîte 4585, prit le courrier composé en majeure partie de prospectus qu'il jeta en sortant après avoir trié les lettres.

Ned ne perdait pas un seul de ses gestes. Au bout de trois jours d'une attente assommante, il était ravi de voir sa patience porter ses fruits. Il suivit la Coccinelle, vit la voiture s'arrêter et le conducteur entrer dans un cabinet d'avocat à la façade minable. Il repartit, répétant à voix haute en se grattant la tempe : « Un avocat ? Un avocat ? »

Il continua de rouler, prit l'autoroute A1 A qui longeait la côte en s'éloignant de Jacksonville, traversa Vilano Beach, Crescent Beach, Beverly Beach, Flagler Beach et s'arrêta à un Holiday Inn dans les faubourgs de Port Orange. Il passa au bar de l'hôtel avant de monter dans sa chambre. Ce n'était pas la première tentative de chantage à laquelle il échappait. En fait, c'était la deuxième. La fois précédente, il avait aussi flairé l'arnaque avant que le mal soit fait. Il se jura devant son troisième martini que celle-ci serait la dernière.

13.

La veille des primaires de l'Arizona et du Michigan, le camp d'Aaron Lake déclencha un tir de barrage médiatique sans précédent dans l'histoire d'une course à la présidence. Pendant dix-huit heures, les deux États subirent un bombardement continu de clips de campagne. Certains, d'une durée de quinze secondes, ne montraient que le visage du candidat, qui promettait une présidence musclée et un monde plus sûr. D'autres étaient des documentaires d'une minute sur les dangers de l'après-guerre froide. Il y avait aussi des engagements solennels, virils contre les terroristes de tout poil : si vous tuez des gens simplement parce qu'ils sont américains, vous le paierez très cher. L'attentat du Caire était encore dans toutes les mémoires et les promesses faisaient mouche.

Ces clips audacieux étaient l'œuvre de conseillers de haute volée ; ils avaient pour seul inconvénient un risque de saturation du public. Mais l'arrivée de Lake était trop récente sur la scène politique pour qu'il suscite l'ennui, du moins à ce stade. Son équipe de campagne versa aux chaînes de télévision diffusées dans les deux États la somme colossale de dix millions de dollars.

Le mardi 22 février, pendant les horaires d'ouverture des bureaux de vote, la cadence fut réduite. Dès la clôture du scrutin, les sondages réalisés à la sortie des urnes prévoyaient une victoire de Lake dans son État de l'Arizona et une courte défaite dans le Michigan, où le gouverneur Tarry avait passé plusieurs semaines au cours des trois derniers mois. À l'évidence, cela n'avait pas suffi. Les électeurs de l'Arizona se prononcèrent à soixante pour cent en faveur de l'enfant du pays ; ceux du Michigan marquèrent aussi leur préférence pour le nouveau venu qu'ils placèrent en tête avec cinquante-cinq pour cent des voix contre trente et un à Tarry, un piètre résultat. Les autres candidats se partageaient les miettes.

C'était un revers cuisant pour le gouverneur Tarry à deux semaines du grand Super Mardi et à trois semaines du petit.

Lake suivit le dépouillement du scrutin à bord de son avion, entre Phœnix, où il avait voté pour lui-même, et Washington. Une heure avant de parvenir à destination, quand CNN annonça sa victoire surprise dans le Michigan, on sabla le champagne. Lake se laissa aller : il en but deux coupes.

Il savait que, dans la course à la Maison-Blanche, personne n'avait commencé si tard ni était allé si loin en si peu de temps. Dans la pénombre de l'appareil, sur quatre écrans, les analystes s'étonnaient de ce que le nouveau venu avait réussi à faire. Le gouverneur Tarry reconnut gracieusement sa défaite non sans manifester une certaine inquiétude devant les sommes colossales dépensées par cet adversaire inconnu jusqu'alors.

Lake gratifia de quelques mots aimables le petit groupe de journalistes venus l'accueillir à l'aéroport Reagan National, puis il sauta dans une Suburban noire pour se rendre à son quartier général de campagne. Là, il remercia ses collaborateurs grassement payés et les invita à prendre un peu de repos.

Il était près de minuit quand il arriva à Georgetown, devant sa petite maison au cachet suranné de la 34e Rue, près de Wisconsin Avenue. Deux agents du Service secret descendirent de la voiture après Lake ; deux autres attendaient sur les marches du perron. Il avait catégoriquement refusé que des gardes soient placés à l'intérieur.

– Je ne veux voir aucun de vous rôder autour de la maison, lança-t-il sèchement devant la porte.

Il s'irritait de leur présence et ne recherchait pas leur sympathie. Pour lui, ils n'avaient pas de noms.

Dès qu'il fut dans la maison, Lake monta dans sa chambre et se changea. Il éteignit les lumières pour faire croire qu'il dormait, attendit un quart d'heure et redescendit au salon s'assurer que personne ne regardait à l'intérieur. Il prit l'escalier menant au sous-sol, ouvrit une fenêtre et sortit dans la nuit froide du patio. Il resta un moment aux aguets : aucun bruit. Il ouvrit silencieusement la petite porte de bois et se glissa entre les deux constructions voisines. Aaron Lake déboucha dans la 35e Rue, en tenue de jogging, une casquette sur les yeux. Trois minutes plus tard, il se mêlait à la foule de M Street ; il héla un taxi et disparut dans la nuit.

Teddy Maynard s'était endormi satisfait des deux premières victoires de son candidat ; on le réveilla pour lui annoncer qu'il s'était produit quelque chose de bizarre. Quand il entra dans son bunker à 6 h 10, la peur l'emportait, mais il était passé dans l'heure précédente par toute la gamme des émotions. York attendait en compagnie d'un superviseur du nom de Deville, un petit bonhomme tout sec, manifestement sur les nerfs depuis un bon moment.

– Allez-y, j'écoute, grogna Teddy en poussant son fauteuil vers la table où un café était servi.

– À 0 h 2, commença Deville, il est entré chez lui en présence des agents du Service secret. À 0 h 17, il est ressorti par une petite fenêtre du sous-sol. Nous avions évidemment installé du matériel de surveillance sur toutes les ouvertures. Il n'a pas mis les pieds chez lui depuis six jours. Nous sommes sur le qui-vive dans la maison que nous avons louée de l'autre côté de la rue. Ceci, poursuivit Deville en montrant un petit disque de la taille d'un comprimé d'aspirine, est un traceur appelé T-DEC. Il y en a un dans la semelle de toutes ses chaussures. Sauf quand il est pieds nus, nous savons toujours où il se trouve. Dès que le pied exerce une pression, le traceur émet un signal perceptible à deux cents mètres sans transmetteur. Lorsque la pression se relâche, il continue d'émettre le signal pendant quinze minutes Nous avons réussi à le rattraper dans M Street, en survêtement, une casquette sur les yeux. Deux de nos véhicules étaient sur place quand il a sauté dans un taxi. Nous l'avons suivi jusqu'à Chevy Chase, dans un centre commercial de banlieue. Le taxi l'a attendu pendant qu'il filait dans un de ces nouveaux établissements nommés Mailbox America, où l'on peut envoyer et recevoir du courrier sans passer par la poste. Certains, comme celui-ci, sont ouverts vingt-quatre heures sur vingt-quatre. Il y est resté moins d'une minute, juste le temps d'ouvrir son casier, de le vider et d'en jeter le contenu avant de remonter dans le taxi. Une de nos voitures l'a suivi jusqu'à M Street où il s'est fait déposer pour rentrer chez lui comme il en était sorti. L'autre voiture est restée là-bas. En fouillant dans la corbeille de l'entrée nous avons trouvé six prospectus et publicités sous enveloppe, à l'évidence ceux dont il venait de se débarrasser. Ils étaient adressés à Al Konyers, Boîte 455, Mailbox America, 39380 Western Avenue, Chevy Chase.

– Il n'a donc pas trouvé ce qu'il cherchait ? demanda Teddy.

– Il a apparemment jeté tout ce qu'il avait pris dans sa boîte. Voici la vidéo.

Un écran se déroula du plafond tandis que l'éclairage baissait. La caméra montra des images fugitives d'un parking et d'un taxi à l'arrêt avant de zoomer sur Aaron Lake en survêtement, au moment où il entrait dans le local de Mailbox America. Il réapparut quelques secondes plus tard, passant en revue des enveloppes et des imprimés qu'il tenait dans sa main droite. Il s'arrêta à la porte, le temps de jeter tous les papiers dans une haute corbeille.

– Qu'est-ce qu'il peut bien chercher ? marmonna Teddy.

Lake sortit du bâtiment, monta sans perdre une seconde dans le taxi.

Le film s'arrêta, les lumières revinrent.

– Nous sommes certains que les papiers retrouvés dans la corbeille sont les siens, reprit Deville. Nous sommes intervenus en quelques secondes et personne d'autre n'est entré. Il était 0 h 58. Une heure plus tard, nous sommes revenus prendre l'empreinte de la serrure de la boîte 455 ; nous sommes en mesure de l'ouvrir quand nous voulons.

– Ouvrez-la tous les jours, ordonna Teddy. Faites l'inventaire du courrier. Laissez les prospectus, mais dès que quelque chose d'autre arrivera, je veux en être informé.

– Comptez sur moi. M. Lake est rentré par la fenêtre du sous-sol à 1 h 22. Il est encore chez lui.

– Merci, ce sera tout, fit Teddy, invitant Deville à se retirer.

Une minute s'écoula tandis que le directeur de la CIA remuait son café.

– Combien d'adresses a-t-il ?

York s'attendait à cette question ; ses notes étaient prêtes.

– Il reçoit la majeure partie de son courrier personnel à son domicile de Georgetown. Il a au moins deux adresses au Capitole, une à son bureau, l'autre à la commission des Services armés, et trois autres en Arizona. En voilà six que nous connaissons.

– Pourquoi aurait-il besoin d'une septième ?

– J'ignore la raison, mais ce n'est certainement pas bon signe. Un homme qui n'a rien à cacher n'utilise pas un faux nom et une boîte postale.

– Quand a-t-il loué cette boîte ?

– Nous sommes en train de chercher.

– Peut-être après avoir décidé de se lancer dans la course à la présidence. Comme la CIA réfléchit pour lui, peut-être imagine-t-il que nous surveillons tout. La boîte postale serait pour lui un moyen de conserver une parcelle d'intimité. Peut-être une maîtresse dont l'existence nous a échappé. Peut-être aime-t-il les revues ou les vidéos cochonnes.

– Peut-être, fit York après un long silence. Et si la boîte est louée depuis plusieurs mois, bien avant qu'il se lance dans la campagne ?

– Dans ce cas, ce n'est pas à nous qu'il veut cacher quelque chose, mais au monde entier.

Ils réfléchirent en silence au secret de Lake, refusant l'un comme l'autre de hasarder la moindre hypothèse. Ils décidèrent de renforcer la surveillance et de s'assurer du contenu de la boîte postale deux fois par jour. Lake devait quitter Washington quelques heures plus tard pour aller livrer bataille dans d'autres primaires. La boîte postale serait à eux.

À moins que quelqu'un d'autre ne passe prendre son courrier.

Aaron Lake était la vedette du jour. De son bureau de la Chambre des représentants, il accorda des interviews en direct pour les bulletins d'informations du matin. Il reçut des sénateurs et des collègues de la Chambre, amis ou anciens ennemis, venus manifester leur joie et le féliciter. Le déjeuner avec son équipe de campagne fut suivi de longues discussions sur la stratégie à adopter. Après un dîner rapide avec Elaine Tyner, qui apportait d'excellentes nouvelles de l'état de leurs finances, il se rendit à l'aéroport et s'envola pour Syracuse où il allait préparer la primaire de New York.

Il fut accueilli par une foule nombreuse. N'était-il pas devenu le favori ?

14.

Les gueules de bois étaient de plus en plus fréquentes. Quand Trevor ouvrit les yeux ce matin-là, il se dit qu'il devait se ressaisir. Il ne pouvait pas traîner chez Pete tous les soirs, à descendre des bières avec des étudiantes et regarder des matches de basket insipides sous le simple prétexte qu'il avait misé mille dollars sur une équipe. La veille au soir, c'était Logan State contre une équipe quelconque en maillot vert. Qui s'intéressait à Logan State ?

Joe Roy Spicer, bien sûr ! Le juge ayant parié cinq cents dollars sur Logan, Trevor avait doublé la mise et par ici la monnaie ! En une semaine, Spicer avait trouvé dix vainqueurs sur douze, ce qui lui avait rapporté trois mille dollars. Trevor, qui l'imitait fidèlement, en avait gagné près du double. Les paris se révélaient plus juteux que son métier d'avocat. Et il n'avait même pas à choisir les équipes gagnantes !

Dans la salle de bains, il se passa le visage sous l'eau sans regarder dans le miroir. Les toilettes étaient bouchées depuis la veille au soir. Tandis qu'il errait dans la petite maison crasseuse à la recherche d'une ventouse, le téléphone sonna. C'était une ex, une épouse d'une autre vie. Ils se détestaient mutuellement ; quand il reconnut sa voix, il comprit aussitôt qu'elle avait besoin d'argent. Il l'envoya paître et fila sous la douche.

C'était encore pire au cabinet. Un couple en instance de divorce était arrivé, chacun de son côté, pour mettre la dernière main au partage des biens. Ils se bagarraient pour des broutilles – de la vaisselle, des ustensiles de cuisine, un grille-pain ; comme ils ne possédaient rien, il leur fallait se battre pour ce rien. Moins on a à perdre, plus on y met d'acharnement.

Leur avocat ayant une heure de retard, ils avaient mis ce temps à profit pour échanger des propos aigres-doux jusqu'à ce que Jan les sépare. Quand Trevor entra par la porte de derrière, la femme l'attendait dans le bureau.

– Alors, qu'est-ce que vous fabriquez ? lança-t-elle d'une voix assez forte pour que son mari l'entende et rapplique aussitôt du bout du couloir.

L'homme passa en trombe devant Jan, qui ne fit rien pour l'arrêter ; il poussa violemment la porte du petit bureau.

– Ça fait une heure qu'on attend !

– La ferme, tous les deux ! hurla Trevor d'une voix de stentor.

Les clients demeurèrent pétrifiés ; Jan préféra sortir.

– Asseyez-vous ! poursuivit Trevor sur le même ton.

Le couple se laissa tomber dans les deux seuls fauteuils du bureau.

– Vous allongez cinq cents dollars pour un divorce minable et vous vous croyez chez vous !

Ils regardèrent ses yeux injectés de sang, son visage cramoisi et décidèrent qu'il valait mieux ne pas le contrarier. Le téléphone sonna ; personne ne répondit. Pris d'une brusque nausée, Trevor se précipita hors du bureau pour gagner les toilettes où il dégobilla aussi discrètement que possible. La chasse d'eau refusa de fonctionner ; il entendit la petite chaîne métallique tinter sans résultat dans le réservoir.

Le téléphone continuait de sonner. Trevor suivit le couloir d'un pas mal assuré, résolu à virer Jan. Ne la trouvant pas, il sortit lui aussi, marcha jusqu'à la plage où il enleva chaussures et chaussettes pour tremper ses pieds dans l'eau fraîche.

Deux heures plus tard, la porte fermée à clé pour se protéger des clients, Trevor était vautré dans son fauteuil, les pieds nus sur son bureau, du sable entre les orteils. Il avait à la fois besoin de faire un somme et de boire une bière ; les yeux fixés au plafond, il essayait de déterminer quel besoin assouvir en premier. Le téléphone sonna. Cette fois, Jan répondit ; elle travaillait pour lui tout en lisant discrètement la rubrique des offres d'emploi.

C'était Brayshears, de la banque des Bahamas.

– Nous avons reçu un virement, monsieur.

– Combien ? demanda Trevor en se levant d'un bond.

– Cent mille, monsieur.

Trevor regarda sa montre ; il avait à peu près une heure pour prendre un avion.

– Pouvez-vous me recevoir à 15 h 30 ?

– Certainement, monsieur.

– Annulez mes rendez-vous de l'après-midi et de demain, hurla-t-il en direction du couloir, après avoir raccroché. Je m'absente.

– Vous n'avez pas de rendez-vous, rétorqua Jan. Vous perdez de plus en plus d'argent.

Il n'avait pas le temps de se chamailler avec elle. Il sortit en claquant la porte de derrière et sauta dans sa voiture.

L'avion à destination de Nassau fit escale à Fort Lauderdale, mais Trevor s'en rendit à peine compte. Après deux bières vidées à la suite, il s'endormit profondément ; deux autres au-dessus de l'Atlantique et une hôtesse dut le secouer quand tout le monde fut descendu.

Le virement, comme prévu, venait de Curtis, à Dallas. Envoyé par une banque du Texas sur le compte de Boomer Realty, Geneva Trust Bank, Nassau. Trevor prit le tiers qui lui revenait, déposa vingt-cinq mille dollars sur son compte secret et en garda huit mille en espèces. Il remercia Brayshears qu'il espérait revoir bientôt et quitta l'établissement aussi dignement que possible.

L'idée de rentrer ne lui vint pas à l'esprit. Il se rendit dans le quartier commerçant, où des groupes de touristes américains corpulents encombraient les trottoirs. Il avait besoin d'un short, d'un chapeau de paille et d'un flacon de crème solaire.

Il réussit enfin à atteindre la plage où il trouva une chambre à deux cents dollars dans un bon hôtel ; l'argent n'avait pas d'importance. Il se badigeonna de crème solaire, alla s'étendre devant la piscine, pas loin du bar. Une serveuse en string lui apporta à boire.

Il s'éveilla à la nuit tombée, cuit à point mais pas brûlé. Un agent de la sécurité de l'hôtel l'escorta jusqu'à sa chambre où il s'écroula sur le lit pour replonger dans un sommeil comateux. Quand il ouvrit les yeux, le soleil était levé.

Il se sentait étonnamment dispos et il avait le ventre creux. Après avoir mangé des fruits, il alla voir les bateaux, pas pour acheter, mais pour les observer. Un voilier de neuf mètres serait suffisant, assez grand pour vivre à bord et manœuvrable par un seul homme. Pas de passagers : un skipper solitaire voguant d'île en île. Le moins cher était à quatre-vingt-dix mille dollars et il fallait le remettre en état.

À midi, allongé au bord de la piscine, il essayait de calmer par téléphone un ou deux clients, mais le cœur n'y était pas. La même serveuse lui apporta un autre verre. Il rangea son portable, commença à faire des calculs à l'abri de ses lunettes de soleil, le cerveau merveilleusement engourdi.

En un mois, il avait gagné quatre-vingt mille dollars : les choses pouvaient-elles continuer à ce rythme ? Si oui, il aurait son million en un an ; il pourrait dire adieu à son cabinet, acheter un voilier et larguer les amarres.

Ce rêve, pour la première fois, semblait prendre corps. Il se voyait à la barre, torse nu, pieds nus, une caisse de bières fraîches à portée de main, glissant sur l'eau de Saint-Bart à Saint Kitts, de Nevis à Sainte-Lucie, le vent gonflant la grand-voile, libre de tout souci. Il ferma les yeux, s'abandonna à ces images enchanteresses.

Ses ronflements le réveillèrent. Le string n'était pas loin ; il regarda sa montre et commanda un rhum.

Quand Trevor, quarante-huit heures plus tard, arriva enfin à Trumble, il était partagé. D'un côté, il avait hâte de ramasser le courrier pour poursuivre les extorsions et multiplier les rentrées d'argent. De l'autre, il redoutait la réaction de Spicer – il avait beaucoup traîné.

– Où étiez-vous passé ? grogna le juge dès que le surveillant eut quitté la salle des avocats. J'ai raté trois soirées de basket et je n'avais que des gagnants.

– J'étais aux Bahamas. Nous avons reçu cent mille dollars de Curtis, de Dallas.

L'humeur de Spicer changea instantanément du tout au tout.

– Il a fallu trois jours pour vous assurer de la réception d'un virement à Nassau ?

– J'avais besoin de repos. Je ne savais pas que mes visites à Trumble devaient être quotidiennes.

Spicer se radoucissait à vue d'œil : il venait d'empocher vingt-deux mille dollars, soigneusement planqués avec le reste, là où personne n'irait les chercher. En tendant à l'avocat un petit paquet de jolies enveloppes, il réfléchissait à la manière dont il dépenserait l'argent.

– On dirait que les affaires marchent, fit Trevor en prenant les lettres.

– De quoi vous plaignez-vous ? Vous gagnez plus que nous.

– J'ai aussi plus à perdre que vous.

– Tenez, fit Spicer en lui donnant un morceau de papier. J'ai choisi dix rencontres : cinq cents dollars sur chacune.

Quel pied ! se dit Trevor. Encore un long week-end chez Pete à regarder une ribambelle de matches. Oh ! après tout, il y avait pire.

Ils jouèrent au black-jack à un dollar la partie jusqu'à ce que le gardien vienne les séparer.

L'augmentation de la fréquence des visites de l'avocat avait attiré l'attention du directeur de l'établissement, qui en avait informé ses supérieurs hiérarchiques de l'administration pénitentiaire. Des rapports avaient circulé, des restrictions avaient été envisagées, sans suite. Ces visites n'avaient aucune utilité et le directeur ne voulait pas se mettre les Frères à dos. Pourquoi chercher la bagarre ?

L'homme était inoffensif. Après quelques renseignements pris à Jacksonville, il fut décidé que Trevor n'avait probablement rien de mieux à faire que de traîner dans la salle des avocats d'une prison.

L'afflux d'argent redonnait vie à Beech et Yarber. Pour le dépenser, il faudrait nécessairement aller le chercher, ce qui signifiait qu'ils auraient recouvré la liberté et qu'ils feraient ce qu'ils voulaient de cette fortune fraîchement acquise.

Avec les cinquante mille dollars qu'il avait aux Bahamas, Yarber envisageait de constituer un portefeuille d'investissement. Même s'il échappait au fisc, il n'allait pas laisser dormir de l'argent qui ne rapportait que cinq pour cent par an. Il le placerait très vite dans des valeurs de croissance, essentiellement sur les marchés de l'Extrême-Orient. Les économies asiatiques allaient rebondir et il serait là avec son petit tas d'argent sale pour en recueillir les fruits. S'il gagnait entre douze et quinze pour cent pendant les cinq ans qu'il lui restait à tirer, il arriverait à près de cent mille dollars à sa sortie. Pas un mauvais début pour une nouvelle vie à l'âge de soixante-cinq ans.

Et si Percy et Ricky continuaient de remplir son bas de laine, il serait riche quand les portes de Trumble s'ouvriraient. Cinq années – tous ces mois, ces semaines qu'il avait tant redoutés. Il se demandait maintenant s'il aurait assez de temps pour soutirer à ses victimes tout l'argent dont il avait besoin. Sous la plume de Ricky, il était en relations épistolaires avec plus d'une vingtaine de correspondants. Il n'y en avait pas deux dans la même ville ; il incombait à Spicer de s'assurer que les victimes étaient séparées les unes des autres. Ils vérifiaient sur des cartes dans la bibliothèque de droit que ni Percy ni Ricky ne correspondaient avec des hommes dont les adresses étaient proches les unes des autres.

Lorsqu'il ne rédigeait pas les lettres, Yarber pensait à l'argent. Par bonheur, les papiers du divorce étaient arrivés ; il les avait renvoyés signés. Dans quelques mois, ils seraient officiellement séparés et quand viendrait sa libération conditionnelle, elle l'aurait oublié depuis longtemps. Il n'y aurait rien à partager ; il serait libre comme l'air.

Cinq ans et il lui restait tant à faire. Il allait supprimer le sucre et marcher un ou deux kilomètres de plus chaque jour.

Pendant les longues nuits sans sommeil, Hatlee Beech avait fait dans l'obscurité les mêmes calculs que ses collègues. Cinquante mille dollars placés à un taux intéressant, un capital que leurs pigeons continueraient de faire grossir et, un jour, ce serait la fortune. Les neuf ans qu'il restait à tirer à Beech avaient eu des allures d'éternité ; il entrevoyait maintenant une lueur d'espoir. La condamnation à mort qu'on lui avait infligée se transformait lentement en une longue saison de moissons. En admettant que l'arnaque lui rapporte cent mille dollars par an, au bas mot, pendant les neuf prochaines années, il serait millionnaire à sa sortie, à l'âge de soixante-cinq ans.

Et pourquoi pas deux, trois, quatre millions ?

Il savait exactement ce qu'il ferait.

Comme il était très attaché au Texas, il achèterait à Galveston une de ces anciennes demeures victoriennes, au bord du golfe du Mexique, où il inviterait de vieux amis pour faire étalage de sa fortune. Fini la magistrature. Il consacrerait, s'il le fallait, douze heures par jour à faire fructifier son capital. Tout pour l'argent afin de pouvoir se dire à soixante-dix ans qu'il en avait plus que son ex-femme.

Pour la première fois depuis des années, Hatlee Beech se voyait vivre jusqu'à soixante-cinq ans, peut-être soixante-dix.

Il supprima le sucre, lui aussi, et le beurre ; il réduisit de moitié sa consommation de cigarettes en se donnant pour objectif d'arrêter très vite. Il se jura de ne plus mettre les pieds à l'infirmerie et jeta tous les médicaments. Il fit, comme son collègue de Californie, une marche de deux kilomètres par jour, en plein soleil. Et il continua d'écrire des lettres signées Ricky.

Quant au juge Spicer, déjà très motivé, il avait du mal à trouver le sommeil. Ni parce qu'il souffrait d'un sentiment de culpabilité, de la solitude ou de sa situation humiliante. Il faisait simplement des calculs, jonglait avec les taux d'intérêt ou analysait les grilles de pronostics. Avec vingt et un mois à tirer, il voyait approcher le bout du tunnel.

Rita, sa femme, lui avait rendu visite la semaine précédente ; ils avaient passé ensemble quatre heures réparties sur deux jours. Elle s'était fait couper les cheveux, ne buvait plus et avait perdu huit kilos ; elle avait promis d'être encore plus mince le jour où elle viendrait le chercher à la sortie de la prison. Au bout de ces quatre heures, Joe Roy avait acquis la conviction que l'argent était toujours enterré derrière la cabane à outils.

Ils iraient s'installer à Las Vegas, achèteraient un appartement et vivraient sans s'occuper de personne.

Le succès de leur racket avait fait naître chez Spicer un nouveau sujet d'inquiétude. Il serait le premier à sortir de Trumble, avec joie, sans jeter un regard en arrière, mais qu'adviendrait-il de l'argent gagné après son élargissement ? Si les gains augmentaient, que deviendrait la part à laquelle il avait droit ? L'idée était de lui, il l'avait rapportée de Louisiane ; Beech et Yarber s'étaient fait tirer l'oreille pour se joindre à lui.

Il avait le temps d'élaborer une stratégie avant sa sortie, tout comme il avait le temps de trouver le moyen de se débarrasser de l'avocat. Même si ce devait être au détriment de son sommeil.

Beech donna lecture de la lettre de Quince Garbe.

Cher Ricky (ou quel que soit le nom du salaud qui me lira) : sachez que je n'ai plus d'argent. J'ai emprunté à la banque les cent mille dollars en présentant un bilan financier bidon. J'ignore comment je vais les rembourser ; la banque et tous les avoirs appartiennent à mon père. Vous devriez lui écrire aussi, fumier ! Il me sera peut-être possible de trouver dix mille dollars en raclant les fonds de tiroir, si vous promettez que le chantage s'arrêtera là. Je suis au bord du suicide, ne tirez pas trop sur la corde. Vous êtes une ordure. J'espère que vous vous ferez pincer. Bien à vous. Quince Garbe.

– On dirait que ce pauvre homme est à bout, soupira Yarber, son propre courrier à la main.

– Écrivons-lui que nous nous contenterons de vingt-cinq mille, fit Spicer, un cure-dents dépassant de sa lèvre inférieure.

– Je vais lui demander de faire le virement, acquiesça Beech en ouvrant une autre enveloppe adressée à Ricky.

15.

À l'heure du déjeuner, ayant constaté que les allées et venues étaient plus nombreuses à ce moment-là dans le local de Mailbox America, un agent de la CIA entra d'un pas nonchalant à la suite de deux autres clients et ouvrit pour la deuxième fois de la journée la boîte 455. Au-dessus des trois prospectus – une pizzeria, un lavage automatique de voitures, une publicité pour le service postal – il y avait quelque chose de nouveau : une enveloppe de 20 x 12, d'un orange doux et clair. À l'aide d'une pince à épiler prise sur son trousseau de clés, il saisit l'enveloppe par un coin, la sortit de la boîte et la fit tomber dans un petit sac de cuir. Il ne toucha pas aux prospectus.

À Langley, la lettre fut ouverte avec précaution par des spécialistes. Ils en retirèrent deux pages manuscrites pour les photocopier.

Une heure plus tard, Deville entra dans le bunker, un dossier à la main. Deville avait la responsabilité de ce qu'on appelait couramment le « cas Lake ». Il remit des copies de la lettre à Teddy et à York, puis la scanna sur un grand écran ; ses supérieurs en restèrent bouche bée. L'écriture était ferme, en majuscules d'imprimerie, très lisible, comme si l'auteur du texte s'était appliqué sur chaque mot.

Cher Al,

Que devenez-vous ? Avez-vous reçu ma dernière lettre ? Je l'ai envoyée il y a trois semaines et, depuis, pas de nouvelles. J'imagine que vous êtes très pris, mais il ne faut pas m'oublier.

Je me sens si seul ici ; vos lettres m'ont aidé à tenir le coup. Elles me donnent de la force et de l'espoir : je sais qu'il y a quelqu'un dehors qui pense à moi. Ne me laissez pas tomber, Al.

D'après mon conseiller, je pourrai sortir dans deux mois. Il y a un centre de réinsertion à Baltimore, à quelques kilomètres de l'endroit où j'ai passé mon enfance ; on essaie de m'y trouver une place. Ce serait pour trois mois, le temps de trouver du boulot, de me faire des amis, bref, de me réadapter à la société. Les portes sont fermées la nuit, mais je serai libre pendant la journée.

Je n'ai pas beaucoup de bons souvenirs, Al. Tous ceux qui m'ont aimé sont morts et mon oncle, celui qui paie mon séjour dans cette clinique, est un homme cruel.

J'ai désespérément besoin d'amis, Al !

À propos, j'ai encore perdu plus de deux kilos et mon tour de taille s'est aminci ; la photo que je vous ai envoyée n'est plus très ressemblante. D'ailleurs, je n'aime pas mon visage sur cette photo : les joues sont trop pleines.

Je suis bien plus mince aujourd'hui et bronzé. On nous laisse prendre le soleil deux heures par jour quand le temps le permet. C'est la Floride, bien sûr, mais parfois les journées sont fraîches. Je vous enverrai une autre photo, torse nu, peut-être. Je fais de la musculation comme un fou : j'espère qu'elle vous plaira.

Vous deviez en envoyer une de vous ; je l'attends encore. Ne m'oubliez pas, Al. J'ai besoin de vos lettres.

Tendrement.

Ricky.

York avait eu la charge de fouiller dans les moindres recoins de la vie de Lake ; il se sentait obligé de prendre la parole. Mais il ne trouvait rien à dire. Ils relurent la lettre sans échanger un mot. Une fois, deux fois. Deville rompit enfin le silence.

– Voici l'enveloppe, dit-il en projetant l'image agrandie sur le mur.

L'adresse de l'expéditeur indiquait : Ricky, Aladdin North, BP 44683, Neptune Beach, Floride 32233.

– Aladdin North n'existe pas, déclara Deville. Il y a un numéro de téléphone qui met en communication avec un service de messagerie. Nous avons appelé dix fois pour poser des questions, mais les opérateurs ne savent rien. Nous avons téléphoné à toutes les cliniques de désintoxication, à tous les centres de réadaptation de la Floride du Nord : personne n'a entendu parler de cet établissement.

Teddy gardait le silence, le regard rivé sur le mur.

– Où se trouve Neptune Beach ? grogna York.

– À Jacksonville.

Deville se retira, mais York lui demanda de ne pas s'éloigner. Teddy commença à griffonner des notes sur un carnet vert.

– Il y a d'autres lettres et au moins une photo, fit-il posément, comme s'il s'agissait d'une affaire de routine. Il faut mettre la main dessus.

L'affolement était un état inconnu à Teddy Maynard.

– Nous avons fouillé deux fois son domicile de fond en comble, fit York.

– Recommencez. Je doute qu'il conserve ce genre de chose à son bureau.

– Quand voulez-vous...

– Tout de suite. Lake est en Californie, à la pêche aux électeurs. Nous n'avons pas une minute à perdre, York. Peut-être y a-t-il d'autres boîtes postales, d'autres hommes qui lui écrivent pour parler de leur bronzage et de leur tour de taille.

– Allez-vous lui demander des explications ?

– Pas encore.

Comme ils ne disposaient pas d'un échantillon de l'écriture d'Al Konyer, Deville fit une suggestion qui obtint l'assentiment de Maynard. Ils tourneraient la difficulté en utilisant un ordinateur portable, un modèle récent avec imprimante intégrée. Le premier jet fut l'œuvre de Deville et York ; au bout d'une heure, la quatrième mouture se présentait comme suit :

Cher Ricky,

Je viens de recevoir votre lettre du 22 ; pardonnez-moi de ne pas avoir écrit plus tôt. J'ai beaucoup voyagé ces derniers temps et je laisse traîner les choses. J'écris cette lettre à dix mille mètres au-dessus du golfe du Mexique, dans un avion qui fait route vers Tampa, sur un ordinateur portable tout nouveau, si petit qu'il tient presque dans ma poche. Une merveille de technologie, même si l'impression laisse quelque peu à désirer. J'espère que vous pourrez facilement me lire.

Je me réjouis de votre prochaine sortie et de ce centre de réinsertion à Baltimore. J'ai des intérêts commerciaux dans cette ville et je pense pouvoir vous aider à trouver du travail.

Courage, plus que deux mois ! Vous êtes devenu plus fort, vous voilà prêt à vivre pleinement. Gardez la tête haute.

Je vous aiderai dans la mesure de mes moyens. Quand vous arriverez à Baltimore, je serai heureux de passer du temps en votre compagnie, de me promener avec vous.

Je promets de répondre plus rapidement à votre prochaine lettre que j'attends avec impatience.

Affectueusement.

Al.

Ils décidèrent qu'Al était pressé, qu'il avait oublié de signer. La lettre fut relue, révisée, récrite avec plus de soin qu'un traité ; la version définitive fut imprimée sur une feuille à en-tête du Royal Sonesta Hotel, à La Nouvelle-Orléans, et placée dans une grosse enveloppe de kraft contenant des fibres optiques dissimulées le long du bord inférieur. On glissa dans l'angle inférieur droit, à un endroit où le papier semblait avoir été légèrement endommagé, corné pendant le transport, un émetteur minuscule, gros comme une tête d'épingle, qui produisait pendant soixante-douze heures un signal perceptible à une centaine de mètres.

Comme Al se rendait à Tampa, on apposa sur l'enveloppe un cachet de la poste de Tampa, à la date du jour. Cela fut réalisé en moins d'une demi-heure par une équipe de ces drôles de types du service Documents, au troisième étage.

Une camionnette verte en piteux état s'arrêta à 16 heures devant le domicile d'Aaron Lake, sous l'ombrage d'un des nombreux arbres ornant la 34e Rue, dans un des plus jolis quartiers de Georgetown. La carrosserie portait le nom d'une entreprise de plomberie ; quatre ouvriers en descendirent et commencèrent à décharger des outils et du matériel.

Au bout de quelques minutes, la seule voisine intriguée par leur manège se lassa de les observer et repartit s'installer devant sa télé. Les hommes du Service secret avaient suivi Lake en Californie ; son domicile, même si cela ne devait pas tarder, ne faisait pas encore l'objet d'une surveillance continue, du moins par le Service secret.

Le prétexte était l'engorgement, sur la façade, d'une conduite des eaux usées. Un travail à l'extérieur, de nature à apaiser les gens du Service secret, s'ils passaient là par hasard.

Mais deux des plombiers entrèrent en utilisant leurs clés. Un autre véhicule de la même entreprise s'arrêta pour vérifier que le travail avançait et déposer un outil. Deux hommes de la seconde équipe se mêlèrent aux ouvriers déjà sur place.

Les agents qui étaient entrés commencèrent leur fouille minutieuse pour trouver des documents cachés. Ils passaient de pièce en pièce, furetant dans les moindres recoins.

Le deuxième véhicule repartit, un troisième arriva de la direction opposée et se gara à cheval sur le trottoir, comme le font souvent les véhicules de service. Quatre nouveaux plombiers se joignirent à l'équipe qui nettoyait la canalisation ; deux d'entre eux se glissèrent dans la maison. À la nuit tombante, un projecteur fut installé sur la pelouse, son faisceau dirigé vers la façade afin que personne ne remarque les lumières allumées. Les quatre hommes restés dehors se racontaient des blagues et buvaient du café pour se réchauffer. Les voisins passaient sur le trottoir, pressés de rentrer chez eux.

Au bout de six heures, la canalisation était nettoyée, la maison aussi. Rien de louche n'avait été découvert : pas trace d'une correspondance avec un certain Ricky, pas la moindre photo. Les plombiers éteignirent le projecteur, rangèrent leur matériel et disparurent dans la nuit.

Le lendemain matin, à 8 h 30, à l'ouverture du bureau de poste de Neptune Beach, un agent nommé Barr entra d'un pas vif, comme s'il était en retard. Barr était un spécialiste des clés et des serrures ; il avait passé cinq heures la veille à étudier différents modèles de boîtes utilisés par le service des postes. Il était muni de quatre passe-partout ; l'un d'eux, il en avait la certitude, ouvrirait la boîte 44683. Sinon, il serait obligé de prendre l'empreinte de la serrure, ce qui demanderait une soixantaine de secondes et risquait d'attirer l'attention. La troisième clé fonctionna. Barr plaça dans la boîte l'enveloppe de kraft portant le cachet de la poste de Tampa à la date de la veille et adressée à Ricky tout court, aux bons soins d'Aladdin North. Le casier contenait deux autres lettres. Avant de refermer la porte, Barr retira un prospectus qu'il froissa et jeta dans une corbeille.

Barr attendit patiemment avec deux collègues dans une camionnette garée sur le parking ; ils buvaient du café et filmaient les allées et venues avec un caméscope. Au flot de clients se mêlait un groupe hétéroclite – une Noire en robe marron, un Blanc portant une barbe et une veste de cuir, une Blanche en tenue de jogging, un Noir en jean –, tous des agents de la CIA qui surveillaient la boîte sans avoir la moindre indication sur l'expéditeur de la lettre ni sur le destinataire. Leur boulot consistait uniquement à repérer la personne qui louait la boîte postale.

Il leur fallut attendre le début d'après-midi.

Trevor déjeuna chez Pete de deux bières. Deux pressions bien fraîches accompagnées de cacahuètes salées qu'il consomma en perdant cinquante dollars sur une course de traîneaux à Calgary. De retour au cabinet, il fit une sieste d'une heure, ronflant si fort que sa secrétaire excédée dut se résoudre à fermer la porte. En vérité, elle la claqua, mais pas assez bruyamment pour le réveiller.

Des images de voiliers plein la tête, il se rendit ensuite au bureau de poste, à pied, pour une fois ; le temps était magnifique, il n'avait rien de mieux à faire et une bonne marche lui éclaircirait les idées. Il découvrit avec ravissement quatre petits trésors empilés dans la boîte d'Aladdin North. Il les glissa soigneusement dans la poche de sa vieille veste de coton, redressa son nœud papillon et repartit d'un pas tranquille, certain de bientôt toucher un nouveau pactole.

Jamais il n'avait été tenté de lire le courrier ; il préférait laisser le sale boulot aux Frères. Il pouvait garder les mains propres, servir de boîte aux lettres et garder le tiers de ce que rapportait le chantage. Sans compter que Spicer l'aurait tué s'il apportait du courrier auquel il avait touché.

Sept agents le suivirent des yeux tandis qu'il reprenait le chemin du cabinet.

Teddy somnolait dans son fauteuil quand Deville entra. À 22 heures passées, York était rentré chez lui ; contrairement à son patron, il avait une femme.

Deville fit son rapport en consultant plusieurs pages de notes.

– La lettre a été retirée de la boîte postale à 13 h 50 par un avocat de Neptune Beach, du nom de Trevor Carson. Nous l'avons suivi jusqu'à son cabinet où il est resté quatre-vingts minutes. Il travaille seul, avec une secrétaire et de rares clients ; un avocaillon qui fait des divorces, de l'immobilier, des affaires insignifiantes. Quarante-huit ans, au moins deux divorces, originaire de Pennsylvanie, premier cycle d'études supérieures à Furman, fac de droit à Florida State. Suspendu il y a onze ans pour malversations.

– D'accord, d'accord, coupa Teddy.

– Il a quitté son cabinet à 15 h 30 pour se rendre à la prison fédérale de Trumble, à une heure de route, en emportant les lettres. Nous avons perdu le signal quand il est entré dans l'établissement pénitentiaire. Nous avons eu le temps de réunir quelques renseignements sur Trumble. C'est un pénitencier fédéral de sécurité minimum, sans mur d'enceinte ni clôtures. Les détenus, au nombre d'un millier, ne sont pas considérés comme dangereux. À en croire une source de l'administration pénitentiaire, Carson y fait de fréquentes visites ; aucun avocat, aucun autre visiteur n'est aussi assidu que lui. Jusqu'au mois dernier, il s'y rendait une fois par semaine ; il en est maintenant à trois fois, voire quatre. Toutes ces visites ont pour objet une entrevue avec ses clients.

– Qui ?

– Pas Ricky. Carson est l'avocat de trois juges.

– Trois juges ?

– Oui.

– Trois juges en prison ?

– Exact. Ils se font appeler les Frères.

Teddy ferma les yeux et se massa les tempes. Deville lui laissa le temps de s'imprégner de la situation.

– Carson est resté cinquante-quatre minutes dans la prison, reprit-il. À sa sortie, nous ne recevions plus le signal de l'enveloppe. Nous étions garés à côté de sa voiture ; il est passé à moins de deux mètres de notre récepteur et nous avons la certitude qu'il n'avait plus la lettre. Au retour, nous l'avons suivi jusqu'à Jacksonville, sur le front de mer, où il est entré dans un bar, chez Pete ; il y est depuis trois heures. Nous avons ouvert sa voiture, trouvé sa serviette : elle contenait huit lettres adressées à des hommes différents, aux quatre coins du pays. Elles sortaient toutes de la prison. Carson sert à l'évidence de boîte aux lettres à ses clients. Il y a trente minutes, il était encore dans ce bar, fin soûl, et il pariait sur des rencontres de basket universitaire.

– Un pauvre type.

– On le dirait.

Le pauvre type sortit en titubant de chez Pete après la seconde prolongation d'une rencontre de basket. Spicer avait trouvé trois équipes gagnantes sur quatre ; Trevor, qui l'avait docilement suivi, venait de gagner mille dollars.

Dans l'état où il était, il eut la sagesse de ne pas prendre le volant. Il avait gardé un mauvais souvenir d'un retrait de permis remontant à trois ans et il y avait des flics partout ; les restaurants et les bars des environs de l'auberge de la Tortue de mer attiraient une faune tapageuse.

Rentrer à pied était une entreprise ardue. Il parvint pourtant à rejoindre son cabinet, plein sud, en ligne droite, au milieu des locations d'été inoccupées et des villas de retraités, refermées sur elles-mêmes dans l'obscurité. Dans sa serviette, se trouvaient les lettres de Trumble.

Il poursuivit sa route, à la recherche de sa maison. Il traversa la rue sans aucune raison, la retraversa cent mètres plus loin. Il n'y avait pas de voitures. Quand il commença à tourner en rond, Trevor passa à moins de vingt mètres d'un agent caché derrière un véhicule en stationnement. L'armée silencieuse qui l'observait se mit à craindre que l'ivrogne tombe nez à nez avec l'un d'eux.

Il finit par renoncer, mais réussit à retrouver son cabinet. Il se battit contre son trousseau de clés, laissa tomber sa serviette et oublia de la reprendre : moins d'une minute après être entré en oubliant de fermer la porte, il était à son bureau, vautré dans son fauteuil pivotant, et dormait comme une brute.

La porte était restée ouverte toute la soirée. Suivant les directives de Langley, Barr et son équipe étaient entrés poser des micros partout. Il n'y avait pas de système d'alarme, pas de dispositif de sécurité aux fenêtres : les locaux ne contenaient rien qui fût susceptible d'attirer un voleur. Mettre les téléphones sur écoute et placer des micros dans les murs avait été d'autant plus facile qu'il était impossible de voir de l'extérieur ce qui se passait dans les bureaux de L. Trevor Carson.

La serviette fut vidée, son contenu catalogué conformément aux instructions de Langley qui voulait tous les détails sur les lettres rapportées de Trumble par l'avocat. Quand elles eurent été inspectées et photographiées, la serviette fut placée dans le couloir, près du bureau de Carson. Les ronflements ininterrompus du dormeur étaient impressionnants.

Peu avant 2 heures du matin, Barr réussit à faire démarrer la Coccinelle garée près de chez Pete. Il la conduisit jusqu'à la rue vide, la laissa au bord du trottoir, devant la porte du cabinet ; quand l'ivrogne sortirait de son sommeil, il se frotterait les yeux et se féliciterait d'avoir réussi à ramener la voiture à bon port. À moins qu'il soit frappé d'horreur à l'idée d'avoir conduit dans son état. En tout cas, ils ne perdraient rien de sa réaction.

16

Trente-sept heures avant l'ouverture des bureaux de vote en Virginie et dans l'État du Washington, le président annonça dans une allocution diffusée sur les chaînes nationales qu'il avait donné l'ordre de lancer une attaque aérienne contre la ville de Talah, en Tunisie. On savait, de source sûre, que le groupe terroriste de Yidal s'y entraînait dans un camp bien équipé en bordure de la ville.

Tout le pays se retrouva captivé par une nouvelle miniguerre presse-bouton, avec bombes intelligentes et généraux à la retraite sur CNN discourant à n'en plus finir sur les différentes stratégies possibles. C'était la nuit en Tunisie, donc pas d'images. Les généraux à la retraite et les animateurs étaient dans le noir le plus complet et s'en tenaient à des hypothèses. Ils attendaient que le jour se lève pour qu'une Amérique blasée reçoive des images de la fumée et des décombres.

Yidal aussi avait ses sources ; les Israéliens selon toute vraisemblance. Le camp d'entraînement était désert quand les bombes intelligentes tombèrent du ciel. Elles atteignirent leurs cibles, firent trembler le désert et détruisirent le camp sans provoquer la mort d'un seul terroriste. Deux projectiles s'égarèrent, l'un dans le centre de Talah où il toucha un hôpital, l'autre sur une petite maison où dormait une famille de sept personnes ; celles-ci n'eurent, par bonheur, pas le temps de comprendre ce qui se passait.

La télévision tunisienne ne fut pas longue à envoyer des images de l'hôpital en flammes ; dès l'aube, les téléspectateurs de la côte est apprirent que les bombes dites intelligentes ne l'étaient pas tant que ça. Au moins cinquante corps avaient été retrouvés, tous des civils, tous des innocents.

Le président fut saisi dès les premières heures de la matinée d'une aversion pour la presse qui ne lui ressemblait guère ; il devint impossible de le joindre. Le vice-président, qui avait eu beaucoup à dire au moment du déclenchement de l'attaque aérienne, s'était retiré avec ses proches conseillers quelque part à Washington.

Les cadavres s'entassaient, les caméras filmaient sans discontinuer ; la réaction de l'étranger en milieu de matinée fut violente et unanime. La Chine proférait des menaces de guerre ; la France semblait disposée à s'engager dans la même voie. Même la Grande-Bretagne déclara que les Américains étaient des fauteurs de guerre.

Les victimes étant des paysans tunisiens, non des citoyens américains, on ne tarda pas à politiser le fiasco. Avant midi, les accusations habituelles et les demandes d'enquêtes commençaient à circuler à Washington. Sur le front de la campagne présidentielle, ceux qui étaient encore dans la course prirent le temps de faire savoir à quel point ils jugeaient ce bombardement malheureux. Aucun d'eux n'aurait engagé une telle action de représailles sans disposer de renseignements fiables ; sauf le vice-président, qui restait injoignable. Tandis que l'on comptait les corps, pas un seul candidat n'estima que le résultat du raid aérien valait la peine de prendre tant de risques et tout le monde condamna le président.

Mais l'attention générale se focalisa sur Aaron Lake ; il avait de la peine à faire trois pas sans heurter un cameraman. Il fit, sans notes, une déclaration en des termes soigneusement pesés : « Nous sommes ineptes. Nous sommes impuissants. Nous sommes pitoyables. Nous devrions être honteux de notre incapacité d'anéantir une minable armée d'une cinquantaine de lâches. On ne peut se contenter d'appuyer sur un bouton et de courir se mettre à l'abri. Il faut du courage pour mener une guerre au sol ; ce courage, je l'ai. Quand je serai président, aucun terroriste ayant du sang américain sur les mains ne sera en sécurité nulle part. Je m'y engage solennellement. »

Au milieu de la confusion de cette matinée, les paroles de Lake firent mouche. Cet homme-là pensait ce qu'il disait et savait précisément ce qu'il ferait. L'Amérique ne massacrerait pas des paysans innocents si un homme ayant des tripes prenait les décisions. Lake était l'homme qu'il fallait.

Au fond de son bunker Teddy essuya une nouvelle tempête. Chaque désastre était mis sur le compte de renseignements erronés. Quand les attaques aériennes étaient couronnées de succès, on vantait les mérites des pilotes, des courageux petits gars travaillant au sol, de leurs officiers et des politiciens qui les avaient envoyés au combat. Quand le raid échouait, ce qui était le plus souvent le cas, on faisait porter le chapeau à la CIA.

Teddy s'était prononcé contre cette attaque aérienne. Les Israéliens avaient un accord précaire et très secret avec Yidal : pas de morts chez nous, pas de morts chez vous. Tant que les cibles resteraient américaines ou, à l'occasion, européennes, les Israéliens ne bougeraient pas le petit doigt. Teddy le savait, mais il l'avait gardé pour lui. Vingt-quatre heures avant le raid, il avait informé le président par écrit qu'il doutait que les terroristes soient encore dans leur camp d'entraînement quand les bombes seraient larguées. Et qu'en raison de la proximité de l'agglomération de Talah, les risques de dommages collatéraux étaient élevés.

Hatlee Beech ouvrit l'enveloppe de kraft sans remarquer que le coin inférieur droit était légèrement abîmé. Les enveloppes à ouvrir devenaient si nombreuses qu'il se contentait de regarder l'adresse de l'expéditeur. Il ne prêta pas plus attention au cachet de la poste de Tampa.

Il n'avait pas eu de nouvelles d'Al Konyers depuis plusieurs semaines. Il lut la lettre d'une traite sans attacher beaucoup d'intérêt au fait qu'Al utilise un nouvel ordinateur. Il était tout à fait plausible que le correspondant de Ricky ait emporté une feuille de papier à lettres du Royal Sonesta de La Nouvelle-Orléans et qu'il tape son courrier à dix mille mètres d'altitude.

Il se demanda si Al voyageait en première. Probablement. Et il devait être possible de brancher un portable dans l'avion. Al s'était rendu pour affaires à La Nouvelle-Orléans, était descendu dans un grand hôtel et avait pris un billet de première classe pour sa destination suivante. Les Frères s'intéressaient à la situation financière de leurs correspondants ; rien d'autre ne comptait.

Après avoir lu la lettre, il la tendit à Finn Yarber qui était en train d'en écrire une signée du pauvre Percy. Ils s'étaient installés dans la petite salle de réunion qui faisait l'angle de la bibliothèque de droit, sur une table couverte de chemises cartonnées, de courrier et d'un ravissant assortiment de cartes-lettres aux tons pastel. Spicer était dehors, à sa table, surveillant la porte et étudiant les grilles de pronostics.

– Qui est Konyers ? demanda Finn.

Beech fouilla dans les chemises cartonnées. Ils constituaient un dossier sur chaque correspondant, qui contenait le courrier reçu et une copie de toutes les lettres envoyées.

– Je n'ai pas grand-chose sur lui, répondit Beech. Il habite à Washington ou dans les environs. Il écrit sous un faux nom, cela ne fait aucun doute. Il utilise un de ces services privés de boîtes postales. C'est sa troisième lettre, si je ne me trompe.

Beech prit les deux premières dans le dossier Konyers. La première, en date du 11 décembre, disait :

Cher Ricky,

Bonjour. Je m'appelle Al Konyers et j'ai la cinquantaine. J'aime le jazz, les vieux films, Humphrey Bogart et les biographies. Je ne fume pas et je n'aime pas les gens qui fument. Pour moi, une soirée réussie, c'est un plat chinois, un peu de vin, un western en noir et blanc, le tout avec un bon ami. Envoyez-moi un petit mot.

Al Konyers.

La lettre était dactylographiée sur une feuille blanche comme la plupart des premiers envois. La peur suintait entre chaque ligne – la peur de se faire prendre, de se lancer dans une relation épistolaire avec un parfait inconnu. Pas un seul mot n'était écrit à la main ; Al Konyers n'avait même pas signé.

Pour la première lettre de Ricky, Beech avait envoyé le texte type, déjà rédigé à une centaine d'exemplaires. Âgé de vingt-huit ans, Ricky est en clinique de désintoxication ; il a pour toute famille un oncle fortuné et ainsi de suite. Il pose avec ferveur des questions par dizaines : quel genre de travail faites-vous, vivez-vous en famille, aimez-vous voyager ? Si Ricky doit mettre son âme à nu, il lui faut quelque chose en retour. Deux pages d'inepties que Beech recopiait depuis cinq mois ; il aurait tellement voulu faire des photocopies de cette foutue lettre. Mais il ne pouvait pas, il fallait personnaliser chaque exemplaire sur un joli papier de couleur. Il avait envoyé à Al la même photo qu'aux autres, l'appât auquel ils se laissaient presque tous prendre.

Trois semaines s'étaient écoulées. Le 9 janvier, Trevor avait apporté une nouvelle lettre d'Al Konyers. Elle était aussi aseptisée que la première, probablement tapée avec des gants de caoutchouc.

Cher Ricky,

Votre lettre m'a fait très plaisir. Je dois reconnaître que j'ai été malheureux pour vous au début, mais vous semblez vous être bien adapté à vos conditions de vie et savoir où vous allez. Comme je n'ai jamais eu de problème avec la drogue ni l'alcool, il m'est difficile de comprendre. Mon impression est que vous bénéficiez des meilleurs soins possibles. Vous ne devriez pas être si dur avec votre oncle ; pensez à ce que vous seriez s'il n'était pas là.

Vous posez quantité de questions sur ma vie. Je ne suis pas disposé à aborder beaucoup de sujets personnels, mais je comprends votre curiosité. J'ai été marié trente ans, je ne le suis plus. Je vis à Washington, où j'occupe un poste dans la fonction publique ; mon travail est stimulant et gratifiant.

Je vis seul. Mes vrais amis sont en petit nombre et je préfère cela. Mes voyages me conduisent le plus souvent en Asie. J'adore Tokyo.

Vous resterez dans mes pensées dans les jours qui viennent.

Al Konyers.

Juste au-dessus du nom dactylographié, il avait griffonne « Al » au feutre noir, pointe fine.

La lettre ne leur avait guère paru intéressante pour trois raisons. D'abord, Konyers n'avait pas de femme, du moins le prétendait-il. L'existence d'une épouse était essentielle pour la réussite d'un chantage : on menaçait de tout lui révéler, de lui envoyer une copie des lettres du correspondant gay et l'argent rentrait.

Ensuite, son salaire de fonctionnaire ne devait pas être très élevé.

Enfin, Al était beaucoup trop craintif pour qu'ils perdent du temps avec lui. Obtenir de lui des détails semblait aussi difficile que d'arracher une dent. Il était plus amusant d'avoir affaire à Quince Garbe, Curtis Cates et aux autres de cet acabit qui avaient passé leur vie à cacher leur homosexualité et voulaient maintenant la laisser éclater au grand jour. Ils envoyaient de longues lettres bavardes, bourrées des petits faits compromettants dont se nourrit un maître chanteur. Il n'en allait pas de même pour Al : il était ennuyeux, il ne savait pas ce qu'il voulait.

Ricky fit monter les enjeux dans sa deuxième lettre, un autre texte type que Beech avait perfectionné au fil du temps. Ricky venait d'apprendre qu'il serait libre dans quelques mois ! Et il était de Baltimore : quelle coïncidence ! Il aurait peut-être besoin d'un coup de main pour trouver du travail. Son oncle ne voulait plus rien faire pour lui, il avait peur de retrouver la vie en société sans pouvoir s'appuyer sur des amis et ne pouvait faire confiance à ses vieux copains qui, eux, n'avaient pas décroché...

La lettre étant restée sans réponse, Beech avait supposé que Konyers avait pris peur : Ricky allait se rendre à Baltimore, à une heure de Washington, trop près pour Al.

Pendant que la réponse de Konyers se faisait attendre, l'argent de Quince Garbe était arrivé, suivi du virement de Curtis, apportant un regain d'énergie aux Frères. Ricky avait ensuite envoyé à Al la lettre interceptée par la CIA et analysée à Langley.

La réponse d'Al, sa troisième lettre, avait un ton très différent. Finn Yarber la lut deux fois avant de relire la précédente.

– On dirait que ce sont deux personnes différentes, fit-il.

– Oui, approuva Beech en examinant les deux lettres. Je crois que la perspective de rencontrer Ricky le fait sortir de sa réserve.

– Je croyais qu'il était dans la fonction publique.

– C'est ce qu'il a dit.

– Alors, qu'est-ce que c'est que cette histoire d'intérêts commerciaux à Baltimore ?

– Nous aussi, nous étions dans la fonction publique.

– C'est vrai.

– Quel a été ton salaire le plus élevé ?

– Quand j'étais président de la Cour suprême, je touchais cent cinquante mille dollars.

– Et moi cent quarante.

– Certains hauts fonctionnaires gagnent plus que cela. Sans compter qu'il n'est pas marié.

– C'est un problème.

– Oui, mais il faut continuer. Il a un bon poste à un niveau élevé de la hiérarchie, des tas de collègues, il mène une vie aisée à Washington. Nous trouverons le défaut de la cuirasse.

– Pourquoi pas ? fit Yarber.

Pourquoi pas, en effet ? Qu'avaient-ils à perdre ? Même s'ils y allaient un peu fort et si Al prenait peur ou se fâchait et décidait de se débarrasser des lettres. On ne peut perdre ce qu'on ne possède pas.

Ils commençaient à gagner gros ; ce n'était pas le moment de se montrer timorés. Leur stratégie offensive produisait des résultats spectaculaires. Le courrier augmentait de semaine en semaine, leur compte aux Bahamas aussi. Le chantage était à toute épreuve : les victimes menaient une double vie et ne pouvaient se plaindre à personne.

Les négociations furent brèves : la demande était faible à cette époque de l'année. C'était encore l'hiver à Jacksonville. Les nuits restaient fraîches, l'eau trop froide pour les baigneurs, la saison ne commencerait pas avant un mois. Parmi les centaines de locations libres en bordure de Neptune Beach et d'Atlantic Beach il y avait une petite maison presque en face du cabinet de Trevor. Quand un client de Boston proposa six cents dollars en espèces pour deux mois, l'agent immobilier ne se fit pas prier. Le logement était meublé de bric et de broc, la moquette à longues mèches usée jusqu'à la corde dégageait une odeur de moisi dont rien ne venait à bout.

La première tâche du locataire consista à couvrir les fenêtres. Trois d'entre elles donnaient sur la rue, en face du cabinet. Dès les premières heures de surveillance, il fut évident que les clients devaient se compter sur les doigts d'une main. Les affaires tournaient au ralenti. Quand il y avait quelque chose à faire, la secrétaire, Jan, s'en chargeait ; le reste du temps, elle se plongeait dans des revues.

Des visiteurs arrivèrent discrètement, des hommes et des femmes portant de vieilles valises et de gros sacs marins bourrés de matériel électronique. Le mobilier précaire fut repoussé dans une pièce du fond tandis que celles de la façade se remplissaient d'écrans, de moniteurs et de toutes sortes d'appareils d'écoute.

Trevor aurait constitué une étude de cas intéressante pour des étudiants en droit de troisième année. Arrivé au cabinet vers 9 heures, il lisait les journaux pendant une heure. Son client de la matinée semblait toujours avoir rendez-vous à 10 h 30 ; après une épuisante demi-heure de conversation, l'avocat était prêt à aller déjeuner, invariablement chez Pete. Il prenait un téléphone portable pour prouver son importance au barman et donnait en général deux ou trois coups de fil inutiles à des confrères. Il téléphonait beaucoup à son bookmaker.

En revenant au cabinet, il passait devant la maison de location d'où la CIA surveillait chacun de ses pas et s'enfermait dans son bureau : c'était l'heure de la sieste. Il émergeait vers 15 heures et se mettait au boulot. Deux heures plus tard, le besoin d'une bière se faisait sentir et il repartait chez Pete.

La deuxième fois qu'ils le prirent en filature jusqu'à Trumble, il ressortit de la prison au bout d'une heure et regagna son cabinet vers 18 heures. Pendant qu'il dînait – seul – dans un bar à huîtres d'Atlantic Boulevard, un agent pénétra dans le cabinet et mit la main sur la serviette de l'avocat. Elle contenait cinq lettres de Percy et de Ricky.

Le commandant de l'armée silencieuse qui avait pris ses quartiers à Neptune Beach était un homme nommé Klockner, le meilleur agent de Teddy dans son domaine. Klockner avait reçu l'ordre d'intercepter tout le courrier passant par le cabinet juridique.

Trevor rentra directement chez lui en sortant du bar à huîtres ; les cinq lettres avaient traversé la rue. On les ouvrit, on les copia et on recacheta les enveloppes avant de les replacer dans la serviette de l'avocat. Aucune des cinq n'était adressée à Al Konyers.

À Langley, Deville prit connaissance des lettres dès qu'elles arrivèrent par fax. Elles furent examinées par deux graphologues qui conclurent que Percy et Ricky n'étaient pas la même personne. Grâce à des échantillons d'écriture provenant de leurs dossiers respectifs, il fut possible d'établir sans grande difficulté que Percy était en réalité l'ancien juge Finn Yarber et que Ricky était l'ancien juge Hatlee Beech.

L'adresse de Ricky était la boîte postale Aladdin North, au bureau de poste de Neptune Beach. Percy, à l'étonnement général, utilisait une boîte postale à Atlantic Beach, louée au nom de Laurel Ridge.

17.

Quand il se rendit de nouveau à Langley, pour la première fois depuis trois semaines, le candidat Lake arriva avec un convoi de gros monospaces noirs roulant trop vite en toute impunité. Les véhicules franchirent les contrôles, s'engagèrent dans le complexe de la CIA et s'arrêtèrent près d'une porte où attendait un groupe d'hommes jeunes au cou de taureau et à l'air rébarbatif. Lake entra dans le bâtiment à la tête de son escorte, perdant des hommes au fur et à mesure, jusqu'à ce qu'il parvienne, non devant le bunker de Teddy mais devant le bureau du directeur de la CIA, qui donnait sur un petit bois. Lake entra seul, laissant le reste de son entourage à la porte. Les deux hommes échangèrent une chaleureuse poignée de main : ils semblaient heureux de se revoir.

– Félicitations pour la Virginie, déclara Teddy sans perdre de temps en politesses.

– Merci, répondit Lake en esquissant un haussement d'épaules. Merci pour tout.

– Une victoire impressionnante, monsieur Lake, poursuivit Teddy. Le gouverneur Tarry avait accompli depuis un an un gros travail en Virginie et bénéficiait du soutien de tous les responsables politiques locaux. Il paraissait imbattable. Je le crois en perte de vitesse ; c'est souvent un désavantage de faire trop tôt la course en tête.

– Il se crée souvent une étrange dynamique en matière politique, observa sentencieusement Lake.

– L'aspect financier est encore plus étrange. Aujourd'hui, le gouverneur Tarry ne peut plus trouver un sou : vous raflez tout. L'argent suit la dynamique.

– Assurément. Je n'ai pas fini de le répéter, monsieur Maynard, mais je vous remercie du fond du cœur. Vous m'avez offert une chance dont je n'aurais osé rêver.

– Y prenez-vous du plaisir ?

– Pas encore. Le plaisir viendra après, si nous l'emportons.

– Le plaisir, monsieur Lake, est pour mardi prochain, le grand Super Mardi, avec New York, la Californie, le Massachusetts, l'Ohio, la Géorgie, le Missouri, le Maine et le Connecticut, tous le même jour. Près de six cents délégués à la convention de votre parti.

Les yeux de Teddy allaient et venaient en tous sens comme s'il comptait les suffrages.

– Et vous êtes en tête dans chacun de ces États, monsieur Lake. Le croyez-vous ?

– Certainement pas.

– C'est pourtant la vérité. Sur la même ligne que votre adversaire dans le Maine, pour une raison qui nous échappe, et avec une avance minime en Californie, mais vous volez vers la victoire.

– S'il faut en croire les sondages, objecta Lake, comme s'il les tenait en suspicion.

En réalité, comme tous les candidats, il était accro aux sondages ; il savait déjà qu'il gagnait du terrain en Californie, où les ouvriers des industries de la défense étaient au nombre de cent quarante mille.

– Je les crois, monsieur Lake. Comme je crois que vous allez remporter une victoire écrasante dans le Sud. On y aime les armes à feu, les déclarations de fermeté : on est en train de se prendre de passion pour Aaron Lake, dans le Sud. Vous aurez du plaisir mardi prochain et, la semaine suivante, ce sera un triomphe.

Lake ne put s'empêcher de sourire en entendant Teddy Maynard prédire une victoire dans un fauteuil. Les indications de ses propres sondages allaient dans le même sens, mais il préférait l'entendre de la bouche de Teddy. Le directeur de la CIA prit une feuille et lut les dernières estimations à voix haute. Lake menait d'au moins cinq points dans chaque État du Sud.

Ils se délectèrent un moment de la dynamique qu'ils avaient créée, puis le visage de Teddy se fit plus grave, son sourire s'effaça.

– Il y a quelque chose dont je dois vous faire part, dit-il en regardant une feuille sur laquelle il avait jeté quelques notes. Il y a deux nuits, dans les montagnes de l'Afghanistan, un missile russe à longue portée, équipé de têtes nucléaires, a franchi en camion la passe de Khyber pour entrer au Pakistan. Il est maintenant en route vers l'Iran, où il servira à Dieu sait quoi. Ce missile a une portée de quatre mille huit cents kilomètres et la capacité de lancer quatre ogives nucléaires. Son coût est estimé à trente millions de dollars ; il a été payé cash par les Iraniens, par l'intermédiaire d'une banque du Luxembourg. L'argent y est encore, sur un compte qui aurait été ouvert par des amis de Natty Chenkov.

– Je croyais qu'il amassait des armes, pas qu'il en vendait.

– Il a besoin de cash ; il s'en procure. Il doit être le seul à en récolter plus vite que vous.

Lake n'apprécia pas l'humour de Teddy ; il se força à rire par politesse.

– Le missile est-il opérationnel ? demanda-t-il.

– Nous le pensons. Il vient d'un site souterrain, près de Kiev, et nous avons tout lieu de croire qu'il s'agit d'un modèle récent. Avec la quantité de missiles qui traînent, pourquoi les Iraniens en achèteraient-ils un ancien ? Selon toute vraisemblance, il est pleinement opérationnel.

– Est-ce le premier ?

– Jusqu'à présent, des pièces détachées et du plutonium avaient pris le chemin de l'Iran, de l'Irak, de l'Inde et de quelques autres pays, mais je pense qu'il s'agit du premier missile entièrement assemblé et prêt à tirer.

– Sont-ils pressés de l'utiliser ?

– Nous ne pensons pas. La transaction semble avoir été faite à l'instigation de Chenkov. Il lui faut de l'argent pour acheter d'autres armes ; il vend ce dont il n'a pas besoin.

– Les Israéliens sont au courant ?

– Pas encore. Il faut être prudent, avec eux ; c'est toujours donnant, donnant. Si, un jour, nous devons faire appel à eux, nous pourrons les informer de cette transaction.

Lake fut brusquement saisi de l'envie d'être président tout de suite, de savoir tout ce que Teddy savait. Puis il comprit que cela ne se réaliserait probablement jamais. Il y avait un président en exercice, même si la fin de son mandat était proche, mais ce n'est pas avec lui que Teddy était en train de discuter de Chenkov et de ses missiles.

– Avez-vous une idée de ce que les Russes pensent de ma campagne ? reprit-il.

– Au début, ils sont restés indifférents ; aujourd'hui, ils la suivent avec attention. Mais n'oubliez pas que la Russie ne parle plus d'une seule voix. Ceux qui tiennent le marché noir disent du bien de vous, car ils craignent les communistes ; les partisans de la force ont peur de vous. C'est très compliqué.

– Et Chenkov ?

– J'avoue, à mon grand regret, que nous ne sommes pas encore assez proches de lui pour le savoir. Mais nous y travaillons et nous devrions bientôt avoir plus d'informations.

Teddy lança les papiers sur son bureau et rapprocha son fauteuil roulant de Lake. Les rides qui sillonnaient son front paraissaient encore plus serrées, ses sourcils touffus tombaient en accent circonflexe sur ses yeux tristes.

– Écoutez-moi bien, monsieur Lake, reprit-il d'une voix sourde. L'affaire est dans le sac. Il y aura un ou deux obstacles sur votre route, des difficultés qu'on ne peut prévoir et que, dans tous les cas, il nous serait impossible d'éviter. Nous les surmonterons ensemble ; les dégâts seront minimes. Vous êtes un homme tout neuf, vous plaisez aux gens et vous faites un merveilleux travail de communication. Gardez votre message aussi simple que possible : notre sécurité est en danger, le monde n'est pas aussi sûr qu'il y paraît. Je me charge de l'argent et soyez assuré que j'entretiendrai la peur dans les esprits. Ce missile de la passe de Khyber, nous aurions pu le faire exploser. Il y aurait eu cinq mille morts, cinq mille Pakistanais. Des ogives nucléaires auraient explosé sur une route de montagne. Croyez-vous qu'en l'apprenant, nos concitoyens se seraient inquiétés pour les cours de la Bourse ? Certainement pas. Je me charge d'entretenir la peur, monsieur Lake. Gardez les mains propres et jetez toutes vos forces dans la bataille.

– Je fais tout ce qui est possible.
– Faites l'impossible et pas de surprises, hein ?
– Bien sûr que non.

Lake ne comprenait pas de quelles surprises Teddy voulait parler, mais il ne releva pas l'allusion. Juste une pointe de sagesse que lui autorisait son âge, peut-être.

Le directeur de la CIA repartit avec son fauteuil vers sa console ; un écran tomba du plafond. Pendant vingt minutes, ils visionnèrent les rushes de la prochaine série des clips de campagne, après quoi Lake prit congé de Teddy.

Le convoi composé de quatre véhicules noirs, deux devant celui de Lake et un derrière, fila à vive allure en direction de l'aéroport Reagan National où le jet attendait. Lake aurait aimé demeurer une nuit dans sa maison de Georgetown ; il y était protégé du monde, il pouvait y lire un livre en toute tranquillité, sans personne pour le regarder ni l'écouter. Il avait besoin de l'anonymat des rues, de retrouver la boulangerie arabe de M Street qui faisait de savoureux petits pains, la boutique de livres d'occasion de Wisconsin Avenue, la brûlerie de café où l'on torréfiait des graines en provenance d'Afrique. Lui serait-il encore loisible de se promener comme une personne normale, de faire ce dont il avait envie ? Quelque chose lui disait que non, que ce temps était révolu.

Un peu plus tard, quand Lake fut dans l'avion, Deville informa Teddy que le parlementaire n'avait pas cherché à savoir si sa boîte postale contenait du courrier. C'était l'heure de la réunion quotidienne sur le cas Lake ; Teddy passait plus de temps qu'il ne l'aurait souhaité à s'inquiéter de ce qu'allait faire son candidat.

Les cinq lettres interceptées par Klockner et son équipe chez Trevor avaient fait l'objet d'une analyse minutieuse. Deux d'entre elles, signées Percy, avaient été rédigées par Yarber ; les trois autres, celles de Ricky, étaient l'œuvre de Beech. Les cinq correspondants habitaient dans des États différents. Quatre utilisaient un nom d'emprunt ; le dernier était assez audacieux pour ne pas masquer son identité. Les lettres se ressemblaient toutes. Percy et Ricky étaient des hommes jeunes, perturbés, en cure de désintoxication, qui essayaient à toute force de rassembler les fils épars de leur vie. Intelligents, encore capables de caresser de grands rêves, ils avaient besoin de nouveaux amis qui leur apportent un soutien moral et physique ; les anciens étaient dangereux. Ils s'épanchaient, ne faisaient pas mystère de leurs manies ni de leurs vices, de leurs faiblesses ni de leurs chagrins. Ils parlaient longuement de la vie après leur sortie, de leurs espoirs et de leurs rêves, de toutes ces choses qu'ils avaient envie de faire. Fiers de leur teint hâlé et de leurs muscles, ils semblaient désireux de montrer à leurs correspondants le corps robuste qu'ils s'étaient reconstruit.

Une seule lettre contenait une demande d'argent. Ricky sollicitait un certain Peter, de Spokane, Washington, de lui prêter mille dollars. Il disait en avoir besoin pour couvrir des dépenses que son oncle refusait de prendre en charge.

Teddy avait lu et relu les lettres. La demande d'argent était importante : elle contribuait à faire la lumière sur les agissements des Frères. Peut-être s'agissait-il seulement d'une combine de quatre sous héritée d'un autre escroc ayant purgé sa peine à Trumble et qui sévissait en toute impunité.

Le montant des sommes réclamées n'avait guère d'importance. La chair était en cause – une taille fine, une peau bronzée, des biceps durs – et leur candidat se trouvait au cœur du jeu.

Il restait des questions sans réponse, mais Teddy avait de la patience. Ils allaient surveiller le courrier ; les pièces du puzzle se mettraient en place.

Spicer à son poste, défiant quiconque de s'installer dans la bibliothèque de droit, Beech et Yarber s'adonnaient à leurs travaux d'écriture. Beech rédigeait une missive adressée à Al Konyers.

Cher Al,

Merci pour votre dernière lettre. Il était important pour moi de recevoir de vos nouvelles. J'ai le sentiment d'avoir passé des mois dans une cage et de commencer à voir le bout du tunnel.

Vos lettres m'aident à entrouvrir la porte; continuez de m'écrire, je vous en prie.

Si je vous ai ennuyé avec des questions personnelles, je le regrette. Je respecte votre vie privée et j'espère ne pas avoir été trop curieux. Vous donnez l'impression d'être une personne sensible, aimant la solitude et le raffinement. J'ai pensé à vous hier soir en regardant *Key Largo*, avec Bogart et Bacall. J'avais le goût d'un plat chinois dans la bouche. Ici la nourriture est correcte, mais ils ne savent pas faire la cuisine chinoise.

Une idée me trotte par la tête. Dans deux mois, quand je sortirai, que diriez-vous de louer les cassettes de *Casablanca* et d'*African Queen*, et de passer une soirée tranquille avec un repas chinois et une bouteille de vin sans alcool? Je me sens tout excité à la pensée de retrouver le monde de dehors et de vivre normalement.

Pardonnez-moi si vous trouvez que je brûle les etapes, Al. J'ai dû me passer longtemps d'un tas de choses ici, pas seulement de l'alcool et de la bonne nourriture. Vous comprenez?

On accepte de m'accueillir dans le centre de réinsertion de Baltimore à une condition : que je trouve un emploi à mi-temps. Vous avez dit que vous aviez des intérêts là-bas. Je sais que je demande beaucoup, que vous ne me connaissez pas, mais vous serait-il possible d'arranger cela? Je vous en serais éternellement reconnaissant.

Écrivez-moi vite, Al. Vos lettres entretiennent mon espoir et mes rêves de sortir d'ici dans deux mois et me soutiennent dans ces moments difficiles.

Merci, mon ami.

Affectueusement,

Ricky.

Le ton de la lettre destinée à Quince Garbe était fort différent. Beech et Yarber en avaient tourné et retourné les termes plusieurs jours. La version définitive était la suivante :

Cher Quince

Votre père possède une banque et vous prétendez ne pouvoir trouver que dix mille dollars. Je pense que vous mentez,

Quince, et cela me met hors de moi. J'ai envie d'envoyer le dossier à votre père et à votre épouse.

Je vais me contenter de vingt-cinq mille, payables immédiatement, aux mêmes conditions.

Et pas de chantage au suicide ! Je me fiche de savoir ce que vous ferez. Nous ne nous rencontrerons jamais et je pense, de toute façon, que vous êtes un malade.

Virez l'argent, Quince, tout de suite !

Affectueusement.

Ricky.

Klockner redoutait que Trevor se rende un jour à Trumble dans la matinée et qu'il poste le courrier sur la route du retour, avant de regagner son cabinet ou de rentrer chez lui. Il eût été impossible de l'intercepter dans ces conditions. Pour qu'ils mettent la main dessus, il était impératif que l'avocat le rapporte et le garde jusqu'au lendemain matin.

À l'évidence, Trevor n'était pas du matin et ne déployait pas une grande activité avant la fin de sa sieste. Le jour où il informa sa secrétaire qu'il allait partir à 11 heures pour Trumble, ce fut le branle-bas général dans la maison de location. Un coup de téléphone fut aussitôt donné au cabinet de Trevor par une femme d'un certain âge se présentant sous le nom de Mme Beltrone, qui expliqua à Jan que son riche mari et elle avaient décidé de divorcer de toute urgence. La secrétaire la mit en attente et hurla dans le couloir à son patron de ne pas partir tout de suite. Trevor rassemblait des papiers qu'il s'apprêtait à mettre dans sa serviette. La caméra dissimulée dans le plafond saisit sa grimace d'agacement à la perspective d'être dérangé par une nouvelle cliente.

– Elle dit qu'elle est riche ! cria Jan.

La grimace s'effaça ; il prit place à son bureau et attendit.

Mme Beltrone déballa son histoire à la secrétaire. Elle était la troisième épouse d'un homme bien plus âgé qu'elle. Ils avaient une maison à Jacksonville mais passaient la majeure partie de leur temps dans leur propriété des Bermudes. Ils avaient aussi une maison à Vail. Ils préparaient le divorce depuis un certain temps, tout était arrangé, pas le moindre sujet de dispute, un divorce à l'amiable pour lequel ils avaient juste besoin d'un bon avocat qui se chargerait de la paperasse. Me Carson leur avait été chaudement recommandé, mais ils devaient agir vite pour des raisons qu'elle préférait taire.

Trevor prit la communication; Mme Beltrone lui servit la même histoire.

De l'autre côté de la rue, dans la maison de location, une femme lisait un texte rédigé pour cette occasion.

– J'ai vraiment besoin de vous voir, conclut-elle après avoir passé un quart d'heure à mettre son cœur à nu.

– C'est que je suis débordé, répondit Trevor du ton de celui qui tourne les pages d'une demi-douzaine d'agendas de bureau.

Mme Beltrone l'observait sur le moniteur. Les pieds sur son bureau, les yeux fermés, le nœud papillon de travers : l'image de l'avocat débordé.

– Je vous en prie, reprit-elle d'un ton implorant. Nous devons en finir; il faut que je vous voie aujourd'hui.

– Où est votre mari?

– En France, mais il sera là demain.

– Voyons, voyons, marmonna Trevor en jouant avec son nœud papillon.

– Quels sont vos honoraires?

Les paupières de l'avocat s'ouvrirent immédiatement;

– Eh bien, c'est à l'évidence plus compliqué que vous ne le pensez. Il me faudra prendre dix mille dollars d'honoraires.

Il fit la grimace en lançant le chiffre, retint son souffle en attendant la réponse.

– Je les apporte aujourd'hui, affirma-t-elle. Pouvez-vous me recevoir à 13 heures?

Il se leva d'un bond, se pencha sur le téléphone

– Disons 13 h 30, articula-t-il.

– J'y serai.

– Savez-vous où est mon cabinet?

– Mon chauffeur trouvera. Merci, maître.

Appelez-moi Trevor, faillit-il dire; elle avait déjà raccroché.

Ils le regardèrent se tordre les mains, serrer les poings et les dents. Il avait pris un gros poisson.

– Alors ? fit Jan en s'avançant dans le couloir.

– Elle sera là à 13 h 30. Essayez de nettoyer un peu.

– Je ne suis pas une femme de ménage. J'espère qu'elle vous fera un premier versement : j'ai des factures à régler.

– J'aurai l'argent.

Trevor commença par les étagères : il redressa des volumes qu'il n'avait pas touchés depuis des années, essuya les tablettes à l'aide d'une serviette en papier, bourra les tiroirs de dossiers. Quand il s'attaqua au bureau, Jan se sentit vaguement gênée et entreprit de passer l'aspirateur dans l'accueil.

Ils s'affairèrent pendant l'heure du déjeuner, râlant et suant au grand amusement des locataires de la maison d'en face.

Aucun signe de Mme Beltrone à 13 h 30.

– Qu'est-ce qu'elle peut bien fabriquer ? hurla Trevor dans le couloir un peu après 14 heures.

– Elle a peut-être pris des renseignements, rétorqua Jan.

– Qu'est-ce que vous avez dit ? rugit-il.

– Rien, patron.

– Appelez-la ! aboya-t-il à 14 h 30.

– Elle n'a pas laissé de numéro.

– Vous n'avez pas de numéro de téléphone ?

- Ce n'est pas ce que j'ai dit. J'ai dit qu'elle n'avait pas laissé de numéro.

À 15 h 30, Trevor sortit du cabinet en furie, essayant jusqu'à la porte d'avoir le dernier mot avec cette femme qu'il avait renvoyée au moins dix fois au cours des huit dernières années.

Ils le filèrent jusqu'à Trumble où il se rendit directement. Il resta cinquante-trois minutes à l'intérieur de la prison ; quand il en sortit, il était plus de 17 heures, trop tard pour poster le courrier à Neptune Beach ou Atlantic Beach. Il regagna son cabinet, laissa sa serviette sur son bureau. Après quoi, comme il fallait s'y attendre, il se rendit chez Pete pour boire quelques verres et dîner.

18.

Les agents de l'unité de Langley prirent l'avion pour Des Moines ; ils louèrent deux voitures et une camionnette pour se rendre à Bakers, Iowa, à quarante minutes de l'aéroport. Ils arrivèrent sous la neige dans la petite agglomération paisible, deux jours avant la lettre. Quand Quince vint la prendre dans sa boîte postale, ils connaissaient le nom du receveur du bureau de poste, du maire, du chef de la police et de la vendeuse de la crêperie attenante à la quincaillerie. Mais personne à Bakers ne les connaissait.

Ils virent Quince filer vers la banque en sortant de la poste. Trente minutes plus tard, deux agents se faisant appeler Chap et Wes entrèrent dans l'établissement et se dirigèrent vers le bureau du fils Garbe ; ils se présentèrent à sa secrétaire comme des inspecteurs de la Réserve fédérale. Ils avaient la tête de l'emploi : cheveux courts, pardessus, complet sombre et chaussures noires, sécheresse de ton, comportement efficace.

Bouclé dans son bureau, Quince donna dans un premier temps l'impression de ne pas vouloir en sortir. Ils insistèrent auprès de la secrétaire sur l'urgence de leur démarche ; au bout d'une quarantaine de minutes, la porte s'entrouvrit. M. Garbe avait le visage pâle et les traits défaits de quelqu'un qui vient de pleurer et ne peut cacher son mécontentement de devoir supporter des visiteurs. Il les fit quand même entrer, trop déboussolé pour demander une pièce d'identité. Il n'écouta même pas leur nom quand ils se présentèrent.

Assis à son bureau massif, il leva les yeux vers les jumeaux qui se tenaient devant lui.

– Que puis-je faire pour vous ?

– La porte est bien fermée ? demanda Chap.

– Euh... oui, bien sûr.

Les jumeaux eurent l'impression qu'il passait la majeure partie de sa journée derrière une porte fermée.

– Peut-on nous entendre ? précisa Wes.

– Non, répondit Quince, de plus en plus désemparé.

– Nous ne sommes pas des fonctionnaires de la Réserve fédérale, poursuivit Chap. Nous avons menti.

Quince ne savait plus très bien s'il devait en être soulagé, furieux ou encore plus effrayé ; il les regarda un moment bouche bée, pétrifié, attendant le coup de grâce.

– Nous en avons pour un moment, reprit Wes.

– Je vous donne cinq minutes.

– Je pense que nous prendrons le temps dont nous avons besoin.

– Vous êtes dans mon bureau. Je vous prie de sortir.

– Pas si vite. Nous sommes au courant de certaines choses.

– J'appelle le service de sécurité.

– Vous n'en ferez rien.

– Nous avons vu la lettre, glissa Chap. Celle que vous venez de retirer à la poste.

– J'en ai plusieurs.

– Une seule de Ricky.

Les épaules de Quince s'affaissèrent, il ferma lentement les yeux. Quand il les rouvrit, le regard qu'il posa sur ses persécuteurs était empreint d'une totale résignation.

– Qui êtes-vous ? murmura-t-il.

– Nous ne sommes pas vos ennemis.

– Vous travaillez pour lui, n'est-ce pas ?

– Qui ?

– Ricky, ou celui qui se fait appeler Ricky.

– Non, répondit Wes. Il est aussi notre ennemi. Disons simplement que nous avons un client qui est logé à la même enseigne que vous. Nous sommes chargés de le protéger.

Chap prit une grosse enveloppe dans la poche de son pardessus, la lança sur le bureau.

– Voici vingt-cinq mille dollars en espèces ; envoyez-les à Ricky.

Quince regarda l'enveloppe les yeux écarquillés, la bouche ouverte de stupeur. Les pensées s'entrechoquaient dans son pauvre cerveau au point de lui donner le vertige ; ses paupières retombèrent, il plissa les yeux, s'efforçant en vain de mettre de l'ordre dans ses idées. Inutile de chercher à savoir qui ils étaient. Comment pouvaient-ils connaître la teneur de la lettre ? Pourquoi lui offraient-ils de l'argent ? Que savaient-ils exactement ?

Il ne pouvait certainement pas leur faire confiance.

– L'argent est à vous, reprit Wes. En échange, nous voulons des renseignements.

– Qui est Ricky ? demanda Quince, les paupières mi-closes.

– Que savez-vous de lui ? reprit Chap.

– Ricky n'est pas son vrai nom.

– Exact.

– Il est en prison.

– Exact, fit de nouveau Chap.

– Il dit qu'il a une femme et des enfants.

– Partiellement vrai. Une ex-femme, mais les enfants sont les siens.

– Il prétend qu'ils sont dans le dénuement, que c'est pour cela qu'il fait chanter les gens.

– Pas exactement. Son ex-femme est très riche ; les enfants ont pris parti pour elle. Nous ne savons pas exactement pour quelle raison il fait du chantage.

– Nous aimerions l'empêcher de continuer, précisa Chap. Et nous avons besoin de votre aide.

Il vint soudain à l'esprit de Quince que, pour la première fois de sa vie, il se trouvait en présence de deux personnes, deux êtres de chair et de sang qui n'ignoraient rien de son homosexualité. Il en fut terrorisé. Un instant, il eut envie de tout nier, d'inventer une histoire pour expliquer comment il avait connu Ricky, mais l'imagination lui fit défaut. La peur était trop forte.

Il se rendit compte que ces deux hommes dont il ignorait tout pouvaient briser sa vie. Ils connaissaient son secret honteux, ils avaient le pouvoir de le détruire.

Et ils lui offraient vingt-cinq mille dollars en espèces !

– Que voulez-vous ? demanda-t-il, les yeux cachés derrière les jointures de ses doigts.

Chap et Wes crurent qu'il allait fondre en pleurs. Ils n'en avaient que faire, mais autant éviter les larmes.

– Voici le marché, monsieur Garbe, expliqua Chap. Vous prenez l'argent qui est sur votre bureau et vous nous dites tout ce que vous savez sur Ricky. Montrez-nous vos lettres, montrez-nous tout. Si vous avez un dossier, un carton, une cachette où vous gardez tout, nous aimerions les voir. Quand nous aurons vu ce dont nous avons besoin, nous partirons. Nous disparaîtrons aussi vite que nous sommes arrivés et vous ne saurez jamais qui nous sommes ni qui nous protégeons.

– Vous garderez le secret ?

– Absolument.

– Nous n'avons aucune raison de parler de vous à quiconque, ajouta Wes.

– Pouvez-vous l'empêcher de continuer ? demanda Quince, en levant des yeux implorants.

Chap et Wes échangèrent un regard. Leurs réponses avaient été parfaites jusqu'alors, mais là un doute subsistait.

– Nous ne pouvons rien promettre, monsieur Garbe, fit Wes, mais nous ferons notre possible pour faire passer le goût du chantage à ce Ricky. Il harcèle aussi notre client, nous l'avons dit.

– Vous devez me protéger.

– Nous ferons de notre mieux.

Quince se leva brusquement et se pencha vers eux, les mains à plat sur le bureau.

– Dans ce cas, déclara-t-il, je n'ai pas le choix.

Sans toucher à l'argent, il se dirigea vers un meuble ancien, une bibliothèque vitrée remplie de volumes défraîchis. Il prit une clé pour ouvrir la vitrine, une autre pour un petit coffre dissimulé sur la deuxième étagère à partir du bas. Il contenait une mince chemise que Quince posa délicatement à côté de l'enveloppe remplie de billets. Au moment où il ouvrait le dossier, l'interphone grésilla et une voix aigre, agressive, se fit entendre.

– Monsieur Garbe, votre père aimerait vous voir immédiatement.

Quince se redressa, horrifié ; il blêmit, en proie à un affolement qui déformait son visage.

– Euh... dites-lui que je suis en réunion, fit-il d'un ton qui se voulait rassurant mais ne trompa personne.

– Dites-le-lui vous-même.

Et la communication fut coupée.

– Excusez-moi, fit-il en s'efforçant de sourire.

Il prit le récepteur, enfonça trois touches en tournant le dos à Wes et Chap, dans l'espoir qu'ils n'entendraient pas la conversation.

– Papa, c'est moi, commença-t-il en baissant la tête. Qu'est-ce qui se passe ?

Un long silence suivit, pendant qu'il écoutait le vieil homme.

– Non, non, reprit-il, pas de la Réserve fédérale. Ce sont... euh... des avocats de Des Moines. Ils représentent la famille d'un de mes vieux copains de fac. C'est tout.

Un autre silence, plus court.

– Franklin Delaney, tu ne te souviens certainement pas de lui. Il est mort il y a quatre mois, sans testament. Imagine la pagaille ! Non, papa, je t'assure, cela n'a rien à voir avec la banque.

Il raccrocha : il s'en était bien sorti. La porte restait fermée, c'était le plus important.

Le tandem Wes-Chap s'avança jusqu'au bord du bureau et se pencha sur le dossier quand Quince l'ouvrit. La première chose qu'ils remarquèrent fut la photo retenue par un trombone à l'intérieur de la couverture. Wes la retira délicatement.

– Ce jeune homme est censé être Ricky ?

– C'est lui, répondit Quince, rouge de honte mais décidé à en finir.

– Beau garçon, fit doucement Chap, comme s'ils étaient devant la double page centrale d'un exemplaire de *Playboy*.

Ils se sentirent aussitôt tous les trois mal à l'aise.

– Vous savez qui est Ricky, n'est-ce pas ? fit Quince.

– Oui.

– Dites-le-moi.

– Non, ce n'est pas dans le marché.

– Pourquoi ne voulez-vous pas le dire ? Je vous donne tout ce que vous avez demandé.

– Ce n'est pas ce qui était convenu.

– Je veux tuer ce salopard...

– Du calme, monsieur Garbe. Nous avons conclu un marché : à vous l'argent, à nous le dossier. Personne n'a de mal.

– Si nous reprenions depuis le commencement, fit Chap en regardant le petit homme fragile et malheureux dans le fauteuil trop grand pour lui. Racontez-nous le début de l'histoire.

Quince souleva quelques feuilles et sortit une mince revue du dossier.

– J'ai acheté cela à Chicago, dans un kiosque, fit-il en retournant la revue vers eux.

Intitulée *Out and About*, elle se décrivait comme une publication pour hommes mûrs au style de vie non conventionnel. Il les laissa étudier la couverture avant de passer aux dernières pages. Wes et Chap n'essayèrent pas de toucher la revue, mais ils enregistraient tout.Très peu de photos, beaucoup de texte en petits caractères. Rien à voir avec la pornographie.

La page quarante-six présentait une ou deux colonnes d'annonces personnelles. L'une d'elles était entourée au stylo rouge. Le texte était le suivant :

JH, 25 ans, cherche monsieur la cinquantaine, attentionné et discret pour correspondance.

Wes et Chap se penchèrent pour lire et se redressèrent du même mouvement.

– Vous avez répondu à cette annonce ? demanda Chap.

– J'ai envoyé un petit mot ; quinze jours plus tard, je recevais une lettre de Ricky.

– Avez-vous une copie de ce petit mot ?

– Non. Je n'ai pas fait de copies de mes lettres. Rien n'est sorti de ce bureau. J'avais peur de faire des copies dans l'établissement.

À l'air incrédule des jumeaux succéda une expression profondément désappointée. Quel abruti !

– Désolé, fit Quince en réfrénant son envie de prendre l'enveloppe avant qu'ils aient changé d'avis.

Pour faire avancer les choses, il prit la première lettre de Ricky, la poussa vers eux.

– Laissez-la comme elle est, fit Wes.

Les deux hommes se penchèrent de nouveau, inspectèrent la lettre sans la toucher. Quince remarqua qu'ils lisaient lentement, avec une incroyable concentration. Ses idées commençaient à s'éclaircir ; il entrevoyait une lueur d'espoir. Ce serait tellement bien de disposer de l'argent sans avoir à tricher pour obtenir un nouveau prêt ni à mentir à tout le monde pour brouiller les pistes. Et, maintenant, il avait des alliés : le tandem Wes-Chap et ceux qui les employaient. Les battements de son cœur ralentissaient, sa respiration n'était plus aussi difficile.

– La suivante, s'il vous plaît, fit Chap.

Quince les disposa l'une à côté de l'autre, dans l'ordre chronologique, trois bleu lavande, une d'un bleu plus pâle et une jaune, toutes soigneusement rédigées en majuscules d'imprimerie par quelqu'un qui disposait de tout son temps. Chaque fois qu'ils arrivaient au bas d'une page, Chap présentait délicatement la suivante en la prenant avec une pince à épiler. Ils ne touchaient rien avec les doigts.

Le plus curieux dans ces lettres, comme Chap et Wes devaient en convenir plus tard, était qu'elles paraissaient totalement crédibles. Ricky se présentait comme un être blessé, torturé, qui avait un besoin impérieux de s'épancher. Il faisait pitié et inspirait la sympathie. Tous les espoirs étaient permis : le pire se trouvait derrière lui, il serait bientôt libre de nouer de nouvelles relations. Que de justesse dans l'écriture !

Le silence devenait insoutenable.

– Il faut que je passe un coup de téléphone, dit Quince.

– À qui ?

– Professionnel.

Wes et Chap se regardèrent en hésitant, puis hochèrent la tête. Quince s'avança vers la console en emportant le combiné et s'entretint avec un autre banquier en regardant par la fenêtre qui donnait sur la rue principale.

Wes commença à prendre des notes, certainement en vue d'une nouvelle série de questions. Quince s'attarda près de la bibliothèque, parcourut la une d'un quotidien, essayant de ne pas regarder l'homme qui continuait de griffonner sur un carnet. Il se sentait calme, il avait les idées claires ; il réfléchissait à ce qu'il allait faire après le départ de ces deux brutes.

– Avez-vous envoyé un chèque de cent mille dollars ? demanda Chap.

– Oui.

Wes, le plus revêche des deux, leva vers lui un regard chargé de mépris, comme pour dire : quel imbécile !

Ils continuèrent à lire, à prendre des notes de loin en loin, à échanger des propos à voix basse.

– Quelle somme a envoyée votre client ? interrogea Quince à tout hasard.

Le visage de Wes se ferma un peu plus.

– Nous ne sommes pas autorisés à le dire.

Quince n'en fut pas étonné ; ces deux-là n'avaient pas le sens de l'humour.

Au bout d'une heure, ils finirent par s'asseoir. Quince reprit place dans son fauteuil de banquier.

– Juste quelques questions, fit Chap.

Quince comprit qu'ils en avaient encore pour une heure.

– Comment avez-vous réservé les billets pour cette croisière ?

– C'est dans la lettre. Cette ordure m'a donné le nom et le numéro de téléphone d'une agence de voyages à New York. J'ai appelé, puis j'ai envoyé un mandat. Rien de plus facile.

– Facile ? L'aviez-vous déjà fait ?

– Êtes-vous là pour parler de ma vie sexuelle ?

– Non.

– Alors, ne sortons pas du sujet, déclara-t-il stupidement.

Il se sentait mieux ; le banquier en lui reprenait du poil de la bête. Une idée lui vint, à laquelle il fut incapable de résister.

– J'ai encore les billets pour la croisière, reprit-il, le visage impassible. Vous les voulez ?

Par bonheur, cela les fit rire. Un instant de détente avant de revenir aux choses sérieuses.

– Avez-vous pensé à utiliser un pseudonyme ? reprit Chap.

– Bien sûr. C'est stupide de ne pas l'avoir fait. Mais c'était la première fois, je croyais qu'il s'agissait d'une annonce sérieuse. Il habitait en Floride, moi dans un bled de l'Iowa ; jamais il ne m'est venu à l'esprit que je pouvais avoir affaire à un escroc.

– Il nous faudra des copies de tout cela, déclara Wes.

– Ce ne sera pas facile.

– Pourquoi ?
– Où voulez-vous les faire ?
– La banque n'a pas de photocopieur ?
– Si, mais il n'est pas question de les faire ici.
– Alors, nous allons les emporter dans une photocopie-minute.
– Vous n'en trouverez pas à Bakers.
– Avez-vous un magasin de fournitures de bureau ?
– Oui. Le propriétaire doit quatre-vingt mille dollars à ma banque ; c'est mon voisin au Rotary Club. Vous n'irez pas chez lui. Je ne veux pas qu'on me voie avec ce dossier.

Les deux hommes échangèrent un nouveau regard, puis se retournèrent vers Quince.

– D'accord, fit Wes. Je vais rester avec vous pendant que Chap ira photocopier le dossier.
– Où ?
– Au drugstore.
– Vous avez trouvé le drugstore ?
– Il nous fallait une pince à épiler.
– Leur copieur a vingt ans.
– Non, ils en ont un nouveau.
– Soyez prudent. Le patron est le cousin germain de ma secrétaire. N'oubliez pas que c'est une petite ville.

Chap prit le dossier, se dirigea vers la porte. Elle s'ouvrit avec un claquement de serrure quand il tourna la clé ; il fut aussitôt la cible de regards scrutateurs. Le bureau de la secrétaire était rempli de femmes d'âge mûr, occupées à ne rien faire. Dès que Chap sortit, elles s'immobilisèrent, bouche bée. Garbe père n'était pas loin, l'air affairé, un livre de comptabilité à la main, dévoré lui aussi de curiosité. Chap les salua d'un signe de tête et s'éloigna tranquillement, croisant sur sa route la quasi-totalité des employés de la banque.

La porte se referma bruyamment quand Quince donna un tour de clé pour ne laisser à personne le temps d'entrer. Il bavarda quelques minutes avec Wes ; une conversation embarrassée, languissante, qu'il fallait ranimer sans cesse. Le sexe interdit qui les avait mis en présence l'un de l'autre était un sujet à éviter. La vie à Bakers ne présentait guère d'intérêt et Quince ne pouvait interroger Wes sur ses activités.

– Que dois-je dire dans ma lettre à Ricky? se décida-t-il enfin à demander.

– Eh bien, répondit Wes, heureux de trouver un sujet de discussion, à votre place, j'attendrais. J'attendrais un mois. Laissez-le se faire du mouron. Si vous répondez trop vite en envoyant l'argent, il se dira que c'est trop facile.

– Et s'il perd patience?

– Ne craignez rien. Il a tout son temps et c'est l'argent qui l'intéresse.

– Prenez-vous connaissance de tout son courrier?

– Nous avons, je pense, accès à la majeure partie.

Quince ne parvenait pas à contenir sa curiosité. Enfermé avec cet homme qui connaissait son lourd secret, il essaya d'en savoir plus.

– Comment allez-vous l'empêcher de nuire?

– Nous allons probablement le tuer, répondit simplement Wes, sans comprendre pourquoi il avait dit cela.

Une douceur radieuse se répandit autour des yeux de Quince Garbe, un éclat chaud et apaisé qui s'étendit sur ses traits torturés. Ses rides s'estompèrent, ses lèvres esquissèrent un petit sourire. L'héritage n'était peut-être pas compromis; quand le vieux serait mort et que la banque lui appartiendrait, il ferait ses valises et irait vivre ailleurs, comme il l'entendait.

– C'est bien, fit-il doucement. C'est très bien.

Chap emporta le dossier dans la chambre d'un motel où un copieur couleur de location attendait avec d'autres membres de son unité qui photocopièrent les lettres en trois exemplaires. Trente minutes plus tard, il était de retour à la banque. Quince inspecta les originaux : tout était en ordre. Il replaça soigneusement le dossier dans le coffre et se retourna vers les visiteurs.

– Je pense qu'il est temps de vous retirer, dit-il.

Ils partirent sans une poignée de main, sans un au revoir. Qu'y avait-il à dire?

Un jet privé attendait à l'aérodrome de Bakers dont la piste était juste assez longue pour le décollage de l'appareil. Trois heures après avoir pris congé de Quince, Chap et Wes se présentaient à Langley. Leur mission était une éclatante réussite.

Un fonctionnaire du ministère des Finances, un homme qu'ils avaient déjà utilisé, leur fournit pour quarante mille dollars un relevé des comptes de la succursale de la Geneva Trust Bank aux Bahamas. Le compte de Boomer Realty était créditeur de cent quatre-vingt-neuf mille dollars, celui de l'avocat de soixante-huit mille. Les relevés donnaient le détail des opérations bancaires, virements et retraits. Deville et son équipe essayaient à toute force de retrouver l'origine des établissements émetteurs. Ils connaissaient la banque de Garbe à Des Moines et savaient qu'un autre virement de cent mille dollars avait été effectué à Dallas. Mais ils ne parvenaient pas à retrouver l'identité de l'émetteur.

Ils menaient des recherches sur plusieurs fronts quand Teddy convoqua Deville dans le bunker. Il était en compagnie de York. Une table était couverte de copies des lettres de Garbe et des relevés des comptes bancaires.

Deville n'avait jamais vu son patron aussi abattu. York n'avait pas grand-chose à dire non plus ; il portait le plus gros de la responsabilité du pétrin dans lequel ils se trouvaient, même si Teddy s'en voulait.

– Bilan de la situation, fit Teddy d'une voix douce.

– Nous cherchons toujours l'origine de l'argent, répondit Deville qui ne s'asseyait jamais dans le bunker. Nous avons pris contact avec la revue *Out and About.* Publiée à New Haven, une petite boîte qu'il sera difficile d'infiltrer. Notre contact aux Bahamas a touché une avance ; nous serons avertis si des virements arrivent. Une unité est prête pour aller fouiller les bureaux de Lake au Congrès, mais c'est risqué ; je ne suis pas optimiste. Nous avons vingt agents sur le terrain à Jacksonville.

– Combien sont chargés de filer Lake ?

– Nous venons de passer de trente à cinquante.

– Il ne faut pas le quitter des yeux, ne pas le lâcher d'une semelle. Il n'est pas l'homme que nous croyions ; si nous le perdons de vue, ne fût-ce qu'une heure, il risque de poster une lettre ou d'acheter une autre revue.

– Nous le savons, monsieur. Nous faisons de notre mieux.

– C'est une priorité absolue.

– Je sais.

– Et si nous mettions quelqu'un à l'intérieur de la prison ? Un mouton ?

C'était une idée nouvelle, lancée par York moins d'une heure auparavant.

Deville se frotta les yeux et mordilla ses ongles.

– Je vais creuser cette idée, fit-il au bout d'un moment. Cela nous obligerait à intervenir à un niveau où nous ne sommes jamais intervenus.

– Quel est le nombre de prisonniers dans le système fédéral ? demanda York.

– À peu près cent trente-cinq mille.

– Un de plus, un de moins... Qu'en dites-vous ?

– Je vais voir ce que je peux faire.

– Avons-nous des contacts dans l'administration du Bureau des prisons ?

– Pas encore, mais nous cherchons. Nous pensons à un vieil ami au ministère de la Justice ; je suis optimiste.

Deville se retira ; on lui demanderait de revenir dans une heure. Teddy et York auraient une autre liste de questions, de nouvelles idées et des démarches à lui confier.

– L'idée de fouiller son bureau au Congrès ne me plaît pas, déclara York. C'est trop risqué. Et cela prendrait une semaine : ces gens-là ont des myriades de dossiers.

– Elle ne me plaît pas non plus, approuva doucement Teddy.

– Demandons à nos gars du service Documents de rédiger une lettre de Ricky pour Lake. Nous glisserons un émetteur dans l'enveloppe ; il nous conduira peut-être à son dossier caché.

– Excellente idée. Informez-en Deville.

York jeta quelques mots sur une feuille de carnet déjà couverte de notes dont la plupart avaient été rayées. Il prit son temps avant de poser la question qui lui brûlait les lèvres.

– Allez-vous lui révéler ce que nous savons ?

– Pas encore.

– Quand ?

– Jamais, peut-être. Continuons à amasser les renseignements, à apprendre tout ce que nous pouvons. Il semble très discret sur son autre vie ; cela ne lui est peut-être venu qu'après la mort de sa femme. Qui sait ?

– Mais il faut qu'il sache que nous savons. Sinon, il risque de continuer. S'il a conscience que nous avons toujours l'œil sur lui, il se tiendra à carreau. Peut-être.

– En attendant, la planète va de mal en pis. Des armes nucléaires s'achètent, se vendent et passent des frontières. Nous suivons de près sept conflits régionaux ; trois autres sont sur le point d'éclater. Une douzaine de nouveaux groupes terroristes se sont formés en un mois. Au Moyen-Orient, des fous bâtissent des armées et stockent du pétrole. Et nous passons des heures ici à essayer de coincer trois petits juges qui en ce moment même doivent être en train de faire une partie de gin-rummy dans leur prison.

– Ils ne sont pas stupides, observa York.

– Non, mais ils sont maladroits. Ils ont pris dans leur filet celui qu'il ne fallait pas.

– Je pense que c'est nous qui avons choisi celui qu'il ne fallait pas.

– Pas nous. Eux

19.

Les directives arrivèrent par fax adressé à Emmitt Broon, le directeur de Trumble ; elles étaient signées du superviseur régional du Bureau des prisons. Le texte disait en termes laconiques que le superviseur, après avoir étudié le registre du pénitencier, était préoccupé par la fréquence des visites de Me Trevor Carson, l'avocat de trois des détenus. Me Carson venait presque tous les jours.

La Constitution accordait assurément à chaque détenu le droit de s'entretenir avec son avocat ; chaque établissement avait pareillement le pouvoir de réglementer les visites. Les entrevues avocat-détenu seraient dorénavant limitées aux mardi, jeudi et samedi, entre 15 et 18 heures, avec effet immédiat. Des dérogations seraient accordées libéralement si elles étaient justifiées.

La nouvelle réglementation resterait en vigueur pendant une période de quatre-vingt-dix jours, après quoi elle serait réexaminée.

Le directeur n'avait aucune objection ; les visites quasi quotidiennes de Trevor lui avaient également mis la puce à l'oreille. Il s'était renseigné à l'accueil et auprès des surveillants sans parvenir à déterminer la nature exacte des réunions de travail. Link, le gardien qui accompagnait le plus souvent Trevor – et qui empochait deux billets de vingt dollars à chaque visite –, avait informé son supérieur que l'avocat et Spicer parlaient de procès, d'appels et ainsi de suite.

– Vous fouillez toujours sa serviette ? avait demandé Emmitt Broon.

– Toujours.

Par politesse, le directeur téléphona à Me Carson, à Neptune Beach. C'est une femme qui décrocha.

– Cabinet de Me Carson, fit-elle d'un ton peu amène.

– Pourrais-je parler à Me Trevor Carson, je vous prie.

– De la part de qui ?

– Emmitt Broon.

– Eh bien, monsieur Broon, il est en train de faire la sieste.

– Je vois. Vous serait-il possible de le réveiller ? Je suis le directeur du pénitencier fédéral de Trumble et il faut que je lui parle.

– Un instant, s'il vous plaît.

Il attendit un long moment avant qu'elle revienne en ligne.

– Je suis désolée, fit-elle, je n'arrive pas à le réveiller. Je peux lui demander de vous rappeler ?

– Non, merci. Je vais lui envoyer un fax.

L'idée de prendre les Frères à leur propre jeu vint à York le dimanche, au cours d'une partie de golf. Au fil du parcours, parfois sur les fairways, plus souvent dans le sable ou sous les arbres, le plan se précisa et suscita son enthousiasme. Il abandonna ses partenaires au quatorzième trou pour aller téléphoner à Teddy.

Ils allaient étudier la tactique de leurs adversaires afin de détourner l'attention d'Al Konyers. Ils n'avaient rien à perdre.

York élabora la lettre avant de la confier à un des meilleurs falsificateurs du service Documents. Le nouveau correspondant fut baptisé Brant White et la première lettre rédigée à la main sur une carte blanche de bonne qualité :

Cher Ricky,

J'ai vu votre annonce, elle m'a plu. J'ai cinquante-cinq ans, je suis en excellente forme et je cherche un peu plus qu'un correspondant. Je viens d'acheter avec ma femme une maison à Palm Valley, près de Neptune Beach. Nous y serons dans trois semaines et nous projetons d'y rester deux mois.

Si vous êtes intéressé, envoyez une photo. Si j'aime ce que je vois, je vous parlerai de moi.

Brant.

L'adresse de l'expéditeur était : Brant, BP 88645, Upper Darby, Pennsylvanie 19082.

Pour gagner deux ou trois jours, on apposa au service Documents un cachet de Philadelphie et la lettre fut expédiée par avion à Jacksonville où l'agent Klockner la glissa en personne dans le casier d'Aladdin North, au bureau de poste de Neptune Beach. C'était un lundi.

Le lendemain, après la sieste, Trevor passa prendre le courrier et quitta aussitôt Jacksonville pour se rendre à Trumble par la route habituelle. Il fut accueilli à son arrivée par les surveillants habituels, Mackey et Vince, et signa le registre que Rufus poussa devant lui. Il suivit Link dans l'espace visiteurs et se dirigea vers la petite salle où Spicer attendait.

– On commence à me mettre la pression, déclara Link en entrant dans la pièce.

Spicer ne leva pas la tête. Trevor tendit deux billets de vingt au surveillant qui les fit disparaître à la vitesse de l'éclair.

– Qui ? demanda Trevor en ouvrant sa serviette pendant que Spicer continuait de lire le journal.

– Le directeur.

– Il a déjà réduit mes visites. Qu'est-ce qu'il veut de plus ?

– Vous ne comprenez pas ? lança Spicer sans baisser son journal. Link est contrarié parce qu'il ne palpe plus autant. N'est-ce pas, Link ?

– Vous avez tout compris. Je ne sais pas ce que vous fricotez tous les deux, mais si je faisais du zèle, vous risqueriez d'avoir des ennuis, non ?

– Vous êtes bien payé, fit Trevor.

– C'est vous qui le dites.

– Combien voulez-vous ? s'enquit Spicer en le regardant dans les yeux.

– Mille dollars par mois, en espèces, répondit Link en se tournant vers Trevor. Je passerai prendre l'argent à votre cabinet.

– Mille dollars et vous ne touchez pas au courrier, reprit Spicer.

– D'accord.

– Et pas un mot à quiconque.

– D'accord.

– Ça marche. Maintenant, fichez le camp.

Link leur adressa un grand sourire avant de sortir. Il prit position derrière la porte ; pour les caméras de surveillance, il se donna la peine de jeter de temps à autre un coup d'œil par la vitre.

À l'intérieur on procéda comme d'ordinaire ; l'échange de courrier ne dura que quelques secondes. Joe Roy Spicer retira d'une vieille chemise en papier kraft, la même que d'habitude, les lettres au départ qu'il tendit à Trevor. L'avocat sortit de sa serviette le courrier du jour et le remit à son client.

Il y avait six enveloppes à poster ; leur nombre qui pouvait aller jusqu'à dix, restait rarement en dessous de cinq. Trevor ne conservait ni documents ni copies, rien qui fût susceptible de prouver qu'il trempait dans le racket des Frères. Il savait que les victimes potentielles sur lesquelles se resserraient les mailles du filet devaient être entre vingt et trente. Il reconnaissait certains noms, certaines adresses.

Elles étaient précisément au nombre de vingt et une, selon Spicer qui en tenait le compte avec exactitude. Vingt et une victimes offrant des perspectives sérieuses ; dix-huit autres d'un intérêt secondaire. Une quarantaine de correspondants vivant avec leur lourd secret, certains terrifiés, d'autres qui s'enhardissaient de semaine en semaine, d'autres encore prêts à sauter le pas et à prendre leur envol vers Ricky ou Percy.

Le plus difficile était de rester patient. L'arnaque fonctionnait, l'argent rentrait, il était tentant d'aller trop vite pour saigner les pigeons à blanc. Beech et Yarber, avec un zèle infatigable, passaient de longues heures à polir leur prose pendant que Spicer dirigeait les opérations. Il fallait de la discipline pour ferrer une victime fortunée, puis gagner sa confiance à force de belles phrases.

– Il serait peut-être temps d'en faire cracher un autre, suggéra Trevor.

– Ne me dites pas que vous êtes fauché, répliqua Spicer qui passait le courrier en revue. Vous gagnez plus que nous.

– Mon argent est à l'abri, comme le vôtre. J'aimerais en avoir un peu plus, c'est tout.

– Moi aussi, poursuivit Spicer en étudiant l'enveloppe portant le nom de Brant, Upper Darby, Pennsylvanie.

– Tiens, un nouveau, murmura-t-il entre ses dents avant de la décacheter.

Il lut rapidement la lettre, dont le ton le surprit. Celui-là n'avait pas peur, il ne se perdait pas en paroles inutiles, ne tournait pas autour du pot. Il était prêt à passer à l'acte.

– Où se trouve Palm Valley ? demanda-t-il.

– À une quinzaine de kilomètres au sud des plages. Pourquoi ?

– Quel genre ?

– Un de ces domaines privés avec parcours de golf pour riches retraités. Ils viennent presque tous du Nord.

– Combien valent les maisons ?

– Je n'y ai jamais mis les pieds, vous savez. Le portail est toujours fermé, il y a des gardiens partout, comme s'ils avaient peur qu'on vienne faucher leur voiture de golf, mais...

– Combien ?

– Rien à moins d'un million de dollars. J'en ai vu deux qui se vendaient dans les trois millions.

– Attendez ici, ordonna Spicer en rassemblant son courrier et en se dirigeant vers la porte.

– Où allez-vous ?

– Dans la bibliothèque. Je reviens dans une demi-heure.

– J'ai des choses à faire.

– Ce n'est pas vrai. Lisez donc le journal.

Spicer murmura quelque chose à Link qui l'accompagna dans l'espace visiteurs et hors du bâtiment de l'administration. Les deux hommes longèrent d'un pas vif la pelouse bien entretenue ; le soleil était chaud, les jardiniers se constituaient un pécule à cinquante cents de l'heure.

Les gardiens de la bibliothèque de droit aussi. Retirés dans leur petite salle, Beech et Yarber faisaient une pause en jouant aux échecs quand Spicer entra en coup de vent, le visage éclairé par un large sourire dont il n'était pas coutumier.

– Les gars, annonça-t-il en lançant la lettre de Brant sur la table, cette fois nous avons ferré un gros poisson.

Beech commença aussitôt à la lire à voix haute.

– Palm Valley est un domaine privé réservé aux grosses fortunes, expliqua fièrement Spicer. Les maisons y valent près de trois millions. Notre ami est plein aux as et il n'aime pas trop écrire.

– Il a l'air pressé, observa Yarber.

– S'il doit arriver dans trois semaines, reprit Spicer, il n'y a pas de temps à perdre.

– Quel potentiel ?

Il adorait le jargon de ceux qui jonglent avec les millions.

– Au moins cinq cent mille, répondit Spicer. Faisons la lettre tout de suite ; Trevor attend.

Beech ouvrit un dossier et étala son matériel : des feuilles de papier aux tons pastel.

– J'ai envie d'essayer la couleur pêche, fit-il.

– Absolument, approuva Spicer. Il faut prendre la couleur pêche.

Ricky rédigea une version abrégée de la lettre de présentation. Vingt-huit ans, études supérieures, en cure de désintoxication, sur le point de sortir, probablement dans une dizaine de jours, très seul, à la recherche d'un homme mûr pour nouer une relation. Cela tombait bien que Brant vienne s'installer près d'ici ; Ricky avait une sœur à Jacksonville et il devait loger chez elle. Il n'y avait pas d'obstacle, aucune difficulté. Il serait prêt quand Brant arriverait en Floride, mais il aimerait d'abord avoir une photo. Brant était-il vraiment marié ? Sa femme vivrait-elle avec lui à Palm Valley ou resterait-elle en Pennsylvanie ? Ce serait génial si elle y restait.

Ils joignirent à la lettre la photo en couleurs qu'ils utilisaient depuis le début : elle s'était révélée irrésistible.

Spicer emporta l'enveloppe couleur pêche dans la salle de réunion où Trevor faisait un somme. Il ordonna à l'avocat de la poster immédiatement.

Ils consacrèrent dix minutes à leurs paris sur les rencontres de basket et se séparèrent sans se serrer la main.

Sur la route de Jacksonville, Trevor appela son bookmaker, un nouveau, un book plus gros, maintenant qu'il était un vrai joueur. La ligne du téléphone digital était sûre, pas l'appareil. L'agent Klockner et son équipe étaient à l'écoute, comme d'habitude ; ils suivaient de près les paris de Trevor. Il se débrouillait bien, avec des gains de l'ordre de quatre mille cinq cents dollars en quinze jours. Son cabinet, sur la même période, n'en avait engrangé que huit cents.

Outre celui du portable, il y avait quatre autres micros dans la Coccinelle, des appareils peu perfectionnés mais qui fonctionnaient correctement. Sous chaque pare-chocs avait été fixé un émetteur relié au circuit électrique du véhicule. Un agent s'assurait de leur bon fonctionnement un soir sur deux, quand Trevor buvait ou dormait. Dans la maison de location un puissant récepteur permettait de suivre tous les déplacements de la voiture. Sur l'autoroute, la Coccinelle émettait plus de signaux que la plupart des jets privés : Trevor téléphonait interminablement à son book avec des allures de pro, engageant des sommes dignes d'un flambeur de Las Vegas tout en buvant des cafés brûlants achetés dans les stations-service.

Le 7 mars : le grand Super Mardi. Aaron fit une entrée triomphale sur l'estrade de la salle de banquets d'un hôtel de Manhattan, sous les acclamations de plusieurs milliers de personnes, agrémentées d'une musique assourdissante et d'une pluie de ballons. Il l'avait emporté à New York avec quarante-trois pour cent des voix. Le gouverneur Tarry avait dû se contenter de vingt-neuf pour cent, le reste des suffrages étant partagé entre les autres candidats. Lake donna l'accolade à des gens qu'il ne connaissait pas, salua de la main des personnes qu'il ne reverrait jamais et prononça sans notes un discours vibrant.

Un petit tour et puis s'en va : il se rendait à Los Angeles pour célébrer là-bas aussi sa victoire. Pendant les quatre heures de vol, dans le nouveau jet Boeing d'une capacité de cent passagers, loué un million de dollars pour un mois, à huit cents kilomètres à l'heure et onze mille cinq cents mètres d'altitude, il passa au crible avec son état-major les résultats des douze États. Sur la côte est où les bureaux de vote étaient déjà fermés, Lake l'avait emporté de justesse dans le Maine et le Connecticut, mais largement à New York, dans le Massachusetts, le Maryland et la Géorgie. Il avait perdu de huit cents voix à Rhode Island et s'était imposé d'un millier dans le Vermont. Tandis que l'avion survolait le Missouri, CNN annonça qu'il avait devancé de quatre pour cent dans cet État le gouverneur Tarry. Le résultat de l'Ohio était aussi serré.

Quand l'appareil se posa en Californie, le verdict des urnes était sans appel. Lake s'était assuré la voix de trois cent quatre-vingt-dix délégués sur cinq cent quatre-vingt onze. Il avait plus que jamais le vent en poupe. Plus important encore : l'argent venait à lui. La chute du gouverneur Tarry s'accélérait et tous les paris se portaient sur Aaron Lake.

20.

Six heures après avoir célébré sa victoire en Californie, Lake entama une folle matinée d'interviews en direct. Il en subit dix-huit en deux heures avant de s'envoler pour Washington.

Une fois arrivé, il se rendit directement à son nouveau quartier général de campagne, au rez-de-chaussée d'un grand immeuble de bureaux dans H Street, à deux pas de la Maison-Blanche. Il remercia toute son équipe, qui comptait peu de bénévoles, chauffa l'assistance à blanc et serra une multitude de mains en se demandant d'où venaient tous ces gens.

« Nous allons gagner », martela-t-il. Et tout le monde le crut.

Il s'entretint une heure avec son état-major. Il disposait de soixante-cinq millions de dollars, n'avait pas un sou de dette. Tarry avait moins d'un million en caisse et ne savait même pas combien il devait. Les comptes de campagne du gouverneur étaient en plein marasme ; l'argent n'arrivait plus, les contributions s'étaient taries. Lake raflait tout.

Ils comparèrent avec feu les mérites de trois vice-présidents potentiels. Un exercice grisant : il signifiait que la nomination était dans la poche. Le premier choix de Lake, le sénateur Nance, du Michigan, était controversé ; dans un passé lointain, il avait trempé dans des affaires louches avec des associés de Detroit, d'origine italienne. Lake n'avait aucun mal à imaginer la volée de bois vert que le sénateur recevrait dans la presse. Un comité fut désigné pour étudier la question de plus près. Un deuxième fut chargé des préparatifs de la convention de Denver. Lake voulait quelqu'un d'autre pour écrire les textes de ses interventions, quelqu'un qui commencerait à travailler sur le discours de remerciement qui suivrait l'investiture de son parti.

Il s'étonnait secrètement de ce que tout cela coûtait. Son directeur de campagne recevait cent cinquante mille dollars pour l'année – pas douze mois, mais jusqu'à Noël. Il y avait des directeurs des finances, des questions politiques, des relations publiques, des opérations et de la stratégie électorale ; ils avaient signé un contrat de cent vingt mille dollars pour une dizaine de mois de travail. Chacun d'eux avait deux ou trois personnes directement sous ses ordres, des gens que Lake connaissait à peine et qui touchaient quatre-vingt-dix mille dollars. Et puis tous ces assistants, pas des bénévoles comme pour la plupart des candidats, mais de vrais employés payés cinquante mille dollars, qui donnaient aux bureaux l'animation d'une ruche. Il y en avait des dizaines. Et aussi des dizaines de secrétaires et de sous-fifres, pas un seul à moins de quarante mille dollars.

Comme si un tel gaspillage ne suffisait pas, Lake savait que, s'il parvenait à conquérir la Maison-Blanche, il faudrait leur trouver un emploi. À tous. Ces jeunes gens qui arboraient des badges à son nom exigeraient l'accès à l'aile ouest de la Maison-Blanche et un poste à quatre-vingt mille dollars par an.

C'est une goutte d'eau dans la mer, se répétait-il. Ne t'attache pas aux détails quand l'enjeu est si important.

Les points négatifs furent repoussés à la fin de la réunion et expédiés en quelques minutes. Un journaliste du *Washington Post* avait enquêté sur le passé de Lake. Il avait mis le doigt, sans grande difficulté, sur le fiasco de Green Tree, un projet d'aménagement foncier qui avait capoté, vingt-deux ans auparavant. Lake et son associé, acculés au dépôt de bilan, avaient légalement floué les créanciers de huit cent mille dollars. Inculpé de banqueroute frauduleuse, l'associé avait réussi à échapper à la prison ; Lake n'avait pas été inquiété. Par la suite, les électeurs de l'Arizona l'avaient envoyé à la Chambre des représentants, renouvelant son mandat à six reprises.

– Je ne me déroberai pas aux questions sur Green Tree, déclara-t-il. Ce n'était qu'une affaire mal menée.

– Les médias s'apprêtent à changer de ton, affirma le directeur des relations publiques. Vous êtes nouveau ; ils estiment ne pas avoir été assez rigoureux avec vous et vont devenir plus méchants.

– Cela a déjà commencé, répliqua Lake. Je n'ai rien à cacher.

On l'emmena dîner de bonne heure au Mortimer, le restaurant à la mode, l'endroit où il fallait être vu, en bas de Pennsylvania Avenue ; il y retrouva Elaine Tyner. Ils commandèrent des fruits et du fromage blanc en faisselle ; l'avocate lui présenta la situation financière. Vingt-neuf millions de dollars, des dettes sans importance, des dons affluant jour et nuit, des quatre coins du monde.

Le plus difficile était de savoir comment dépenser ces contributions. L'« argent discret » ne pouvant être utilisé directement pour le financement de la campagne, il devait servir à autre chose. Elaine Tyner avait plusieurs cibles. La première était une nouvelle série de clips semblables à ceux que Teddy avait fait tourner. CAP-D avait commencé à acheter pour l'automne des créneaux à l'heure de plus forte écoute. La deuxième, de loin la plus agréable, était les élections au Sénat et à la Chambre des représentants.

– Ils font la queue comme des fourmis, expliqua-t-elle d'un air réjoui. Incroyable ce que quelques millions de dollars peuvent faire.

Elle raconta l'histoire d'une course à la députation dans une circonscription de Californie du Nord. Le représentant en exercice, un vieux routier de la politique que Lake connaissait et méprisait, avait en début d'année quarante points d'avance sur un challenger inconnu. Le nouveau venu s'était adressé à CAP-D et avait vendu son âme à Aaron Lake.

– Nous avons pris le contrôle de sa campagne, poursuivit l'avocate. Nous nous chargeons de ses discours, des sondages, de ses messages dans la presse écrite et à la télévision, nous avons même mis à son service une nouvelle équipe. Nous avons dépensé jusqu'à présent un million et demi pour notre poulain qui a réduit à dix points l'avance de son adversaire. Et il reste sept mois.

Elaine Tyner et CAP-D s'ingéraient dans trente élections à la Chambre des représentants et dix au Sénat. Elle espérait atteindre un total de soixante millions et les dépenser jusqu'au dernier sou avant novembre.

Prendre le pouls du pays était le troisième domaine d'action qu'elle avait choisi. CAP-D réalisait des sondages en permanence, tous les jours, quinze heures par jour. Si une question tracassait les ouvriers de l'ouest de la Pennsylvanie, Elaine Tyner en était informée. Si les Hispaniques de Houston accueillaient favorablement une nouvelle politique de protection sociale, CAP-D le savait. Si un clip de Lake avait séduit les femmes des banlieues de Chicago, l'avocate pouvait donner des pourcentages.

– Nous savons tout, se vanta Elaine Tyner. Nous sommes comme Big Brother, nous avons des yeux partout.

Les sondages coûtaient soixante mille dollars par jour, une bonne affaire. Pour en revenir aux choses importantes, Lake avait neuf points d'avance sur Tarry au Texas, le même écart en Floride, un État où il n'avait pas encore mis les pieds. Il suivait de près son adversaire dans l'Indiana, l'État dont Tarry était le gouverneur.

– Tarry est fatigué, continua l'avocate. Son moral est au plus bas. Après sa victoire dans le New Hampshire, les contributions affluaient. Puis vous êtes arrivé alors que personne ne vous attendait, un visage inconnu, un message nouveau, vous avez commencé à gagner et l'argent a pris la direction de vos caisses. Tarry ne peut plus lever cinquante dollars à une vente de charité. Il perd les hommes occupant les postes clés de sa campagne : il ne peut plus les payer et ils sentent qu'ils n'ont pas misé sur le bon cheval.

Lake savoura les paroles de l'avocate en dégustant une bouchée d'ananas. Son équipe de campagne n'était pas chiche de bonnes nouvelles, mais venant de cette femme initiée aux arcanes de la politique, de tels propos n'étaient que plus encourageants.

– Quels sont les chiffres du vice-président ? s'enquit-il.

Il avait les siens ; cependant, sa confiance allait à l'avocate.

– Il obtiendra la nomination, mais la convention sera sanglante. Dans l'immédiat, vous n'avez que quelques points de retard dans les sondages lorsqu'on pose la grande question « Pour qui voterez-vous en novembre ? »

– Novembre est encore loin.
– Oui et non.
– Beaucoup de choses peuvent changer, fit Lake en songeant à Teddy et en se demandant quelle nouvelle crise il allait inventer pour semer la terreur dans l'opinion publique.

Après ce repas léger chez Mortimer, on conduisit Lake dans une salle à manger privée de l'hôtel Hay-Adams où il dînait avec des amis et collègues, deux douzaines d'élus de la chambre basse du Congrès. Un petit nombre lui avait apporté son soutien quand il s'était lancé dans la course à la présidence, mais tous appuyaient maintenant sa candidature avec enthousiasme. Ils disposaient de leurs propres sondages et avaient eu l'habileté de prendre le train en marche.

Jamais Lake n'avait vu ses vieux copains de la Chambre aussi heureux d'être en sa compagnie.

La lettre fut préparée par un des trois meilleurs falsificateurs du service Documents, une femme nommée Bruce. Des lettres de Ricky étaient punaisées à un panneau de liège au-dessus de la table de travail de son petit labo : d'excellents échantillons, largement suffisants. Elle ne savait pas qui était Ricky, mais il ne faisait aucun doute que son écriture était fabriquée. Elle avait un aspect assez régulier, les échantillons les plus récents montrant clairement une aisance venant avec la pratique. Le vocabulaire n'était pas très riche, mais elle soupçonnait le scripteur de l'appauvrir à dessein. La structure de la langue était bien maîtrisée. Elle lui donnait entre quarante et soixante ans, niveau d'études supérieures.

Ce n'était pas son boulot, du moins dans le cas présent, de faire de telles déductions. Avec le même stylo et le même papier que Ricky, elle écrivit un petit mot à Al. Le texte avait été préparé par quelqu'un d'autre ; elle ne savait pas qui, ce n'était pas son affaire.

« Salut, Al. Qu'est-ce que vous devenez ? Pourquoi n'avez-vous pas écrit ? Surtout ne m'oubliez pas. » Ce genre de billet doux auquel était jointe une petite surprise. Comme Ricky ne pouvait téléphoner, il envoyait à Al une cassette contenant un message enregistré.

Elle logea le texte de la lettre sur une page, passa une heure sur l'enveloppe. Le cachet qu'elle apposa était celui de Neptune Beach, Floride.

Elle mit la lettre sous pli, sans le cacheter. Son travail fut inspecté, puis emporté dans un autre labo. L'enregistrement fut réalisé par un jeune agent qui avait fait des études d'art dramatique. D'une voix douce, sans accent, il lut le texte suivant :

« Salut, Al, c'est Ricky. J'espère que tu es surpris d'entendre ma voix. On n'a pas le droit de téléphoner, je ne sais pas pourquoi, mais on peut envoyer et recevoir des cassettes. Je n'en peux plus, il faut que je sorte d'ici. »

Il discourut cinq minutes sur ses conditions de vie et la haine qu'il éprouvait pour son oncle et le personnel d'Aladdin North. Il reconnaissait toutefois qu'ils avaient réussi à le délivrer de sa dépendance. Il était sûr, quand il aurait pris du recul, de ne pas garder de son séjour dans l'établissement de trop mauvais souvenirs.

Tout cela n'était que bavardages. Il ne faisait aucun projet pour le jour de sa sortie, ne donnait aucune indication sur ce qu'il ferait ni où il irait. Il ne fit que mentionner qu'il verrait Al un jour.

Ils n'étaient pas prêts à prendre Al Konyers à l'hameçon. L'unique raison d'être de cette cassette était de dissimuler à l'intérieur un émetteur assez puissant pour les conduire au dossier caché de Lake. Il eût été trop risqué de placer un petit micro dans l'enveloppe : le destinataire était méfiant, il aurait pu le trouver.

À Chevy Chase la CIA disposait maintenant de huit boîtes postales de Mailbox America, louées pour un an par huit personnes différentes ayant la même liberté d'accès à leur casier qu'Al Konyers. Elles entraient et sortaient à toute heure du jour et de la nuit, vérifiaient le contenu de leur petite boîte, prenaient le courrier qu'elles s'étaient elles-mêmes expédié, jetaient un coup d'œil à celle d'Al Konyers quand personne ne regardait.

Comme ils connaissaient son calendrier mieux que lui, ils attendirent patiemment la fin de ses déplacements d'un bout à l'autre du pays. Persuadés qu'il sortirait en douce comme la première fois, en jogging, ils gardèrent jusqu'à 22 heures l'enveloppe contenant la cassette. Puis ils la placèrent dans sa boîte.

Quatre heures plus tard, sous la surveillance attentive d'une douzaine d'agents, Lake le joggeur descendit d'un taxi devant Mailbox America, s'élança à l'intérieur, le visage dissimulé par la longue visière d'une casquette ; il fila directement à sa boîte, prit le courrier et remonta dans son taxi.

Six heures plus tard, il quitta Georgetown pour un petit déjeuner de prière au Hilton ; ils attendirent. Il s'adressa à 9 heures à des responsables de quartier, prononça à 11 heures une allocution devant un millier de chefs d'établissement du secondaire et déjeuna avec le président de la Chambre basse. Il enregistra à 15 heures un débat stressant avec plusieurs animateurs et rentra faire ses bagages. À 20 heures, il s'envolait pour Dallas.

Ils le suivirent jusqu'à l'aéroport, attendirent le décollage du Boeing 707 pour appeler Langley. Quand deux agents du Service secret arrivèrent pour faire le tour de la maison de Georgetown, la CIA était déjà sur les lieux.

La fouille s'acheva dans la cuisine, au bout de dix minutes. Un récepteur portatif capta le signal émis par la cassette. Ils la découvrirent dans la poubelle, avec une grande brique de lait vide, deux paquets déchirés de flocons d'avoine, quelques serviettes en papier froissées et un exemplaire de l'édition du matin du *Washington Post*. Une femme de ménage passait deux fois par semaine ; Lake lui avait laissé le soin de vider la poubelle.

S'ils ne parvenaient pas à mettre la main sur le dossier caché, c'est qu'il n'y avait pas de dossier. Lake était assez habile pour se débarrasser au fur et à mesure de tout ce qui aurait pu constituer un indice.

Teddy fut presque soulagé de l'apprendre. Ses hommes se cachaient encore dans la maison en attendant le départ des agents du Service secret. Si Lake avait une vie secrète, il faisait en sorte de ne pas laisser la moindre trace.

Aaron Lake fut troublé par la cassette. Déjà, auparavant, la lecture des poulets de Ricky et la photo de sa gueule d'ange lui avaient procuré des frissons d'excitation. Le jeune homme était loin, il y avait peu de chances qu'ils se rencontrent un jour. Ils pouvaient correspondre en avançant pas à pas. C'est du moins ce qu'il avait envisagé au départ.

Mais en entendant la voix de Ricky, il s'était senti plus proche de lui, il avait été secoué. Ce qui, quelques mois plus tôt, avait commencé sous la forme d'un curieux petit jeu recelait aujourd'hui des possibilités terrifiantes. Cette correspondance devenait bien trop risquée ; Lake tremblait à l'idée de se faire prendre.

Cela semblait pourtant impossible : il était bien caché sous le masque d'Al Konyers. Ricky n'avait aucune idée de sa véritable identité et la boîte postale lui servait d'écran.

Il fallait quand même tout arrêter. Du moins dans l'immédiat.

L'équipe de campagne grassement payée remplissait le Boeing ; il n'y avait pas d'appareil assez grand pour loger tout son entourage. S'il louait un 747, en quarante-huit heures il serait bourré de comptables, de sondeurs, de conseillers et de consultants de tout poil, sans parler de son armée de gardes du corps du Service secret, en nombre sans cesse croissant.

Plus il remportait de primaires, plus l'avion s'alourdissait. Peut-être serait-il judicieux de perdre deux ou trois États afin de le délester d'une poignée de collaborateurs.

Tout en buvant un jus de tomate dans la pénombre, Lake décida d'écrire une dernière lettre à Ricky. Al lui souhaiterait bonne chance et mettrait un terme à leur relation épistolaire. Que pourrait faire Ricky ?

Il eut envie de le faire sur-le-champ, au fond de son fauteuil à dossier inclinable, les pieds surélevés. Mais à tout moment pouvait surgir un assistant quelconque venant faire une annonce urgente. Il n'avait aucune intimité, plus le temps de réfléchir, de flemmarder, de rêvasser. Chaque pensée agréable était interrompue par le résultat d'un nouveau sondage, une information de dernière minute ou la nécessité de prendre une décision immédiate.

Il parviendrait certainement à mieux protéger sa vie privée dans la Maison-Blanche. D'autres solitaires y avaient vécu avant lui.

21.

L'affaire du portable volé fascinait les détenus de Trumble depuis un mois. T-Bone, un loubard de Miami, sec et musclé, qui tirait vingt ans pour trafic de stupéfiants, était entré en possession de l'appareil par des moyens obscurs. Les téléphones cellulaires étaient rigoureusement interdits dans l'établissement ; la manière dont il se l'était procuré avait donc fait jaser plus encore que la vie sexuelle de T. Karl. Ceux qui avaient vu l'objet – ils se comptaient sur les doigts d'une main – affirmaient qu'il n'était pas plus gros qu'un chronomètre. T-Bone avait été aperçu, tapi dans l'ombre, le dos tourné, le menton sur la poitrine, parlant à voix basse au téléphone. À l'évidence, il dirigeait encore ses activités à Miami.

Puis l'appareil avait disparu. T-Bone avait fait savoir qu'il n'hésiterait pas à buter celui qui l'avait pris ; voyant que ses menaces restaient sans effet, il avait ensuite offert une récompense de mille dollars. Les soupçons ne tardèrent pas à se porter sur Zorro, un autre jeune dealer venu d'un quartier d'Atlanta aussi dur que celui de T-Bone. Un sanglant règlement de comptes semblait inévitable. Les surveillants et la direction durent intervenir et convaincre les deux adversaires qu'ils seraient transférés ailleurs si la querelle s'envenimait. La violence n'était pas tolérée à Trumble. Le châtiment était un aller simple vers un autre établissement où les détenus savaient ce que se battre voulait dire.

T-Bone avait entendu parler de l'audience hebdomadaire des Frères. Il finit par prendre contact avec T. Karl et déposa une plainte contre X. Il voulait récupérer son téléphone et demandait un million de dollars de dommages-intérêts.

Le jour où l'affaire fut soumise au tribunal, un sous-directeur fit son entrée dans la cafétéria pour suivre les débats ; les Frères s'empressèrent de l'ajourner. La même chose se reproduisit à la nouvelle date fixée pour le procès. Il n'était pas question que l'administration apprenne que tel ou tel détenu était accusé d'être en possession d'un objet interdit dans l'enceinte de la prison. Les gardiens qui assistaient au spectacle hebdomadaire n'en souffleraient pas mot.

Le juge Spicer parvint à convaincre un conseiller de l'établissement qu'il y avait une affaire privée à régler sans que la direction s'en mêle.

La requête remonta jusqu'au bureau du directeur. À la troisième date fixée pour le procès, la cafétéria était bondée ; la majorité des spectateurs espérait voir le sang couler. Il y avait un seul représentant du personnel dans la salle, un surveillant, assis tout au fond, à moitié endormi.

Les deux plaideurs étant des habitués des tribunaux, nul ne s'étonna de voir que T-Bone et Zorro avaient choisi de ne pas se faire assister d'un avocat. Le juge Beech passa le plus clair de la première heure à essayer d'interdire les propos orduriers ; il finit par jeter l'éponge. Le plaignant lançait les accusations les plus folles, qui n'auraient pu être prouvées avec l'aide d'un millier d'agents du FBI. Les dénégations de la défense avaient la même véhémence grotesque. T-Bone marqua des points importants grâce à deux déclarations sous serment signées de détenus dont l'identité ne fut révélée qu'aux Frères ; ils témoignaient avoir vu Zorro parler au téléphone, un appareil minuscule, en essayant de se cacher.

Zorro exprima aussitôt l'opinion qu'il avait de ces déclarations sous serment dans une langue qu'il n'avait jamais été donné aux Frères d'entendre.

Le coup de grâce prit tout le monde par surprise : avec une maestria qui aurait fait l'admiration de l'avocat le plus retors, T-Bone produisit un document. Il avait réussi à se procurer sa facture de téléphone et était en mesure de prouver noir sur blanc à la cour que précisément cinquante-quatre communications avaient été établies à destination de numéros de la banlieue sud-est d'Atlanta. Ses partisans, de loin les plus nombreux mais dont la loyauté était on ne peut plus fugace, se mirent à brailler et à pousser des acclamations jusqu'à ce que T. Karl abatte son marteau en plastique sur la table pour ramener le calme.

Zorro eut du mal à se ressaisir ; son hésitation lui fut fatale. Il fut sommé de remettre séance tenante le portable aux Frères et de rembourser à T-Bone les quatre cent cinquante dollars facturés pour les communications à Atlanta. Si le téléphone cellulaire n'était pas rendu dans les vingt-quatre heures, l'affaire serait soumise au directeur et les Frères attesteraient que Zorro était en possession d'un objet interdit.

La cour ordonna en outre aux deux hommes de maintenir entre eux, en toute circonstance, même pendant les repas, une distance de quinze mètres.

Au coup de marteau de T. Karl, le public se retira bruyamment. Le greffier appela l'affaire suivante, un litige mineur portant sur des paris, et attendit le départ des spectateurs.

– Silence ! rugit T. Karl.

Le vacarme ne fit qu'augmenter ; les Frères retournèrent à leurs journaux et à leurs revues.

– Silence ! répéta T. Karl en hurlant à tue-tête.

– Allez-vous la fermer ? s'écria Spicer. Vous faites plus de bruit qu'eux !

– C'est mon métier ! répliqua T. Karl, les boucles de sa perruque bondissant en tous sens.

La cafétéria se vida ; un seul détenu restait. T. Karl fit le tour de la salle du regard et s'adressa à lui.

– Êtes-vous M. Hooten ?

– Non, répondit le jeune homme.

– Êtes-vous M. Jenkins ?

– Non plus.

– C'est bien ce qu'il me semblait. L'affaire Hooten contre Jenkins est ajournée pour défaut de comparution.

D'un geste théâtral T. Karl se pencha pour inscrire quelque chose sur son registre.

– Qui êtes-vous ? demanda Spicer au jeune homme qui

regardait autour de lui et semblait se demander ce qu'il faisait là.

Tous les yeux étaient braqués sur lui, ceux des trois hommes en robe vert pâle et ceux du clown à la perruque grise, en pyjama bordeaux, pieds nus dans des mules bleu lavande. Qui étaient ces gens ?

Il se leva lentement, s'avança avec appréhension vers les trois hommes assis.

– Je cherche de l'aide, fit-il, presque effrayé de parler.

– Avez-vous une affaire à soumettre au tribunal ? grogna T. Karl.

– Non, monsieur.

– Alors, il vous faudra...

– La ferme ! lança Spicer. L'audience est levée, fichez le camp.

T. Karl fit claquer son registre en le refermant, repoussa du pied sa chaise pliante et sortit sans un mot, ses mules crissant sur le sol carrelé, sa perruque flottant sur ses épaules.

Le jeune homme semblait près de pleurer.

– Que pouvons-nous faire pour vous ? demanda Yarber.

Les Frères savaient par expérience que le petit carton qu'il tenait à la main contenait les papiers qui l'avaient amené à Trumble.

– J'ai besoin d'aide, répéta-t-il. Je suis arrivé la semaine dernière ; on m'a dit que vous pourriez m'aider à faire appel.

– Vous n'avez pas d'avocat ? s'enquit Beech.

– J'en avais un, pas très bon. C'est une des raisons de ma présence ici.

– Pourquoi êtes-vous là ? demanda Spicer.

– Je ne sais pas. Je n'en sais vraiment rien.

– Vous avez eu un procès ?

– Oui, un long procès.

– Un jury vous a déclaré coupable ?

– Oui. Je n'étais pas tout seul. On nous a condamnés pour association de malfaiteurs.

– Que vous reprochait-on ?

– D'importer de la cocaïne.

Encore un camé. Les Frères furent soudain pressés de retourner à leurs travaux d'écriture.

– Quelle peine vous a-t-on infligée ? s'informa Yarber.

– Quarante-huit ans.

– Quarante-huit ans ! Quel âge avez-vous ?

– Vingt-trois.

Ils en oublièrent leur correspondance. Ils regardèrent le jeune visage triste, essayèrent de se le représenter cinquante ans plus tard. Libéré à soixante et onze ans : inimaginable. Chacun des Frères sortirait de Trumble plus jeune que ce gamin.

– Apportez une chaise, fit Yarber.

Le jeune homme prit la plus proche, la plaça devant leur table. Spicer lui-même eut un élan de sympathie pour lui.

– Quel est votre nom ? reprit Yarber.

– Appelez-moi Buster.

– Va pour Buster. Qu'avez-vous fait pour écoper de quarante-huit ans ?

Il débita son histoire d'une seule traite. Le carton en équilibre sur ses genoux, le regard rivé au sol, il commença par affirmer que ni lui ni son père n'avaient jamais eu de problème avec la justice. Ils possédaient un petit chantier naval à Pensacola. Ils pêchaient, ils naviguaient, ils aimaient la mer : une vie de rêve. Ils vendirent un jour un bateau de pêche de quinze mètres d'occasion à un homme de Fort Lauderdale, un Américain qui leur versa quatre-vingt-quinze mille dollars en espèces. L'argent alla à la banque, du moins Buster le croyait-il. L'homme revint quelques mois plus tard pour acheter un autre bateau, de onze mètres cinquante cette fois, qu'il acheta quatre-vingt mille dollars. Il n'était pas rare en Floride de payer un bateau en argent liquide. Une troisième, puis une quatrième embarcation suivirent. Buster et son père savaient où trouver de bons bateaux de pêche qu'ils radoubaient eux-mêmes ; ils aimaient ce travail. Après le cinquième bateau, les stups débarquèrent. Ils posèrent des questions, proférèrent de vagues menaces, demandèrent à voir les livres comptables. Le père de Buster refusa dans un premier temps ; ils engagèrent un avocat qui leur conseilla de ne pas coopérer. Il ne se passa rien pendant plusieurs mois.

Buster et son père furent arrêtés un dimanche matin à 3 heures par une bande de brutes munies de gilets pare-balles et d'assez d'armes pour prendre toute la ville de Pensacola en otage. Tirés du lit, embarqués à moitié vêtus dans la nuit illuminée par les feux clignotants des véhicules de police. L'acte d'accusation avait trois centimètres d'épaisseur : cent soixante pages, quatre-vingt un chefs d'accusation pour association de malfaiteurs et introduction clandestine de cocaïne sur le territoire national. Les noms de Buster et de son père étaient à peine cités dans les cent soixante pages, mais ils étaient inculpés au même titre que l'homme à qui ils avaient vendu les bateaux ainsi que vingt-cinq autres personnes qui leur étaient totalement inconnues. Onze d'entre elles étaient des Colombiens. Il y avait aussi trois avocats. Les autres résidaient en Floride du Sud.

Le procureur leur fit une proposition : deux ans chacun s'ils plaidaient coupables et coopéraient avec la police contre les autres inculpés. Coupables de quoi ? Ils n'avaient rien fait de mal. Ils connaissaient un seul des vingt-six coïnculpés et n'avaient jamais vu de cocaïne de leur vie.

Le père de Buster hypothéqua la maison pour se procurer les vingt mille dollars que demandait un avocat ; il fit un mauvais choix. Lors du procès, ils s'alarmèrent en se retrouvant côte à côte avec les Colombiens et les vrais trafiquants. D'un côté de la salle, tous les coïnculpés, assis ensemble comme s'ils avaient fait partie d'une machine bien huilée, conçue pour faire passer la cocaïne en fraude. De l'autre, près du jury, les avocats du ministère public, une grappe d'hommes en complet noir, imbus d'eux-mêmes, prenant des pages de notes et leur jetant des regards chargés d'hostilité. Ceux des jurés n'étaient guère différents.

Au long des sept semaines du procès, on ne parla pratiquement jamais de Buster et de son père. Leur nom fut cité trois fois. On leur reprochait essentiellement de s'être procuré et d'avoir remis en état des bateaux de pêche au moteur gonflé, utilisés pour transporter la drogue du Mexique vers différents points de livraison le long des côtes septentrionales de la Floride. Leur avocat, qui se plaignait de ne pas toucher assez pour un procès de cette durée, se révéla incapable de réfuter des accusations aussi vagues. Le procureur et les siens cherchaient avant tout à mettre les Colombiens hors d'état de nuire.

Ils n'eurent pas à apporter quantité de preuves; ils avaient su choisir le jury. Au bout de huit jours de délibérations, visiblement fatigués, à cran, les jurés déclarèrent tous les inculpés coupables de la totalité des charges qui leur étaient imputées. Un mois après la sentence, le père de Buster se donna la mort.

Quand le récit toucha à sa fin, le jeune homme était au bord des larmes. Mais il serra les dents, redressa la tête. «Je n'ai rien fait de mal», dit-il simplement.

Il n'était assurément pas le premier à Trumble à clamer son innocence. Beech, qui l'avait écouté attentivement, se souvint d'un jeune homme à qui il avait infligé une peine de quarante ans pour trafic de drogue. Enfance malheureuse, absence d'éducation, multiples condamnations pour délinquance juvénile; Beech l'avait sermonné avec hauteur et l'avait condamné avec bonne conscience. Il fallait débarrasser les rues de ces salauds de trafiquants de drogue!

Un libéral est un conservateur qui a connu la prison. Au bout de trois années passées à Trumble, Hatlee Beech regrettait amèrement de s'être montré inflexible en de si nombreuses occasions. Bien plus coupables que Buster, ce n'étaient pourtant que des jeunes gens qui n'avaient jamais eu leur chance.

Finn Yarber fut envahi d'une profonde compassion en écoutant la triste histoire de Buster. Chacun avait la sienne, à Trumble ; au bout d'un mois, Yarber avait fini par ne plus croire un mot ou presque de ce que les détenus racontaient. Buster, lui, était crédible. Pendant quarante-huit ans, il allait s'étioler et dépérir aux frais de la société. Le coût d'un détenu dans un établissement fédéral était estimé à trente et un mille dollars par an. Quel gâchis! La moitié de ceux qui se trouvaient à Trumble n'avaient rien à y faire. Ils n'étaient pas violents; il aurait mieux valu leur infliger de lourdes condamnations pécuniaires et les condamner à des travaux d'intérêt public.

En écoutant Buster, Joe Roy Spicer s'était demandé de quelle manière ils pourraient utiliser le jeune homme. Il y avait deux possibilités. Spicer estimait d'une part que leur racket ne faisait pas un bon usage du téléphone. Les Frères étaient des hommes vieillissants qui rédigeaient des lettres en se faisant passer pour des jeunes gens. Il eût été trop risqué d'appeler un de leurs pigeons, Quince Garbe par exemple, en prétendant être Ricky. Mais Buster était en mesure de convaincre une victime potentielle. Les détenus encore jeunes ne manquaient pas à Trumble ; quelques-uns auraient pu faire l'affaire. Mais c'étaient des délinquants à qui on ne pouvait se fier. Buster, au contraire, était apparemment un être droit qui demandait leur aide ; il pouvait aisément être manipulé.

La seconde possibilité était une variante de la première. Si Buster se joignait à eux, il serait encore là quand viendrait la libération de Joe Roy. Le racket était trop juteux pour qu'il y renonce en recouvrant la liberté. Beech et Yarber écrivaient des lettres admirables, mais ils n'avaient pas le sens des affaires. Spicer pouvait peut-être former Buster, le préparer à sa succession et continuer à toucher sa part.

Une idée comme ça.

– As-tu de l'argent ? interrogea Spicer.

– Non, monsieur. Nous avons tout perdu.

– Pas de famille ? Oncles, tantes, cousins, des amis qui pourraient t'aider à payer les honoraires ?

– Non, monsieur. Quels honoraires ?

– Ce que nous demandons en général pour étudier une affaire et faire appel d'un jugement.

– Je suis fauché, monsieur.

– Je pense que nous pouvons faire quelque chose pour lui, déclara Beech.

Spicer ne s'occupait pas des appels ; il n'avait même pas terminé ses études secondaires.

– Ce serait du bénévolat, en quelque sorte, glissa Yarber à Beech.

– De quoi parlez-vous ? s'enquit Spicer.

– De travailler à titre gracieux, répondit Beech.

– À titre gracieux ? Qui est-ce qui fait ça ?

– Les avocats, expliqua Yarber. Chaque avocat est censé offrir quelques heures de son temps pour aider ceux qui n'ont pas les moyens de le payer.

– Une pratique héritée de l'ancien droit coutumier anglais, ajouta Beech pour compliquer un peu plus les choses.

– Cela ne s'est jamais pratiqué ici, protesta Spicer.

– Nous allons étudier votre affaire, dit Yarber à Buster. Mais ne soyez pas trop optimiste.

– Je vous remercie.

Ils sortirent ensemble de la cafétéria, les trois ex-juges en robe vert pâle et le jeune détenu apeuré.

22.

La réponse de Brant, d'Upper Darby, avait un ton pressant.

Cher Ricky,

Oh ! quelle photo ! Je vais arriver plus tôt que prévu. Je serai là le 20 avril. Serez-vous libre ? Si oui, nous aurons la maison pour nous deux ; mon épouse ne me rejoindra qu'une quinzaine de jours plus tard. Pauvre femme. Au bout de vingt-deux ans de mariage, elle ne se doute toujours de rien.

Je joins une photo de moi à ma lettre. À l'arrière-plan, c'est mon Learjet, un de mes jouets préférés. Nous ferons un tour entre ciel et terre, si cela vous chante.

Écrivez-moi tout de suite ; je n'y tiens plus.

Affectueusement.

Brant.

Toujours pas de patronyme, mais ce n'était pas un problème. Ils feraient bientôt des recherches.

Spicer inspecta le cachet de la poste ; la pensée l'effleura que l'acheminement du courrier était exceptionnellement rapide entre Philadelphie et Jacksonville. Mais c'est la photo qui retint son attention. Un instantané de format 10 x 15, semblable à ces publicités promettant un enrichissement rapide, où le vendeur, arborant un sourire ruisselant de fierté, est entouré de son jet, de sa Rolls, parfois de sa plus récente épouse. Brant se tenait devant un avion, souriant, en short de tennis et sweat-shirt impeccables ; il n'y avait pas de Rolls en vue, mais une femme entre deux âges à ses côtés.

C'était la première photo de leur collection où figurait une épouse. Spicer trouva cela curieux, mais Brant avait parlé d'elle dans ses deux lettres. Plus rien ne le surprenait vraiment. L'arnaque fonctionnerait toujours : le réservoir de victimes potentielles était inépuisable.

Hâlé, bien conservé, Brant avait des cheveux bruns coupés court, semés de fils argentés, et une moustache. Pas particulièrement beau, mais Spicer n'en avait que faire.

Pourquoi un homme qui avait tout se montrait-il aussi imprudent ? Parce qu'il avait toujours couru des risques sans jamais se faire attraper, parce que c'était sa manière de vivre. Quand le piège se serait refermé sur lui et qu'il aurait craché au bassinet, Brant mettrait la pédale douce quelque temps. Il éviterait les annonces personnelles et les amants anonymes, mais un battant comme lui ne tarderait pas à reprendre ses habitudes.

Spicer imaginait que le frisson délicieux que l'on ressentait en trouvant des partenaires de hasard l'emportait sur les risques. Il s'inquiétait de devoir passer chaque jour du temps à se mettre dans la peau d'un homosexuel.

Beech et Yarber prirent connaissance de la lettre et étudièrent la photo. Un silence profond régnait dans la petite pièce : avaient-ils enfin ferré le gros poisson ?

– Vous imaginez ce que vaut ce jet, fit Spicer.

Ils partirent tous les trois d'un rire nerveux, comme si tout était trop beau pour être vrai.

– Deux millions, affirma Beech.

Comme il était du Texas et avait été marié à une femme riche, les deux autres supposaient qu'il en savait plus long qu'eux sur le prix des avions.

– C'est un petit Learjet, ajouta Beech.

Spicer se serait contenté d'un petit Cessna, n'importe quoi qui pût l'emmener au loin. Yarber ne voulait pas d'avion, rien que des billets en première classe, avec une hôtesse servant du champagne, proposant deux menus et présentant un choix de films.

– On fonce, déclara Yarber.

– Combien ? demanda Beech, les yeux rivés sur la photo.

– Au moins un demi-million, fit Spicer. Si ça marche, on remettra ça.

Dans le silence qui suivit, chacun se mit à jongler en esprit avec sa part du demi-million de dollars. La ponction effectuée par Trevor devint soudain très lourde. Il allait empocher cent soixante-sept mille dollars, ne leur en laissant à chacun que cent onze mille. Pas mal pour des prisonniers, mais loin de ce qu'ils auraient pu avoir. Pourquoi l'avocat en prenait-il autant ?

– Nous allons réduire le pourcentage de Trevor, annonça Spicer. J'y pense depuis un moment. L'argent sera dorénavant divisé en quatre parts égales.

– Il n'acceptera pas, objecta Yarber.

– Nous ne lui laisserons pas le choix.

– Ce ne serait que justice, ajouta Beech. Nous faisons tout le travail et il touche plus que nous. Je suis d'accord pour partager en quatre.

– Je lui en ferai part jeudi.

Quarante-huit heures plus tard, Trevor arriva à Trumble un peu après 16 heures avec une terrible gueule de bois dont ni un déjeuner de deux heures ni une sieste d'une heure n'étaient venus à bout.

Joe Roy semblait particulièrement crispé. Il lui fit passer le courrier à poster, mais garda à la main une grosse enveloppe rouge.

– Nous nous préparons à piéger celui-là, annonça-t-il en tapotant sur la table.

– Qui est-ce ?

– Un certain Brant qui habite près de Philadelphie. Il va falloir découvrir son identité ; à vous de le débusquer.

– Combien ?

– Un demi-million de dollars.

Les yeux injectés de sang se plissèrent, les lèvres sèches s'ouvrirent. Trevor fit le calcul : cent soixante-sept mille dollars dans la poche. Il n'aurait peut-être pas besoin d'aller jusqu'à un million avant de claquer la porte de son cabinet et de filer aux Caraïbes. La moitié suffirait peut-être. Il n'en était plus très loin.

– C'est une blague, fit-il, sachant pertinemment qu'il n'en était rien.

Spicer n'avait aucun sens de l'humour, surtout quand il s'agissait d'argent.

– Non. Et nous allons modifier votre pourcentage.

– Je voudrais voir ça ! Ce qui est dit est dit !

– On peut toujours revenir dessus. Vous aurez désormais la même chose que nous : un quart.

– Pas question.

– Alors, vous êtes viré.

– Vous ne pouvez pas me virer.

– Je viens de le faire. Croyez-vous sérieusement que nous ne pourrons pas trouver un autre avocat marron pour jouer les coursiers ?

– J'en sais trop long, riposta Trevor, les joues enflammées, la langue desséchée.

– Ne vous surestimez pas. Vous n'êtes pas si précieux que vous le croyez.

– Si. Je sais tout ce qui se passe ici.

– Nous aussi, gros malin. La différence est que nous sommes déjà en taule ; c'est vous qui avez le plus à perdre. Si vous vous avisez de jouer au dur, vous serez bientôt à ma place.

Des élancements trouaient le crâne de Trevor ; il ferma les yeux. Il n'était pas en état de discuter. Pourquoi était-il resté si tard chez Pete, la veille au soir ? Quand il voyait Spicer, il devait être en pleine possession de ses moyens. Au lieu de quoi, il se sentait fatigué, encore à moitié ivre. Il avait la tête qui tournait ; il se dit qu'il allait encore vomir.

La discussion portait sur la différence entre cent soixante-sept et cent vingt-cinq mille dollars : les deux chiffres lui convenaient. Il ne pouvait courir le risque de se faire virer : il avait fait en sorte de perdre ses rares clients qu'il ne rappelait jamais. Ayant trouvé une source de profit bien plus lucrative, il était moins souvent au cabinet, négligeait le tout-venant.

Et il ne faisait pas le poids contre Spicer. Cet homme-là n'avait pas de conscience. Implacable, il ne reculait devant rien et ne pensait qu'à l'argent.

– Beech et Yarber sont d'accord avec vous ?

Trevor savait qu'ils l'étaient; même dans le cas contraire, il n'en saurait jamais rien.

– Naturellement. Ils font tout le travail : pourquoi voudriez-vous gagner plus qu'eux?

En effet, cela semblait quelque peu injuste.

– D'accord, d'accord, marmonna Trevor en grimaçant. Je comprends pourquoi vous êtes derrière les barreaux.

– Vous buvez beaucoup?

– Non! Pourquoi demandez-vous ça?

– J'ai connu des alcooliques. Vous avez une gueule de déterré.

– Merci. Occupez-vous de vos affaires, je me charge des miennes.

– Entendu. Mais n'oubliez pas que personne ne veut d'un avocat alcoolique. Vous avez la responsabilité des mouvements de fonds d'une entreprise illégale. Quelques mots de trop dans un bar et quelqu'un peut se mettre à poser des questions.

– Je sais ce que je fais.

– Bien. Pensez à protéger vos arrières. Nous faisons chanter des gens; ils en souffrent. À leur place, j'aurais envie de venir faire un tour par ici pour avoir quelques réponses avant de casquer.

– Ils ont trop peur.

– Ouvrez quand même l'œil. Il est important pour vous de ne pas boire et de rester vigilant.

– Merci infiniment. Autre chose?

– Oui, j'ai des idées pour ce soir.

On passait aux choses importantes. Spicer ouvrit un journal et ils commencèrent à faire leurs paris.

À la sortie de Trumble, Trevor acheta une bouteille de bière d'un litre; il la but lentement sur le trajet du retour. Il s'efforça de ne pas penser à l'argent, mais en vain. Entre le compte des Frères et le sien, il y avait aux Bahamas deux cent cinquante mille dollars sur lesquels il pouvait faire main basse quand il le voulait. En ajoutant un demi-million – il ne pouvait s'empêcher de faire l'addition – on arrivait à sept cent cinquante mille dollars!

Le plus beau de l'histoire, c'est que, s'il dérobait cet argent sale, il ne se ferait pas prendre! Les victimes des Frères ne portaient pas plainte, car la honte les étouffait ; ils ne faisaient rien d'illégal, mais la peur était trop forte. Les Frères, en revanche, commettaient un délit : à qui s'adresseraient-ils si l'argent disparaissait ?

Il fallait qu'il cesse d'avoir des pensées de ce genre.

Comment les Frères pourraient-ils retrouver sa trace ? Il serait à bord de son voilier, naviguant entre des îles dont ils ignoraient jusqu'au nom. Et quand ils seraient enfin libérés, auraient-ils l'énergie, la volonté et les moyens nécessaires pour se lancer à sa recherche ? Bien sûr que non. Ils étaient déjà vieux ; Beech ne sortirait probablement pas vivant de Trumble.

« Arrête » ! cria-t-il à voix haute dans la voiture.

Il s'arrêta à Beach Java pour prendre un triple crème et regagna son cabinet, résolu à faire quelque chose de productif. Il trouva sur Internet le nom de plusieurs détectives privés à Philadelphie. Il était près de 18 heures quand il prit le téléphone ; les deux premiers appels tombèrent sur des répondeurs.

Au troisième, l'enquêteur Ed Pagnozzi décrocha en personne. Trevor expliqua qu'il était avocat en Floride et qu'il avait un petit boulot à effectuer à Upper Darby.

– D'accord. Quel genre de boulot ?

– J'essaie de retrouver du courrier, poursuivit Trevor d'un ton détaché.

Il l'avait fait assez souvent pour connaître son texte.

– Un gros divorce. Je m'occupe de la femme et je pense que le mari a mis de l'argent de côté. Je cherche donc quelqu'un sur place pour découvrir l'identité de la personne qui loue une boîte postale.

– C'est une blague ?

– Pas du tout, je suis très sérieux.

– Vous voulez que j'aille faire le pied de grue dans un bureau de poste ?

– C'est un travail élémentaire, pour un enquêteur.

– Écoutez, mon vieux, je suis très pris. Adressez-vous à quelqu'un d'autre.

Pagnozzi raccrocha : il avait mieux à faire. Trevor jura entre ses dents et composa le numéro suivant. Après avoir eu successivement deux autres répondeurs, il décida de remettre la chose au lendemain.

De l'autre côté de la rue, Klockner écouta encore une fois la brève conversation téléphonique avec Pagnozzi et appela Langley. La dernière pièce du puzzle venait de se mettre en place ; Deville devait en être informé sur-le-champ.

L'arnaque était simple. Nourrie par de belles phrases et des photos aguichantes, elle jouait sur le désir et utilisait le levier de la terreur. Son mécanisme avait été révélé par le dossier de Garbe, le personnage inventé de Brant White et les autres lettres interceptées.

Une seule question restait sans réponse. Quand les pigeons utilisaient un nom d'emprunt pour louer une boîte postale, comment les Frères réussissaient-ils à découvrir leur véritable identité ? La réponse venait d'être apportée par les appels téléphoniques à Philadelphie. Trevor engageait tout simplement un privé local ; ils n'étaient pas tous aussi pris que ce Pagnozzi.

Il était près de 22 heures quand Deville put enfin se présenter devant Teddy. Les Nord-Coréens avaient abattu un nouveau soldat américain dans la zone démilitarisée ; le directeur de la CIA en subissait les retombées depuis midi. Il mangeait du fromage et des crackers accompagnés d'un Coca light quand Deville entra dans le bunker.

– C'est ce que je pensais, déclara Teddy après avoir écouté son rapport.

Il avait un instinct troublant, surtout après coup.

– Cela signifie, reprit Deville, que l'avocat peut engager un privé à Washington pour découvrir la véritable identité d'Al Konyers.

– Comment ?

– On peut envisager plusieurs méthodes. D'abord se mettre en planque, comme nous l'avons fait pour prendre Lake la main dans le sac. La surveillance d'un bureau de poste est assez risquée ; il y a de grandes chances qu'on se fasse remarquer. Ensuite, acheter la complicité d'un employé de la poste : cinq cents dollars en liquide suffiront le plus souvent. Troisième solution : les fichiers informatiques. Ils ne sont pas protégés. Un de nos hommes vient de pénétrer celui de la poste centrale d'Evansville, Indiana, et s'est procuré la liste de tous les locataires de boîtes postales. Un test qui ne lui a pas pris plus d'une heure. Il y a encore une méthode plus simple, qui ne fait pas appel à la technologie : pénétrer de nuit dans le bureau de poste et fouiller dans les documents.

– Combien Trevor paie-t-il pour ce travail ?

– Aucune idée. Nous le saurons bientôt, quand il aura trouvé un privé.

– Il faut le neutraliser.

– L'éliminer ?

– Pas encore. Je préférerais l'acheter. S'il accepte de travailler pour nous, nous saurons tout et nous serons en mesure de le tenir à l'écart de Konyers. Préparez quelque chose.

– Et pour son élimination ?

– Pensez-y aussi, mais nous ne sommes pas pressés. Du moins pour l'instant.

23.

Le Sud s'était pris de passion pour Aaron Lake, avec son amour des armes à feu et des bombes, ses déclarations viriles et martiales. La Floride, le Mississippi, le Tennessee, l'Oklahoma et le Texas furent noyés sous un déluge de clips de campagne encore plus osés que les précédents. Et les hommes de Teddy répandirent sur les mêmes États des flots d'espèces sonnantes et trébuchantes comme il n'en avait jamais coulé la veille d'une élection.

Le résultat de ce petit Super Mardi fut une nouvelle victoire écrasante de Lake, qui rafla deux cent soixante des trois cent douze délégués en jeu. À l'issue du scrutin du 14 mars, mille trois cent un des deux mille soixante-six délégués avaient été désignés et Lake menait largement : huit cent un contre trois cent quatre-vingt-dix au gouverneur Tarry.

La course était terminée, sauf catastrophe imprévue.

Le premier travail de Buster à Trumble consista à passer la tondeuse – le Mangeur d'herbe – pour un salaire de départ de vingt cents de l'heure; c'était cela ou le nettoyage des sols dans la cafétéria. Il avait choisi de travailler en plein air : il aimait le soleil et s'était juré de ne pas devenir aussi blême que certains autres détenus. Ni aussi gras. Nous sommes en prison, ne cessait-il de se répéter : comment peuvent-ils être si gras?

Il travaillait dur sous le soleil, conservait son hâle, se promettait de garder le ventre plat et s'efforçait courageusement de faire son boulot. Mais, au bout de dix jours, Buster avait compris qu'il ne tiendrait pas quarante-huit ans.

Quarante-huit ans ! Il était incapable d'appréhender une telle durée. Était-ce humainement possible ?

Les deux premiers jours, il n'avait cessé de pleurer.

Treize mois auparavant, il travaillait sur les bateaux avec son père et allait deux fois par semaine pêcher dans le golfe du Mexique.

Il suivit lentement la bordure de ciment du terrain de basket où se déroulait une partie musclée, prit la direction du grand bac à sable où on jouait parfois au volley. Au loin, une forme solitaire marchait sur la piste de jogging, un homme âgé, torse nu, aux longs cheveux gris retenus par une queue de cheval. Cette silhouette lui disait quelque chose. Il tondit les deux bordures d'une allée tout en prenant la direction de la piste.

Le marcheur était Finn Yarber, un des juges qui allaient essayer de l'aider. Il suivait l'ovale de la piste d'une allure régulière, la tête droite, le dos et les épaules raides ; pas vraiment l'image du sportif, mais pas mal pour un sexagénaire. Il allait pieds nus et la sueur coulait sur sa peau tannée.

Buster coupa le moteur de la tondeuse ; Yarber reconnut le jeune homme.

– Salut, Buster ! lança-t-il. Comment ça va ?

– Je suis encore là. Ça vous dérange si je marche un peu avec vous ?

– Pas du tout, répondit Yarber sans ralentir l'allure.

Ils parcoururent deux cents mètres avant que Buster trouve le courage de poser la question.

– Du nouveau pour mes appels ?

– Le juge Beech s'en occupe. Le prononcé de la sentence semble en ordre ; ce n'est pas bon. Il arrive souvent qu'il y ait des vices de forme et nous réussissons en général à réduire la sentence de quelques années. Pas dans ton cas ; j'en suis sincèrement désolé.

– Pas grave. Que représentent quelques années quand on en a pris quarante-huit ? Vingt-huit, trente-huit, quarante-huit, quelle différence ?

– Il te reste les appels. Il y a une chance que la décision soit annulée.

– Une chance infime.

– N'abandonne pas tout espoir, Buster, déclara Yarber sans la moindre conviction.

Conserver l'espoir signifiait conserver, si peu que ce fût, sa confiance dans le système ; ce n'était assurément pas le cas de Yarber. Il s'était fait piéger et condamner injustement par cette justice dont il avait autrefois été le garant.

Mais il avait eu des ennemis et il lui était possible de comprendre pourquoi ils avaient cherché à l'abattre.

Ce pauvre garçon, lui, n'avait rien fait de mal. Ce que Yarber avait lu de son dossier avait suffi à le convaincre que Buster était totalement innocent, la victime d'un procureur trop zélé.

À en croire le dossier, il semblait que le père du jeune homme eût mis un peu d'argent à gauche, rien de grave. Rien qui pût justifier une mise en accusation de cent soixante pages.

L'espoir. Quelle hypocrisie de sa part d'avoir prononcé ce mot ! Les cours d'appel grouillaient maintenant de partisans de l'ordre et il était rare d'obtenir la réformation d'un jugement. Le recours de Buster serait rejeté ; un coup de tampon et ils se diraient qu'ils rendaient les rues plus sûres.

Le juge avait fait preuve de lâcheté. Nul ne s'étonne de voir un procureur mettre le monde entier en accusation, mais un juge est censé faire le tri entre les prévenus. Le cas de Buster et de son père aurait dû être dissocié de celui des Colombiens et de leurs complices, de manière à les renvoyer chez eux avant le début du procès.

L'un d'eux était mort, la vie de l'autre était fichue. Et personne ne semblait s'en soucier ; c'étaient des trafiquants de drogue, tous mis dans le même sac.

Quand la courbe de la piste ovale commença à s'accentuer, Yarber ralentit puis s'arrêta. Il regarda au loin, au fond d'une prairie bordée d'arbres. Buster se tourna dans la même direction. Depuis dix jours, il observait le périmètre de Trumble et voyait ce qu'il n'y avait pas ; des grillages, des barbelés, des miradors.

– Le dernier qui s'est fait la belle, reprit Yarber, les yeux dans le vide, est parti par là. La forêt est dense sur quelques kilomètres, puis on débouche sur une route de campagne.

– Qui était-ce ?

– Un nommé Tommy Adkins. Un banquier de Caroline du Nord qui s'était fait prendre la main dans le sac.

– Que lui est-il arrivé ?

– Il est devenu fou et, un beau jour, il est parti. On ne s'est rendu compte de son absence qu'au bout de six heures. On l'a retrouvé un mois plus tard dans une chambre de motel, à Cocoa Beach ; pas les flics, la femme de ménage. Il était par terre, dans la posture fœtale, nu comme un ver et il suçait son pouce. Il avait perdu la raison ; on l'a enfermé dans un hôpital psychiatrique.

– Six heures...

– Oui. Cela arrive à peu près une fois par an ; quelqu'un s'en va à travers champs. La direction informe la police du lieu de résidence, le nom de l'évadé est entré dans les fichiers nationaux, les mesures habituelles.

– Combien se font reprendre ?

– Presque tous.

– Presque ?

– Ils se font reprendre à cause des bêtises qu'ils commettent. État d'ivresse dans des lieux publics, défaut d'éclairage arrière de leur véhicule, visite à une maîtresse.

– En faisant très attention, il serait donc possible de réussir ?

– Absolument. Si tout est soigneusement préparé et avec un peu d'argent, ce serait facile.

Ils se remirent à marcher, un peu plus lentement.

– Je vais vous demander quelque chose, monsieur Yarber, reprit Buster. Si vous aviez quarante-huit ans à tirer, risqueriez-vous la belle ?

– Oui.

– Mais je n'ai pas un sou.

– J'en ai.

– Alors, vous m'aiderez ?

– Nous verrons. Donne-toi le temps de la réflexion, prends tes marques ici. Pour l'instant, on te tient à l'œil parce que tu es nouveau, mais on t'oubliera bientôt.

Buster ne put s'empêcher de sourire ; sa peine venait d'être fortement réduite.

– Tu sais ce qui se passera si tu te fais reprendre ? poursuivit Yarber.

– On ajoutera quelques années à ma peine. La belle affaire ! J'arriverai peut-être à cinquante-huit. Non, monsieur, si on me rattrape, je me fais sauter la cervelle.

– Je ferais pareil. Il faut que tu sois prêt à partir à l'étranger.

– Où ?

– N'importe où ; là où tu pourras te faire passer pour quelqu'un du pays et où il n'y a pas d'extradition vers les États-Unis.

– Vous pensez à un pays en particulier ?

– L'Argentine ou le Chili. Tu parles espagnol ?

– Non.

– Il faut t'y mettre. On donne des cours d'espagnol ici, le sais-tu ? Des gars de Miami s'en chargent.

Ils firent un tour complet en silence pendant que Buster reconsidérait son avenir. Il avait le pied plus léger, les épaules plus hautes ; un sourire éclairait obstinément son visage.

– Pourquoi m'aidez-vous ? reprit-il.

– Tu as vingt-trois ans ; tu es trop jeune, trop innocent. Tu t'es fait baiser par le système, Buster, et tu as le droit de te défendre en usant de tous les moyens. As-tu une petite amie ?

– Si l'on peut dire.

– Oublie-la : elle ne ferait que t'attirer des ennuis. T'imagines-tu, de toute façon, qu'elle attendra quarante-huit ans ?

– Elle l'a dit.

– Elle a menti. Elle joue sur plusieurs tableaux Si tu ne veux pas te faire reprendre, oublie-la.

Il a certainement raison, se dit Buster qui attendait encore une lettre d'elle. Elle n'avait que quatre heures de route jusqu'à Trumble, mais n'y avait pas encore mis les pieds. Ils s'étaient parlé deux fois au téléphone ; tout ce qui semblait l'intéresser était de savoir s'il avait subi des violences sexuelles.

– Des enfants ? poursuivit Yarber.

– Pas à ma connaissance.

– Et ta mère ?

– Elle est morte quand j'étais petit. Mon père m'a élevé ; nous sommes toujours restés tous les deux.

– Tu es dans la situation idéale pour t'évader.
– J'aimerais que ce soit tout de suite.
– Un peu de patience ; cela exige une préparation minutieuse.

Encore un tour ; Buster avait envie de piquer un sprint. Rien de ce qu'il avait à Pensacola ne lui manquerait. Il avait obtenu d'excellentes notes en espagnol au lycée et, même s'il avait tout oublié, il n'avait pas eu de difficulté avec la langue. Elle lui reviendrait vite. Il allait suivre les cours et passer du temps avec les latinos.

Il voulait maintenant que sa condamnation soit confirmée en appel. Le plus tôt serait le mieux. Si le premier jugement était annulé, il y aurait un autre procès et il ne pouvait avoir confiance dans un nouveau jury.

Il avait tellement envie de s'échapper, de traverser la prairie au pas de course, de s'enfoncer dans la forêt et d'arriver à cette route de campagne, même s'il ne savait pas ce qu'il ferait après. Si un banquier foldingue avait réussi à atteindre Cocoa Beach, il pouvait certainement faire aussi bien.

– Pourquoi ne vous êtes-vous pas évadé, monsieur Yarber ?
– J'y ai pensé. Mais on me relâche dans cinq ans ; je peux attendre jusque-là. J'en aurai soixante-cinq, l'espérance de vie est de quatre-vingt-un. Je ne vis que pour cela, Buster, pour ces seize années, et je ne veux pas avoir à me retourner sans cesse.
– Où irez-vous ?
– Je ne sais pas encore. Peut-être un petit village dans la campagne italienne. Ou bien les montagnes du Pérou. Toute la planète s'offre à moi ; je passe des heures chaque jour à en rêver.
– Vous avez beaucoup d'argent ?
– Non, mais ça vient.

La réponse appelait un certain nombre de questions. Buster n'insista pas ; il apprenait qu'en prison, il est préférable de garder ses questions pour soi-même.

Comme il commençait à en avoir assez de marcher, il s'arrêta près de son Mangeur d'herbe.

– Merci, monsieur Yarber, fit-il simplement.
– De rien. Que cela reste entre nous.

– Évidemment. Je suis prêt à partir dès que vous le direz.

Yarber s'éloigna, le short imbibé de sueur, la queue de cheval trempée. Buster le suivit un moment des yeux, puis tourna fugitivement la tête vers le fond de la prairie et la lisière d'arbres.

Il eut à cet instant le sentiment que son regard portait jusqu'en Amérique du Sud.

24.

Pendant deux longs mois, Aaron Lake et le gouverneur Tarry étaient restés au coude à coude dans vingt-six États répartis d'une côte à l'autre, sur près de vingt-cinq millions de suffrages. Ils étaient allés au bout d'eux-mêmes avec des journées de dix-huit heures, des emplois du temps infernaux, des voyages incessants, la folie inhérente à une course à la présidence.

Mais ils s'étaient donné jusqu'alors beaucoup de mal pour éviter un face-à-face télévisé. Tarry avait refusé au moment des premières primaires, car il était en tête. Il avait l'organisation, les fonds, l'avantage dans les sondages : pourquoi donner une légitimité à un rival ? Lake avait refusé, car il était un nouveau venu sur la scène nationale, un novice à ce niveau, mais aussi parce qu'il était plus facile de s'abriter derrière un texte et une caméra complice pour enregistrer des clips à la demande. Un débat en direct présentait tout simplement trop de risques.

Teddy partageait ce point de vue.

Mais une campagne évolue. Ceux qui font la course en tête s'essoufflent, des sujets anodins deviennent des questions cruciales, les médias, pour pimenter les choses, ont les moyens de provoquer une crise.

Tarry décida d'exiger un face-à-face : l'argent ne rentrait plus et il perdait les primaires l'une après l'autre. « Aaron Lake essaie d'acheter cette élection », répétait-il sur tous les tons, et je veux l'affronter d'homme à homme, les yeux dans les yeux. » Cela sonnait bien, les médias l'avaient propagé à tous les échos.

« Il se défile », affirmait Tarry pour le plus grand plaisir de la presse

« Le gouverneur se dérobe à un débat », ripostait Lake.

Ils jouèrent trois semaines à cache-cache pendant que leur entourage réglait les détails.

Malgré son peu d'enthousiasme, Lake avait besoin d'une tribune. Il progressait de semaine en semaine, mais l'adversaire qu'il écrasait était sur le déclin depuis un moment. Ses enquêtes d'opinion et celles de CAP-D indiquaient qu'il suscitait un vif intérêt dans l'électorat, essentiellement parce qu'il était nouveau, qu'il avait une bonne tête et semblait digne d'être élu.

Les enquêtes d'opinion montraient aussi d'une manière plus confidentielle que tout n'était pas aussi rose qu'il le paraissait. Il y avait d'abord le problème d'une campagne centrée sur un sujet unique. Les dépenses militaires ne peuvent retenir l'attention des électeurs qu'un certain temps ; ils semblaient anxieux de connaître la position de Lake sur d'autres grandes questions.

D'autre part, Lake avait encore cinq points de retard sur le vice-président, dans la perspective de leur affrontement du mois de novembre. Les électeurs étaient las du vice-président, mais ils savaient à quoi s'en tenir sur lui, contrairement à Lake qui, pour une grande partie de l'opinion, demeurait un mystère. Plusieurs débats réuniraient les deux hommes avant novembre. Lake, qui avait la nomination à portée de main, avait besoin d'acquérir de l'expérience.

Tarry ne lui facilitait pas les choses en demandant sans cesse : « Qui est Aaron Lake ? » Il utilisa une partie des maigres fonds qui lui restaient pour faire imprimer des autocollants destinés à être opposés sur les voitures et portant la fameuse question : « Qui est Aaron Lake ? »

Teddy se posait jour après jour la même question, mais pour une autre raison.

On choisit comme lieu du débat une petite université luthérienne, en Pennsylvanie ; l'auditorium était confortable, l'acoustique et l'éclairage excellents, l'assistance limitée en nombre. Tout, jusqu'au plus petit détail, fit l'objet d'âpres marchandages. On faillit en venir aux mains pour mettre au point le déroulement précis du face-à-face ; quand les obstacles se furent aplanis, tout le monde avait obtenu quelque chose. Trois journalistes auraient un laps de temps déterminé pour poser des questions directes aux deux rivaux. Les spectateurs disposeraient de vingt minutes pour demander ce qu'ils voulaient, sans que les questions soient filtrées. Tarry, qui était avocat, exigeait cinq minutes pour des remarques préliminaires et dix pour sa conclusion. Lake demandait un affrontement direct d'une demi-heure, sans merci, sans arbitre, où tous les coups seraient permis. Une exigence qui avait terrifié l'entourage de Tarry et failli tout faire capoter.

Quand le modérateur, une célébrité locale de la radio, annonça : « Bonsoir et bienvenue au premier et unique face-à-face entre le gouverneur Wendell Tarry et le représentant Aaron Lake », dix-huit millions de téléspectateurs étaient devant leur récepteur.

Avec le complet marine choisi par sa femme, Tarry portait les inévitables chemise bleue et cravate rouge et bleu. Lake avait belle allure dans son complet beige agrémenté d'une chemise blanche à col large et d'une cravate mouchetée de rouge, de bordeaux et d'une demi-douzaine d'autres couleurs. Lake s'était fait faire une discrète coloration et un blanchiment des dents. Il avait passé quatre heures sous une lampe à bronzer ; il paraissait mince et dispos, impatient d'entrer dans l'arène.

Le gouverneur Tarry, pour sa part, ne manquait pas de prestance. Âgé seulement de quatre ans de plus que Lake, il payait pourtant un lourd tribut aux efforts imposés par la campagne. Les yeux battus, rougis, il avait pris du poids, surtout autour du menton. Quand il s'avança pour prendre la parole, des gouttes de sueur perlaient sur son front, brillant sous la lumière des projecteurs.

Les observateurs estimaient que Tarry avait plus à perdre que Lake ; il avait déjà tant perdu. Au début du mois de janvier, des prophéties aussi clairvoyantes que celle de *Time* affirmaient qu'il avait la nomination à portée de main. Il était en lice depuis trois ans. Il s'appuyait sur une base solide et une présence assidue sur le terrain. Chacun de ses responsables de quartier, chacun de ses militants dans l'Iowa et le New Hampshire avait bu un café avec lui. Son organisation était irréprochable.

Et puis Lake était arrivé avec ses clips et son idée-force.

S'il ne faisait une éblouissante prestation, Tarry ne pouvait compter que sur une énorme gaffe de la part de son adversaire. Il n'y eut ni l'un ni l'autre. Le sort le désigna pour parler en premier. Il commença mal, se mit à parcourir l'estrade avec raideur, s'efforçant désespérément de paraître à l'aise mais omettant de prendre ses notes. Certes, il avait été avocat, mais spécialisé dans les valeurs financières. Incapable de se souvenir de ce qu'il avait préparé, il revint à son cheval de bataille : Aaron Lake essaie d'acheter l'élection, parce qu'il n'a rien à dire. Le ton se fit plus aigre. Lake souriait benoîtement : la bave du crapaud n'atteint pas la blanche colombe.

Enhardi par une si piètre entrée en matière, Lake prit confiance ; il décida de rester derrière son podium et de garder ses notes sous la main. Il affirma qu'il n'était pas venu pour salir son adversaire, qu'il avait du respect pour le gouverneur Tarry, mais qu'après l'avoir entendu parler cinq minutes et onze secondes, il n'avait rien entendu de constructif.

Sans s'occuper de son adversaire, il aborda à la suite trois sujets dont il estimait devoir parler. Les allégements fiscaux, la réforme du système de protection sociale et le déficit commercial. Pas un mot sur la défense.

La première question des journalistes fut pour Lake ; elle traitait de l'excédent budgétaire. Que fallait-il faire de cet argent ? Une question sans danger, posée par un journaliste complaisant. Lake ne fut pas pris au dépourvu. Il répondit qu'il convenait de sauver la Sécurité sociale, puis il indiqua précisément comment l'argent devrait être ventilé, faisant des projections, citant de mémoire des chiffres et des pourcentages.

La réponse du gouverneur Tarry fut simplement de réduire les impôts : rendre au contribuable l'argent qu'il avait gagné.

Les candidats, bien préparés tous les deux, ne marquèrent pas beaucoup de points. La surprise fut de constater que Lake, l'homme qui voulait avoir la haute main sur le Pentagone, était si bien versé dans les autres domaines de l'activité politique.

Le débat se poursuivit par une suite de concessions mutuelles. Les questions des spectateurs n'étaient que trop prévisibles. Le feu d'artifice commença quand vint le moment pour les candidats de s'interroger directement. Tarry tira le premier ; comme il fallait s'y attendre, il demanda à son adversaire s'il essayait d'acheter l'élection.

– L'argent ne vous préoccupait pas quand vous en aviez plus que les autres, répondit Lake du tac au tac, ce qui fit courir un frisson dans la salle.

– Je n'avais pas cinquante millions de dollars, poursuivit Tarry.

– Moi non plus. C'est plus près de soixante millions et les contributions affluent si vite que nous ne pouvons en tenir le compte. Elles viennent d'ouvriers, d'Américains des classes moyennes ; les quatre cinquièmes d'entre eux gagnent moins de quarante mille dollars par an. Avez-vous quelque chose à leur reprocher, monsieur le gouverneur ?

– Il faudrait fixer un plafond aux dépenses d'un candidat.

– C'est aussi mon avis. J'ai voté à huit reprises à la Chambre des représentants pour l'établissement d'un plafond. De votre côté, vous n'en aviez jamais parlé avant que l'argent vous fasse défaut.

Tarry tourna vers la caméra le regard égaré d'un cerf pris dans le faisceau des phares d'une voiture. Une poignée de partisans de Lake disséminés dans le public rirent juste assez fort pour qu'on les entende.

Des gouttes de sueur se reformèrent sur le front du gouverneur tandis qu'il brassait ses notes. En réalité, même s'il aimait qu'on lui donne ce titre, il n'était plus depuis neuf ans le gouverneur en exercice de l'Indiana ; les électeurs lui avaient retiré leur confiance au terme de son premier mandat. Lake gardait cette arme sous le coude.

Tarry voulut ensuite savoir pourquoi son adversaire avait voté en faveur de cinquante-quatre nouvelles taxes au long de ses quatorze années à la Chambre.

– Je ne saurais dire s'il y en a eu cinquante-quatre, répondit Lake, mais nombre d'entre elles concernaient le tabac, l'alcool et les jeux. J'ai aussi voté contre des augmentations des impôts directs, de la taxe professionnelle, de la retenue fédérale à la source et du taux de l'assurance maladie. Je n'en ai pas honte. À propos de taxes, comment expliquez-vous que, pendant les quatre années où vous avez été gouverneur de l'Indiana, le taux des taxes ait augmenté en moyenne de six pour cent ?

Aucune réponse ne venant, Lake ne se fit pas prier pour continuer.

– Vous voulez réduire les dépenses fédérales, mais, en quatre ans, les dépenses de l'Indiana ont augmenté de dix-huit pour cent. Vous voulez abaisser la taxe professionnelle, mais, en quatre ans, elle a augmenté de trois pour cent dans l'Indiana. Vous voulez mettre un terme à l'aide sociale, mais, au temps où vous étiez gouverneur de l'Indiana, il y a eu quarante mille nouveaux bénéficiaires des prestations sociales. Comment expliquez-vous cela ?

Chaque coup faisait mal ; Tarry était dans les cordes.

– Je conteste vos chiffres, parvint-il à répondre. Nous avons créé des emplois dans l'Indiana.

– Vraiment ? lança Lake d'un ton sarcastique en levant une feuille comme s'il s'agissait d'un acte d'accusation. Vous en avez peut-être créé, déclara-t-il sans regarder la feuille, mais au cours des quatre années de votre mandat près de soixante mille personnes se sont retrouvées au chômage.

Tarry avait connu quatre années difficiles, avec une conjoncture économique défavorable. Il l'avait déjà expliqué et ne demandait qu'à le refaire, mais il ne disposait que de quelques petites minutes sur une chaîne nationale. Il n'allait pas les gaspiller à ergoter sur le passé.

– Nous ne sommes pas là pour parler seulement de l'Indiana, reprit-il en se forçant à sourire. Nous parlons de cinquante États où les travailleurs devront payer plus d'impôts pour financer vos coûteux projets de défense, monsieur Lake. Vous ne pouvez envisager sérieusement de doubler le budget du Pentagone.

– Je suis on ne peut plus sérieux, répliqua Lake en lançant un regard dur à son adversaire. Si vous vouliez vraiment une armée forte, vous le seriez aussi.

Il cita une kyrielle de statistiques découlant les unes des autres, qui apportaient la preuve évidente de l'impréparation de l'armée. Quand il eut achevé son énumération, tout portait à croire que les troupes américaines auraient eu de la peine à envahir les Bermudes.

Mais Tarry avait une étude dont les conclusions étaient diamétralement opposées, un gros manuscrit à la couverture glacée, rédigé par un groupe de réflexion, sous la conduite d'anciens amiraux. Il l'agita devant les caméras en affirmant qu'un tel surarmement était inutile. Hormis quelques conflits régionaux, quelques guerres civiles qui ne menaçaient aucunement les intérêts nationaux américains, le monde était en paix et les États-Unis restaient de loin la seule superpuissance digne de ce nom. La guerre froide appartenait au passé. La Chine ne parviendrait pas à s'approcher de l'équilibre des forces avant plusieurs décennies. Pourquoi imposer aux contribuables la charge de dizaines de milliards de matériel militaire ?

Ils discutèrent un moment de la manière de financer ces dépenses ; Tarry marqua quelques points sans importance. Mais c'était le domaine de Lake. À mesure que la discussion avançait, il devenait évident qu'il connaissait beaucoup mieux le sujet que son adversaire.

Lake avait gardé ses meilleurs arguments pour la fin. Il mit à profit les dix minutes de sa conclusion pour revenir à l'Indiana et récapituler les échecs de Tarry au cours de son unique mandat. Le thème était simple et efficace : si cet homme n'a pas été capable de diriger l'Indiana, comment pourrait-il gouverner toute la nation ?

– Je ne critique pas les électeurs de l'Indiana, poursuivit-il. Ils ont eu en réalité la sagesse de rendre M. Tarry au secteur privé au terme de son mandat, son premier et unique mandat. Ils avaient compris qu'il n'était pas à la hauteur. C'est pourquoi seulement trente-huit pour cent des suffrages se sont portés sur lui quand il s'est à nouveau présenté. Trente-huit pour cent ! Il faut faire confiance aux électeurs de l'Indiana : ils connaissent cet homme, ils l'ont vu à l'œuvre. Ils ont compris qu'ils s'étaient trompés et se sont débarrassés de lui. Il serait affligeant que l'ensemble de notre pays commette la même erreur.

Les sondages instantanés donnèrent une large victoire à Lake. CAP-D appela un millier d'électeurs juste après le débat ; près de soixante-dix pour cent estimaient que Lake avait été meilleur.

Sur le vol de nuit d'Air Lake entre Pittsburgh et Wichita, on déboucha plusieurs bouteilles de champagne pour une petite fête improvisée. Les résultats des sondages réalisés à l'issue du face-à-face arrivaient sans discontinuer, tous meilleurs les uns que les autres ; il y avait dans l'appareil une ambiance de victoire.

Lake n'avait pas interdit l'alcool à bord de son Boeing, mais il ne l'encourageait pas. Quand un membre de son équipe buvait un verre, c'était toujours en vitesse et en cachette. Mais certains événements méritaient d'être célébrés. Il but lui-même deux coupes de champagne, remercia et félicita les membres de son état-major ; il s'offrit le plaisir de suivre avec eux les meilleurs moments du débat tandis qu'un nouveau bouchon de champagne sautait. Ils arrêtaient la bande vidéo chaque fois que Tarry paraissait décontenancé, et les rires devenaient plus bruyants.

La fête ne se prolongea pas ; la fatigue se faisait sentir. Depuis de longues semaines, ils ne s'accordaient que cinq heures de sommeil par nuit ; la plupart avaient encore moins dormi la veille du face-à-face. Lake aussi était épuisé. Il vida sa troisième coupe – il n'avait pas bu autant depuis des années – et s'installa confortablement dans le siège inclinable de cuir, une grosse couverture sur les genoux. Des corps étaient étendus un peu partout dans la pénombre.

Le sommeil le fuyait ; il dormait rarement dans un avion. Il pensait à trop de choses, il avait trop de préoccupations. Impossible de ne pas savourer sa victoire ; il repassait dans son esprit les meilleurs moments du face-à-face en se tournant et se retournant sans cesse. Il avait mené le débat avec brio, ce dont il ne se vanterait jamais.

La nomination était dans la poche. Il serait triomphalement désigné à la convention comme candidat à la présidence. Il resterait ensuite quatre mois pour en découdre avec le vice-président, dans la grande tradition américaine.

Lake alluma la veilleuse. Quelqu'un d'autre lisait, devant lui, près du poste de pilotage : un autre insomniaque. Le reste de son équipe ronflait sous les couvertures ; le sommeil lourd de jeunes gens pressés, marchant à l'adrénaline.

Lake ouvrit sa serviette, prit un petit portefeuille de cuir contenant ses cartes de visite personnelles de format 10 x 15, en papier fort, blanc cassé. En haut, il avait fait imprimer « Aaron Lake » en caractères Old English noirs. Avec son vieux stylo Mont Blanc pansu, Lake adressa quelques phrases amicales à son ancien camarade de chambre de fac, devenu professeur de latin dans une petite université du Texas. Il rédigea un mot de remerciement au modérateur du face-à-face, un autre à son coordinateur de campagne dans l'Oregon. Il adorait les romans de Clancy dont il venait de terminer le dernier, un pavé ; il adressa ses compliments à l'auteur. Ses messages étaient parfois trop longs pour une seule carte ; il en avait d'autres, de même couleur et même format, sans son nom. Après avoir jeté un coup d'œil autour de lui pour s'assurer que tout le monde dormait, il écrivit rapidement sur une carte sans inscription :

Cher Ricky,

Je crois qu'il est préférable de mettre un terme à notre correspondance. Je vous souhaite bonne chance pour la fin de votre cure.

Amicalement.

Al.

Il inscrivit sur une enveloppe vierge l'adresse d'Aladdin North qu'il avait mémorisée, puis revint aux cartes personnalisées pour adresser ses remerciements à de gros donateurs. Il en rédigea vingt avant que la fatigue le gagne. Laissant les cartes devant lui et la veilleuse allumée, il succomba au sommeil en quelques minutes.

Moins d'une heure plus tard, il fut réveillé par des voix affolées. Les lumières étaient allumées, des gens allaient et venaient, il y avait de la fumée autour de lui. Un avertisseur émettait un signal sonore dans l'habitacle ; dès qu'il eut repris ses esprits, Lake se rendit compte que le Boeing piquait de l'avant. Tout le monde fut pris de panique quand les masques à oxygène tombèrent. Après avoir regardé distraitement pendant des années la démonstration des hôtesses avant le décollage, il allait réellement falloir utiliser ces fichus masques. Lake mit le sien en place et inspira profondément.

Le pilote annonça qu'il allait effectuer un atterrissage d'urgence à Saint Louis. Les lumières se mirent à trembloter, quelqu'un poussa un cri. Lake aurait voulu se déplacer pour rassurer tout le monde, mais le masque ne l'aurait pas suivi. À l'arrière de l'appareil se trouvaient deux douzaines de journalistes et presque autant d'agents du Service secret.

Les masques à oxygène ne sont peut-être pas tombés pour eux, se dit-il. Il eut aussitôt honte d'avoir de telles pensées.

La fumée devint plus dense, les lumières baissèrent. Après le premier mouvement de panique, Lake retrouva un peu de lucidité. Il ramassa prestement les cartes de visite et les enveloppes. Celle qui était destinée à Ricky retint son attention juste le temps de la glisser dans l'enveloppe adressée à Aladdin North. Il la cacheta, replaça le portefeuille dans sa serviette. Les lumières se remirent à vaciller, puis s'éteignirent pour de bon.

La fumée brûlait les yeux, chauffait les visages. L'appareil perdait de l'altitude à une grande vitesse. Des avertisseurs et des alarmes s'étaient déclenchés dans le poste de pilotage.

Ce n'est pas possible, se dit Lake en agrippant les accoudoirs. Je vais être élu président des États-Unis. Il pensa pêle-mêle à Rocky Marciano, Buddy Holly, Otis Redding, Thurman Munson, au sénateur Tower du Texas, à Mickey Leland, de Houston, un ami à lui. À John Fitzgerald Kennedy junior, à Ron Brown.

Soudain, l'air se refroidit et la fumée se dissipa rapidement. Ils n'étaient plus qu'à trois mille mètres et le pilote avait réussi à ventiler la cabine. Il redressa l'appareil ; Lake distingua par le hublot des lumières au sol.

– Veuillez continuer à utiliser les masques à oxygène, annonça le pilote dans l'obscurité. Nous toucherons le sol dans quelques minutes. L'atterrissage devrait se passer sans incident.

Sans incident ! se dit Lake. C'est une blague ! Il ressentit un besoin pressant d'aller aux toilettes.

Un certain soulagement gagna les passagers. Juste avant que l'appareil touche le sol, Lake vit les gyrophares d'une multitude de véhicules de secours. L'appareil rebondit en prenant contact avec le sol, comme pour n'importe quel atterrissage ; dès qu'il s'immobilisa au bout de la piste, les issues de secours s'ouvrirent.

Les services de santé se précipitèrent en bon ordre vers l'appareil ; en quelques minutes, les passagers furent pris en charge et conduits dans des ambulances. Le feu qui s'était déclaré dans la soute à bagages du Boeing continuait de se propager. Tandis que Lake s'éloignait au pas de course, il croisa des pompiers qui se précipitaient vers l'appareil. De la fumée sortait de dessous les ailes.

Quelques minutes de plus, se dit-il, et nous serions tous morts.

– Vous l'avez échappé belle, lança l'infirmier qui l'accompagnait.

La main de Lake se crispa sur la poignée de sa serviette ; il fut saisi d'une terreur rétrospective.

Le drame évité de justesse et l'inévitable déchaînement des médias qui en résulta ne contribueraient que peu à accroître la popularité de Lake. Mais la publicité faite à l'événement ne pouvait pas faire de mal. On le vit partout aux informations du matin, tantôt parlant de sa victoire décisive dans le face-à-face avec le gouverneur Tarry, tantôt racontant en détail ce qui aurait pu être son dernier vol. « Je crois que je vais voyager en autocar pendant quelque temps », déclara-t-il en riant devant une caméra. Il s'efforçait de prendre la chose avec humour et détachement. Les membres de son entourage présentaient à la presse une autre version, dans laquelle il était question des masques à gaz collés sur le visage, de l'obscurité, de la fumée qui s'épaississait, de la chaleur qui augmentait. Les journalistes se trouvant à bord de l'appareil se délectaient à faire le récit détaillé de l'incident qui aurait pu tourner au drame.

Du fond de son bunker, Teddy Maynard n'en perdit pas une miette. Trois de ses hommes étaient dans le Boeing ; l'un d'eux avait appelé d'un hôpital de Saint Louis.

L'événement qui venait de survenir le plongeait dans une profonde perplexité. D'un côté, il restait convaincu de l'importance de la victoire de Lake à l'élection présidentielle ; la sécurité de la nation en dépendait.

De l'autre, le crash du Boeing n'eût pas été un désastre irrémédiable. Il aurait été débarrassé du casse-tête de Lake et de sa double vie. Le gouverneur Tarry avait connu le pouvoir de ressources illimitées ; Teddy aurait pu s'entendre avec lui assez tôt pour assurer sa victoire en novembre.

Mais Lake était toujours là, plus présent que jamais. Son visage hâlé s'étalait à la une de tous les quotidiens, attirait l'objectif de toutes les caméras. Il volait vers la victoire bien plus vite que Teddy ne l'avait rêvé.

Alors, pourquoi tant d'appréhension dans le bunker ? Pourquoi Teddy ne se réjouissait-il pas de la tournure des événements ?

Parce qu'il lui restait à résoudre le problème des Frères. Il ne pouvait pas se mettre à éliminer des gens.

25.

L'équipe des Documents se servit pour la nouvelle lettre à Ricky du même ordinateur portable que pour la précédente. Composée par Deville en personne, elle reçut le feu vert du grand patron. Le texte était le suivant :

Cher Ricky,

Je me réjouis de votre libération et de votre départ pour Baltimore. Donnez-moi quelques jours et je pense être en mesure de vous offrir un boulot à plein temps. Un emploi de bureau avec un salaire modeste, mais un bon point de départ.

Je suggère d'aller un peu plus lentement que vous semblez le désirer. Nous pourrions commencer par un bon déjeuner et voir comment les choses se passent. Je ne suis pas du genre à foncer tête baissée.

J'espère que tout se passe bien pour vous. J'écrirai la semaine prochaine pour donner des détails sur le boulot. Tenez bon.

Amicalement.

Al.

Seul le « Al » était manuscrit. On apposa le cachet de Washington sur l'enveloppe qui fut transportée et remise en main propre à Klockner, à Neptune Beach.

Ce jour-là, exceptionnellement, Trevor s'était rendu à Fort Lauderdale pour ses activités professionnelles ; la lettre resta quarante-huit heures dans la boîte d'Aladdin North. Quand l'avocat revint, épuisé, il passa d'abord au cabinet, juste le temps d'une violente prise de bec avec Jan ; il ressortit aussitôt pour se rendre directement au bureau de poste. Pour sa plus grande joie, la boîte était pleine. Il tria les prospectus, reprit sa voiture pour parcourir les huit cents mètres le séparant de la poste d'Atlantic Beach où il vida le casier au nom de Laurel Ridge, l'établissement imaginaire dont Percy était pensionnaire.

Quand il eut rassemblé tout le courrier, à la grande consternation de Klockner, Trevor prit la route de Trumble. Il téléphona à son book de la voiture. Il venait de perdre deux mille cinq cents dollars en trois jours sur des matches de hockey, un sport auquel Spicer ne connaissait rien et sur lequel il refusait de parier. Avec des résultats prévisibles, Trevor avait choisi seul ses favoris.

Spicer n'ayant pas répondu à l'appel de son nom, c'est Beech qui accueillit Trevor dans la salle habituelle. Ils procédèrent à l'échange du courrier : huit lettres qui sortaient, quatorze qui entraient.

– Du nouveau sur Brant, d'Upper Darby ? demanda Beech en passant les enveloppes en revue.

– Que cherchez-vous ?

– Son identité. Nous sommes prêts à le coincer.

– Je cherche. Je me suis absenté quelques jours.

– Ne traînez pas. Ce sera peut-être notre plus belle prise.

– Je m'en occuperai demain.

Beech n'avait pas de paris à faire et ne voulait pas jouer aux cartes. Trevor se retira au bout de vingt minutes.

Bien au-delà de l'heure du dîner, longtemps après l'heure de fermeture de la bibliothèque, les Frères restèrent enfermés dans leur petite pièce, évitant de se regarder, les yeux fixés sur les murs, plongés dans de sombres pensées.

Trois lettres étaient disposées sur la table. La première venait de l'ordinateur portable d'Al ; elle avait été postée l'avant-veille à Washington. La deuxième était le petit mot manuscrit d'Al mettant fin à sa correspondance avec Ricky ; le cachet de la poste de Saint Louis remontait à trois jours. Les deux lettres, à l'évidence, avaient été écrites par des personnes différentes : quelqu'un touchait à leur courrier.

La troisième lettre leur avait fait l'effet d'une douche froide. Ils l'avaient lue et relue, séparément, ensemble, en silence, à voix haute. Ils avaient tâté les angles, l'avaient levée vers la lumière, l'avaient même sentie. Il s'en dégageait une légère odeur de fumée, la même que celle de l'enveloppe et de la carte d'Al adressée à Ricky.

Écrite à la main, avec un stylo à encre, elle était datée du 18 avril, 1 h 20 du matin, et adressée à une femme prénommée Carol.

Chère Carol,

Quelle magnifique soirée ! Le face-à-face n'aurait pu mieux se passer, en partie grâce à vous et aux bénévoles de Pennsylvanie. Je vous en remercie du fond du cœur. Encore un effort et la victoire sera à nous. Nous sommes devant en Pennsylvanie, restons-y ! À la semaine prochaine.

C'était signé Aaron Lake. La carte de visite portait son nom. L'écriture était identique à celle du message laconique envoyé par Al à Ricky.

L'enveloppe était adressée à Ricky, Aladdin North. Quand Beech l'avait ouverte, il n'avait pas remarqué la seconde carte derrière la première, avant qu'elle tombe sur la table. En la ramassant, il avait tout de suite vu le nom « Aaron Lake » imprimé en caractères noirs.

Cela s'était passé vers 16 heures, peu après le départ de Trevor. Au bout de cinq heures d'examen minutieux, ils avaient acquis plusieurs quasi-certitudes. Un, la lettre tapée sur l'ordinateur portable était un faux, signé par quelqu'un qui avait fait du bon travail. Deux, la signature contrefaite étant pratiquement identique à l'original, le faussaire avait nécessairement eu accès à la correspondance échangée entre Ricky et Al. Trois, les cartes adressées à Ricky et Carol étaient écrites à la main par Aaron Lake. Quatre, la carte destinée à Carol leur avait été adressée par erreur.

Et cinq : Al Konyers était en réalité Aaron Lake.

Ils avaient pris dans la toile de leur petite arnaque le politicien le plus célèbre du moment.

D'autres indices, moins concluants, allaient dans le même sens. Il utilisait un service privé de boîtes postales dans la banlieue de Washington, la ville où tout parlementaire passait le plus clair de son temps. En sa qualité d'élu, soumis à intervalles réguliers aux caprices des électeurs, il devait se cacher derrière un nom d'emprunt. Et utiliser une imprimante pour masquer son écriture. Al n'avait pas envoyé de photo, un signe supplémentaire qu'il avait beaucoup à cacher.

Ils avaient consulté, dans la bibliothèque, des journaux récents afin de vérifier les dates. Les cartes manuscrites avaient été postées de Saint Louis le lendemain du débat ; Lake s'y trouvait à cause de l'avion qui avait pris feu.

Le moment semblait bien choisi pour qu'il décide de mettre un terme à cette correspondance commencée avant qu'il se lance dans la course à la Maison-Blanche. En trois mois, il avait connu un succès foudroyant et avait aujourd'hui encore plus à perdre.

Lentement, en prenant tout leur temps, ils construisirent une hypothèse qu'ils s'efforcèrent ensuite de démolir. Finn Yarber trouva les meilleurs arguments pour la battre en brèche.

Imaginons, dit-il, que quelqu'un de l'entourage de Lake ait accès à son papier à lettres. Une bonne objection, qu'ils tournèrent en tous sens pendant une heure. Al Konyers ne serait-il pas capable de faire cela afin de garder le secret sur son identité ? Il pouvait vivre à Washington et travailler pour Lake. Imaginons encore que Lake, un homme très pris, donne carte blanche à cet assistant pour écrire une partie de son courrier personnel. Yarber ne se rappelait pas avoir jamais confié une telle responsabilité à un assistant, du temps où il siégeait à la Cour suprême. Beech n'avait jamais laissé personne toucher à son courrier personnel. Spicer ne perdait pas de temps avec ça ; il y avait le téléphone.

Mais Yarber et Beech n'avaient jamais rien connu qui ressemblât à la tension et à la frénésie d'une campagne présidentielle. Ils avaient été en leur temps des hommes très pris, songeaient-ils avec tristesse, mais cela n'avait rien à voir avec la vie que menait Lake.

Admettons donc que ce soit un assistant du candidat à la présidence. Sa couverture était parfaite ; il n'avait pas envoyé de photo, rien dit ou presque de sa vie, se contentant de vagues détails sur son activité professionnelle et sa famille. Il aimait les vieux films et la cuisine chinoise : c'est à peu près tout ce qu'il y avait à retenir de ses lettres. Konyers, trop craintif, figurait sur la liste des correspondants dont ils avaient prévu de se débarrasser rapidement. Pourquoi avait-il choisi ce moment pour mettre fin à la relation épistolaire ?

Aucune réponse ne leur venait.

Cette hypothèse, en tout état de cause, était tirée par les cheveux. Beech et Yarber estimaient qu'un homme dans la situation de Lake, ayant de bonnes chances de devenir président des États-Unis, n'autoriserait personne à écrire et signer son courrier personnel. Lake disposait dans son équipe de campagne d'une multitude de sous-fifres pour taper ses lettres et ses notes de service, et les donner à signer en vitesse.

Spicer avait soulevé une autre question. Pourquoi Lake aurait-il couru le risque d'écrire son mot à la main ? Ses lettres précédentes avaient été tapées sur du papier blanc et postées dans une enveloppe blanche. Ils étaient capables de repérer un trouillard au choix de son papier à lettres ; parmi ceux qui avaient répondu à l'annonce, Lake était un des plus timorés. Avec les fonds dont il disposait, il ne devait pas manquer de machines à écrire, d'ordinateurs portables, de machines à traitement de texte dernier cri.

Pour trouver la réponse, ils se retournèrent vers l'indice dont ils disposaient. La lettre à Carol avait été écrite à 1 h 20 du matin ; d'après le journal, l'atterrissage forcé s'était produit vers 2 h 15, moins d'une heure plus tard.

– Il l'a écrite dans l'avion, déclara Yarber. Il était tard, l'appareil était rempli de passagers, une soixantaine d'après le journal ; tout le monde était fatigué et il n'a peut-être pas pu trouver un ordinateur.

– Pourquoi ne pas attendre, dans ce cas ? demanda Spicer qui excellait à poser des questions auxquelles personne, surtout pas lui, ne pouvait apporter de réponse.

– Il a commis une erreur. Il s'est cru habile, probablement avec juste raison, mais le courrier s'est mélangé.

– Voyons la situation dans son ensemble. La nomination est dans la poche, il vient de battre à plates coutures son unique adversaire, il est persuadé qu'il sera là en novembre, pour l'élection. Mais il reste ce secret. Il y a Ricky ; il s'interroge depuis des semaines sur la suite à donner à sa relation avec Ricky. Le jeune homme va retrouver sa liberté, il demande un rendez-vous... Lake se sent pris entre deux feux : Ricky d'un côté, la possibilité grandissante d'être élu de l'autre Il décide donc d'écarter Ricky. Il écrit un mot qui a une chance sur un million de ne pas passer inaperçu, mais le feu prend dans l'avion. Il a commis une petite erreur qui s'est transformée en catastrophe.

– Et il ne le sait pas, ajouta Yarber. Pas encore.

L'hypothèse de Beech fit son chemin dans les esprits. Ils s'en imprégnèrent dans le silence profond de la petite pièce. La gravité de leur découverte pesait au fil des heures sur leurs paroles et leurs pensées.

Pour la grande question suivante, il leur fallut affronter une réalité déroutante : quelqu'un touchait à leur courrier. Qui ? Pourquoi s'amuserait-on à faire cela ? Comment avait-on intercepté les lettres ? Le casse-tête semblait insoluble.

Ils avancèrent de nouveau l'hypothèse que le coupable était un proche de Lake, un assistant tombé par hasard sur les lettres compromettantes. Peut-être essayait-il de protéger Lake de Ricky en subtilisant le courrier, dans le but de mettre un jour un terme à cette correspondance.

Les inconnues étaient décidément trop nombreuses. Après avoir retourné les questions en tous sens, ils décidèrent d'attendre le lendemain matin : la nuit porte conseil. Impossible de préparer l'étape suivante tant que les points d'interrogation seraient plus nombreux que les réponses.

Ils se retrouvèrent le lendemain à 6 heures, devant un grand gobelet de café noir, sans avoir beaucoup dormi ni pris le temps de se raser. Enfermés dans leur petite salle, ils replacèrent les lettres exactement comme elles étaient la veille et firent travailler leur matière grise.

– Je pense qu'il faut se renseigner sur la boîte postale de Chevy Chase, déclara Spicer. C'est facile, rapide et il n'y a pas de risques. Trevor a réussi à peu près partout. Si nous savons qui l'a louée, nous aurons déjà des réponses.

– J'ai de la peine à croire, affirma Beech, qu'un homme comme Aaron Lake loue une boîte postale dans le but de recevoir des lettres de ce genre.

– Ce n'est pas le même homme, objecta Yarber. Au début de sa correspondance avec Ricky, Lake n'était qu'un député anonyme. Personne ne le connaissait. Aujourd'hui, les choses ont changé du tout au tout.

– C'est précisément pour cette raison, reprit Spicer, qu'il veut mettre fin à leur relation. Il a trop à perdre.

Ils allaient, dans un premier temps, charger Trevor d'enquêter sur la boîte postale de Chevy Chase.

L'étape suivante n'était pas encore claire. Ils redoutaient que Lake – en supposant que Lake et Al soient une seule et même personne – se rende compte de l'erreur qu'il avait commise. Il disposait de ressources illimitées et il lui serait facile de lancer des limiers sur la piste de Ricky. L'enjeu était si considérable que Lake ne reculerait certainement devant rien pour le neutraliser.

Ils discutèrent donc pour savoir s'il convenait d'envoyer un petit mot dans lequel Ricky implorerait Al de ne pas le laisser tomber aussi brutalement et affirmerait qu'il voulait son amitié, rien de plus. Le but était de donner l'impression que tout était normal. Ils espéraient que Lake en prendrait connaissance et continuerait de se demander ce qu'avait bien pu devenir la lettre destinée à Carol.

Ils décidèrent qu'il eût été imprudent de le faire, sachant que quelqu'un d'autre lisait leur courrier. Ils ne voulaient pas courir le risque d'un nouvel envoi à Al avant de savoir qui était l'intrus.

Après avoir terminé leur café, ils se rendirent ensemble à la cafétéria pour prendre, à une table isolée, des céréales, des fruits et des yaourts, une nourriture saine. Ils firent ensemble quatre tours de piste à pas lents, sans allumer une cigarette, avant de regagner leur tanière, où ils passèrent le reste de la matinée.

Pauvre Lake. Il volait d'un État à l'autre en entraînant cinquante personnes dans son sillage, toujours plus vite, dix assistants se bousculant autour de lui pour lui murmurer quelque chose à l'oreille. Jamais il n'avait une minute à lui.

Les Frères, eux, disposaient de tout leur temps. Ils pouvaient consacrer des journées entières à réfléchir et comploter. La partie était inégale.

26.

Il y avait deux types de téléphones à Trumble : ceux qui étaient protégés et ceux qui ne l'étaient pas. En théorie, tous les appels étaient enregistrés et susceptibles d'être écoutés par des lutins enfermés dans des cabines où défilaient sans interruption des millions d'heures de bandes chargées de conversations insipides. En réalité, la moitié seulement des appels était enregistrée, au hasard, et moins de cinq pour cent réellement écoutés par l'administration pénitentiaire. Impossible d'employer assez de lutins pour surveiller toutes les communications.

Il y avait des exemples de trafiquants de drogue continuant de diriger leur réseau, de chefs mafieux donnant l'ordre d'exécuter un rival, le tout sur une ligne non protégée. Ils avaient si peu de chances de se faire prendre.

Les appels sur ligne protégée, en présence d'un surveillant, étaient exclusivement destinés aux avocats ; la loi interdisait leur mise sur écoute.

Quand vint enfin le tour de Spicer de téléphoner, le gardien s'était éclipsé.

– Cabinet juridique, fit la voix revêche du monde libre.

– Joe Roy Spicer à l'appareil. J'appelle de la prison de Trumble ; je dois parler à Trevor.

– Il dort.

Il était 13 h 30.

– Réveillez cet idiot ! gronda Spicer.

– Ne quittez pas.

– Pouvez-vous faire vite ? J'appelle de la prison.

En regardant autour de lui, Spicer se demanda – ce n'était pas la première fois – avec quel avocat ils s'étaient acoquinés.

– Pourquoi appelez-vous ? lança Trevor de but en blanc.

– Peu importe. Secouez-vous et mettez-vous au boulot. Nous avons quelque chose à faire sans perdre de temps.

En face, la maison de location était en pleine effervescence.

– Renseignez-vous sur une boîte postale. Toute affaire cessante. Occupez-vous-en personnellement, jusqu'à ce que vous ayez trouvé.

– Pourquoi moi ?

– Ne discutez pas, bon dieu ! Ce sera certainement notre plus grosse prise.

– Où est-ce ?

– À Chevy Chase, Maryland. Notez l'adresse : Al Konyers, BP 455, Mailbox America, 39380 Western Avenue, Chevy Chase. Soyez prudent : ce type doit avoir des amis et il y a de grandes chances que la boîte soit déjà sous surveillance. Emportez des espèces et engagez deux bons enquêteurs sur place.

– J'ai beaucoup à faire ici.

– Oui. Pardon de vous avoir réveillé. Il n'y a pas de temps à perdre, Trevor, vous partez aujourd'hui. Et ne revenez pas avant de savoir qui a loué la boîte postale.

– D'accord, d'accord.

Dès que Spicer raccrocha, Trevor remit les pieds sur son bureau. Il donna l'impression de reprendre sa sieste interrompue ; en réalité, il réfléchissait. Quelques minutes plus tard, il hurla à Jan de se renseigner sur les vols pour Washington.

En quatorze années sur le terrain en sa qualité de superviseur, Klockner n'avait jamais vu autant d'agents surveiller quelqu'un qui en faisait si peu. Le coup de téléphone qu'il passa à Deville provoqua un nouveau remue-ménage dans la maison de location : c'était l'heure du numéro de duettistes de Wes et Chap.

Wes traversa la rue, poussa la porte grinçante, à la peinture écaillée, du cabinet de Me Trevor L. Carson, avocat-conseil. Vêtu d'un pantalon kaki et d'un tricot de laine, il était pieds nus dans des mocassins. Jan l'accueillit avec son habituel sourire méprisant, incapable de deviner si c'était un gars du coin ou un touriste.

– Que puis-je faire pour vous ?

– Il faut absolument que je voie Me Carson, répondit Wes, l'air désespéré.

– Vous avez rendez-vous ? poursuivit-elle, comme si son patron était si occupé qu'elle n'arrivait plus à se tenir au courant

– Euh... non. Disons que c'est une urgence.

– Il est très occupé, soupira-t-elle.

Wes eut l'impression d'entendre les éclats de rire de l'autre côté de la rue.

– Je vous en prie, il faut absolument que je lui parle.

Elle leva les yeux au plafond sans faire mine de bouger.

– De quel genre d'affaire s'agit-il ?

– Je viens d'enterrer ma femme, expliqua Wes, les larmes aux yeux.

– Je suis sincèrement désolée, fit Jan, qui commençait à se laisser attendrir.

– Elle est morte dans un accident de la circulation, sur l'autoroute, au nord de Jacksonville.

Jan s'était levée ; elle regrettait de ne pas avoir préparé un café.

– C'est arrivé quand ?

– Il y a douze jours aujourd'hui. Un ami m'a recommandé Me Carson.

Drôle d'ami, se retint-elle de dire.

– Voulez-vous un café ? demanda Jan en rebouchant son flacon de vernis à ongles.

Douze jours. En bonne secrétaire d'un cabinet juridique, elle accordait dans le journal une attention particulière aux accidents. Quelqu'un pouvait un jour frapper à la porte.

Pas à celle de Trevor. Jusqu'alors.

– Merci, répondit Wes. Sa voiture a été heurtée par un camion-citerne Texaco. Le chauffeur était ivre.

– Mon Dieu ! s'écria Jan en portant la main à sa bouche.

Même Trevor était capable de s'occuper de cette affaire. De gros dommages-intérêts, des honoraires mirobolants étaient là, à portée de la main, et l'autre abruti cuvait dans son bureau.

– Il enregistre une déposition ; je vais voir s'il peut vous consacrer un moment. Prenez donc un siège.

Elle aurait aimé donner un tour de clé à la porte d'entrée pour l'empêcher de filer.

– Je m'appelle Yates, ajouta Wes pour se rendre utile. Yates Newman.

– Très bien, fit-elle en s'élançant dans le couloir.

Elle frappa à la porte de Trevor, entra sans attendre une réponse.

– Réveillez-vous, propre à rien ! lança-t-elle d'une voix sifflante, assez fort pour que Wes l'entende à l'autre bout du couloir.

– Que se passe-t-il ? fit Trevor en se levant d'un bond, prêt à faire le coup de poing.

Contre toute attente, il ne dormait pas, mais lisait un vieux numéro de *People*.

– Surprise ! Vous avez un client !

– Qui est-ce ?

– Un homme dont la femme est morte il y a douze jours dans une collision avec un camion Texaco. Il demande à vous voir tout de suite.

– Il est là ?

– Eh oui ! Difficile à croire, hein ? Il y a trois mille avocats à Jacksonville et ce pauvre type a le malheur de tomber sur vous. Il prétend venir de la part d'un ami.

– Qu'avez-vous dit ?

– Qu'il devrait se faire de nouveaux amis.

– Sérieusement, qu'avez-vous dit ?

– Que vous étiez en train d'enregistrer une déposition.

– Je n'ai pas fait ça depuis huit ans. Envoyez-le-moi.

– Du calme ; je vais lui préparer un café. Faites comme si vous étiez en train de terminer quelque chose d'important. Et si vous mettiez un peu d'ordre dans ce bureau ?

– Assurez-vous simplement qu'il ne fiche pas le camp.

– Le chauffeur du camion-citerne était ivre, ajouta Jan en ouvrant la porte. Vous ne pouvez pas foirer ce coup-là.

Trevor s'immobilisa, la bouche entrouverte, l'œil vitreux ; son cerveau anesthésié se remit soudain à fonctionner. Un tiers de deux millions de dollars, quatre même et pourquoi pas dix si le chauffeur était réellement ivre et si le jury accordait des dommages-intérêts punitifs. Il aurait voulu au moins débarrasser son bureau, mais il était incapable de bouger.

Par la fenêtre de la rue, Wes regardait la maison de location d'où ses collègues le regardaient. Il restait le dos tourné au couloir ; il avait du mal à garder son sérieux. Il entendit des pas, puis la voix de Jan.

– Me Carson va vous recevoir dans un instant.

– Merci, murmura-t-il sans tourner la tête.

Ce pauvre garçon est encore sous le choc, se dit Jan en se dirigeant vers la cuisine en désordre pour faire du café.

La déposition fut terminée en un instant ; les autres participants disparurent comme par enchantement. La secrétaire précéda Wes dans le couloir, s'effaça pour le laisser entrer dans le bureau encombré et fit les présentations. Elle alla ensuite chercher le café et se retira. Dès qu'elle fut partie, Wes formula une requête inhabituelle.

– Y a-t-il un endroit par ici où on peut acheter un bon crème ?

– Euh... oui, bien sûr, répondit instantanément Trevor. Il y a Beach Java, à deux ou trois cents mètres.

– Pourriez-vous l'envoyer m'en chercher un ?

Absolument ! Tout ce qu'il voulait !

– Bien sûr. Grand ou petit ?

– Un grand, s'il vous plaît.

Trevor bondit hors de son bureau ; quelques secondes plus tard, Jan ouvrit la porte de la rue et s'éloigna en tricotant des jambes. Dès qu'elle fut hors de vue, Chap traversa et s'arrêta devant le cabinet ; il ouvrit en utilisant un double de la clé. Il entra, mit la chaîne de sûreté ; la pauvre Jan resterait coincée sur les marches avec son café crème brûlant.

Chap se glissa dans le couloir et fit une entrée-surprise dans le bureau de l'avocat.

– Que voulez-vous ? s'exclama Trevor.

– Tout va bien, affirma Wes. Il est avec moi.

Après avoir donné un tour de clé à la porte, Chap sortit de dessous sa veste un 9 mm qu'il braqua dans la direction de Trevor ; le sang se glaça dans les veines de l'avocat.

– Qu'est-ce que... parvint-il à articuler, d'une voix aiguë et plaintive, les yeux exorbités.

– La ferme ! lança Chap en tendant le pistolet à Wes, toujours assis.

Trevor vit l'arme passer de main en main, puis elle disparut. Qu'est-ce que j'ai fait ? Qui sont ces voyous ? Toutes mes dettes de jeu sont réglées.

Il ne demandait pas mieux que de la fermer. De faire ce qu'ils voulaient.

Chap s'adossa au mur, tout près de Trevor, comme pour pouvoir sauter sur lui à tout moment.

– Nous avons un client, commença-t-il, un homme fortuné qui s'est fait prendre dans le piège tendu par Ricky.

– Bon Dieu ! murmura Trevor en voyant son pire cauchemar se réaliser.

– Une idée magnifique, glissa Wes. Faire chanter des hommes riches qui cachent leur homosexualité. D'une part, ils ne peuvent pas se plaindre, d'autre part, Ricky est déjà enfermé et n'a rien à perdre.

– Presque parfaite, reprit Chap. Jusqu'au jour où on prend au piège celui qu'il ne fallait pas. Ce qui vient de se passer.

– Je n'ai rien à voir là-dedans, protesta Trevor d'une voix deux octaves plus haut que la normale, en continuant de chercher le pistolet du regard.

– Le racket ne marcherait pas sans vous, répliqua Wes. Il faut pour faire entrer et sortir le courrier un avocat pourri qui ait les coudées franches. Et puis Ricky a besoin de quelqu'un pour s'occuper des versements et faire quelques recherches.

– Vous n'êtes pas des flics, hein ?

– Non, répondit Chap, nous sommes des voyous qui travaillent dans le privé.

– Si vous êtes dans la police, je ne suis pas sûr de vouloir en dire plus.

– Nous ne sommes pas des flics, je vous dis.

– Je ne leur fais pas confiance, surtout au FBI. Les fédéraux sont capables de débarquer chez quelqu'un comme vous le faites et de lui agiter une arme sous le nez en jurant qu'ils ne sont pas de la police. Je n'aime pas les flics, voilà. Je crois que je vais enregistrer ce qui se dit dans ce bureau.

Ils auraient pu le rassurer : tout était enregistré en direct et en images couleurs numériques haute densité par une caméra miniature fixée au plafond, juste derrière eux. Il y avait aussi des micros tout autour du bureau jonché de papiers, de sorte que lorsque Trevor ronflait, rotait ou faisait simplement craquer ses jointures, on l'entendait de l'autre côté de la rue.

Le pistolet réapparut. Wes le tenait à deux mains et l'examinait attentivement.

– Vous n'allez rien enregistrer du tout, déclara Chap. Je vous l'ai dit, nous travaillons dans le privé et c'est nous qui menons le jeu.

Il fit un pas le long du mur. Trevor le suivit d'un œil et, de l'autre, aida Wes à examiner le pistolet.

– En fait, poursuivit Chap, nous venons en amis.

– Nous avons même de l'argent pour vous, ajouta Wes en faisant disparaître le pistolet.

– De l'argent pour faire quoi ? demanda Trevor.

– Nous voulons que vous soyez dans notre camp. Nous vous engageons.

– Pour faire quoi ?

– Pour nous aider à protéger notre client, répondit Chap. Voici de quelle manière nous voyons les choses. Vous êtes complice d'une entreprise d'extorsion de fonds dirigée de l'intérieur d'une prison fédérale et nous vous avons démasqué. Nous pourrions nous adresser à la police et vous faire appréhender, vous et votre client. Vous écoperiez de trente mois, probablement à Trumble, où vous seriez parfaitement à votre place. Vous seriez de plus automatiquement radié du barreau et vous perdriez tout cela.

D'un grand geste désinvolte de la main droite, Chap montra le fouillis poussiéreux et les piles de vieux dossiers que personne n'avait touchés depuis des années.

– Nous sommes prêts à aller voir immédiatement les fédéraux, reprit Wes qui attendait sa réplique, et nous réussirions certainement à empêcher le courrier de sortir de Trumble. Notre client s'en sortirait probablement sans dommages, mais il subsiste un risque qu'il n'est pas disposé à courir. Imaginons que Ricky ait un autre complice, soit à Trumble soit dehors, quelqu'un que nous n'avons pas découvert et qui dénoncerait notre client par représailles.

Chap secouait déjà la tête.

– Trop risqué, fit-il. Nous préférerions travailler avec vous, Trevor. Acheter votre complicité et mettre fin au chantage.

– On ne m'achète pas, affirma Trevor d'un ton qui manquait singulièrement de conviction.

– Dans ce cas, proposa Wes, nous pouvons vous engager pour un temps déterminé. Qu'en dites-vous ? Les avocats ne louent-ils pas leurs services à l'heure ?

– Sans doute, mais vous me demandez de trahir un client.

– Votre client est un délinquant qui commet quotidiennement des crimes de l'intérieur d'une prison fédérale. Et vous êtes aussi coupable que lui. Ce ton moralisateur est déplacé.

– Quand on a choisi le camp de la délinquance, Trevor, glissa Wes avec gravité, on s'abstient de faire la morale aux autres. Nous savons que ce n'est qu'une question d'argent.

Trevor oublia momentanément le pistolet, et son diplôme accroché au mur, légèrement de guingois. Comme il le faisait si souvent ces derniers temps quand l'exercice de sa profession le mettait dans une situation fâcheuse, il ferma les yeux et se représenta sa goélette de quarante pieds mouillant dans les eaux chaudes et calmes d'une baie retirée, des filles aux seins nus sur la grève, à une ou deux encablures, et lui-même, à peine plus vêtu, sirotant un cocktail sur le pont du voilier. Il sentait l'air iodé de l'océan et la caresse du vent, il avait le goût du rhum sur les papilles, il entendait les rires des filles.

Il rouvrit les yeux, s'efforça de les fixer sur Wes.

– Qui est votre client ?

– Pas si vite, coupa Chap. Il faut d'abord nous mettre d'accord.

– D'accord sur quoi ?

– Nous vous donnons de l'argent et vous faites l'agent double. Vous ne nous cachez rien : nous enregistrons vos conversations avec Ricky, nous voyons tout le courrier. Vous ne faites pas un geste sans que nous en ayons discuté.

– Pourquoi ne pas verser l'argent du chantage ? demanda Trevor. Ce serait bien plus simple.

– Nous y avons pensé, répondit Wes. Mais Ricky ne joue pas franc jeu : si nous cédons au chantage, il en exigera plus. Toujours plus.

– Je ne crois pas.

– Vraiment ? Voyez ce qui est arrivé à Quince Garbe, de Bakers, Iowa.

Trevor étouffa une exclamation. Que savaient-ils exactement ?

– Qui est-ce ? parvint-il à articuler d'une voix très faible.

– Allons, Trevor, reprit Chap, nous savons où l'argent est caché aux Bahamas. Nous sommes au courant pour Boomer Realty et pour votre compte personnel dont le solde créditeur s'élève aujourd'hui à près de soixante-dix mille dollars.

– Nous avons fouillé très loin, Trevor, poursuivit Wes en prenant le relais de son collègue. Mais nous sommes tombés sur un obstacle ; c'est pourquoi nous avons besoin de vous.

Trevor avait l'impression de suivre un match de tennis, où les deux joueurs se renvoyaient inlassablement la balle. En vérité, il n'avait jamais aimé Spicer, un être froid, dur, cruel, qui avait eu le culot de réduire son pourcentage. Beech et Yarber étaient plus sympas, mais avait-il vraiment le choix ?

– Combien ?

– Notre client est disposé à verser cent mille dollars en espèces, répondit Chap.

– Évidemment, en espèces ! lança Trevor. Mais cent mille dollars, ce n'est pas sérieux ; cela correspond à un premier versement de Ricky. J'estime valoir beaucoup plus.

– Deux cents, glissa Wes.

– Voyons les choses autrement, continua Trevor en s'efforçant de ralentir les battements de son cœur. Combien votre client est-il disposé à payer pour que son petit secret reste bien caché ?

– Vous vous en assurerez ? demanda Wes.

– Oui.

– Donnez-moi un instant, fit Chap en sortant un tout petit téléphone de sa poche.

Il composa un numéro d'une main, ouvrit la porte de l'autre et fit deux ou trois pas dans le couloir en murmurant quelques phrases inaudibles. Wes regardait droit devant lui, le pistolet posé près de son siège, hors de portée de vue de Trevor.

Quand Chap revint, il lança un regard dur à son collègue, comme si les rides qui sillonnaient son front avaient le pouvoir de transmettre un message. Trevor mit à profit cet instant d'hésitation.

– Je pense que cela vaut bien un million de dollars, déclara-t-il. Ce sera peut-être ma dernière affaire. Vous me demandez de divulguer des renseignements confidentiels sur un client, une faute énorme pour un avocat, qui me vaudrait d'être radié immédiatement du barreau.

La radiation eût été un moindre mal pour le pauvre Trevor ; Wes et Chap préférèrent ne pas insister. Rien de bon ne pouvait sortir d'une discussion sur la valeur de sa licence.

– Notre client paiera un million de dollars, déclara Chap.

Et Trevor se mit à rire, incapable de se contenir. Il gloussait comme quelqu'un qui vient d'entendre une bonne blague ; de l'autre côté de la rue, on riait aussi, parce que Trevor riait.

L'avocat cessa de glousser sans parvenir à effacer un large sourire. Un million ! Cash. Sans impôts. À l'étranger, dans une autre banque, naturellement, hors de portée des griffes du fisc et de tous les vautours.

Il réussit à reprendre une contenance plus grave, légèrement gêné de sa réaction si peu professionnelle. Il s'apprêtait à dire quelque chose d'important quand trois coups secs furent frappés sur la vitre de la porte d'entrée.

– Ce doit être le grand crème, fit-il.

– Il faut la renvoyer, déclara Chap.

– Je vais lui dire de rentrer chez elle, acquiesça Trevor.

Quand il se leva, la tête lui tournait légèrement.

– Non, poursuivit Chap. Définitivement. La renvoyer du cabinet.

– Que sait-elle exactement ? demanda Wes.

– Elle est bête comme ses pieds, affirma Trevor d'un air réjoui.

– Cela fait partie du marché, reprit Chap. Elle s'en va et tout de suite. Nous avons beaucoup à nous dire et nous n'avons pas besoin d'elle ici.

Les coups se faisaient plus insistants. Jan avait ouvert la porte, qui était retenue par la chaîne de sûreté.

– Trevor ! cria-t-elle dans l'entrebâillement. C'est moi !

L'avocat s'engagea lentement dans le couloir, se grattant la tête et cherchant ses mots. Ils se trouvèrent l'un en face de l'autre, de part et d'autre de la vitre ; Trevor avait l'air embarrassé.

– Ouvrez, grommela-t-elle. Le café est brûlant !

– Je veux que vous rentriez chez vous.

– Pourquoi ?

– Pourquoi ?

– Oui, pourquoi ?

– Parce que... eh bien...

Il ne trouvait rien à dire ; puis il pensa à l'argent. Son départ faisait partie du marché.

– Parce que vous êtes virée.

– Quoi ?

– Je dis que vous êtes virée ! hurla-t-il pour que ses nouveaux amis entendent du bureau.

– Vous ne pouvez pas me virer ! Vous me devez trop d'argent !

– Je ne vous dois rien du tout !

– Et les mille dollars d'arriéré de salaire ?

Dans la maison de location, on se bousculait aux fenêtres, derrière les stores baissés. Les voix furieuses se répercutaient dans la rue paisible.

– Vous êtes cinglée ! Je ne vous dois pas un sou !

– Mille quarante dollars, pour être précise !

– Vous délirez !

– Espèce de salopard ! Je reste avec vous pendant huit ans, je suis payée avec un lance-pierres et, dès que vous décrochez le gros lot, vous voulez me mettre dehors ! C'est bien ça, Trevor ?

– À peu de chose près. Maintenant, disparaissez !

– Ouvrez la porte, espèce de dégonflé !

– Fichez le camp, Jan !

– Pas avant d'avoir pris mes affaires !

– Revenez demain. Je suis en réunion avec M. Newman.

Trevor fit un pas en arrière. Voyant qu'il n'allait pas ouvrir, Jan explosa.

– Salaud! hurla-t-elle de toutes ses forces en jetant le gobelet sur la porte. Le mince panneau de verre branlant trembla sans se briser; il fut aussitôt couvert de liquide brun crémeux.

En sécurité à l'intérieur, Trevor n'en menait pourtant pas large. Il regardait d'un air horrifié cette femme qu'il connaissait si bien perdre complètement la tête. Elle s'éloigna comme une furie, le visage cramoisi, l'insulte aux lèvres. Au bout de quelques pas, une grosse pierre attira son attention. C'était le vestige d'un modeste projet d'aménagement paysagé – une idée de Jan – auquel, de guerre lasse, il avait fini par donner son accord. Elle la souleva, jura entre ses dents serrées et la lança de toutes ses forces contre la porte.

Wes et Chap avaient jusqu'alors magistralement réussi à demeurer impassibles; quand la pierre fracassa la vitre de la porte, ils ne purent s'empêcher de rire.

– Cette femme est complètement cinglée! rugit Trevor.

Évitant de se regarder, les deux compères luttèrent vaillamment pour reprendre leur sérieux.

Un silence suivit. La paix était revenue, de l'autre côté.

Trevor apparut dans l'encadrement de la porte du bureau, apparemment indemne.

– Désolé pour tout ça, fit-il en se dirigeant vers son fauteuil.

– Vous n'avez pas de mal? demanda Chap.

– Pas de problème... Vous voulez un café noir? ajouta-t-il en se tournant vers Wes.

– Merci, ça ira.

Les détails de l'accord furent mis au point pendant le déjeuner que Trevor insista pour prendre chez Pete. Ils trouvèrent une table au fond, près des flippers. Wes et Chap tenaient à la discrétion, mais ils constatèrent rapidement que personne ne tendait l'oreille : on ne parlait pas affaires, chez Pete.

Trevor descendit trois bières avec ses frites; les deux autres prirent un hamburger et une boisson gazeuse.

L'avocat voulait avoir tout l'argent en sa possession avant de trahir son client. Ils convinrent de lui remettre cent mille dollars en espèces dans l'après-midi et d'effectuer simultanément un virement du solde. Trevor exigeait une autre banque, mais ils insistèrent pour garder la Geneva Trust, à Nassau. Ils l'assurèrent que leur accès était limité à la consultation du compte, qu'ils ne pouvaient effectuer des mouvements de fonds. L'avantage était que l'argent arriverait en fin d'après-midi alors que le transfert de fonds prendrait un ou deux jours s'ils changeaient d'établissement. Les deux parties étaient impatientes de conclure l'affaire. Wes et Chap voulaient une protection entière et immédiate pour leur client ; Trevor voulait son million. Après sa troisième bière, il était déjà en train de le dépenser.

Chap partit le premier pour aller chercher l'argent. Trevor emporta une bière et monta dans la voiture de Wes. Ils devaient retrouver Chap quelque part ; il lui remettrait les cent mille dollars. Dans le véhicule, qui suivait l'autoroute A1A, Trevor commença à parler.

– C'est quand même étonnant, fit-il, les yeux cachés derrière des lunettes noires bon marché, la nuque sur l'appui-tête.

– Qu'est-ce qui est étonnant ?

– Les risques que certaines personnes acceptent de prendre : votre client, par exemple. Il est riche, il pourrait s'offrir les services de tous les jeunes gens qu'il désire, mais il va répondre à une annonce dans une revue gay et se met à entretenir une correspondance avec un parfait inconnu.

– Je ne comprends pas non plus.

Un instant, les deux hommes se sentirent unis dans la normalité.

– Ce n'est pas mon boulot de poser des questions, reprit Wes.

– J'imagine que l'excitation est dans l'inconnu, fit Trevor en prenant une gorgée de bière.

– Probablement. Qui est Ricky ?

– Je vous le dirai quand j'aurai l'argent. Lequel est votre client ?

– Lequel ? Combien de victimes vont y passer ?

– Ricky ne chôme pas en ce moment. Je dirais une vingtaine.

– Combien en avez-vous rackettés jusqu'à présent ?

– Deux ou trois. Ce n'est pas joli joli.

– Comment avez-vous été mêlé à cette histoire ?

– Je suis l'avocat de Ricky. Comme il est intelligent et qu'il n'a rien à faire, il a mis au point cette arnaque pour pressurer des homosexuels honteux. J'ai commis l'erreur d'accepter de l'aider.

– Est-il gay lui-même ? demanda Wes, qui connaissait le prénom des petits-enfants de Beech, le groupe sanguin de Yarber, l'identité de l'amant de l'épouse de Spicer, dans le Mississippi.

– Non, répondit Trevor.

– Alors, c'est un détraqué ?

– Non, un type bien. Et qui est votre client ?

– Al Konyers.

Trevor hocha la tête en essayant de se souvenir combien de lettres il avait fait passer entre Ricky et Al Konyers.

– Quelle coïncidence. Je m'apprêtais justement à partir à Washington pour faire des recherches sur M. Konyers. Ce n'est pas son vrai nom, bien sûr.

– Bien sûr.

– Le connaissez-vous ?

– Non. Nous avons été engagés par des gens de son entourage.

– Intéressant. Aucun de nous ne connaît donc la véritable identité d'Al Konyers.

– Précisément. Et je suis sûr que nous en resterons là.

– Arrêtez-vous, fit Trevor en indiquant une station-service. J'ai besoin d'une bière.

Wes se gara près des pompes. Il avait été décidé que le sujet de l'alcool ne serait pas abordé avant que l'argent ait changé de mains et qu'il leur ait dit tout ce qu'il savait. Ils essaieraient de créer des relations de confiance avant de l'inciter avec tact à plus de sobriété. Ils voulaient éviter que Trevor passe toutes ses soirées chez Pete, à trop boire et trop parler.

Chap attendait dans une voiture de location similaire à celle de son collègue, devant une laverie automatique, à huit kilomètres au sud de Ponte Vedra Beach. Il tendit à Trevor une petite serviette en similicuir.

– Tout est là, fit-il. Cent mille. Je vous retrouve au cabinet.

Trevor n'écoutait pas. Il ouvrit la serviette, commença à compter l'argent tandis que Wes faisait demi-tour. Dix liasses de dix mille dollars en billets de cent.

Trevor referma la serviette ; il venait de passer à l'ennemi.

27

La première tâche de Chap en sa qualité d'assistant de Trevor consista à mettre de l'ordre à l'accueil et à supprimer tout ce qui, de près ou de loin, évoquait une présence féminine. Il rangea les affaires personnelles de Jan dans un carton : tubes de rouge à lèvres, limes à ongles, friandises et deux ou trois romans à l'eau de rose. Il y avait une enveloppe contenant quatre-vingts dollars et de la menue monnaie ; l'avocat voulut la reprendre, affirmant que c'était la caisse des dépenses courantes.

Chap enveloppa les photographies de Jan dans de vieux journaux et les rangea soigneusement dans un autre carton avec les bibelots fragiles que l'on trouve habituellement sur le bureau d'une secrétaire. Il recopia ses agendas, afin de savoir qui allait se présenter les jours suivants ; il ne fut pas étonné de constater que les rendez-vous étaient espacés. Pas une seule plaidoirie n'était au programme de l'avocat. Deux rendez-vous au cabinet pour la semaine en cours, deux pour la semaine suivante, puis plus rien. En étudiant les dates, il sautait aux yeux que Trevor avait réduit ses activités professionnelles depuis le moment où l'argent de Quince Garbe était arrivé.

Ils savaient que Trevor jouait plus gros depuis quelques semaines et qu'il buvait probablement plus sec. Jan avait confié plusieurs fois au téléphone, à des amies, que son patron se trouvait plus souvent chez Pete qu'au cabinet. Tandis que Chap s'affairait à ranger les affaires de Jan, à réorganiser son bureau, à enlever la poussière, à passer l'aspirateur et jeter de vieilles revues, le téléphone sonnait de loin en loin. Comme il entrait dans ses attributions de répondre, il ne s'éloignait pas de l'appareil. La plupart des appels étaient pour Jan ; il expliquait courtoisement qu'elle ne travaillait plus au cabinet. Les correspondants semblaient en général trouver cela très bien.

Un agent en tenue de vitrier vint remplacer le panneau de verre brisé. Trevor s'émerveilla de l'efficacité de Chap.

– Comment avez-vous fait pour trouver quelqu'un si vite ?

– Il suffit de savoir se servir des pages jaunes.

Un autre agent se faisant passer pour un serrurier succéda au vitrier et changea toutes les serrures du cabinet.

Une clause de leur accord interdisait à Trevor de prendre de nouveaux clients pendant au moins trente jours. Il ne s'était incliné qu'après une longue lutte, comme s'il avait une réputation à protéger. Il pensait à tous les gens qui pouvaient avoir besoin de lui. Mais les deux agents savaient que les clients se faisaient de plus en plus rares depuis un mois et avaient fini par venir à bout de sa résistance. Ils ne voulaient pas être dérangés. Chap appela les clients ayant déjà un rendez-vous et leur annonça que Me Carson serait retenu au Palais le jour où ils devaient venir. Il expliqua qu'il était difficile de fixer une autre date, mais qu'il les préviendrait dès qu'une possibilité se présenterait.

– Je croyais qu'il ne plaidait jamais, objecta l'un d'eux.

– Si, répondit Chap. C'est une grosse affaire.

La liste des rendez-vous fut réduite au minimum : une seule affaire nécessitait une visite au cabinet, un divorce en instance. Trevor représentait la mère depuis trois ans ; impossible de la laisser tomber.

Jan arriva au cabinet, accompagnée d'un homme qui devait être son petit ami. Jeune et robuste, il portait le bouc, un pantalon en polyester, une chemise blanche et une cravate. Chap se dit qu'il avait la dégaine d'un vendeur de voitures d'occasion. Il aurait certainement flanqué une raclée à Trevor, mais il refusa de se colleter avec Chap.

– Je voudrais parler à Trevor, fit Jan dont le regard allait et venait dans son ancien bureau.

– Désolé, il est en réunion.

– Je peux savoir qui vous êtes ?

– L'assistant de Me Carson.
– Oui, eh bien, pensez à vous faire payer d'avance.
– Merci. Vos affaires sont dans ces deux cartons.
Elle remarqua le porte-revues propre et en bon ordre, la corbeille à papier vidée, les meubles astiqués. Il flottait une odeur d'antiseptique, comme si on avait désinfecté le local où elle était restée huit ans. On n'avait plus besoin d'elle.
– Dites à Trevor qu'il me doit mille dollars de salaire impayé.
– Je n'y manquerai pas, fit Chap. Autre chose ?
– Oui, à propos du nouveau client d'hier, Yates Newman. Dites aussi à Trevor que j'ai fait des recherches dans les journaux des quinze derniers jours : il n'y a pas eu d'accident mortel sur la I 95. Je n'ai pas trouvé trace du décès d'une femme du nom de Newman. Cette histoire est louche.
– Merci. Je le lui dirai.
Elle regarda une dernière fois autour d'elle, eut un sourire narquois en voyant que la vitre de la porte avait été changée. Le petit ami lança un regard menaçant à Chap, comme s'il hésitait encore à sauter sur lui, mais il se dirigeait déjà vers la porte. Ils sortirent sans rien casser et s'éloignèrent en portant chacun un carton.
Chap attendit qu'ils soient hors de vue, puis il se prépara pour l'épreuve du déjeuner.

Ils avaient dîné la veille au soir dans un restaurant de fruits de mer bondé, pas très loin de l'auberge de la Tortue de mer. Vu la taille des portions, les prix étaient scandaleux ; c'est précisément la raison pour laquelle Trevor, le plus récent millionnaire de Jacksonville, avait tenu à y aller. Il avait insisté pour les inviter et n'avait pas regardé à la dépense. Ivre après le premier Martini, il ne se souvenait plus de ce qu'il avait mangé. Wes et Chap avaient expliqué que leur client ne les autorisait pas à boire. Ils s'étaient contentés d'une bouteille d'eau minérale en veillant à garder son verre plein.
– À votre place, je chercherais un autre client, lança Trevor en riant de son propre humour.
– Je suppose qu'il va falloir que je boive pour trois, déclara-t-il au milieu du repas. Et il s'appliqua à le faire.

À leur grand soulagement, ils découvrirent que Trevor était un buveur calme. Ils continuèrent de le servir pour voir jusqu'où il pouvait aller. De plus en plus amorphe, il se tassait sur son siège ; après le dessert, il donna au serveur un pourboire de trois cents dollars. Ils l'aidèrent à rejoindre la voiture et le raccompagnèrent chez lui.

Il s'endormit sans se déshabiller, la serviette en similicuir sur la poitrine. Quand Wes éteignit la lumière, Trevor était étendu sur le lit avec son pantalon froissé sur ses chaussures, sa chemise blanche et son nœud papillon défait ; il commença à ronfler, les deux bras serrés autour de la serviette.

Le virement avait été effectué peu avant 17 heures ; l'argent était en place. Klockner leur avait demandé de le faire boire, de voir comment il se comportait dans cet état et de se mettre au travail dès le lendemain matin.

À 7 h 30, ils retournèrent chez Trevor, ouvrirent la porte avec un double de sa clé ; ils le trouvèrent à peu près comme ils l'avaient laissé. Il avait enlevé une chaussure et dormait en chien de fusil, la serviette plaquée contre le ventre, comme un ballon de rugby.

– Debout là-dedans ! cria Chap tandis que Wes allumait les lumières et levait les stores en faisant autant de bruit que possible. À leur grand étonnement, Trevor sauta du lit, fila dans la salle de bains et fit couler l'eau de la douche ; vingt minutes plus tard, il apparaissait dans le salon avec un nouveau nœud papillon et sans un pli sur ses vêtements. Il avait les yeux légèrement gonflés, mais il était souriant, résolu à attaquer la journée sur les chapeaux de roue.

Il n'avait jamais triomphé si vite d'une gueule de bois ; le million de dollars n'y était pas pour rien.

Ils déjeunèrent à Beach Java d'un muffin et d'un café noir avant de prendre d'un pas alerte le chemin du cabinet. Tandis que Chap s'occupait de l'accueil, Wes se bouclait avec Trevor dans le bureau.

Certaines pièces du puzzle s'étaient mises en place au cours du dîner. Trevor avait fini par cracher le nom des Frères ; Wes et Chap feignirent l'étonnement avec brio.

– Trois juges ! s'étaient-ils écriés en chœur, la mine incrédule.

Un sourire aux lèvres, Trevor avait hoché la tête avec fierté, comme s'il était le seul et unique architecte de la magistrale combine. Il voulait leur faire croire qu'il avait eu l'intelligence et l'habileté de convaincre trois ex-magistrats de passer leurs journées à écrire des lettres à des homosexuels en mal de compagnie pour lui permettre, à lui, Trevor, de ponctionner le tiers de l'argent du chantage. C'était digne d'un génie.

D'autres pièces du puzzle manquaient encore; Wes était décidé à ne pas lâcher Trevor avant d'avoir des réponses.

– Parlons de Quince Garbe. Sa boîte postale était au nom d'une société bidon; comment avez-vous découvert sa véritable identité?

– Facilement, répondit Trevor, très fier de lui.

Non seulement il était un génie, mais un génie riche. Il s'était réveillé la veille avec une méchante gueule de bois et avait passé la première demi-heure de sa journée au lit, à se faire du souci pour ses pertes au jeu, son cabinet qui périclitait et la dépendance croissante dans laquelle il se trouvait vis-à-vis des Frères. Vingt-quatre heures plus tard, il avait encore plus mal aux cheveux, mais un million de dollars avait de quoi apaiser les douleurs les plus lancinantes.

Il était euphorique, pressé d'achever la tâche en cours pour passer à autre chose.

– J'ai trouvé un privé à Des Moines, expliqua-t-il, un gobelet de café à la main, les pieds sur le bureau, dans leur position habituelle. Je lui ai envoyé un chèque de mille dollars. Il a passé deux jours à Bakers... Vous connaissez Bakers?

– Oui.

– J'avais peur d'être obligé d'y aller. L'idéal est de prendre au piège un homme en vue qui paiera tout ce qu'on demande pour que le secret soit gardé. Le privé a donc trouvé une employée de la poste qui avait besoin d'argent; mère célibataire, plusieurs gamins, mal logée, vous voyez le tableau. Il a téléphoné chez elle le soir en lui promettant cinq cents dollars si elle lui disait qui avait loué la boîte 788 au nom de CMT Investments. Il l'a rappelée le lendemain à la poste; ils se sont retrouvés sur un parking à l'heure du déjeuner. Elle lui a donné un bout de papier sur lequel était écrit le nom de Quince Garbe et il lui a remis une enveloppe contenant cinq cents dollars. Elle n'a pas cherché à savoir qui il était.

– C'est une méthode couramment employée ?

– Elle a marché pour Garbe. Pour Curtis Cates, de Dallas, le deuxième que nous avons fait cracher au bassinet, ce fut un peu plus compliqué. Le privé que nous avions engagé sur place n'a pas pu trouver de complicité intérieure ; il lui a fallu surveiller le bureau de poste pendant trois jours, ce qui nous a coûté mille huit cents dollars. Il a fini par voir arriver Curtis et a relevé son numéro d'immatriculation.

– Qui sera le prochain ?

– Probablement un gars d'Upper Darby, Pennsylvanie : nom d'emprunt Brant White. Une belle prise.

– Lisez-vous les lettres ?

– Jamais. Je ne sais pas ce qu'ils se disent et je ne veux pas le savoir. Quand ils sont prêts à piéger quelqu'un, ils me demandent de m'occuper d'une boîte et de leur fournir un vrai nom. Dans le cas où le correspondant utilise un nom d'emprunt, comme votre M. Konyers. Vous seriez stupéfait de voir combien d'hommes gardent leur vrai nom.

– Savez-vous à quel moment ils envoient la lettre d'extorsion ?

– Bien sûr. Ils me le disent pour que je prévienne la banque des Bahamas qu'un virement est attendu. La banque m'appelle dès que l'argent est arrivé.

– Parlez-moi de ce Brant White, à Upper Darby, poursuivit Wes.

Il prenait des pages de notes, comme s'il ne voulait rien manquer. Chaque mot de leur conversation était enregistré de l'autre côté de la rue sur quatre appareils.

– Ils sont prêts à passer à l'action, c'est tout ce que je sais. Il a l'air très impatient ; ils n'ont échangé que deux ou trois lettres. Pour certains, à en juger par le nombre d'envois, c'est aussi difficile que de se faire arracher une dent.

– Vous ne gardez pas un double de ces correspondances ?

– Je n'ai aucun document ici. J'avais peur que les fédéraux débarquent un jour avec un mandat de perquisition ; je ne voulais pas qu'on trouve des traces du rôle que je joue dans l'affaire.

– Habile. Très habile.

Un sourire de satisfaction éclaira le visage de Trevor.

– J'ai fait pas mal de droit criminel, vous savez. Au bout d'un moment, on se met à penser comme un criminel. Quoi qu'il en soit, je n'ai pas réussi à trouver un bon enquêteur à Philadelphie. Mais je n'ai pas dit mon dernier mot.

Brant White était une création de Langley ; Trevor pouvait engager tous les privés de Philadelphie, ils ne trouveraient jamais un être de chair et de sang derrière cette boîte postale.

– En fait, poursuivit l'avocat, je m'apprêtais à m'y rendre quand Spicer m'a appelé pour me demander de partir à Washington pour démasquer Al Konyers. Après, vous êtes arrivés ; vous connaissez la suite.

Ses pensées revinrent à l'argent. Pure coïncidence, certainement, si Wes et Chap avaient fait irruption dans sa vie quelques heures après qu'on lui eut demandé d'arracher le masque de leur client. Il s'en contrefichait. Il entendait les cris des mouettes, il sentait le sable chaud, un air de reggae lui parvenait d'une île, porté par le vent gonflant les voiles de son petit bateau.

– Y a-t-il un autre contact à l'extérieur de la prison ? s'enquit Wes.

– Oh ! non ! répondit Trevor avec suffisance. Je n'ai besoin de personne. Moins il y a de monde au courant, plus c'est facile.

– Habile, fit Wes.

Trevor s'enfonça un peu plus dans son fauteuil. Le plafond fissuré, écaillé, avait besoin d'une bonne couche de laque. Deux jours auparavant, cela aurait pu le tracasser ; il savait maintenant que ce plafond ne serait jamais peint, du moins à ses frais. Un jour, bientôt, quand Wes et Chap en auraient fini avec les Frères, il mettrait la clé sous la porte. Il passerait une ou deux journées à ranger ses dossiers dans des cartons, sans savoir à qui cela servirait, et donnerait ses ouvrages de droit périmés, si rarement utilisés. Il trouverait un jeune diplômé fauché à qui il vendrait à un prix raisonnable le mobilier et le matériel informatique. Quand tout serait réglé, il quitterait le cabinet sans un regard.

Il attendait avec impatience ce jour merveilleux.

Chap interrompit sa rêverie en apportant une poche de tacos et des boissons gazeuses. Ils n'avaient pas abordé la question du déjeuner, mais Trevor avait déjà regardé sa montre dans l'attente d'un nouveau repas prolongé chez Pete. Il prit une crêpe de maïs à contrecœur, bouillonnant de rage. Il rêvait d'une bière.

– Je pense que ce serait une bonne idée d'arrêter l'alcool au déjeuner, déclara Chap tandis que les trois hommes, assis autour du bureau, mangeaient en s'efforçant de ne pas salir.

– Vous faites ce que vous voulez, aprouva Trevor.

– Je parlais pour vous, rectifia Chap. Au moins pendant un mois.

– Ce n'était pas dans notre accord.

– Ça l'est maintenant. Il faut que vous soyez sobre et vigilant.

– Pourquoi exactement ?

– Notre client l'exige ; celui qui vous verse un million de dollars.

– Veut-il aussi que je me brosse les dents deux fois par jour et que je mange mes épinards ?

– Je lui poserai la question.

– Dites-lui aussi, tant que vous y êtes, qu'il peut aller se faire voir.

– Ne dramatisez pas, Trevor, coupa Wes. On vous demande juste de picoler un peu moins quelques jours. Cela vous fera le plus grand bien.

L'argent avait fait de lui un homme libre, et ces deux-là commençaient à lui taper sur le système. Ils venaient de passer quarante-huit heures ensemble et rien n'indiquait qu'ils se préparaient à partir. Tout au contraire, ils donnaient l'impression de s'incruster.

Chap partit chercher le courrier ; ils avaient réussi à lui faire croire qu'ils l'avaient si facilement trouvé à cause de sa négligence. Et si d'autres victimes étaient à l'affût ? Trevor n'avait eu aucun mal à découvrir la véritable identité de leurs pigeons. Pourquoi ne pourrait-on faire de même avec celui qui se cachait derrière Aladdin North et Laurel Ridge ? Wes et Chap se relaieraient dorénavant pour passer prendre le courrier. Ils brouilleraient les pistes, se rendraient aux bureaux de poste à des heures différentes, utiliseraient des déguisements comme dans les romans d'espionnage.

Trevor finit par accepter : ils semblaient savoir ce qu'ils faisaient.

Quatre lettres adressées à Ricky attendaient à la poste de Neptune Beach, deux destinées à Percy à celle d'Atlantic Beach. Chap fit sa tournée sous la protection d'une équipe chargée de surveiller si quelqu'un le surveillait. Le courrier passa par la maison de location, où il fut ouvert, copié, replacé dans les enveloppes.

Les copies furent lues et analysées par Klockner et des agents impatients d'avoir quelque chose à faire. Sur les six lettres, ils connaissaient cinq des expéditeurs. Des hommes mûrs qui se sentaient seuls et essayaient de trouver le courage de sauter le pas avec Ricky ou Percy. Aucun d'eux ne paraissait particulièrement agressif.

Sur un mur repeint en blanc d'une des chambres, ils avaient dessiné une grande carte des cinquante États de l'Union. Des épingles à tête rouge figuraient les correspondants de Ricky ; pour ceux de Percy, la tête était verte. Sous les épingles, il y avait le nom et la ville de chacun.

Les filets tendus par les Frères allaient en s'élargissant. Vingt-trois hommes écrivaient régulièrement à Ricky, dix-huit à Percy. Trente États étaient représentés. De semaine en semaine, les Frères peaufinaient leur entreprise ; ils passaient maintenant des annonces dans trois revues gay. Ils ne déviaient pas de leur ligne de conduite et savaient en général dès la troisième lettre si le nouveau correspondant avait de l'argent. Et une épouse.

Klockner trouvait ce jeu fascinant à observer ; à présent que Trevor était entre leurs mains, ils ne rateraient plus une seule lettre.

Un résumé de deux pages du courrier du jour fut remis à un agent qui s'envola pour Langley. À 19 heures, Deville avait le document sur son bureau.

Le premier appel de l'après-midi, à 15 h 10, arriva pendant que Chap faisait les vitres. Wes était encore dans le bureau de

Trevor ; l'avocat tenu sur la sellette n'en pouvait plus. Il avait sauté sa sieste et mourait d'envie d'une bière.

– Cabinet juridique, fit Chap.

– C'est bien le cabinet de Trevor ?

– Oui. Qui est à l'appareil ?

– Qui êtes-vous ?

– Chap, le nouvel assistant.

– Qu'est devenue la fille ?

– Elle ne travaille plus ici. En quoi puis-je vous être utile ?

– Joe Roy Spicer à l'appareil. Je suis un client de Trevor et j'appelle de Trumble.

– Vous appelez d'où ?

– De Trumble, une prison fédérale. Trevor est là ?

– Non, monsieur. Il est à Washington ; il devrait être de retour dans deux heures.

– Bon. Dites-lui que je rappellerai à 17 heures.

– Bien, monsieur.

Chap raccrocha en prenant une longue inspiration. Klockner fit la même chose de l'autre côté de la rue. La CIA venait d'avoir son premier contact direct avec un des Frères.

À 17 heures précises, Chap prit le deuxième appel ; il reconnut la voix. Trevor attendait dans son bureau.

– Allo ?

– Trevor ? C'est Joe Roy Spicer.

– Bonjour, monsieur le juge.

– Qu'avez-vous découvert à Washington ?

– L'enquête est en cours. Ce ne sera pas facile, mais nous le trouverons.

Il y eut un long silence, comme si Spicer n'aimait pas ce qu'il venait d'entendre et hésitait à en dire plus.

– Venez-vous demain ? reprit-il.

– J'y serai à 15 heures.

– Apportez cinq mille dollars en espèces.

– Cinq mille ?

– C'est ce que j'ai dit. Retirez de l'argent et apportez-le. En billets de vingt et cinquante.

– Qu'allez-vous faire de...

– Pas de questions stupides, Trevor. Apportez l'argent, c'est tout. Vous le mettrez dans une enveloppe avec le reste du courrier. Vous l'avez déjà fait.

– D'accord.

Spicer raccrocha sans ajouter un mot. Trevor passa une heure à expliquer le fonctionnement de l'économie à Trumble. L'argent liquide était interdit. Chaque détenu avait un emploi ; le salaire était versé sur son compte pour constituer un pécule. Les dépenses – communications téléphoniques, frais d'intendance, photocopies, timbres – étaient inscrites au débit du compte.

Mais l'argent circulait, même si on ne le voyait pas. Entré clandestinement, soigneusement caché, il servait à régler les dettes de jeu et à arroser les surveillants pour de menus services. Trevor était inquiet. S'il se faisait prendre avec la somme demandée par Spicer, son droit de visite serait définivement supprimé. Il avait déjà fait entrer de l'argent en deux occasions, cinq cents dollars chaque fois, en billets de dix et de vingt.

Il ne comprenait pas ce qu'ils voulaient faire de cinq mille dollars.

28.

Au bout de trois jours passés en compagnie de Wes et Chap, à les avoir dans les pattes du matin au soir, Trevor avait besoin de respirer. Ils tenaient à prendre tous les repas avec lui, à le raccompagner le soir, à aller le chercher le matin très tôt. Ils chassaient ce qui restait de sa clientèle et le questionnaient interminablement, profitant de ce qu'il n'y avait pratiquement rien à faire au cabinet.

Il ne s'étonna donc pas de les entendre annoncer qu'ils allaient le conduire à Trumble. Il expliqua qu'il n'avait pas besoin d'un chauffeur, qu'il avait maintes fois fait le trajet avec sa fidèle Coccinelle et préférait y aller seul. Ils le prirent mal, menacèrent d'en référer à leur client.

– Appelez donc votre client ! rugit Trevor. Que voulez-vous que ça me fasse ? Il n'a pas à me dicter ma conduite !

Ils cédèrent, mais ils savaient tous les trois que le client lui dictait bel et bien sa conduite. Seul l'argent comptait, maintenant ; la trahison de Trevor était consommée.

Il quitta Neptune Beach dans sa Coccinelle, seul, suivi par Chap et Wes dans leur voiture de location. La marche du cortège était fermée par une camionnette blanche occupée par des gens que Trevor ne verrait jamais. Et qu'il ne voulait pas voir. Pour le plaisir, il quitta brusquement la route et acheta un pack de bières dans une station-service ; il éclata de rire en voyant les deux véhicules freiner brutalement en évitant de justesse une collision. Dès qu'il eut quitté la ville, il roula comme une tortue, une canette à la main, savourant son intimité retrouvée. Il se disait qu'il supporterait les trente jours à venir : que ne ferait-on pour un million de dollars ?

À l'approche du village de Trumble, un sentiment de culpabilité commença à le tourmenter. Comment s'en sortirait-il ? Il allait se trouver face à Spicer, un client qui se fiait à lui, un prisonnier qui avait besoin de lui, un complice dans le crime. Serait-il capable de ne pas trahir son émotion, de faire comme si tout allait pour le mieux alors qu'un micro à haute fréquence était dissimulé dans sa serviette ? Pourrait-il procéder comme si de rien n'était à l'échange des lettres avec Spicer, sachant que le courrier avait été ouvert ? Sans oublier qu'il fichait en l'air cette carrière pour laquelle il avait travaillé dur et dont il avait tiré une juste fierté.

Il sacrifiait la déontologie, ses valeurs, sa moralité sur l'autel de l'argent. Son âme valait-elle un million de dollars ? Trop tard, de toute façon ; l'argent était déjà sur son compte. Une gorgée de bière l'aida à atténuer les élancements de sa conscience.

Spicer était un escroc, tout comme Beech et Yarber, et lui, Trevor Carson, ne méritait pas moins d'être blâmé. Les loups se mangent entre eux, se répéta-t-il intérieurement.

Dans le couloir conduisant à l'espace visiteurs, son haleine chargée de bière parvenait par bouffées aux narines de Link. En arrivant devant la salle des avocats, il jeta un coup d'œil à l'intérieur. Il vit Spicer, à moitié caché derrière un journal, et sentit la nervosité le gagner. Il fallait vraiment être le dernier des derniers pour avoir sur soi un mouchard lors d'une entrevue confidentielle avec un client. Un sentiment de culpabilité l'envahit, mais impossible de faire machine arrière.

Presque aussi gros qu'une balle de golf, le micro avait été méticuleusement installé par Wes dans le fond de la serviette cabossée de cuir noir de l'avocat. Très puissant, il transmettrait sans difficulté tout ce qui se disait à l'équipe anonyme de la camionnette blanche. Wes et Chap l'avaient rejointe ; un casque sur les oreilles, ils ne voulaient pas perdre un mot de la conversation.

– Bonjour, Joe Roy, fit Trevor.

– Salut.

– Montrez-moi la serviette, glissa Link. Tout a l'air en ordre, ajouta-t-il après avoir jeté un coup d'œil.

Trevor avait averti Wes et Chap que Link regardait parfois à l'intérieur de la serviette ; le micro était recouvert d'une pile de documents.

– Voici le courrier, reprit Trevor.

– Combien ? demanda Link.

– Huit.

– Vous en avez ? questionna le gardien en se tournant vers Spicer.

– Non, pas aujourd'hui.

– J'attends dehors, fit Link.

La porte se ferma ; il y eut un bruit de pas, puis le silence. Un silence qui se prolongea. Rien. Pas un mot entre l'avocat et son client. Dans la camionnette blanche, on attendit une éternité, puis il devint évident que quelque chose était allé de travers.

Au moment où Link sortait de la petite pièce, Trevor avait posé prestement la serviette par terre, dans le couloir, où elle resta sagement toute la durée de l'entrevue. Link la vit, mais n'y attacha pas d'importance.

– Pourquoi avez-vous fait ça ? s'informa Spicer.

– Elle est vide, répondit Trevor avec un haussement d'épaules. Les caméras de surveillance la verront ; nous n'avons rien à cacher.

Il avait eu au dernier moment un nouvel accès de mauvaise conscience. Peut-être leur ferait-il écouter le prochain entretien avec son client, mais pas cette fois. Il dirait simplement à ses deux anges gardiens que Link avait pris la serviette, ce qui arrivait de temps en temps.

- Peu importe, fit Spicer examinant le courrier jusqu'à ce qu'il trouve deux enveloppes légèrement plus épaisses. C'est l'argent ?

– Oui. J'ai été obligé de mettre quelques billets de cent.

– Pourquoi ? J'avais bien précisé en coupures de vingt et cinquante dollars.

– C'est tout ce que j'ai trouvé. Je ne m'attendais pas à devoir apporter une telle somme.

Spicer étudia les adresses des autres enveloppes, puis il releva la tête.

– Alors, demanda-t-il d'un ton légèrement caustique, comment cela s'est-il passé à Washington ?

– Pas facile. C'est un local où on loue des boîtes postales, en banlieue, ouvert vingt-quatre heures sur vingt-quatre, sept jours sur sept. Il y a toujours des employés, beaucoup d'allées et venues. La sécurité est rigoureuse. Mais nous trouverons un moyen.

– À qui vous êtes-vous adressé ?

– Une équipe de Chevy Chase.

– Donnez-moi un nom.

– Comment ça, donnez-moi un nom ?

– Donnez-moi le nom de l'enquêteur de Chevy Chase.

Trevor eut un trou ; l'imagination lui manqua. Spicer se doutait de quelque chose : les yeux noirs qu'il fixait sur lui avaient un éclat intense.

– Je ne m'en souviens pas.

– Où êtes-vous descendu ?

– Qu'est-ce que ça veut dire, Joe Roy ?

– Donnez-moi le nom de votre hôtel.

– Pourquoi ?

– J'ai le droit de savoir. Je suis le client et je règle vos dépenses. Quel hôtel ?

– Le Ritz-Carlton.

– Lequel ?

– Je ne sais pas. Le Ritz-Carlton.

– Il y en a deux. Lequel était-ce ?

– Je ne sais pas. Ce n'était pas au centre-ville.

– Quel vol avez-vous pris ?

– Allons, Joe Roy. Pourquoi cet interrogatoire ?

– Quelle compagnie ?

– Delta.

– Numéro du vol ?

– J'ai oublié.

– Vous êtes revenu hier, il y a moins de vingt-quatre heures. Quel était le numéro de votre vol ?

– Je ne m'en souviens pas.

– Vous êtes sûr d'être allé à Washington ?

– Naturellement, répondit Trevor.

Le mensonge faisait légèrement trembler sa voix. Il n'avait pas préparé son histoire, qui s'écroulait à mesure qu'il l'échafaudait.

– Vous ne savez pas à quel hôtel vous êtes descendu, vous ne connaissez pas le numéro de votre vol ni le nom de l'enquêteur avec qui vous venez de passer deux jours. Vous me prenez pour un imbécile ?

Trevor ne trouva rien à dire. Il ne parvenait pas à détacher son esprit du micro caché dans la serviette. Heureusement qu'il l'avait laissée dehors : pour rien au monde, il n'aurait voulu que Wes et Chap l'entendent se faire traiter de la sorte. Mais Spicer n'en avait pas fini avec lui.

– Vous avez bu, si je ne me trompe.

– Oui, répondit Trevor, sans mentir pour une fois. Je me suis arrêté en route pour acheter une bière.

– Ou deux.

– Oui, deux.

Spicer se pencha sur la table et s'appuya sur les coudes, approchant son visage de celui de l'avocat.

– J'ai une mauvaise nouvelle pour vous, Trevor. Vous êtes viré.

– Quoi ?

– Terminé. Sacqué. Renvoyé pour de bon.

– Vous ne pouvez pas me renvoyer.

– Je viens de le faire, Trevor. Une décision unanime des Frères avec effets immédiats. Nous en informerons le directeur afin que votre nom soit rayé de la liste des avocats. Vous allez partir et vous ne reviendrez plus.

– Pourquoi ?

– Vous mentez, vous buvez, vous avez de mauvaises habitudes, vous n'inspirez pas confiance à vos clients.

Ce n'était certainement pas faux, mais le coup fut rude pour Trevor. Jamais il n'aurait imaginé que les Frères auraient le cran de se séparer de lui.

– Et notre petite affaire ? demanda-t-il, les dents serrées.

– Chacun pour soi. Vous gardez votre argent, nous le nôtre.

– Qui va me remplacer ?

– Nous trouverons quelqu'un. Vous pouvez gagner honnêtement votre vie, si vous en êtes capable.

– Savez-vous ce qu'est gagner honnêtement sa vie ?

– Je ne vous retiens pas, Trevor. Levez-vous et sortez. Content de vous avoir connu.

– Je n'en doute pas, murmura-t-il entre ses dents.

Tout se brouillait dans sa tête, mais deux choses restaient claires. D'abord, pour la première fois depuis plusieurs semaines, Spicer n'avait pas apporté de lettres. Ensuite, il y avait l'argent. Pourquoi avaient-ils besoin de cinq mille dollars ? Probablement pour s'assurer le concours de leur prochain avocat. Le traquenard était bien préparé ; ils avaient l'avantage de disposer de beaucoup de temps. Trois hommes intelligents qui avaient tout leur temps. La partie n'était pas égale.

Son amour-propre le poussa à se lever, la main tendue.

– Je regrette que cela se termine ainsi.

Spicer serra la main de l'avocat du bout des doigts : il avait hâte de le voir partir. Ils échangèrent un dernier regard.

– Konyers est celui que vous cherchez, fit Trevor dans un souffle. Très riche, très puissant. Il sait qui vous êtes.

Spicer bondit de son siège comme un chat.

– Il vous surveille ? murmura-t-il, la bouche à quelques centimètres du visage de Trevor.

Il inclina la tête, fit un clin d'œil à Spicer et sortit. Il ramassa sa serviette sans adresser un mot à Link. Qu'aurait-il pu dire au surveillant ? Désolé, mon vieux, les mille dollars en liquide que vous deviez palper tous les mois vont vous passer sous le nez. Cela vous chagrine ? Le juge Spicer se fera un plaisir de vous expliquer le pourquoi de la chose.

Il préférait ne rien dire. La tête lui tournait ; l'alcool n'arrangeait rien. Qu'allait-il raconter à ses anges gardiens ? C'est la question qui le préoccupait ; ils allaient lui en faire voir de toutes les couleurs dès qu'ils mettraient la main sur lui.

Comme d'habitude, mais pour la dernière fois, il salua Link, Vince, Mackey et Rufus à la porte. Dehors, il faisait un soleil éclatant.

La voiture de Wes et Chap était séparée de la sienne par deux autres véhicules. Ils étaient impatients de lui parler, mais ne voulurent pas courir de risque. Trevor fit comme s'il ne les avait pas vus ; il lança sa serviette sur le siège avant de la Coccinelle et se mit au volant. Le cortège s'éloigna de la prison et s'engagea à faible allure sur l'autoroute menant à Jacksonville.

La décision de se débarrasser de Trevor avait été prise après de longues délibérations. Ils avaient passé des heures terrés dans leur petite pièce à étudier le dossier Konyers jusqu'à ce qu'ils connaissent par cœur chaque mot de chaque lettre. Ils avaient parcouru des kilomètres sur la piste de jogging, tous les trois, tournant en tous sens les différentes hypothèses. Ils prenaient leurs repas ensemble, jouaient aux cartes ensemble, avançant à voix basse de nouvelles théories sur l'identité de celui qui surveillait leur courrier.

Trevor était le premier nom qui venait à l'esprit, le seul sur lequel ils avaient prise. Si leurs victimes avaient commis des imprudences, ils n'y pouvaient rien, mais si l'avocat avait mis quelqu'un sur sa piste, il fallait se séparer de lui. Déjà qu'il n'inspirait pas une grande confiance ! Combien d'avocats sérieux, ayant une bonne clientèle, accepteraient de mettre leur carrière en péril en se rendant complices d'un racket d'homosexuels ?

La seule chose qui les retenait était la crainte de ce que Trevor pouvait faire de leur argent. Ils s'attendaient à ce qu'il le leur fauche et n'avaient aucun moyen de l'en empêcher. Mais ils acceptaient de courir le risque en échange du gros lot Aaron Lake. Ils avaient le sentiment qu'il fallait mettre Trevor sur la touche pour s'attaquer à Lake.

Spicer raconta leur conversation par le menu ; la mise en garde chuchotée de l'avocat à la fin de l'entretien les laissa abasourdis. Konyers surveillait Trevor et connaissait l'identité des Frères. Cela signifiait-il qu'Aaron Lake savait qui ils étaient ? Qui était réellement Konyers ? Pourquoi Trevor avait-il parlé sur le ton de la confidence et pourquoi avait-il laissé sa serviette dans le couloir ?

Avec le sens du détail dont un trio de juges inoccupés pouvait faire preuve, les questions se succédèrent. Et différentes stratégies furent passées en revue..

Trevor faisait du café dans sa cuisine fraîchement astiquée quand Wes et Chap entrèrent silencieusement. Ils ne tournèrent pas autour du pot.

– Que s'est-il passé ? demanda Wes.

Le visage fermé, ils donnaient l'impression de ronger leur frein depuis un certain temps.

– Comment ça ? fit Trevor, comme si tout allait pour le mieux.

– Qu'est-il arrivé au micro ?

– Le surveillant a pris la serviette et l'a laissée dans le couloir.

Ils échangèrent un regard, le front plissé. Trevor versa l'eau dans la cafetière électrique. Le fait qu'il était près de 17 heures et qu'il se préparait un café n'échappa pas aux deux agents de la CIA.

– Pourquoi a-t-il fait ça ?

– Ça arrive. À peu près une fois par mois, le surveillant garde la serviette pendant la visite.

– L'a-t-il fouillée ?

Trevor regarda avec attention le café couler en se disant que tout allait parfaitement bien.

– Il s'est contenté de son inspection habituelle, qu'il doit faire les yeux fermés. Il a retiré les lettres que j'apportais, puis il a pris la serviette. Il n'a pas touché au micro.

– A-t-il été étonné par l'épaisseur des deux enveloppes ?

– Pas du tout. Détendez-vous.

– L'entrevue s'est bien passée ?

– Comme d'habitude, mais, cette fois, Spicer n'avait pas de courrier. C'est de moins en moins fréquent, mais cela arrive. Quand j'y retournerai après-demain, il y aura une pile de lettres et le gardien ne touchera pas à la serviette. Vous ne raterez pas un seul mot. Un café ?

Le visage des deux hommes se détendit.

– Merci, fit Chap, nous devons y aller.

Il y avait des rapports à rédiger, des réponses à apporter à certaines questions. Ils se dirigèrent vers la porte ; la voix de Trevor les arrêta.

– Écoutez, les gars, je suis parfaitement capable de m'habiller tout seul et de prendre seul mon bol de céréales, comme je l'ai fait de longues années. Et je n'ai pas envie d'ouvrir mon cabinet avant 9 heures. Comme c'est encore mon cabinet, nous ouvrirons à 9 heures, pas une minute avant. Vous y serez les bienvenus à cette heure indue, mais pas plus tôt. Je ne veux pas vous voir dans ma maison ni, avant 9 heures, dans mon cabinet. Compris ?

– Ouais, ouais, fit l'un des deux.

La porte se referma sur eux. Cela n'avait aucune importance : il y avait des micros partout, dans toutes les pièces du cabinet, dans la maison, la voiture et maintenant dans la serviette. Ils savaient où il achetait son dentifrice.

Quand Trevor eut vidé la cafetière, il était dégrisé. Il commença ensuite à se préparer ; chaque étape avait été soigneusement mise au point depuis qu'il avait quitté Trumble. Il supposait que tous ses faits et gestes étaient surveillés par l'équipe de la camionnette blanche. Ils avaient les gadgets, les joujous, les micros et les caméras, et savaient s'en servir ; il faisait confiance à Wes et Chap pour cela. L'argent n'avait pas d'importance. Il se répéta qu'ils savaient tout : ils entendaient le moindre de ses mots, suivaient le moindre de ses mouvements, savaient précisément où il se trouvait à tout moment.

Plus il serait parano, plus il aurait de chances de leur échapper.

Il se rendit en voiture dans un centre commercial, près d'Orange Park, à vingt-cinq kilomètres, dans la banlieue sud de Jacksonville. Il traîna dans les allées, fit du lèche-vitrines, mangea une pizza dans un snack quasi désert. Il résista à l'envie de se cacher derrière un présentoir dans un grand magasin et de regarder passer les ombres attachées à ses pas. Dans une boutique Radio Shack, il acheta un petit téléphone portable. Le forfait comprenait un mois d'appels longue distance ; Trevor avait ce qu'il lui fallait.

Il rentra chez lui à 21 heures passées, certain d'être observé. Il monta au maximum le volume sonore de la télévision et se refit du café. Dans la salle de bains, il bourra ses poches de billets de banque.

À minuit, il sortit par la porte de derrière de la maison silencieuse et obscure pour disparaître dans la nuit. L'air était vif, la lune pleine ; il s'efforçait de donner l'impression de quelqu'un qui fait une balade sur la plage. Il portait un ample pantalon garni d'une multitude de poches sur les jambes, deux chemises en toile de jean et un coupe-vent beaucoup trop grand, dont la doublure était bourrée de billets. Le promeneur du clair de lune, qui marchait lentement au bord de l'eau, avait en tout quatre-vingt mille dollars sur lui.

Au bout d'un kilomètre et demi, il augmenta l'allure. Quand il eut parcouru cinq kilomètres, il était épuisé, mais pas question de s'arrêter. Il se reposerait et dormirait plus tard.

Il quitta la plage pour entrer dans le hall sinistre d'un motel miteux. Il n'y avait pas de circulation sur la nationale A1A ; rien d'autre n'était ouvert que ce motel et une station-service dont il voyait les lumières au loin.

La porte fit assez de bruit en s'ouvrant pour tirer le réceptionniste de son sommeil ; un téléviseur était allumé quelque part. Un jeune homme joufflu apparut ; il n'avait pas plus de vingt ans.

– Bonsoir. Vous voulez une chambre ?

– Non, fit Trevor en sortant lentement d'une de ses poches une main tenant une grosse liasse de billets.

Il commença à les déplier un à un, les aligna soigneusement sur le comptoir.

– Mais j'ai besoin d'un service.

Le jeune homme regarda les billets, leva les yeux au plafond. Les plages attiraient de drôles d'oiseaux.

– Nos chambres ne sont pas si chères, fit-il.

– Comment vous appelez-vous ? demanda Trevor.

– Euh... je ne sais pas. Disons Sammy Sosa.

– D'accord, Sammy. Il y a mille dollars devant votre nez. Ils sont à vous si me conduisez à Daytona Beach. Il y en a pour une heure et demie.

– Cela me prendra trois heures en comptant le retour.

– Peu importe. Cela représente plus de trois cents dollars de l'heure. Depuis quand n'avez-vous pas gagné trois cents dollars de l'heure ?

– Un bout de temps. Mais je ne peux pas. Je fais la nuit ici ; mes horaires vont de 22 heures à 8 heures du matin.

– Qui est votre patron ?

– Il habite à Atlanta.

– Quand est-il passé pour la dernière fois ?

– Je ne l'ai jamais vu.

– Évidemment. Si vous étiez le propriétaire d'un boui-boui comme celui-là, viendriez-vous souvent ?

– Ce n'est pas si mal. Nous avons la télé couleur gratuite dans les chambres et la climatisation marche presque partout.

– C'est un boui-boui, Sammy. Vous donnez un tour de clé à la porte, vous prenez votre voiture et vous êtes de retour trois heures plus tard. Personne n'en saura jamais rien.

Le regard de Sammy revint se poser sur les billets.

– Vous voulez échapper à la police ou à quelqu'un ?

– Non. Et je ne suis pas armé, juste pressé.

– Qu'est-ce qui vous arrive ?

– Un divorce qui tourne mal, Sammy. J'ai un peu d'argent de côté. Ma femme veut tout pour elle et ses avocats ne font pas de cadeaux. Je suis obligé de partir.

– Vous avez de l'argent mais pas de voiture ?

– Écoutez, Sammy, cela vous intéresse ou pas ? Si vous refusez, j'irai à pied jusqu'à la station-service et je trouverai un petit malin qui acceptera mon argent.

– Deux mille.

– Vous le faites pour deux mille ?

– Oui.

La voiture était encore en plus mauvais état que Trevor ne le redoutait. C'était une vieille Honda que ni Sammy ni aucun des précédents propriétaires n'avait jugé bon de nettoyer. Mais la nationale était déserte. Le trajet jusqu'à Daytona Beach prit exactement quatre-vingt-dix-huit minutes.

À 3 h 20 du matin, la Honda s'arrêta devant un snack ouvert toute la nuit et Trevor descendit. Il remercia Sammy, regarda la voiture s'éloigner. Il commanda un café, discuta avec la serveuse et la persuada d'aller chercher un annuaire du comté. Après avoir mangé des crêpes, il utilisa son portable flambant neuf pour passer quelques coups de fil.

L'aéroport le plus proche était Daytona Beach International. Quelques minutes après 4 heures, un taxi le déposa devant le terminal du terrain d'aviation privé. Des dizaines de petits appareils étaient alignés sur le tarmac ; il les regarda tandis que le taxi s'éloignait. Il devait être possible d'en affréter un pour un vol de courte durée. Un seul lui suffirait, de préférence un bimoteur.

29.

La chambre du fond de la maison de location avait été transformée en salle de réunion ; quatre tables pliantes y étaient accolées. Elle était couverte de journaux, de revues et d'emballages de beignets. Tous les matins, à 7 h 30, Klockner et son équipe se retrouvaient pour prendre un café et des pâtisseries, faire le bilan de la soirée et programmer la journée à venir. Wes et Chap assistaient à toutes ces réunions auxquelles se joignaient six ou sept autres agents, ceux qui se trouvaient à Jacksonville. Les techniciens de la pièce de devant y assistaient parfois, mais leur présence n'était pas obligatoire. Depuis que Trevor était passé dans leur camp, Klockner avait besoin de moins de monde pour surveiller ses faits et gestes.

C'est du moins ce qu'il croyait. À 7 h 30, les appareils de surveillance n'avaient décelé aucun mouvement dans la maison, ce qui n'avait rien d'inhabituel chez quelqu'un qui se couchait le plus souvent fin soûl et se levait tard. À 8 heures, tandis que la réunion se poursuivait, un technicien téléphona chez l'avocat, prétextant un faux numéro. Après la troisième sonnerie, le répondeur se déclencha ; la voix de Trevor annonça qu'il n'était pas chez lui et invita le correspondant à laisser un message. Cela arrivait de temps en temps quand il essayait de prolonger sa nuit, mais suffisait le plus souvent à le tirer du lit.

Klockner fut informé à 8 h 30 qu'il n'y avait toujours dans la maison aucun des bruits habituels du matin : ni douche, ni radio, ni télévision, ni stéréo.

Il était tout à fait possible que l'avocat se soit soûlé chez lui, tout seul ; ils savaient qu'il n'avait pas passé la soirée chez Pete. Après avoir fait un tour dans un centre commercial, il avait regagné son domicile, apparemment sans avoir bu.

– Peut-être dort-il encore, fit Klockner, sans manifester d'inquiétude. Où est sa voiture ?

– Dans l'allée.

À 9 heures, Wes et Chap frappèrent chez l'avocat ; n'entendant pas de réponse, ils ouvrirent la porte. Il y eut du remue-ménage dans la maison de location quand ils signalèrent qu'il n'y avait personne et que la voiture était toujours là. Sans céder à l'affolement, Klockner envoya ses hommes sur la plage, dans les cafés proches de la Tortue de mer et même chez Pete, qui n'était pas encore ouvert. À pied et en voiture, ils quadrillèrent sans résultat les abords du domicile et du cabinet.

À 10 heures, Klockner appela Langley. Il informa Deville que l'oiseau s'était envolé.

On vérifia la liste des passagers de tous les vols à destination de Nassau : aucune trace de Trevor Carson. Le contact de Deville dans les services des douanes des Bahamas était introuvable tout comme le fonctionnaire des Finances qui émargeait au budget de la CIA.

Teddy Maynard écoutait un rapport sur des mouvements de troupes nord-coréennes quand un message urgent l'informa que Trevor Carson, l'avocat alcoolique de Neptune Beach, avait disparu.

– Comment peut-on perdre un abruti de cet acabit ? lança-t-il à Deville dans un mouvement de colère dont il n'était pas coutumier.

– Je ne sais pas.

– Je n'arrive pas à y croire !

– Désolé, Teddy.

Maynard changea de position et retint une grimace de douleur.

– Retrouvez-le, bon Dieu ! ordonna-t-il d'une voix sifflante.

L'appareil était un Beech-Baron, un bimoteur appartenant à des médecins, que Trevor avait affrété à Eddie, le pilote qu'il avait tiré du lit à 6 heures du matin en promettant une rémunération en espèces et une rallonge. Le prix officiel était de deux mille deux cents dollars pour l'aller et retour, deux heures de vol dans chaque sens, quatre heures à quatre cents dollars de l'heure, plus les taxes d'aéroport, les frais d'immigration et le temps de travail du pilote. Trevor ajouta deux mille dollars pour Eddie s'ils décollaient immédiatement.

Quand la Geneva Trust Bank ouvrit à 9 heures, heure locale, Trevor attendait à la porte. Il fit irruption dans le bureau de Brayshears, lui demanda de l'aider sans perdre une minute. Il avait près d'un million de dollars sur son compte : neuf cent mille d'Al Konyers, par l'intermédiaire de Wes et Chap, soixante-huit mille de ses activités avec les Frères.

En gardant un œil sur la porte, il exigea de Brayshears que l'argent soit transféré ailleurs et sans délai. Le compte était au nom de Trevor ; le banquier ne pouvait refuser. Il avait un ami qui dirigeait un autre établissement aux Bermudes ; cela convenait parfaitement à Trevor. Il ne faisait pas confiance à Brayshears et avait prévu de garder l'argent en mouvement jusqu'à ce qu'il se sente en sécurité.

L'avocat eut une pensée cupide pour le compte de Boomer Realty dont le solde s'élevait à cent quatre-vingt-neuf mille dollars. Il se dit, un bref instant, qu'il était en son pouvoir de tout rafler. Cette bande de pourris – Beech, Yarber, l'odieux Spicer –, ces escrocs... Ils avaient eu le front de le virer, ils avaient précipité sa fuite. Il essaya de trouver en lui assez de haine pour vider leur compte, mais l'indulgence l'emporta : les Frères n'étaient, tout bien considéré, que trois vieillards qui croupissaient en prison.

Un million suffisait ; et il était pressé. Il n'aurait pas été plus étonné que cela de voir débarquer Wes et Chap, une arme à la main. Il remercia Brayshears et quitta précipitamment la banque.

Quand le Beech Baron décolla de l'aéroport de Nassau, Trevor ne put s'empêcher de rire en pensant au butin en sécurité, à sa fuite, à sa chance, à Wes, Chap et leur client moins riche d'un million, à son minable petit cabinet où tout s'était arrêté. Il rit en songeant à son passé et à son avenir doré.

À une altitude de trois mille pieds, il contempla les eaux paisibles de la mer des Caraïbes sur lesquelles voguait un voilier, le skipper à la barre, une femme à peine vêtue à ses côtés. Encore quelques jours et il ferait la même chose.

Il trouva une bière dans une glacière. Il la vida, s'endormit aussitôt. L'appareil se posa à Eleuthera, une île de l'archipel des Bahamas que Trevor avait découverte la veille dans une revue de voyages. Il y avait des plages, des hôtels, tous les sports nautiques. Après avoir payé Eddie, il attendit une heure un taxi à l'aérodrome.

À Governor's Harbour, il acheta des vêtements dans une boutique pour touristes, puis se mit à la recherche d'un hôtel en bord de mer. Il s'amusa de constater qu'il ne lui avait pas fallu longtemps pour cesser de regarder par-dessus son épaule. Assurément, Al Konyers était riche, mais personne n'avait les moyens de s'offrir une armée secrète assez nombreuse pour traquer quelqu'un dans toutes les îles des Bahamas. Son avenir ne serait que délices ; il ne gâcherait pas tout en se retournant sans cesse.

Il but du rhum au bord de la piscine, vidant verre après verre, à mesure que la serveuse les lui apportait. À quarante-huit ans, Trevor entra dans sa nouvelle vie à peu près dans le même état qu'il avait quitté la précédente.

Le cabinet de Trevor Carson ouvrit à l'heure comme si tout était normal. Le patron s'était fait la malle, mais Chap à l'accueil et Wes dans le bureau étaient là pour assurer la bonne marche des affaires si d'aventure un client se manifestait. Le téléphone sonna deux fois avant midi, deux appels malencontreux de malheureux égarés dans les pages jaunes. Pas un client n'avait besoin de Trevor. Pas un ami n'appelait pour lui dire bonjour. Wes et Chap s'occupèrent en faisant l'inventaire des derniers tiroirs et des rares dossiers ayant échappé à leur curiosité. Ils n'y trouvèrent rien d'intéressant.

Une équipe passa au peigne fin le domicile de l'avocat, essentiellement pour retrouver l'argent qui lui avait été remis. Comme il fallait s'y attendre, ils rentrèrent bredouilles. La serviette en similicuir était dans un placard, vide. Pas la moindre piste. Trevor avait pris la poudre d'escampette avec l'argent.

On retrouva la trace du fonctionnaire des Finances des Bahamas à New York où il s'était rendu pour le compte de son gouvernement. Il se fit tirer l'oreille pour intervenir de si loin, mais finit par décrocher son téléphone. Il confirma vers 13 heures que l'argent n'était plus sur le compte de Trevor. L'avocat avait donné l'ordre de virement en personne ; le contact refusait d'en dire plus.

Où l'argent était-il passé ? Il avait été transféré par un virement électronique ; Deville n'en saurait pas plus. La réputation des Bahamas reposait sur le secret des opérations de banque ; il ne pouvait rien révéler d'autre. Il était corrompu, certes, mais dans une certaine limite.

L'administration américaine des douanes accepta de coopérer en se faisant prier. Le passeport de Trevor avait été contrôlé à l'aéroport de Nassau International en début de matinée ; il n'avait pas encore quitté les Bahamas, du moins officiellement. Le document figurait sur la liste rouge ; si l'avocat l'utilisait pour entrer dans un autre pays, les douanes en seraient informées dans les deux heures.

Deville fit un rapport succinct à Maynard et York, son quatrième de la journée, et attendit de nouvelles instructions.

– Il commettra une erreur, affirma York. Il se servira tôt ou tard de son passeport et nous mettrons la main sur lui. Il ne sait pas à qui il a affaire.

Teddy bouillonnait de rage rentrée. La CIA avait renversé des gouvernements et supprimé des rois, mais il s'étonnait toujours de voir que les petites choses allaient souvent de travers. Un avocat inepte, abruti par l'alcool, passait entre les mailles de leur filet alors qu'une douzaine d'agents étaient censés surveiller ses faits et gestes. Dire qu'il croyait que plus rien ne pouvait le surprendre !

L'avocat devait être leur lien, leur passerelle vers les Frères ; pour un million de dollars, ils croyaient pouvoir se fier à lui. Rien n'avait été prévu pour parer à l'éventualité d'une fuite. Il leur fallait maintenant mettre sur pied un plan d'urgence.

– Il nous faut quelqu'un à l'intérieur de la prison, déclara Teddy.

– Nous y sommes presque, répondit Deville. Les discussions avec le ministère de la Justice et l'administration pénitentiaire sont en bonne voie.

– Soyez plus précis.

– Compte tenu de ce qui vient de se passer, je pense que nous pouvons avoir quelqu'un à l'intérieur dans les quarante-huit heures.

– Qui ?

– Il s'appelle Argrow. Trente-neuf ans, bien noté, onze ans d'ancienneté.

– La couverture ?

– Il sera transféré à Trumble d'un établissement fédéral des îles Vierges. Les documents seront directement visés par le Bureau des prisons ; le directeur de Trumble ne posera pas de questions. Il s'agira pour lui d'un détenu qui a demandé son transfert à Trumble.

– Il est prêt à y aller ?

– Presque. Dans quarante-huit heures.

– Arrangez-vous pour que ce soit fait immédiatement.

Deville se retira, chargé encore une fois d'une tâche ardue à accomplir dans un minimum de temps.

– Nous devons être fixés sur ce qu'ils savent exactement, marmonna Teddy d'une voix à peine audible.

– C'est vrai, fit York, mais nous n'avons aucune raison de croire qu'ils soupçonnent quelque chose. J'ai étudié toutes leurs lettres : rien n'indique qu'ils soient particulièrement intéressés par Konyers. Il n'est qu'une victime potentielle parmi d'autres. Nous avons acheté la complicité de l'avocat pour l'empêcher de surveiller la boîte postale de Konyers. Il a filé aux Bahamas, grisé par sa fortune toute fraîche, et ne constitue plus une menace.

– Nous allons quand même l'éliminer, fit Teddy à mi-voix.

Ce n'était pas une question.

– Bien sûr.

– Je me sentirai mieux quand il ne sera plus là.

Un surveillant en uniforme et sans arme entra dans la bibliothèque de droit en milieu d'après-midi. Il se trouva face à Joe Roy Spicer qui montait la garde devant la porte.

– Le directeur aimerait vous voir. Vous, Beech et Yarber.

– À quel sujet ? demanda Spicer qui lisait un vieux numéro de *Field & Stream*.

– Ce ne sont pas mes oignons. Il veut vous voir, tout de suite.

– Dites-lui que nous sommes occupés.

– Je ne lui dis rien du tout. En route.

Ils le suivirent jusqu'au bâtiment administratif ; chemin faisant, d'autres surveillants se joignirent à eux. C'est avec une forte escorte qu'ils se présentèrent en sortant de l'ascenseur devant la secrétaire du directeur. Elle dut hausser le ton pour accompagner seule les Frères dans le grand bureau où Emmitt Broon attendait.

– J'ai été informé par le FBI que votre avocat a disparu, déclara-t-il sans tourner autour du pot, dès qu'ils furent seuls.

Il n'y eut aucune réaction visible des trois détenus, mais chacun d'eux pensa aussitôt à l'argent caché à l'étranger.

– Me Carson a disparu ce matin, poursuivit le directeur. De l'argent aussi a disparu ; on ne m'a pas donné de détails.

Quel argent ? brûlaient-ils de savoir. Personne ne connaissait l'existence de leur cagnotte. Trevor avait-il dépouillé quelqu'un d'autre ?

– Pourquoi nous dites-vous cela ? questionna Beech.

La véritable raison était que le ministère de la Justice avait demandé à Broon de mettre les trois détenus au courant de cette disparition.

– Je me suis dit que ce serait bien que vous le sachiez, au cas où vous auriez voulu l'appeler.

Ils avaient viré Trevor la veille ; l'administration n'était pas encore informée que Me Carson n'était plus leur avocat.

– Comment allons-nous en trouver un autre ? s'inquiéta Spicer comme si sa vie en dépendait.

– C'est votre problème. Si vous voulez mon avis, votre avocat vous a déjà conseillés pour plusieurs années.

– Et s'il cherche à prendre contact avec nous ? demanda Yarber qui savait fort bien qu'ils n'entendraient plus jamais parler de Trevor.

– Vous m'en informerez immédiatement.

Ils s'engagèrent à le faire ; le directeur les invita à se retirer.

L'évasion de Buster ne fut pas plus compliquée qu'une course à l'épicerie du coin. Ils attendirent le lendemain matin, après le petit déjeuner, quand la plupart des détenus vaquaient à leurs tâches quotidiennes. Yarber et Beech étaient sur la piste, à deux cents mètres de distance, afin que l'un ait toujours un œil sur la prison tandis que l'autre regardait au loin la lisière du bois. Spicer faisait le guet près du terrain de basket.

Dans une prison comme Trumble, sans murs ni miradors, la présence de surveillants n'était pas cruciale. Il n'y en avait aucun en vue.

Buster avançait, accompagné par les vrombissements de son Mangeur d'herbes qu'il dirigeait lentement vers la piste. Il fit une pause pour s'essuyer le visage et jeter un coup d'œil alen tour. Quand le bruit du moteur cessa, Spicer, posté à une cinquantaine de mètres, tourna la tête dans sa direction et fit signe que la voie était libre. Buster s'engagea sur la piste et rattrapa Yarber ; pendant quelques mètres, il resta à sa hauteur.

– Tu es sûr de vouloir le faire ? demanda Yarber.

– Absolument.

Le jeune homme paraissait calme, décidé.

– Alors, vas-y tout de suite. Marche tranquillement, sois décontracté.

– Merci, Finn.

– Ne te fais pas prendre, petit.

– Pas question.

Dans le virage Buster quitta la piste et continua tout droit, dans l'herbe fraîchement coupée de la prairie. Il couvrit la centaine de mètres qui le séparait d'un bouquet d'arbustes et disparut. Beech et Yarber le suivirent des yeux, puis se retournèrent vers la prison. Spicer avançait tranquillement vers eux. Aucun signe d'agitation dans les cours, pas plus que dans les dortoirs ni les autres bâtiments. Toujours pas un maton en vue.

Ils parcoururent près de cinq kilomètres, douze tours, sans se presser, au rythme de neuf minutes au kilomètre ; quand ils en eurent assez, ils regagnèrent la bibliothèque pour se détendre à l'abri du soleil en attendant que la nouvelle de l'évasion se répande. Plusieurs heures s'écoulèrent avant que l'alerte soit donnée.

L'allure de Buster était beaucoup plus rapide. Dès qu'il eut pénétré dans le bois, il se mit à courir sans se retourner. En se guidant sur le soleil, il fila plein sud pendant une demi-heure. Les arbres étaient clairsemés, la maigre végétation du sous-bois ne ralentissait pas sa course. Il passa sous un poste de chasse au cerf, à sept mètres de hauteur, dans le branchage d'un chêne et trouva rapidement un sentier qui se dirigeait vers le sud-ouest.

Dans la poche gauche de son pantalon il avait deux mille dollars en liquide, que lui avait remis Finn Yarber ; dans la poche de droite un plan tracé par Beech. Et dans sa poche arrière une enveloppe jaune adressée à un certain Al Konyers, à Chevy Chase, Maryland. Le contenu des trois poches était important, mais les Frères avaient surtout insisté sur l'enveloppe.

Au bout d'une heure, il s'arrêta et tendit l'oreille. La nationale 30 était son premier point de repère ; elle était orientée est-ouest et Beech avait estimé qu'il tomberait dessus en moins de deux heures. Comme il n'entendait aucun bruit, il se remit en route.

Il pouvait ralentir l'allure. Il y avait une possibilité que l'on remarque son absence après le déjeuner, à l'heure où les surveillants effectuaient parfois avec nonchalance un semblant d'inspection. S'il venait à l'idée de l'un d'eux de chercher Buster, il pouvait commencer à poser des questions. Après avoir observé les gardiens pendant quinze jours, ni Buster ni les Frères n'y croyaient.

Il disposait donc au moins de quatre heures. Probablement plus, car sa journée de travail s'achevait à 17 heures. En constatant son absence, on commencerait à chercher dans l'enceinte de la prison ; au bout de deux heures de recherches, la direction informerait les postes de police des environs qu'un nouveau détenu s'était évadé. Comme ils n'étaient ni armés ni dangereux, on n'employait pas les grands moyens. Pas de battue pour débusquer le fugitif. Pas de chiens policiers. Pas d'hélicoptères survolant les bois. Le shérif du comté et ses adjoints patrouilleraient sur les grands axes routiers et conseilleraient à la population de bien fermer les portes.

Le nom de l'évadé était entré dans un fichier informatique national, son domicile et celui de sa fiancée placés sous surveillance, et on attendait qu'il fasse une bêtise.

Au bout de quatre-vingt-dix minutes de liberté, Buster s'arrêta en entendant le bruit sourd du moteur d'un poids lourd, pas très loin devant lui. Les derniers arbres du bois n'étaient séparés de la nationale que par un fossé. D'après le dessin de Beech, l'agglomération la plus proche se trouvait à sept ou huit kilomètres à l'ouest. Le plan consistait à marcher sur le bas-côté de la route, en se cachant dans un fossé ou sous un pont à l'approche des véhicules, jusqu'à ce qu'il trouve une agglomération.

Buster portait l'uniforme de la prison : pantalon kaki et chemisette vert olive, les deux tachés de sueur. Les gens du coin connaissaient cette tenue ; si quelqu'un le repérait sur l'accotement de la nationale, il avertirait le shérif. Beech et Spicer lui avaient conseillé, dès qu'il aurait trouvé une ville, de se procurer d'autres vêtements. Puis d'acheter un billet d'autocar et d'aller le plus loin possible.

Trois heures plus tard – il fallait sans cesse se cacher derrière les arbres, sauter dans les fossés –, il aperçut enfin les premières constructions. Il s'écarta de la route, traversa une prairie fauchée. Un chien gronda à son passage dans une petite rue bordée de mobile homes. Derrière une caravane du linge séchait mollement sur une corde ; il prit un pull-over rouge et blanc, se débarrassa de sa chemisette olive.

Le centre de l'agglomération se résumait à une dizaine de commerces, deux stations-service, une banque, une petite mairie et un bureau de poste. Il acheta un short en jean, un tee-shirt et des chaussures dans un magasin discount ; il se changea dans les toilettes du personnel. La poste donnait dans le bâtiment de la mairie. Il eut une pensée reconnaissante pour ses amis de Trumble et glissa en souriant leur précieuse enveloppe dans la boîte aux lettres.

Buster prit un autocar jusqu'à Gainesville, où il fit l'acquisition pour quatre cent quatre-vingts dollars d'un billet lui permettant de sillonner à volonté tout le territoire des États-Unis pendant soixante jours. Il prit la direction de l'ouest. Il voulait atteindre le Mexique et y disparaître.

30.

L'élection primaire de Pennsylvanie, le 25 avril, devait être le baroud d'honneur du gouverneur Tarry. Sans se laisser décourager par sa piètre prestation au cours du débat télévisé, il fit campagne avec beaucoup d'enthousiasme mais peu d'argent. « Lake a tout raflé », proclamait-il à chacune de ses étapes, feignant de tirer fierté de jouer le rôle du pauvre. Il resta dans l'État onze jours d'affilée. Réduit à se déplacer dans un grand camping-car Winnebago, il prenait ses repas chez des militants de son parti, passait la nuit dans des motels bon marché et s'usait la santé à serrer des mains et à faire du porte-à-porte.

« Parlons des vraies questions, répétait-il inlassablement, pas d'argent. »

Lake, de son côté, ne chômait pas. Son jet allait dix fois plus vite que le camping-car de Tarry. Il serrait plus de mains, faisait plus de discours et dépensait infiniment plus.

Le résultat était prévisible. Lake obtint soixante et onze pour cent des suffrages, une déroute pour Tarry, qui envisagea ouvertement de se retirer. Mais il fit vœu de tenir encore une semaine, jusqu'au scrutin de l'Indiana. Son équipe de campagne l'avait lâché ; il devait onze millions de dollars et avait été chassé de son quartier général de campagne, à Arlington.

Il voulait pourtant que les électeurs de l'Indiana aient la possibilité de glisser dans les urnes un bulletin de vote à son nom.

Et le jet flambant neuf de Lake pouvait prendre feu, comme c'était déjà arrivé.

Tarry pansa ses blessures d'amour-propre ; dès le lendemain de l'élection, il annonça qu'il poursuivait le combat.

Il faisait presque pitié, mais cette détermination à tenir jusqu'à la convention du parti forçait l'admiration de Lake. Le calcul était pourtant simple. Lake avait besoin de quarante voix supplémentaires pour recevoir l'investiture ; il restait près de cinq cents délégués à conquérir.

Après le résultat de la Pennsylvanie, les grands quotidiens nationaux proclamèrent sa nomination. Son visage souriant s'étalait partout à la une, un miracle politique. On le louait en faisant de lui le symbole d'un système qui fonctionne : un inconnu, porteur d'un message, qui réussit à retenir l'attention du peuple. La campagne de Lake était une source d'espoir pour ceux qui rêvaient d'être un jour candidats à la présidence.

Et on le condamnait pour avoir acheté sa nomination. Avant la Pennsylvanie, on estimait ses dépenses à quarante millions de dollars. Difficile d'être plus précis quand l'argent était utilisé sur tous les fronts. Il fallait ajouter vingt millions dépensés par CAP-D et une demi-douzaine d'autres puissants groupes de pression agissant pour le compte de Lake.

Jamais de telles sommes n'avaient été englouties dans une campagne électorale.

Ces critiques blessèrent Lake ; il y pensait jour et nuit. Mais il préférait avoir les fonds et la nomination plutôt que rien.

L'argent n'était pas un sujet tabou. Les dirigeants des sociétés Internet gagnaient des fortunes ; le gouvernement fédéral, malgré les gaspillages, se vantait d'un excédent budgétaire. Tout le monde ou presque avait un emploi, un endettement supportable et deux voitures par foyer. Les sondages permanents réalisés pour son compte incitaient Lake à croire que la question d'argent n'était pas cruciale pour les électeurs. Les derniers chiffres le donnaient maintenant presque à égalité avec le vice-président dans l'hypothèse d'un affrontement en novembre.

À son retour des batailles de l'Ouest, Aaron Lake fut fêté comme un héros à Washington. L'obscur parlementaire de l'Arizona était devenu le chouchou de la capitale.

Pendant un long petit déjeuner silencieux, les Frères lurent attentivement le quotidien du matin de Jacksonville, le seul autorisé dans l'enceinte de la prison. Ils étaient heureux pour Aaron Lake. En vérité, sa nomination les remplissait d'une profonde joie ; ils étaient maintenant au nombre de ses plus ardents partisans. Fonce, Aaron, fonce !

La nouvelle de l'évasion de Buster n'avait pas fait beaucoup de bruit. Tant mieux pour lui, se disaient les détenus : il était trop jeune et sa peine trop longue. Cours, Buster, cours !

Il n'y avait pas une ligne sur l'évasion, dans le journal du matin. Les Frères se l'étaient passé sans laisser de côté une seule rubrique, à part les petites annonces et la nécrologie. Ils attendaient. Ils n'écriraient plus de lettres et n'en recevraient plus, faute de coursier. Plus rien ne se ferait jusqu'à ce qu'ils aient des nouvelles d'Aaron Lake.

Wilson Argrow arriva à Trumble dans une camionnette verte dépourvue de signes distinctifs. Il en descendit menotté, tiré par les deux marshals qui l'escortaient depuis Miami, où ils avaient pris l'avion pour Jacksonville.

D'après son dossier, Argrow avait déjà tiré quatre mois sur les cinq ans auxquels il avait été condamné pour détournement de fonds. Il avait demandé un transfert pour des raisons qui n'étaient pas très claires, mais personne à Trumble ne s'en souciait. Argrow était un détenu comme les autres dans le système fédéral ; ils bougeaient tout le temps.

Trente-neuf ans, divorcé, études supérieures, domicilié, toujours d'après le dossier, à Coral Gables, Floride. Son vrai nom était Kenny Sand. Il travaillait depuis onze ans pour la CIA et, même s'il n'avait jamais vu l'intérieur d'une prison, on lui avait confié des missions autrement difficiles. Il resterait un ou deux mois à Trumble, puis demanderait un nouveau transfert.

Tandis qu'on effectuait les formalités d'admission, Argrow conservait une décontraction de façade, mais il avait l'estomac noué. On lui avait assuré que la violence n'était pas tolérée à Trumble et il était parfaitement capable de se défendre, mais la prison, c'est la prison. Un sous-directeur lui infligea un laïus d'une heure avant de l'entraîner dans une rapide visite des lieux. Il se sentit rassuré en découvrant Trumble par lui-même. Les surveillants n'étaient pas armés, la plupart des détenus paraissaient inoffensifs.

Son compagnon de cellule était un vieillard chenu, à la barbe clairsemée, un criminel endurci, qui avait connu maintes prisons et se plaisait à Trumble. Il confia à Argrow qu'il avait l'intention d'y finir ses jours. Il accompagna le nouveau venu au réfectoire, lui donna un aperçu des menus ; il le conduisit ensuite dans la salle de jeux où des hommes empâtés, assis à des tables pliantes, jouaient aux cartes, une cigarette au coin des lèvres.

– Il est interdit de jouer de l'argent, expliqua le vieillard avec un clin d'œil.

Ils sortirent, se dirigèrent vers l'espace de musculation où les plus jeunes transpiraient au soleil ; ils soignaient leur bronzage en développant leurs muscles. « Rien ne vaut une prison fédérale », observa gravement le vieillard en indiquant la piste de jogging. Il montra ensuite à Argrow la bibliothèque, où il n'avait jamais mis les pieds.

– Là-bas, expliqua-t-il en montrant un coin de la salle, c'est la bibliothèque de droit.

– Qui y va ?

– Il y a souvent des avocats, ici ; en ce moment, nous avons même des juges.

– Des juges ?

– Ils sont trois.

La bibliothèque n'intéressait pas le vieillard. Il montra la chapelle à son nouveau compagnon, puis ils ressortirent dans la cour.

Argrow le remercia pour la visite et retourna à la bibliothèque. Un détenu lavait le sol dans un coin ; Argrow traversa la salle vide et ouvrit la porte donnant dans la bibliothèque de droit.

Joe Roy Spicer lisait une revue ; il leva les yeux, vit une tête qu'il ne connaissait pas.

– Vous cherchez quelque chose ? fit-il d'un ton peu amène.

Argrow reconnut un des hommes dont il avait vu la photo dans le dossier : un ex-juge de paix qui détournait les bénéfices du bingo et s'était fait prendre la main dans le sac. Lamentable.

– Je suis nouveau ici, déclara-t-il avec un sourire forcé. Je viens d'arriver. C'est bien la bibliothèque de droit ?

– Oui.

– Je suppose qu'elle est ouverte à tout le monde ?

– Sans doute. Vous êtes avocat ?

– Non, banquier.

Quelques mois plus tôt, Spicer se serait débrouillé pour lui rendre, moyennant finances, des services en matière juridique. Plus maintenant ; ils n'avaient plus besoin de ramasser de la menue monnaie. Argrow lança un regard circulaire : ni Beech ni Yarber n'étaient là.

Il sortit de la bibliothèque. Le premier contact était pris.

Le plan conçu par Lake pour effacer les souvenirs de Ricky et de leur correspondance reposait sur une tierce personne. Sa notoriété était telle qu'il n'osait plus prendre la tangente en pleine nuit, déguisé en joggeur, et sauter dans un taxi pour traverser les faubourgs et aller vider sa boîte postale. Les risques étaient trop élevés et il doutait sérieusement de pouvoir tromper la vigilance du Service secret. Les agents chargés de sa protection étaient devenus si nombreux qu'il ne pouvait plus les compter.

La jeune femme s'appelait Jayne. Entrée dans l'équipe de campagne dans le Wisconsin, elle n'avait pas été longue à conquérir une place dans l'état-major du candidat. Bénévole pendant les premières semaines, elle gagnait maintenant cinquante-cinq mille dollars par an en qualité d'assistante personnelle d'Aaron Lake, qui avait en elle une confiance absolue. Elle était le plus souvent à ses côtés ; ils avaient déjà abordé à deux reprises la question de son futur poste à la Maison-Blanche.

Quand le moment lui paraîtrait propice, il confierait à Jayne la clé de la boîte postale louée au nom de Konyers et la chargerait de prendre le courrier et de résilier le contrat sans laisser d'adresse. Il lui dirait qu'il avait loué cette boîte postale pour contrôler la vente des contrats de défense classés, à l'époque où il était convaincu que l'Iran achetait des documents qu'il n'aurait pas dû pouvoir se procurer. Ou une histoire de ce genre. Elle le croirait, parce qu'elle voulait le croire.

Si la chance était avec lui, il n'y aurait pas de lettre de Ricky et la boîte postale serait définitivement fermée. Si Jayne trouvait une enveloppe personnelle et manifestait de la curiosité, Lake dirait simplement qu'il n'avait pas la moindre idée de qui avait pu lui écrire. Elle ne poserait pas d'autres questions ; sa fidélité était aveugle.

Il attendait le moment propice. Il attendit trop longtemps.

31.

Elle arriva à bon port avec une multitude d'autres lettres, les tonnes de papier expédiées quotidiennement vers la capitale. Triée à l'aide du code postal, puis par rue. Trois jours après avoir été postée par Buster, la dernière lettre de Ricky termina son voyage à Chevy Chase, dans la boîte postale d'Al Konyers. Elle fut interceptée par une équipe de surveillance effectuant une vérification de routine et rapidement emportée à Langley après examen de l'enveloppe.

Entre deux réunions, Teddy profitait d'un moment de solitude dans son bureau en buvant un café quand Deville entra, une chemise cartonnée à la main.

– Nous avons reçu ça il y a trente minutes, annonça-t-il en tendant trois feuilles de papier à son patron. C'est une copie ; l'original est dans le dossier.

Le directeur de la CIA ajusta ses lunettes à double foyer. La copie de l'enveloppe portait, comme toujours, le cachet de la poste de Floride ; l'écriture n'était que trop familière. Avant même de commencer à lire, il avait compris que l'affaire était sérieuse.

Cher Al,

Vous avez essayé dans votre dernière lettre de mettre fin à notre correspondance. Je suis au regret de vous dire que ce ne sera pas si facile. J'irai droit au but : je ne m'appelle pas plus Ricky que vous vous appelez Al. J'écris d'une prison, non d'une clinique de désintoxication.

Je sais qui vous êtes, monsieur Lake. Je sais que tout vous sourit, que la nomination est dans la poche, que l'argent afflue dans vos caisses. On nous permet de lire le journal à Trumble et nous avons suivi avec fierté votre irrésistible ascension.

Maintenant que je sais qui se cache derrière le pseudonyme d'Al Konyers, je suis sûr que vous aimeriez que je garde le silence sur notre petit secret.

J'en serais heureux, mais le coût sera très élevé.

J'ai besoin d'argent et je veux sortir de prison. Je sais garder un secret et je sais négocier.

L'argent sera le plus facile, vous en avez tellement. Ma libération sera plus compliquée, mais vous vous faites quantité d'amis puissants. Je suis sûr que vous trouverez un moyen.

Je n'ai rien à perdre et je n'hésiterai pas à briser votre carrière si vous refusez de négocier.

Je m'appelle Joe Roy Spicer, je suis en détention à la prison fédérale de Trumble. Trouvez le moyen de me joindre et faites-le vite.

Je ne bougerai pas d'ici.

Joe Roy Spicer.

Teddy Maynard annula la réunion suivante pendant que Deville appelait York ; dix minutes plus tard, les trois hommes étaient enfermés dans le bunker.

La première solution envisagée fut d'éliminer les Frères. Argrow pouvait s'en charger si on lui fournissait le matériel nécessaire. Yarber pouvait mourir dans son sommeil, Spicer tomber raide mort sur la piste, Beech l'hypocondriaque ne pas survivre à la prise d'un médicament délivré par erreur à l'infirmerie. Ils n'étaient pas en très bonne santé et ne seraient pas de taille face à Argrow. Une mauvaise chute, un coup sur la nuque, tout était possible pourvu que cela ressemble à une mort naturelle ou accidentelle.

Il faudrait agir vite, pendant qu'ils attendaient une réponse de Lake.

Mais ce serait compliqué, cela ferait désordre : trois morts d'un seul coup à Trumble, dans une petite prison sans histoire. Trois amis proches qui passaient ensemble la majeure partie de leurs journées et qui, en très peu de temps, mouraient de trois manières différentes. Il y aurait là de quoi susciter une vague d'interrogations. Et si les soupçons se portaient sur Argrow ?

Trevor était pour eux un autre sujet d'inquiétude. Où qu'il se fût réfugié, il était possible que l'avocat apprenne la disparition des Frères. Cela pouvait le terroriser mais risquait aussi de provoquer chez lui des réactions imprévisibles. Peut-être en savait-il plus long qu'ils ne le pensaient.

Deville allait élaborer un plan pour les éliminer, mais Teddy demeurait hésitant. Il les aurait fait supprimer tous les trois sans le moindre scrupule s'il avait été convaincu que cela protégeait Lake.

Et si les Frères avaient mis quelqu'un d'autre dans le secret ?

Il y avait décidément trop d'inconnues. Deville reçut l'ordre de prendre ses dispositions, mais l'élimination des trois juges serait leur dernier recours.

Tous les scénarios restaient possibles. York suggéra de replacer la lettre dans la boîte postale de Lake ; il portait l'entière responsabilité du pétrin où il était.

– Il ne saurait pas quoi faire, objecta Teddy.

– Et nous ?

– Nous trouverons.

Il eût été amusant de voir Lake essayer de réduire les Frères au silence. Ce n'eût été que justice : il était à l'origine de la situation, à lui de se débrouiller.

– Nous sommes à l'origine de la situation, rectifia Teddy. À nous de dénicher une solution.

Ne pouvant prévoir la réaction de Lake, ils ne pouvaient la contrôler. Cet imbécile avait réussi à échapper à leur vigilance pour poster une nouvelle lettre adressée à Ricky. Et il avait été si stupide que les Frères connaissaient maintenant sa véritable identité.

Sans oublier que Lake était en relations épistolaires avec un correspondant gay. On ne pouvait se fier entièrement à un homme qui menait une double vie.

Ils envisagèrent ensuite d'avoir une franche explication avec Lake. York était partisan, depuis la première lettre de Trumble, de provoquer un grand déballage, mais Teddy ne partageait pas son avis. Malgré toutes les heures de sommeil perdues à se tourmenter pour Lake, il avait toujours gardé l'espoir de faire cesser l'échange de courrier. D'abord régler discrètement le problème, ensuite avoir une conversation avec son candidat.

Comme il aurait aimé coller Lake dans un fauteuil, le regarder dans le blanc des yeux et commencer à projeter sur un écran les copies de toutes ces foutues lettres. Et une copie de l'annonce d'*Out and About.* Il lui parlerait de Quince Garbe, un autre imbécile qui avait foncé tête baissée dans le piège, et de Curtis Vann Gates. « Comment avez-vous pu être aussi stupide ? » lui aurait-il lancé au visage.

Mais Teddy avait une vision globale de la situation. Les problèmes créés par Lake étaient de peu d'importance en comparaison des exigences de la défense nationale. Le péril russe se faisait de plus en plus pressant ; il faudrait être prêt à faire face à la nouvelle donne quand Natty Chenkov et sa clique prendraient le pouvoir.

Teddy avait neutralisé des hommes infiniment plus puissants que les trois petits juges croupissant dans leur prison. Sa force était une planification méticuleuse, élaborée patiemment, avec un soin maniaque.

La réunion fut interrompue par un message du bureau de Deville. Le passeport de Trevor Carson avait été signalé à une porte d'embarquement de l'aéroport d'Hamilton, aux Bermudes. L'avocat avait pris un vol à destination de San Juan, à Porto Rico. L'atterrissage était prévu cinquante minutes plus tard.

– Savions-nous qu'il était aux Bermudes ? demanda York.

- Non, répondit Deville. À l'évidence, il y est entré sans utiliser son passeport.

– Il ne boit peut-être pas autant que nous le pensions.

– Avons-nous quelqu'un à San Juan ? s'enquit Teddy, avec une pointe d'excitation dans la voix.

– Évidemment, fit York.

– Suivons sa piste tant qu'elle est chaude.

– Le plan a-t-il changé pour Trevor ? demanda Deville.

– Non, répondit Teddy. Il n'y a rien de changé.

Deville se retira ; Teddy commanda du thé à la menthe tandis que York relisait la lettre de Spicer.

– Et si nous les séparions ? suggéra-t-il.

– J'y pensais justement. En faisant vite, sans leur laisser le temps de mettre une stratégie sur pied. Les envoyer dans trois établissements éloignés les uns des autres, les placer un certain temps en isolement cellulaire, s'assurer qu'ils n'ont pas accès au téléphone et ne reçoivent pas de courrier. Et après ? Ils auront toujours leur secret ; ils seront tous les trois en mesure de briser la carrière de Lake.

– Je ne suis pas sûr que nous ayons les contacts nécessaires à la direction du Bureau des prisons.

– Peu importe. J'aurai, si nécessaire, une conversation avec le ministre de la Justice.

– Depuis quand êtes-vous amis ?

– C'est une affaire qui relève de la sécurité nationale.

– Trois juges pourris emprisonnés en Floride peuvent mettre en péril la sécurité nationale ? J'aimerais assister à cette conversation.

Les yeux fermés, les dix doigts serrés sur sa tasse, Teddy but une gorgée de thé.

– Trop risqué, murmura-t-il. Si nous les mettons en fureur, leurs réactions seront encore plus imprévisibles. C'est dangereux.

– Imaginons qu'Argrow trouve les documents, poursuivit York. Ces hommes ont été condamnés pour escroquerie ; personne ne croira sans preuves ce qu'ils pourraient raconter sur Lake. Ces preuves sont des papiers, les originaux et les copies de leur correspondance. Ils sont cachés quelque part. Si nous mettons la main dessus, qui les croira ?

Une autre gorgée de thé, les yeux fermés, un autre silence. Teddy changea de position dans son fauteuil.

– C'est vrai, fit-il doucement. Mais je redoute qu'il y ait quelqu'un d'autre, quelqu'un dont nous ignorons tout. Les Frères ont une longueur d'avance sur nous et ils la conserveront. Nous en sommes encore à réfléchir à ce qu'ils savent depuis un certain temps ; je ne suis pas sûr que nous pourrons combler notre retard. Peut-être ont-ils envisagé la disparition de leurs dossiers. Le règlement de la prison doit interdire de conserver des papiers de ce genre ; ils les ont certainement planqués quelque part. Les lettres de Lake ont beaucoup trop de valeur pour ne pas avoir été copiées et mises en lieu sûr.

– Trevor leur servait de boîte aux lettres. Nous avons pris connaissance de chacune des lettres qu'il a fait sortir de Trumble depuis un mois.

– C'est ce que nous croyons. Nous n'en avons pas la certitude.

– Qui, alors ?

– Spicer a une femme qui lui a rendu visite. Yarber est en instance de divorce avec la sienne, mais nous ne connaissons pas leurs rapports ; elle est allée le voir il y a moins de trois mois. Peut-être paient-ils des surveillants pour faire sortir du courrier. Ils ont tout leur temps, ils sont intelligents et imaginatifs ; impossible de partir du postulat que nous savons tout ce qu'ils mijotent. Et si nous commettons la moindre erreur, le secret honteux de Lake éclatera aux yeux de tous.

– Comment s'y prendraient-ils ?

– Sans doute en prenant contact avec un journaliste et en montrant les lettres l'une après l'autre. Cela marcherait.

– Vous imaginez le tollé général ?

– Il n'en est pas question, York. À nous de faire en sorte que cela n'arrive pas.

Deville revint précipitamment. Le service des douanes n'avait été averti par les autorités des Bermudes que dix minutes après le départ du vol à destination de San Juan. L'avion de Trevor se posait dans dix-huit minutes.

Trevor ne faisait que suivre son argent ; il avait rapidement saisi les principes de base du transfert de fonds. Des Bermudes, il en avait viré la moitié en Suisse, l'autre moitié dans une banque de Grande Caïman. Est ou ouest ? Telle avait été pour lui la grande question. Le premier vol au départ des Bermudes était à destination de Londres, mais à l'idée de passer les contrôles à Heathrow, il avait pris peur. Il n'était pas recherché, du moins par les autorités américaines, ni sous le coup d'une procédure judiciaire. Mais les Anglais étaient d'une grande vigilance à leurs frontières. Il préférait partir à l'ouest, tenter sa chance dans les Antilles.

Au bar où il était allé directement dès son arrivée, il commanda une double pression et étudia les horaires des vols au départ de San Juan. Pas de stress, rien ne pressait, il avait de l'argent plein les poches. Il pouvait aller n'importe où, faire ce qu'il voulait en prenant tout son temps. Après la deuxième bière, il décida de passer quelques jours à Grande Caïman. Il acheta un billet au comptoir Air Jamaica, revint au bar ; il était près de 17 heures et il lui restait une demi-heure avant l'embarquement.

Il avait pris un billet de première classe, bien entendu. Il embarqua en avance pour avoir un autre verre avant le décollage et regarda les autres passagers défiler devant lui. Son attention fut attirée par un visage qu'il avait déjà vu.

Où était-ce donc ? Dans le terminal, quelques minutes auparavant. Un visage long et maigre, un bouc poivre et sel, de petits yeux enfoncés derrière des lunettes à monture carrée. Les petits yeux se tournèrent vers Trevor, juste le temps de croiser les siens, puis l'homme détourna la tête comme si de rien n'étai

C'était près du comptoir de la compagnie aérienne, au moment où il se retournait après avoir acheté son billet. Debout devant un tableau des départs, l'homme l'observait.

Quand on est en cavale, tout coup d'œil fugitif, tout regard appuyé, le moindre mouvement de tête devient suspect. On ne remarque pas le visage que l'on voit une fois ; si on le revoit une demi-heure plus tard, cela signifie que quelqu'un observe tous vos mouvements.

Arrête de boire, se dit Trevor. Juste après le décollage, il demanda un café qu'il but d'un trait. À l'arrivée à Kingston, il fut le premier à descendre ; il passa rapidement la douane et l'immigration. Aucun signe de l'homme au bouc poivre et sel.

Trevor saisit ses deux petits sacs et s'élança vers la station de taxis.

32.

Le quotidien de Jacksonville arrivait à Trumble vers 7 heures du matin. Les quatre exemplaires déposés dans la salle de jeux devaient être lus sur place ; ils restaient à la disposition des détenus s'intéressant à la vie de l'extérieur. Joe Roy Spicer était le plus souvent le seul à attendre les journaux. Il en gardait en général un pour lui : il avait besoin d'étudier les grilles de pronostics dans le courant de la journée. La scène était quasi immuable : un grand gobelet de café à la main, les pieds sur une table basse, Spicer attendait Roderick, le surveillant qui apportait les journaux.

C'est lui qui découvrit l'article, au bas de la une. Trevor Carson, un avocat de Jacksonville, disparu pour une raison indéterminée, avait été retrouvé mort devant un hôtel de Kingston, à la Jamaïque. Abattu de deux balles dans la tête la veille au soir, juste après la tombée de la nuit. Spicer remarqua que l'article n'était pas accompagné d'une photo de Trevor. Il ne devait pas y en avoir dans les archives du journal ; la mort de Trevor pouvait-elle intéresser quelqu'un ?

D'après les autorités locales, il s'agissait apparemment d'un touriste qui s'était fait dévaliser. Un appel anonyme avait révélé à la police l'identité de la victime dont le portefeuille avait disparu. L'auteur de cet appel semblait bien renseigné.

La carrière de Me Trevor Carson était résumée en un paragraphe de quelques lignes. Une ancienne secrétaire prénommée Jan, interrogée par le journaliste, s'était refusée à tout commentaire. Rédigé à la hâte, l'article avait trouvé place à la une du quotidien uniquement parce que la victime était un avocat assassiné.

Finn était au bout de la piste, à la sortie du virage ; déjà torse nu, il allait d'un bon pas dans l'humidité du petit matin. Spicer attendit qu'il arrive au bout de la ligne droite pour lui tendre le journal sans un mot.

Ils trouvèrent Beech dans la queue de la cafétéria ; un plateau en plastique à la main, il considérait d'un air mélancolique les montagnes d'œufs brouillés. Ils allèrent s'asseoir dans un coin de la salle, à l'écart des autres, et mangèrent du bout des dents en parlant à mi-voix.

– S'il était en cavale, à qui voulait-il donc échapper ?

– Peut-être Lake avait-il lancé des gens à ses trousses.

– Il ne savait pas qu'il s'agissait de Lake. Il n'en avait pas la moindre idée.

– Bon, alors il voulait échapper à Konyers. La dernière fois qu'il est venu, il a dit que Konyers était la grosse prise et qu'il savait qui nous étions. Le lendemain, il avait disparu.

– Peut-être avait-il peur, tout simplement. Imaginons que Konyers l'ait menacé de dévoiler le rôle qu'il jouait dans notre petite affaire. Trevor, qui n'était pas un modèle d'équilibre, a décidé de rafler tout ce qu'il pouvait et de jouer la fille de l'air.

– À qui appartenait l'argent volé, voilà ce que je veux savoir !

– Pas à nous. Personne n'est au courant, pour les Bahamas.

– Trevor a dû ramasser tout ce qui était à portée de sa main avant de disparaître. Il ne serait pas le premier avocat à nettoyer le compte de ses clients avant de filer à l'étranger.

– Vraiment ? fit Spicer.

Beech lui donna trois exemples ; Yarber en ajouta deux pour faire bonne mesure.

– Alors, qui l'a tué ?

– Il est possible qu'il se soit trouvé dans un quartier qu'il valait mieux éviter.

– Devant le Sheraton ? Permettez-moi d'en douter.

– D'accord. Alors, c'est peut-être Konyers qui l'a éliminé.

– Possible. Il aurait découvert que Trevor était le contact de Ricky à l'extérieur, fait pression sur lui en le menaçant de tout divulguer et Trevor se serait enfui aux Caraïbes. Il ne savait pas que Konyers et Aaron Lake ne font qu'un.

– Et Lake a assez d'argent et de relations pour traquer un type qui ne dessoûle pas.

– Et nous ? Lake sait maintenant que Ricky n'existe pas, qu'il s'appelle en réalité Joe Roy et qu'il a des amis dans la même prison.

– La question est de savoir s'il peut nous atteindre.

– Je pense que je serai le premier à le savoir, glissa Spicer avec un rire nerveux.

– N'oublions pas que Trevor s'est peut-être fourré tout seul dans un mauvais pas ; plein comme une outre, il a essayé de lever une femme et a pris deux balles dans la tête.

Ils tombèrent d'accord sur le fait que Trevor était parfaitement capable de s'être fait descendre par bêtise.

Qu'il repose en paix ! À la condition qu'il n'ait pas vidé leur compte en banque.

Chacun partit de son côté. Beech prit la direction de la piste pour réfléchir en marchant. Yarber essaya, pour vingt cents de l'heure de réparer un ordinateur dans le bureau de l'aumônier. Spicer se rendit à la bibliothèque, où il trouva Argrow en train de lire un ouvrage de droit.

La bibliothèque de droit était accessible à toute heure à tout un chacun, mais l'usage voulait que l'on demande à l'un des Frères la permission de consulter leurs livres. Argrow était nouveau ; à l'évidence, il ne connaissait pas les règles. Spicer décida de le laisser tranquille.

Ils se saluèrent d'un signe de tête ; Spicer entreprit de débarrasser les tables et de ranger les livres. Ils étaient seuls.

– J'ai entendu dire que vous conseillez les gens en matière juridique, lança Argrow du fond de la pièce.

– On entend dire tellement de choses.

– Mon affaire est en appel.

– Que s'est-il passé en première instance ?

– Le jury a retenu trois charges de détournement de fonds, de l'argent que j'ai planqué à l'étranger, aux Bahamas. Le juge m'a collé cinq ans. J'ai tiré quatre mois et je me demande si je tiendrai juqu'au bout des cinquante-six qui restent. J'ai besoin de quelqu'un qui me donne un coup de main pour mon appel.

– Quelle juridiction ?

– Les îles Vierges. Je travaillais pour une grosse banque de Miami qui brasse pas mal d'argent de la drogue.

Argrow avait la langue bien pendue et paraissait avide de parler ; Spicer s'en irrita à peine. L'allusion aux Bahamas avait éveillé son attention.

– Je ne sais pas exactement pourquoi, poursuivit Argrow, mais je me suis passionné pour le blanchiment de fonds. Je jonglais tous les jours avec des dizaines de millions : c'était enivrant. Je faisais circuler l'argent sale plus vite que n'importe quel banquier de Floride. J'en suis encore capable. Mais on ne choisit pas toujours bien ses amis et j'ai commis quelques erreurs.

– Vous reconnaissez votre culpabilité ?

– Absolument.

– C'est la minorité des cas ici.

– J'ai mal agi, mais je pense que la sentence est trop sévère. On m'a dit que vous arriviez à faire réduire les peines.

Spicer ne s'intéressait plus aux tables ni aux livres. Il avança une chaise et décida de prendre son temps.

– Nous pouvons jeter un coup d'œil à votre dossier, fit-il du ton de celui qui a déjà fait appel d'un millier de jugements.

Pauvre ringard, se retint de dire Argrow. Vous avez arrêté vos études à seize ans et volé une voiture à dix-neuf. Votre père a fait jouer ses relations pour vous sauver la mise. Vous avez été élu juge de paix en faisant voter les morts et en bourrant les urnes ; aujourd'hui, vous croupissez en prison et vous roulez les mécaniques.

Il est vrai, ajouta Argrow in petto, que vous avez le pouvoir de provoquer la chute du prochain président des États-Unis.

– Qu'est-ce que ça me coûtera ? demanda-t-il.

– Combien avez-vous ? fit Spicer comme un véritable avocat.

– Pas beaucoup.

– Je croyais que vous saviez planquer de l'argent à l'étranger.

– Pour ça, oui, vous pouvez me croire. J'ai même eu un joli magot à un moment, mais je n'ai pas su le garder.

– Do[illegible] vous n'avez rien.

– Pas grand-chose. Disons à peu près deux mille.
– Et votre avocat ?
– Il m'a fait condamner. Je n'ai plus de quoi en engager un autre.
Spicer réfléchit à la situation. Il se rendait compte que Trevor leur manquait ; tout était plus simple quand il s'occupait de ramasser l'argent.
– Avez-vous encore des contacts aux Bahamas ?
– J'ai des contact dans toutes les Antilles. Pourquoi ?
– Vous allez devoir faire un virement. L'argent liquide est interdit à Trumble.
– Vous voulez que je vous vire deux mille dollars ?
– Cinq mille. Le minimum que nous demandons pour nos honoraires.
– Où est votre banque ?
– Aux Bahamas.
Argrow plissa les yeux et fronça les sourcils, s'absorbant, tout comme Spicer, dans ses réflexions. Deux esprits cheminaient dans la même direction.
– Pourquoi aux Bahamas ? demanda Argrow.
– Pour la même raison que vous.
Les pensées s'entrechoquaient dans les deux têtes.
– J'ai quelque chose à vous demander, reprit Spicer. Vous avez dit que vous pouviez déplacer l'argent sale plus vite que n'importe qui.
– Aucun problème, fit Argrow en hochant longuement la tête.
– Pouvez-vous encore le faire ?
– D'ici, vous voulez dire ?
– Oui, d'ici.
Argrow haussa les épaules en ricanant, comme s'il n'y avait rien de plus facile.
– Et comment ! J'ai encore des amis.
– Retrouvez-moi ici dans une heure. J'aurai peut-être quelque chose à vous proposer.

Une heure plus tard, Argrow était de retour. Il trouva les trois juges assis à une table couverte de documents et d'ouvrages juridiques, comme si la Cour suprême de Floride tenait séance. Les présentations terminées, Argrow s'installa de l'autre côté de la table.

Ils parlèrent un moment de son recours ; Argrow resta assez vague. Sans le dossier qui n'était pas encore arrivé, ils ne pouvaient pas faire grand-chose.

Simples préliminaires ; on le savait des deux côtés. Beech entra dans le vif du sujet.

– M. Spicer nous a informés que vous saviez, mieux que personne, faire circuler l'argent sale.

– Jusqu'à ce que je me fasse prendre, fit modestement Argrow. J'imagine que vous en avez.

– Nous avons un compte à l'étranger, alimenté par les rétributions que nous recevons en échange de nos services et par d'autres revenus dont je préfère ne pas préciser la nature. Vous le savez, les conseils que nous donnons en matière juridique ne peuvent être rémunérés.

– Ils le sont quand même, ajouta Yarber.

– Combien avez-vous sur ce compte ? s'informa Argrow qui connaissait le solde au centime près.

– C'est la question, répondit Spicer. Il y a des chances que l'argent se soit envolé.

– Je ne comprends pas, fit Argrow, l'air perplexe, après un silence.

– Nous avions un avocat, expliqua Beech en pesant chaque mot. Il a disparu et il se peut qu'il ait pris l'argent.

– Je vois. Et ce compte est dans une banque des Bahamas ?

– Le compte, oui. Nous ne sommes pas sûrs de sa position.

– Nous doutons que l'argent y soit encore, précisa Yarber.

– Mais nous aimerions en avoir la certitude, ajouta Beech.

– Quelle banque ? demanda Argrow.

– La Geneva Trust, à Nassau, répliqua Spicer en lançant un coup d'œil à ses collègues.

Argrow hocha la tête de l'air suffisant de celui qui est au courant de sales petits secrets.

– Vous connaissez cette banque ? demanda Beech.

– Bien sûr, fit Argrow.

– Et alors ? insista Spicer.

Avec l'air supérieur de celui qui connaît les choses de l'intérieur, Argrow se leva théâtralement et commença à aller et venir dans la petite salle, apparemment absorbé dans ses pensées. Puis il revint se planter devant la table.

– Qu'attendez-vous exactement de moi ? Cessons de tourner autour du pot.

Les trois juges le regardèrent, puis se regardèrent. À l'évidence, ils se posaient deux questions : dans quelle mesure pouvaient-ils faire confiance à un homme qu'ils connaissaient à peine et qu'attendaient-ils exactement de lui ?

Mais si l'argent, comme ils le redoutaient, s'était déjà envolé, qu'avaient-ils à perdre ?

– Nos connaissances sont limitées en matière de transfert d'argent sale, expliqua Yarber. Ce n'était pas notre métier, vous comprenez. Pardonnez notre ignorance, mais y aurait-il un moyen de vérifier si l'argent est encore sur le compte ?

– Nous n'avons pas la certitude que l'avocat l'a pris, ajouta Beech.

– Vous voulez que je vérifie le solde d'un compte secret ? demanda Argrow.

– C'est ça, fit Yarber.

– Nous nous sommes dit que vous aviez peut-être encore des amis dans le milieu de la banque, poursuivit Spicer avec circonspection. Et nous sommes curieux de savoir si la chose peut se faire.

– Vous avez de la chance, déclara Argrow d'un air assuré.

– Pourquoi ? demanda Beech.

– Vous avez choisi les Bahamas.

– En réalité, précisa Spicer, c'est l'avocat qui a choisi les Bahamas.

– Peu importe. Il faut savoir que le secret bancaire n'y est pas bien respecté ; des tas de gens se laissent acheter. Les circuits sérieux du blanchiment de fonds d'origine douteuse restent à l'écart des Bahamas. C'est Panamá qui a la cote en ce moment, mais Grande Caïman est toujours recherchée.

Les Frères hochèrent la tête : les placements offshore ont leurs règles. Voilà ce qui arrivait quand on faisait confiance à un idiot comme Trevor !

Ils ne pouvaient masquer leur ignorance ; pour des hommes ayant le pouvoir d'influer sur le choix du prochain président, ils paraissaient d'une incroyable naïveté.

– Vous n'avez pas répondu à notre question, reprit Spicer.

– Tout est possible aux Bahamas.

– Alors, vous pouvez ?

– Je peux essayer. Je ne vous promets rien.

– J'ai une proposition, lança Spicer : vous vérifiez le solde du compte et nous nous chargeons gratuitement de votre appel.

– Cela paraît honnête, fit Argrow.

– En effet. C'est d'accord ?

– D'accord.

Il y eut un bref moment de gêne pendant lequel ils se regardèrent, satisfaits du marché qu'ils venaient de conclure, hésitants sur la manière d'agir.

– Il me faut des détails sur ce compte, déclara enfin Argrow.

– À savoir ? demanda Beech.

– Un nom ou un numéro.

– Le compte est au nom de Boomer Realty, Ltd. Numéro : 144-DXN-9593.

Sous le regard attentif des Frères, Argrow griffonna quelque chose sur un bout de papier.

– Simple curiosité, reprit Spicer. Comment comptez-vous communiquer avec vos contacts à l'extérieur ?

– Le téléphone, répondit Argrow sans lever la tête.

– Pas ceux de la prison, fit vivement Beech.

– Les lignes ne sont pas protégées, ajouta Yarber.

– Il ne faut pas les utiliser, lança Spicer d'un ton tranchant.

Argrow sourit pour montrer qu'il comprenait leurs inquiétudes. Après avoir jeté un coup d'œil par-dessus son épaule, il sortit de la poche de son pantalon un instrument pas beaucoup plus gros qu'un canif, qu'il garda entre le pouce et l'index.

– C'est un téléphone, messieurs, déclara-t-il.

Ouvrant des yeux incrédules, ils le regardèrent déplier prestement l'objet par les deux extrémités et un côté. Même ouvert, il paraissait bien trop petit pour une conversation téléphonique.

– Un appareil numérique, expliqua Argrow. Très sûr.

– Qui reçoit la facture ? demanda Beech.

– J'ai un frère à Boca Ratón. Il m'a offert l'appareil et prend les frais à sa charge.

Il referma habilement l'instrument et le fit disparaître en un tournemain. Puis il indiqua la petite pièce, tout au fond de la salle.

– Qu'est-ce qu'il y a là-dedans ?

– C'est juste une salle de réunion, répondit Spicer.

– Elle n'a pas de fenêtre, si je ne me trompe ?

– Il n'y a que la petite vitre de la porte.

– Parfait. Je vais aller là-bas avec mon téléphone et me mettre au travail. Vous restez ici tous les trois et vous faites le guet. Si quelqu'un entre, frappez simplement à la porte.

Les Frères acceptèrent de bonne grâce, mais ils demeuraient sceptiques sur la réussite de l'opération.

L'appel était destiné à la camionnette blanche, stationnée à deux kilomètres de la prison, sur une route empierrée entretenue épisodiquement par le comté, qui longeait une fourragère. La limite des terres du pénitencier se trouvait à quatre cents mètres ; de la camionnette, on ne voyait pas les bâtiments.

Il n'y avait que deux techniciens dans le véhicule, l'un endormi sur le siège avant, l'autre somnolant à l'arrière, un casque sur les oreilles. Quand Argrow enfonça la touche Émission de son bijou de technologie, un signal se déclencha dans la camionnette, faisant sursauter les deux hommes.

– Salut, c'est Argrow.

– Oui, Argrow, fit le technicien avec les écouteurs. Ici Chevy Un, j'écoute.

– Je suis près des trois compères. Je suis censé appeler des amis à l'extérieur pour vérifier le solde de leur compte aux Bahamas. Jusqu'à présent, les choses progressent plus vite que je ne l'espérais.

– On le dirait.

– Je rappellerai. Terminé.

Il coupa la communication, mais garda le téléphone à l'oreille pour donner l'impression d'être en pleine discussion. Il s'assit sur le coin de la table, se mit à marcher de long en large, se retournant de temps en temps vers la porte.

Spicer ne put s'empêcher de jeter un coup d'œil à travers la vitre.

– Il est en train de téléphoner, annonça-t-il avec animation.

– Que veux-tu qu'il fasse d'autre ? lança Yarber qui étudiait un recueil de jurisprudence.

– Calme-toi, Joe Roy, fit Beech. L'argent a certainement disparu avec Trevor.

Vingt minutes s'écoulèrent ; l'excitation retomba. Pendant qu'Argrow faisait semblant de téléphoner, les juges tuaient le temps. Après avoir patiemment attendu, ils revinrent à des affaires urgentes. Buster s'était fait la belle depuis six jours, leur lettre dans la poche. L'évadé n'ayant pas été repris, à leur connaissance, ils supposaient que tout s'était bien passé, qu'il avait posté le petit mot à Al Konyers et qu'il était déjà loin. En comptant trois jours pour l'acheminement du courrier jusqu'à Chevy Chase, Aaron Lake devait être en train d'élaborer un plan pour se sortir de ce mauvais pas.

La prison leur avait appris la patience. Une seule échéance comptait pour eux : la nomination étant acquise à Lake, il serait vulnérable à leur chantage jusqu'au mois de novembre. S'il l'emportait, ils disposeraient des quatre années de son mandat pour le tourmenter à loisir. Mais s'il était battu, il retomberait rapidement dans l'oubli, comme tous les perdants. « Qu'est devenu Dukakis ? » avait demandé Beech.

Ils n'avaient pas l'intention d'attendre jusqu'en novembre. La patience était une chose, leur libération une autre. Lake représentait leur unique et fragile chance de sortir de prison avec assez d'argent dans les poches pour mener la grande vie jusqu'à la fin de leurs jours.

Ils lui donnaient une semaine, après quoi ils enverraient une autre lettre à Al Konyers. Ils ne savaient pas encore comment la faire sortir, mais ils trouveraient un moyen. Ils essaieraient d'abord de passer par Link, le surveillant à qui Trevor avait graissé la patte pendant des mois.

Le téléphone d'Argrow offrait une autre possibilité.

– S'il nous le prête, fit Spicer, nous appellerons Lake, son état-major de campagne, son bureau au Congrès et tous les numéros que nous trouverons dans les annuaires. Nous laisserons partout un message disant que Ricky a un besoin urgent de voir M. Lake. Cela lui flanquera la trouille.

– Mais Argrow, ou plutôt son frère, aura le détail de nos communications, objecta Yarber.

– Et alors ? Nous réglerons la facture ; quelle importance s'ils savent que nous avons essayé de joindre Aaron Lake ? Tout le monde, en ce moment, aimerait parler à Aaron Lake. Argrow ne connaîtra jamais le pourquoi de nos appels.

L'idée était excellente ; ils la tournèrent longuement en tous sens. Ricky passerait les coups de fil et laisserait le message ; Spicer ferait la même chose en utilisant son nom. Le pauvre Lake se sentirait traqué.

Argrow sortit au bout d'une heure et annonça que les choses étaient en bonne voie.

– Je vais attendre une petite heure avant de rappeler, expliqua-t-il. Si on allait déjeuner ?

Ils étaient impatients de poursuivre leur discussion. Ils le firent à la cafétéria, autour d'un hamburger accompagné d'une salade de chou cru.

33.

Conformément aux instructions précises de M. Lake, Jayne se rendit seule à Chevy Chase. Elle trouva le centre commercial de Western Avenue, se gara devant Mailbox America. À l'aide de la clé de M. Lake, elle ouvrit la boîte, en retira huit prospectus qu'elle plaça dans une chemise ; il n'y avait pas de courrier personnel. Au guichet, elle informa l'employée qu'elle souhaitait résilier le contrat de location de la boîte postale au nom de son employeur, M. Al Konyers.

L'employée tapota sur un clavier. Son écran indiqua qu'un homme nommé Aaron L. Lake avait loué sept mois auparavant la boîte postale sous le pseudonyme d'Al Konyers. Le montant de la location avait été réglé pour un an ; rien n'était dû.

– C'est celui qui se présente à la présidence ? demanda l'employée en faisant glisser un formulaire vers la cliente.

– Oui, répondit Jayne en signant à l'endroit qu'on lui indiquait.

· Pas d'adresse pour faire suivre le courrier ?

Non.

Jayne sortit, la chemise à la main ; elle reprit la route de Washington. Il ne lui était pas venu à l'esprit de mettre en doute les explications de Lake sur l'usage qu'il faisait de la boîte postale. Cela lui était parfaitement égal et elle n'avait pas le temps de poser des questions. Lake les faisait bosser dix-huit heures par jour ; elle avait des préoccupations autrement plus sérieuses.

Il attendait à son quartier général de campagne, seul pour une fois. Les bureaux et les couloirs bourdonnaient d'une intense activité, des assistants couraient en tous sens, comme si la guerre devait éclater d'un moment à l'autre. Mais le patron profitait d'une accalmie ; elle lui remit la chemise et se retira.

Lake regarda un à un les prospectus : tacos livrés à domicile, forfait appels longue distance, lavage automatique de voitures, coupons de ceci et de cela. Rien de Ricky. La boîte postale était fermée, le courrier ne suivrait pas. Le pauvre garçon serait obligé de trouver quelqu'un d'autre pour l'épauler dans sa nouvelle vie. Lake détruisit les prospectus et le formulaire de Mailbox America à l'aide d'une petite déchiqueteuse placée sous son bureau ; il poussa un soupir de soulagement. Il n'avait pas l'habitude de laisser traîner grand-chose derrière lui et commettait peu d'erreurs. Cette correspondance avec Ricky avait été une stupidité ; par bonheur, il s'en était sorti sans dommage. Décidément, la chance était de son côté !

Il étouffa un petit rire, puis se leva brusquement, saisit sa veste au passage et battit le rappel de ses troupes. Le candidat Lake avait plusieurs réunions au programme de la matinée, puis un déjeuner avec des fournisseurs de l'armée.

La chance continuait à lui sourire !

Dans la petite salle de réunion de la bibliothèque de droit dont le périmètre était gardé par ses trois nouveaux amis comme des sentinelles assoupies, Argrow joua assez longtemps avec son téléphone pour les convaincre qu'il avait usé de ses relations dans le monde interlope de la banque offshore. Après avoir passé deux heures à aller et venir tel un fauve en cage, parlant à mi-voix, l'appareil collé à l'oreille comme un courtier fébrile, il sortit enfin.

– Bonnes nouvelles, messieurs, annonça-t-il avec un sourire empreint de lassitude.

Ils se pressèrent autour de lui, impatients d'être fixés.

– L'argent est encore sur le compte.

Puis vint la grande question, celle qui leur permettrait d'établir si Argrow était un imposteur ou s'ils pouvaient compter sur lui.

– Combien ? demanda Spicer.

– Cent quatre-vingt-dix mille et des poussières.

Ils soupirèrent à l'unisson. Spicer sourit ; Beech détourna la tête ; Yarber regarda Argrow d'un air perplexe mais assez aimable. D'après leurs calculs, le solde devait être de cent quatre-vingt-neuf mille dollars auxquels s'ajoutaient les maigres intérêts servis par la banque.

– Il ne l'a pas fauché, murmura Beech.

Les Frères évoquèrent silencieusement leur défunt avocat qui, d'un seul coup, n'était plus le monstre qu'ils avaient cru.

– Je me demande pourquoi, fit Spicer d'une voix à peine audible, comme s'il parlait tout seul.

– En tout cas, conclut Argrow, l'argent est là. Vous avez dû en donner, des conseils, pour avoir tout ça.

Aucune explication bidon ne venant à l'esprit des trois juges, ils ne relevèrent pas l'allusion.

– Je vous conseille, si vous le permettez, continua Argrow, de le transférer ailleurs. Cette banque est connue pour ses fuites.

– Le transférer où ? demanda Beech.

– Si cet argent était à moi, je ferais un transfert vers Panamá.

C'était un problème nouveau, auquel ils n'avaient pas réfléchi, obsédés par Trevor, certains qu'il les avait dépouillés. Mais ils donnèrent l'impression qu'une telle décision avait déjà fait l'objet de maintes discussions.

– Pourquoi transférer l'argent ? reprit Beech. Il est en sécurité, non ?

– Je suppose, répondit Argrow sans hésiter.

Il savait où il allait ; eux non.

– Mais vous avez constaté, poursuivit-il, que le secret bancaire n'est pas vraiment respecté. Je ne choisirais pas en ce moment une banque des Bahamas, surtout celle-là.

– Et nous ignorons si Trevor en a parlé à quelqu'un, ajouta Spicer, qui ne manquait jamais une occasion d'enfoncer l'avocat.

– Si vous voulez que l'argent soit à l'abri, transférez-le, insista Argrow. Cela prend à peine une journée et vous n'aurez plus à vous inquiéter. Faites-le donc travailler, au lieu de le laisser dormir en vous contentant d'intérêts dérisoires. Confiez-le à un gestionnaire de fonds ; il vous rapportera quinze à vingt pour cent. Vous n'en aurez pas besoin avant un certain temps.

C'est ce que tu crois, mon vieux, se dirent-ils. Mais son raisonnement était irréprochable.

– Je suppose que vous pouvez vous charger du transfert ? reprit Yarber.

– Naturellement. Vous avez encore des doutes ?

Ils secouèrent vigoureusement la tête : non, ils n'avaient plus de doutes.

– J'ai de bons contacts à Panamá, ajouta Argrow. Réfléchissez.

Il regarda sa montre comme si le compte aux Bahamas n'avait plus d'intérêt et que des affaires pressantes l'appelaient ailleurs. Le tournant décisif était proche ; il ne voulait pas précipiter les choses

– Nous avons réfléchi, déclara Spicer. Faisons le transfert tout de suite.

Argrow tourna la tête, vit trois paires d'yeux braquées sur lui.

– Il y a une commission, fit-il du ton d'un vieux routier du blanchiment de fonds.

– Quel genre de commission ? demanda Spicer.

– Dix pour cent. Pour le transfert.

– Qui touche les dix pour cent ?

– Moi.

– Cela me paraît beaucoup, objecta Beech.

– Le taux est dégressif. Toute opération de moins d'un million rapporte dix pour cent ; au-dessus de cent millions, le taux est réduit à un pour cent. Une pratique courante dans le métier ; c'est précisément la raison pour laquelle je porte une chemise olive et non un complet à mille dollars.

– C'est dégoûtant, déclara Spicer, l'homme qui avait détourné les bénéfices du bingo d'une association caritative.

– Pas de leçon de morale, je vous prie. Nous parlons d'une petite commission sur de l'argent mal acquis ; c'est à prendre ou à laisser.

Argrow parlait avec le détachement et la froideur de celui qui a brassé des sommes autrement plus importantes.

Cela ne faisait que dix-neuf mille dollars prélevés sur un magot qu'ils considéraient comme perdu. Quand Argrow se serait servi, il en resterait cent soixante-dix mille, près de soixante mille chacun ; il y en aurait eu plus si les ponctions du perfide Trevor n'avaient été si lourdes. De plus, l'avenir se présentait sous de riants auspices ; bientôt le compte des Bahamas ne serait que de l'argent de poche.

– Marché conclu, déclara Spicer en quêtant du regard l'approbation des deux autres.

Ils acquiescèrent lentement de la tête. Les trois juges avaient la même idée : si tout se passait comme ils le rêvaient, si Aaron Lake cédait à leur chantage, si l'argent coulait à flots, il faudrait le mettre en sûreté quelque part et ils auraient sans doute besoin d'aide. Ils avaient envie de faire confiance à Argrow.

– En plus, vous vous chargez de mon appel.

– Nous nous en chargeons.

– Je ne suis pas mécontent, fit Argrow avec un grand sourire. Maintenant, je vais passer quelques coups de fil.

– Il y a quelque chose que vous devriez savoir, glissa Beech.

– Oui ?

– L'avocat s'appelait Trevor Carson. Il a ouvert le compte, il contrôlait les dépôts, il s'occupait de tout ; il a été assassiné avant-hier à Kingston.

Argrow scruta le visage des trois juges pour savoir si cela cachait quelque chose. Yarber lui tendit un exemplaire du journal ; il lut attentivement l'article de la une.

Pourquoi avait-il disparu ? demanda-t-il après un long silence.

– Nous l'ignorons, répondit Beech. Il est parti sans rien dire ; nous avons été informés de sa disparition par le FBI. Voilà pourquoi nous supposions qu'il avait vidé notre compte.

Argrow rendit le journal à Yarber et croisa les bras. Il inclina la tête, plissa les yeux dans l'attitude d'un homme soupçonneux.

– D'où provient cet argent ? s'enquit-il, comme s'il hésitait maintenant à y toucher.

– Pas de la drogue, répondit vivement Spicer, sur la défensive, comme si toute autre provenance en faisait de l'argent propre.

– Nous ne pouvons le dire, ajouta Beech.

– Nous avons conclu un marché, lança Yarber. À prendre ou à laisser.

– Le FBI est sur l'affaire ? s'inquiéta Argrow.

– Il ne s'intéresse qu'à la disparition de l'avocat, précisa Beech. Les fédéraux ignorent tout du compte aux Bahamas.

– Résumons la situation : nous avons un avocat assassiné, le FBI, un compte à l'étranger où va de l'argent sale. Qu'est-ce que vous fricotez ?

– Vous n'avez pas à le savoir, fit Beech.

– Vous devez avoir raison.

– Personne ne vous oblige à vous mêler de cette affaire, déclara Yarber.

Le moment était venu de prendre une décision ; le message était clair : attention, terrain miné. Si Argrow allait de l'avant, il aurait été suffisamment averti que ses nouveaux amis pouvaient être dangereux. Il n'en avait que faire, bien entendu. Mais la porte que les Frères venaient d'entrouvrir, si peu que ce fût, signifiait qu'ils acceptaient un nouveau partenaire au sein de leur association étanche. Jamais ils ne lui parleraient de leur arnaque, pas plus que d'Aaron Lake, jamais il n'aurait droit à une plus grosse part du gâteau, à moins de la gagner par des placements judicieux. Mais il en savait déjà plus long qu'il n'aurait dû ; les Frères n'avaient pas eu le choix.

Trevor leur avait si longtemps servi d'intermédiaire qu'ils avaient fini par trouver naturel de rester en contact avec le monde extérieur. Maintenant qu'il n'était plus là, leur champ d'action s'était considérablement rétréci.

Ils refusaient encore de le reconnaître, mais ils avaient commis une erreur en se séparant de lui. Ils auraient dû le mettre en garde, tout lui dire sur Aaron Lake, l'informer que quelqu'un lisait le courrier. L'avocat n'était certes pas parfait, mais ils avaient besoin de toute l'aide possible.

Peut-être l'auraient-ils repris après deux ou trois jours de réflexion, mais ils n'en avaient pas eu la possibilité. Trevor avait filé à l'étranger ; jamais il ne reviendrait.

Argrow ne manquait pas d'atouts. Il avait un téléphone et des amis ; il n'avait pas froid aux yeux et savait faire avancer les choses. Peut-être l'utiliseraient-ils ; ils prendraient le temps de la réflexion.

Argrow se gratta la tête en plissant le front, comme s'il sentait venir une migraine

– Ne m'en dites pas plus. Je ne veux rien savoir.

Il repartit dans la salle de réunion où il s'enferma. Juché sur le coin de la table, il donna l'impression de donner des coups de téléphone d'un bout à l'autre des Caraïbes.

Ils l'entendirent rire à deux reprises : sans doute une plaisanterie avec un vieil ami surpris d'entendre sa voix. Il jura une seule fois, sans que les Frères puissent savoir avec qui ni pour quelle raison. Sa voix montait et descendait. Ils avaient beau essayer de lire des cas de jurisprudence, de nettoyer de vieux bouquins poussiéreux ou d'étudier les grilles de pronostics, rien à faire ; le bruit était trop fort.

Au bout d'une heure de monologues au téléphone, après en avoir fait des tonnes, Argrow sortit.

– Je crois que je pourrai finir demain, mais il faut une déclaration sur l'honneur signée de l'un de vous attestant que le compte de Boomer Realty vous appartient en propre.

– Qui en prendra connaissance ? demanda Beech.

– La banque des Bahamas. Ils ont reçu une copie de l'article sur Me Carson et ils veulent s'assurer de l'identité du possesseur de ce compte.

L'idée de signer un document quelconque établissant un lien entre l'argent sale et eux avait de quoi les terrifier, mais la requête paraissait justifiée.

– Y a-t-il un fax ici ? demanda Argrow.

– Pas pour nous, répondit Beech.

– Je suis sûr que le directeur en a un, glissa Spicer. Allez donc lui dire que vous avez besoin d'envoyer un document à votre banque à l'étranger.

C'était inutilement sarcastique ; Argrow le foudroya du regard sans rien dire.

– Expliquez-moi comment on peut expédier cette déclaration aux Bahamas. Comment le courrier circule-t-il ?

– L'avocat nous servait de boîte aux lettres, expliqua Yarber Sinon, toute la correspondance peut être inspectée.

– Et le courrier passant par un avocat ?

– Les surveillants y jettent un coup d'œil ; ils n'ont pas le droit de l'ouvrir

Argrow fit quelques pas en silence, absorbé dans ses pensées. Puis il se glissa entre deux rayonnages, de manière à ne pouvoir être vu de l'extérieur. Il déplia adroitement son gadget, composa un numéro et colla le téléphone à son oreille.

– Wilson Argrow à l'appareil. Jack est là ? Dites-lui que c'est important.

Il attendit quelques secondes.

– Qui est Jack ? lança Spicer du fond de la salle.

Beech et Yarber écoutaient en surveillant la porte.

– Mon frère, répondit Argrow. Il est avocat à Boca Ratón, dans l'immobilier. Il vient me voir demain... Salut, Jack, c'est moi. Je te vois demain ? Bien. Peux-tu passer dans la matinée ? 10 heures, c'est parfait. J'aurai du courrier à faire sortir. As-tu des nouvelles de maman ? Très bien. À demain matin.

Argrow pouvait donc faire sortir le courrier grâce à son frère avocat. Il avait aussi un téléphone, ne manquait ni d'idées ni d'esprit de décision.

Argrow fourra le téléphone dans sa poche, sortit de sa cachette.

– Je remettrai le document à mon frère demain matin ; il le faxera à la banque. Vingt-quatre heures plus tard, l'argent sera en sécurité à Panamá et rapportera quinze pour cent. Un jeu d'enfant.

– Je suppose que nous pouvons avoir confiance en votre frère, fit Yarber.

Une confiance absolue, assura Argrow en prenant un air offensé. À plus tard, ajouta-t-il en se dirigeant vers la porte. J'ai besoin de prendre l'air

34.

La mère de Trevor arriva de Scranton, accompagnée de sa sœur Helen. Les deux septuagénaires se perdirent quatre fois entre l'aéroport et Neptune Beach, puis elles errèrent une heure dans le quartier avant de trouver le domicile de Trevor, où la mère n'avait pas mis les pieds depuis six ans. Elle n'avait pas vu son fils depuis deux ans. Pour la tante, cela faisait plus de dix ans ; elle ne s'en portait pas plus mal.

La mère gara la voiture de location derrière la Coccinelle et pleura un bon coup avant de descendre.

Comment peut-on vivre dans un tel taudis ? se demanda la tante.

La porte d'entrée n'était même pas fermée à clé. Bien avant que l'occupant de l'appartement prenne la fuite, la vaisselle s'était amoncelée dans l'évier, les ordures s'étaient accumulées, la poussière avait envahi les lieux.

La puanteur chassa la tante Helen ; la mère de Trevor la suivit de près. Elles ne savaient que faire. Le corps était à la Jamaïque, attendant dans une morgue ; à en croire le jeune pète-sec du Département d'État qu'elle avait eu au téléphone, il en coûterait six cents dollars pour assurer son retour sur le territoire américain. Les compagnies aériennes accepteraient de le transporter, mais les papiers étaient bloqués à Kingston.

Il leur fallut une demi-heure pour trouver le cabinet. L'alerte avait été donnée : Chap attendait à la réception, l'air à la fois triste et affairé. Wes resterait dans le bureau pour écouter et observer. Le téléphone avait sonné sans arrêt le jou où la nouvelle avait été publiée dans la presse ; après les condoléances des confrères et d'une poignée de clients, le silence était revenu.

Une modeste couronne mortuaire payée par la CIA était accrochée sur la porte.

– Une gentille attention, murmura la mère en montant l'allée.

Encore un taudis, songea la tante Helen.

Chap les accueillit à la porte. Il se présenta, expliqua qu'il s'apprêtait à fermer le cabinet, une tâche qui n'allait pas sans difficultés.

– Où est la jeune femme ? demanda la mère, les yeux rougis par les pleurs.

– Elle est partie il y a quelque temps. Trevor l'a surprise en train de voler dans la caisse.

– Mon Dieu !

– Voulez-vous un café ?

– Avec plaisir.

Elles prirent place sur le canapé bosselé et poussiéreux tandis que Chap allait chercher trois tasses et une cafetière fumante. Il s'assit en face d'elles, dans un fauteuil en osier branlant. La mère était hébétée. La tante, curieuse, faisait du regard le tour de la pièce, cherchant des signes de prospérité. Elles n'étaient pas pauvres, mais, à leur âge, elles ne parviendraient jamais à la fortune.

– Je suis tellement triste pour Trevor, affirma Chap.

– C'est affreux, approuva la mère, la lèvre tremblante.

Sa tasse s'agita dans la soucoupe, du café se renversa sur sa robe ; elle ne le remarqua même pas.

– Avait-il beaucoup de clients ? s'enquit la tante Helen.

– Oui, il était très pris. Un bon avocat, un des meilleurs avec qui j'ai travaillé.

– Et vous êtes un secrétaire ? demanda Mme Carson.

– Non, un assistant. Je suis des cours du soir à la faculté de droit.

– Vous vous occupez de ses affaires ? fit la tante.

– On ne peut pas dire ça, répondit Chap. J'espérais que c'était la raison de votre visite.

– Nous sommes trop vieilles ! protesta la mère.
– Combien a-t-il laissé ? s'informa la tante.

Chap décida de laisser mijoter la vieille peau ; elle était trop rapace.

– Pas la moindre idée. Je ne m'occupais pas de l'aspect financier.
– Qui s'en occupait ?
– Son comptable, je suppose.
– Qui est son comptable ?
– Je ne sais pas. Trevor était très secret dans bien des domaines.
– Vous pouvez le dire, approuva tristement la mère. Déjà, enfant, il ne se confiait pas.

Elle renversa de nouveau du café, cette fois sur le canapé.

– C'est vous qui payez les factures ? poursuivit la tante Helen.
– Non. Trevor les réglait lui-même.
– Savez-vous, jeune homme, qu'ils réclament six cents dollars pour faire revenir le corps de la Jamaïque ?
– Je me demande ce qu'il allait faire là-bas, coupa la mère.
– Il avait pris quelques jours de vacances, répondit Chap.
– Elle n'a pas les six cents dollars, déclara Helen.
– Si, je les ai.
– Il y a du liquide ici, lança Chap, à la grande satisfaction de la tante.
– Combien ?
– Un peu plus de neuf cents dollars. Trevor aimait avoir des espèces.
– Donnez-moi l'argent, fit la tante Helen.
– Crois-tu que ce soit bien ? murmura la mère.
– Vous feriez mieux de le prendre, déclara gravement Chap. Sinon, il ira dans la succession et le fisc gardera tout.
– Qu'y a-t-il d'autre dans la succession ? demanda la tante.
– Tout ce qui est là, répondit Chap en agitant la main autour de lui.

Il se dirigea vers le bureau, prit une enveloppe froissée, bourrée de billets de banque, qu'on venait d'apporter de la maison de location. Il la tendit à Helen ; elle s'en saisit, entreprit de compter l'argent.

– Neuf cent vingt et de la menue monnaie, annonça Chap.

– Quelle était sa banque ? interrogea la tante.

– Je n'en sais rien. Comme je l'ai dit, il était secret pour tout ce qui touchait à l'argent.

D'une certaine manière, Chap disait la vérité. Trevor avait transféré les neuf cent mille dollars des Bahamas aux Bermudes et la piste s'était arrêtée là. L'argent était à l'abri quelque part, dans une banque, sur un compte numéroté uniquement accessible à Trevor Carson. Ils savaient que l'avocat devait se rendre à Grande Caïman, où les banquiers avaient la réputation de respecter le secret bancaire. Deux jours de recherches acharnées n'avaient rien donné. L'homme qui l'avait abattu était parti avec son portefeuille et la clé de sa chambre d'hôtel ; pendant que la police inspectait la scène du crime, il avait fouillé la chambre. Huit mille dollars en espèces étaient cachés dans un tiroir, mais rien ne permettait de savoir où Trevor avait planqué son magot.

On en avait conclu, à Langley, que l'avocat soupçonnait qu'il était suivi. Le plus gros de l'argent manquait, mais il avait pu le déposer dans une banque des Bermudes. Sa chambre d'hôtel n'avait pas été réservée ; il avait réglé en espèces à son arrivée une chambre pour une nuit.

Un homme en fuite, faisant passer neuf cent mille dollars d'une île à une autre, devait avoir sur lui ou dans ses effets personnels une trace écrite de ses opérations bancaires. Pas Trevor.

Tandis que la tante Helen finissait de compter ce qui serait probablement tout le liquide qu'elles empocheraient, Chap pensait à la fortune perdue aux Caraïbes.

– Qu'allons-nous faire maintenant ? demanda Mme Carson.

– Je suppose qu'il va falloir l'inhumer, répondit Chap avec un petit haussement d'épaules.

– Pouvez-vous nous aider ?

– Cela n'entre pas vraiment dans mes attributions. Je...

– Faut-il ramener le corps à Scranton ? coupa la tante Helen.

– À vous de décider.

– Cela coûterait combien ?

– Je n'en sais rien, je n'ai jamais fait cela.

– Tous ses amis sont ici, gémit la mère en se tapotant les yeux avec un mouchoir en papier.

– Il y a bien longtemps qu'il a quitté Scranton, observa Helen en regardant nerveusement autour d'elle, comme s'il y avait beaucoup à dire sur le départ de Trevor de sa ville natale.

– Je suis sûre que les amis qu'il a ici aimeraient commémorer son souvenir, poursuivit Mme Carson.

– Quelque chose est prévu, affirma Chap.

– C'est vrai ? lança-t-elle, émue.

– Oui. Demain, à 16 heures.

– Où ?

– Chez Pete, c'est tout près d'ici.

– Chez Pete ? répéta Helen.

– C'est, disons, une sorte de restaurant.

– Un restaurant ! Et à l'église ?

– Je ne crois pas qu'il y allait.

– Il y allait quand il était petit ! se défendit la mère.

En souvenir de Trevor, l'apéritif à tarif réduit commencerait à 16 heures au lieu de 17 heures et se prolongerait jusqu'à minuit. La bière en bouteille Coors, la préférée de Trevor, serait à cinquante cents.

– Notre présence est-elle souhaitable ? demanda Helen avec méfiance.

– Je ne crois pas.

– Pourquoi ? fit Mme Carson.

– Cela risque d'être assez agité. Une bande d'avocats et de juges, vous imaginez la scène ?

Il fit les gros yeux à Helen qui comprit le message.

Elles l'interrogèrent sur les entreprises de pompes funèbres, les concessions funéraires ; Chap se sentait de plus en plus impliqué dans leurs problèmes. Trevor avait été éliminé par la CIA ; était-il prévu de rendre les derniers devoirs à sa dépouille après l'avoir expédié dans l'autre monde ?

Klockner ne le pensait pas.

Après le départ des deux femmes, Chap et Wes finirent de retirer les caméras et les micros, leur matériel d'écoute et de surveillance. Quand tout fut nettoyé et rangé, ils donnèrent un tour de clé aux deux portes et sortirent ; jamais le cabinet de Trevor Carson n'avait été si bien ordonné.

La moitié de l'équipe de Klockner avait déjà quitté Jacksonville. L'autre moitié restait à l'écoute de Wilson Argrow, dans la prison.

Quand les contrefacteurs de Langley eurent terminé leur travail sur le dossier judiciaire d'Argrow, les documents logeaient dans un carton qui fut transporté en jet jusqu'à Jacksonville, sous la garde de trois agents. Il contenait, entre autres choses, un acte d'accusation de cinquante et une pages présenté par un grand jury du comté de Dade, une chemise renfermant des lettres de l'avocat de la défense et du bureau du procureur, une liste des témoins et un résumé de leur déposition, les minutes du procès, l'analyse du jury et le prononcé de la sentence. Tout était bien présenté, mais pas trop propre afin de ne pas éveiller les soupçons. Il y avait des copies tachées, des pages manquantes, des agrafes pendantes, des détails soigneusement ajoutés par les artistes du service Documents pour donner un aspect authentique à l'ensemble. Beech et Yarber n'utiliseraient que dix pour cent du dossier, mais son poids avait de quoi impressionner. Même le carton avait déjà servi.

Il fut apporté à Trumble par Jack Argrow, frère d'un détenu, avocat en semi-retraite à Boca Ratón, Floride, spécialisé dans l'immobilier. La copie de son inscription au barreau avait été dûment faxée aux autorités du pénitencier ; son nom figurait sur la liste des avocats autorisés à rendre visite aux détenus.

Jack Argrow s'appelait en réalité Roger Lyter, treize ans d'ancienneté, diplômé de droit de l'université du Texas. Il n'avait jamais rencontré Kenny Sands, alias Wilson Argrow. Les deux hommes échangèrent une chaleureuse poignée de main tandis que Link lançait des regards souçonneux en direction du carton posé sur la table.

– Qu'est-ce qu'il y a là-dedans ?

– Le dossier de mon procès, répondit Wilson.

– De la paperasse, ajouta Jack.

Link glissa une main à l'intérieur du carton et déplaça deux ou trois dossiers. En quelques secondes, la fouille était terminée ; il sortit.

Wilson Argrow fit glisser une feuille vers le visiteur.

– Voici la déclaration sous serment. Virez l'argent à la banque de Panamá et faites-moi parvenir une confirmation écrite, pour que j'aie quelque chose à leur montrer.

– Moins dix pour cent.

– Oui, c'est ce qu'ils attendent.

Ils n'avaient pas contacté la Geneva Trust Bank de Nassau : c'eût été inutile et risqué. Aucun établissement n'aurait accepté de transférer des fonds dans les circonstances créées par Argrow. S'il avait essayé, on aurait posé des questions.

L'argent viré à Panamá était mis en circulation par Langley.

– Tout le monde est impatient, déclara l'avocat.

– J'avance plus vite que prévu, répliqua le banquier.

Le carton fut vidé sur une table de la bibliothèque de droit. Beech et Yarber commencèrent à en inventorier le contenu sous le regard faussement intéressé de Wilson Argrow, leur nouveau client. Spicer avait mieux à faire : il était plongé dans sa partie de poker hebdomadaire.

– Où est le prononcé de la sentence ? demanda Beech en fouillant dans la pile.

– Je veux connaître les chefs d'accusation, marmonna Yarber entre ses dents.

Après avoir trouvé ce qu'ils cherchaient, ils s'installèrent dans un fauteuil pour un long après-midi de lecture. Beech avait choisi l'austérité, contrairement à Yarber.

Il avait l'impression de lire une histoire policière. Avec sept autres banquiers, cinq experts-comptables, cinq courtiers, deux avocats, onze hommes seulement qualifiés de trafiquants de drogue et six ressortissants colombiens, Argrow avait organisé et fait fonctionner une entreprise complexe destinée à recueillir l'argent de la drogue ; les espèces étaient ensuite versées sur de respectables comptes de dépôt. Quatre cent millions de dollars au bas mot avaient ainsi été blanchis avant que le réseau soit infiltré ; Argrow, semblait-il, était au cœur de l'opération. Yarber ne pouvait s'empêcher d'éprouver de l'admiration. Si les allégations étaient vraies, ne fût-ce qu'en partie, leur nouvel ami était un financier habile et talentueux.

Le silence qui se prolongeait finit par ennuyer Argrow qui sortit faire un tour dans la cour. Quand Yarber eut terminé sa lecture, il demanda à Beech d'interrompre la sienne et lui passa l'acte d'accusation. Beech prit aussi du plaisir à le lire.

– Il a probablement mis de côté sa part du magot, déclara-t-il.

– Bien sûr, fit Yarber. Quatre cents millions, tu imagines ? Et il y en a certainement plus. Comment se présente son appel ?

– Plutôt mal. Il n'y a rien qui cloche.

– Pauvre garçon.

– N'exagérons rien ! Il sera sorti quatre ans avant moi.

– Je ne pense pas, Hatlee. Nous avons passé notre dernier Noël en prison.

– Tu le crois vraiment ?

– Absolument.

Beech reposa le document sur la table ; il se leva, s'étira et fit quelques pas.

– Nous aurions déjà dû avoir des nouvelles, murmura-t-il bien qu'il n'y eût personne d'autre dans la salle.

– Patience.

– Les primaires sont presque terminées. Il passe maintenant le plus clair de son temps à Washington ; il doit être en possession de la lettre depuis une semaine.

– Il ne peut pas faire comme si elle n'existait pas, Hatlee. Il essaie de trouver un moyen de s'en sortir, c'est tout.

Les dernières directives du Bureau des prisons laissèrent le directeur de Trumble pantois. Quel abruti n'avait rien de mieux à faire à Washington que de se planter devant une carte des pénitenciers fédéraux pour choisir dans les affaires duquel il allait bien pouvoir fourrer son nez ce jour-là. Son frère se faisait cent cinquante mille dollars par an en vendant des voitures d'occasion, lui en gagnait la moitié pour diriger une prison et supporter des instructions ineptes, pondues par des bureaucrates qui n'étaient pas fichus de faire quoi que ce soit de constructif. Il en avait sa claque !

Objet : visites des avocats. Pénitencier fédéral de Trumble.

Ces instructions annulent et remplacent les instructions précédentes limitant les visites des avocats aux mardi, jeudi et samedi, de 15 heures à 18 heures.

Les avocats sont désormais autorisés à s'entretenir avec leurs clients tous les jours de la semaine, dimanche inclus, de 9 heures à 19 heures.

Il suffit qu'un avocat se fasse tuer pour que le règlement change, grommela-t-il.

35.

Dans un garage du sous-sol de Langley, on fit monter le fauteuil de Teddy Maynard dans sa camionnette ; il était accompagné de York et de Deville. Un chauffeur et un garde du corps s'occupaient du véhicule équipé d'un téléviseur, d'une chaîne stéréo et d'un petit bar contenant des bouteilles d'eau minérale et des boissons gazeuses. Teddy n'avait envie de rien de tout cela ; il se sentait abattu et redoutait l'épreuve qui venait. Il était fatigué. De son travail, de se battre, de se forcer à continuer, jour après jour. Encore six mois, se répétait-il, tiens encore six mois, puis tu arrêteras et tu laisseras quelqu'un d'autre se préoccuper de sauver le monde. Il se retirerait discrètement dans sa petite ferme, en Virginie-Occidentale ; assis devant l'étang, il regarderait les feuilles tomber sur l'eau en attendant la fin. La douleur était devenue insupportable.

Il y avait une voiture noire devant eux, une grise derrière. Le petit cortège suivit le boulevard périphérique avant de tourner pour prendre le pont Roosevelt et de s'engager dans Constitution Avenue.

Teddy restait silencieux ; York et Deville l'imitaient. Ils savaient à quel point ce qu'il s'apprêtait à faire lui était pénible.

Il s'entretenait une fois par semaine avec le président, en général le mercredi matin, toujours au téléphone. Ils s'étaient vus pour la dernière fois neuf mois auparavant, quand Teddy était à l'hôpital et que le président avait eu besoin de lui.

Les faveurs étaient équitablement partagées, mais Teddy détestait se trouver sur un pied d'égalité avec un président. Il obtiendrait ce qu'il voulait mais le demander était pour lui une humiliation.

En trois décennies, il avait survécu à six présidents ; les faveurs avaient constitué son arme secrète. Réunir les renseignements, les mettre de côté, rarement tout dire au chef de l'exécutif, préparer de temps en temps un petit miracle et l'apporter à la Maison-Blanche comme un paquet-cadeau.

Le président ne s'était pas encore remis de l'échec d'un traité d'interdiction d'essais nucléaires que Teddy avait contribue à saboter. Le Sénat s'y était opposé la veille ; la CIA avait organisé des fuites dans le but de révéler le contenu d'un rapport classé top secret, suscitant de légitimes inquiétudes sur les conséquences de ce traité. Le président avait été obligé de céder. Arrivé au terme de son mandat, il songeait plus à sa place dans l'Histoire qu'aux affaires urgentes de la nation.

Teddy s'était déjà trouvé dans cette situation : les présidents non rééligibles étaient impossibles. Sachant qu'ils n'auraient plus à briguer les suffrages des électeurs, ils prenaient du recul. Au crépuscule de leur carrière, ils aimaient à se rendre à l'étranger, accompagnés de nombreux amis, pour participer à des sommets en compagnie d'autres chefs d'État sur le retour. Ils se préoccupaient de leur bibiothèque présidentielle. De leurs portraits et de leur biographie ; ils passaient du temps avec des historiens. À l'approche de l'échéance, ils devenaient plus sages, plus philosophes, ils prenaient de la hauteur dans leurs discours. Ils parlaient d'avenir, de défis à relever, de ce que le monde devrait être, oubliant qu'ils avaient eu huit ans pour accomplir ce qui devait être accompli.

Lake ferait comme les autres, s'il accédait à la présidence.

Lake. C'est pour lui que Teddy se rendait à la Maison-Blanche, en solliciteur, pour quémander une faveur.

Ils franchirent le contrôle à l'entrée de l'aile ouest, où Teddy subit l'affront de voir son fauteuil roulant examiné par un agent du Service secret. On le fit entrer avec son escorte dans un petit bureau proche de la salle du Conseil. Une secrétaire débordée expliqua sans s'excuser que le président serait en retard. Teddy la congédia en souriant ; il marmonna que ce président n'avait jamais été à l'heure pour quoi que soit. Il avait vu, à ce même poste, une douzaine de secrétaires aussi affairées que celle-là ; qu'étaient-elles devenues ? Elle entraîna York, Deville et les autres vers une salle à manger où on leur servirait un repas.

Comme il l'avait prévu, Teddy attendit. Il se plongea dans la lecture d'un gros rapport, comme s'il avait tout son temps. Dix minutes s'écoulèrent ; on lui apporta du café. Deux ans auparavant, quand le président s'était rendu à Langley, Teddy l'avait fait poireauter vingt et une minutes. C'est le président, ce jour-là, qui venait demander une faveur, quelque chose qui ne devait pas s'ébruiter.

Être infirme avait un avantage : il n'aurait pas à se dresser d'un bond à l'entrée du président. Celui-ci arriva enfin, suivi d'une nuée d'assistants, comme si cela pouvait impressionner Teddy Maynard. Ils se serrèrent la main en échangeant quelques politesses tandis que les assistants s'égaillaient. On apporta deux petites portions de salade verte.

– Je suis content de vous voir, déclara le président d'une voix chaude, en souriant de toutes ses dents.

Gardez ça pour la télé, se dit Teddy.

– Vous avez bonne mine, affirma-t-il.

C'était partiellement vrai ; le président s'était fait faire une nouvelle coloration qui le rajeunissait.

Tandis qu'ils mangeaient leur salade, le silence s'établit dans la pièce. Ils ne tenaient ni l'un ni l'autre à passer trop de temps à table.

– La France recommence à vendre des gadgets à la Corée du Nord, fit Teddy pour alimenter la conversation.

– Quel genre ? demanda le président.

Il savait parfaitement à quoi s'en tenir ; Teddy savait qu'il savait.

– Leur version des radars furtifs. C'est stupide : le matériel n'est pas au point. Les Nord-Coréens qui paient pour l'avoir le sont encore plus. Ils achèteraient n'importe quoi à la France, surtout si la transaction est clandestine. La France le sait, bien entendu, et ils jouent tous aux espions.

Le président appuya sur un bouton : on vint retirer leurs assiettes et on apporta du poulet avec des pâtes fraîches

- Et votre santé ? s'enquit le président

– Stationnaire. Je partirai probablement en même temps que vous.

L'idée leur plaisait, de savoir que l'autre allait partir. Sans raison apparente, le président se lança dans un panégyrique de son vice-président, un homme qui ferait un excellent boulot dans le Bureau ovale. Il repoussa son assiette pour disserter avec gravité sur les qualités humaines de son bras droit, un brillant penseur, un meneur d'hommes. Teddy grignotait son poulet.

– Quelle issue voyez-vous à la course à la Maison-Blanche ? interrogea le président.

– Sincèrement, cela ne me concerne pas, mentit Teddy. Je quitterai Washington en même temps que vous, monsieur le président. Je me retirerai dans ma fermette où il n'y a ni télévision ni journaux ; je pêcherai un peu et me reposerai beaucoup. Je suis fatigué.

– Aaron Lake me fait peur, poursuivit le président.

Si vous saviez la moitié de ce que je sais, songea Teddy.

– Pourquoi ? demanda-t-il en prenant une bouchée de poulet.

Mange et laisse-le parler.

– Son programme se limite à la défense. Si le Pentagone dispose de ressources illimitées, le gaspillage dépassera les sommes qu'il faudrait pour nourrir tout le tiers-monde.

Cela n'a jamais été jusqu'à présent un sujet de préoccupation pour vous, se dit Teddy qui ne voulait à aucun prix s'engager dans une longue et inutile discussion politique. Ils perdaient du temps ; plus vite l'affaire serait réglée, plus tôt il retrouverait la sécurité de Langley.

– Je suis venu demander une faveur, articula-t-il lentement.

– Je sais. Que puis-je faire pour vous ?

Le président souriait en mastiquant ; il savourait en même temps son poulet et le plaisir rare d'être en position de force.

– Ma demande sort de l'ordinaire. Je sollicite une mesure de clémence en faveur de trois prisonniers fédéraux.

Le président cessa de sourire et de mastiquer, une réaction moins de surprise que de perplexité. Une mesure de clémence était en général une affaire assez simple, sauf si elle concernait des espions, des terroristes ou des politiciens.

– Des espions.
– Non, des juges. Un de Californie, un du Texas, le troisième du Mississippi. Ils purgent leur peine dans un pénitencier fédéral de Floride.
– Des juges ?
– Oui, monsieur le président.
– Je les connais ?
– J'en doute. Le Californien est l'ancien président de la Cour suprême de cet État. Après avoir perdu son poste, il a eu des démêlés avec le fisc.
– Cela me rappelle quelque chose.
– Convaincu de fraude fiscale, il a été condamné à sept ans d'emprisonnement ; il lui en reste cinq. Le Texan avait été nommé par Reagan ; un soir où il avait bu, il a renversé et tué deux randonneurs dans le parc de Yellowstone
– Je m'en souviens aussi, mais vaguement.
– L'affaire remonte à plusieurs années. Le troisième, un juge de paix du Mississippi, détournait les bénéfices du bingo d'une association caritative.
– J'ai dû rater celui-là.
Un long moment de réflexion suivit. Pris de court, le président ne savait par où commencer ; Teddy ne savait pas ce qui allait suivre. Les deux hommes terminèrent leur repas en silence et refusèrent le dessert qu'on leur proposait.
La requête était facile à satisfaire, du moins pour le président. Les délinquants étaient inconnus ou presque, les victimes aussi. Il n'y avait pas de retombées à craindre, surtout pour un politicien dont la carrière devait s'achever dans sept mois. On lui avait demandé d'accorder son pardon dans des cas bien plus difficiles. Les Russes avaient toujours derrière les barreaux quelques espions qu'ils intriguaient pour récupérer. Deux hommes d'affaires mexicains étaient incarcérés dans l'Idaho pour trafic de stupéfiants ; chaque fois qu'un traité quelconque devait être signé, il fallait aborder la question de leur élargissement. Un juif canadien avait été condamné à perpétuité pour espionnage ; les Israéliens étaient résolus à le faire sortir de prison.
Trois juges inconnus ? Le président pouvait apposer sa signature sur trois feuilles et l'affaire serait réglée. Teddy lui en serait redevable.

Rien de plus simple en vérité, mais il n'y avait aucune raison de faciliter la tâche au directeur de la CIA.

– Je suis sûr qu'il y a un motif légitime à cette requête.

– Naturellement.

– Elle relève de la sécurité nationale ?

– Pas vraiment. Il s'agit plutôt de faveurs pour quelques vieux amis.

– De vieux amis ? Vous connaissez ces hommes ?

– Non, mais je connais leurs amis.

Le mensonge était si flagrant que le président faillit le relever Comment peut-on connaître les amis de trois hommes qui purgent par hasard leur peine dans le même établissement ?

Il ne servirait à rien de mettre Teddy Maynard sur la sellette et le président ne s'abaisserait pas à le faire. Il n'allait pas non plus solliciter des explications qu'il n'obtiendrait jamais. Quels que fussent les motifs de Teddy, il les emporterait dans sa tombe.

– C'est assez déroutant, fit le président, la mine perplexe.

– Je sais. Restons-en là.

– Quelles suites fâcheuses pourrait-il y avoir ?

– Pas grand-chose. Les familles des deux étudiants qui se sont fait faucher par la voiture crieront à l'injustice ; je ne leur donnerai pas tort.

– À combien de temps remonte l'accident ?

– Trois ans et demi.

– Vous me demandez de gracier un juge fédéral républicain ?

– Il n'est plus républicain, monsieur le président. Un magistrat, dès qu'il est nommé, s'engage à ne plus faire de politique ; depuis qu'il est condamné, il n'a même plus le droit de vote. Je suis sûr, s'il bénéficiait d'une mesure de clémence, qu'il deviendrait un de vos fervents partisans.

– Je n'en doute pas.

– Si cela peut faciliter les choses, ces messieurs accepteront de partir à l'étranger pour au moins deux ans

– Pourquoi ?

– Cela pourrait faire mauvais effet s'ils rentraient chez eux. On apprendrait qu'ils ont bénéficié d'une mise en liberté anticipée ; la discrétion serait préférable.

Le juge californien a-t-il réglé ce qu'il devait au fisc ?

- Oui.

– Celui du Mississippi a-t-il remboursé les sommes détournées ?

– Oui.

Teddy savait que le président posait ces questions pour la forme.

La dernière faveur avait eu trait à l'espionnage nucléaire. La CIA était en possession d'un rapport prouvant l'infiltration d'espions chinois à tous les niveaux ou presque du programme nucléaire américain. Le président avait appris l'existence de ce rapport quelques jours à peine avant de s'envoler pour la Chine où était prévue une rencontre au sommet qui avait fait couler beaucoup d'encre. Il avait invité Teddy à déjeuner et lui avait demandé devant le même poulet aux pâtes fraîches de retarder de quelques semaines la publication du rapport. Teddy accepta Le président souhaita ensuite que des modifications soient apportées au texte afin de rejeter une partie plus importante des responsabilités sur les gouvernements précédents. Teddy s'en chargea en personne. Quand le rapport fut publié, le président échappa au gros des critiques.

Espionnage nucléaire et sécurité nationale contre trois obscurs ex-magistrats. Teddy savait qu'il aurait gain de cause.

– S'ils partent à l'étranger, où iront-ils ? demanda le président.

– Nous ne le savons pas encore.

On apporta du café.

– Cela peut-il nuire d'une manière quelconque au vice-président ? reprit le président dès qu'ils furent seuls.

– Non, répondit Teddy, impassible. Pourquoi voudriez-vous que cela lui fasse du tort ?

– Je n'en sais rien. Je ne sais absolument pas ce que vous cherchez à faire.

– Soyez sans inquiétude, monsieur le président. C'est une petite faveur que je demande. Avec un peu de chance, cela ne se saura pas.

Ils burent leur café, pressés d'en finir. Le président avait un emploi du temps chargé et des activités plus agréables ; Teddy avait besoin de se reposer. Le président se sentait soulagé d'avoir à satisfaire une demande sans conséquence. Si seulement vous saviez, songea Teddy.

– Laissez-moi quelques jours pour déblayer le terrain, reprit le président. Les sollicitations sont de plus en plus nombreuses, comme vous pouvez l'imaginer. Il semble que tout le monde veuille quelque chose de moi, maintenant que mon temps est compté.

– Votre dernier mois à la Maison-Blanche sera le plus heureux, affirma Teddy avec un de ces sourires dont il était avare. J'ai connu assez de présidents pour savoir de quoi je parle.

Ils se quittèrent sur une poignée de main au bout de quarante minutes et promirent de se rappeler quelques jours plus tard.

Il y avait cinq ex-avocats à Trumble ; quand Argrow entra dans la bibliothèque de droit, le dernier arrivé travaillait d'arrache-pied, entouré de notes, rédigeant fiévreusement ce qui devait être un recours.

Spicer donnait l'impression de s'affairer à mettre de l'ordre dans les rayonnages ; Beech écrivait dans la pièce du fond ; Yarber n'était pas là.

Argrow prit dans sa poche une feuille de papier pliée en deux et la tendit à Spicer.

– Je viens de voir mon avocat, murmura-t-il.

– Qu'est-ce que c'est ? demanda Spicer en regardant la feuille

– La confirmation du transfert. Votre argent est arrivé à Panamá.

Spicer lança un coup d'œil en direction de l'avocat assis à l'autre bout de la salle ; il ne s'intéressait à rien d'autre qu'à ce qu'il écrivait.

– Merci, fit-il à mi-voix.

Argrow ressortit ; Spicer apporta la feuille à Beech qui la lut avec attention.

Leur magot était en sécurité sur un compte de la First Coast Bank de Panamá.

36.

Joe Roy Spicer avait encore perdu près de quatre kilos ; il ne fumait plus que dix cigarettes par jour et parcourait une moyenne hebdomadaire de quarante kilomètres sur la piste. C'est là qu'Argrow le trouva, transpirant sous le soleil de la fin d'après-midi.

– J'ai à vous parler, monsieur Spicer.

– Encore deux tours, répondit Joe Roy sans ralentir l'allure.

Argrow le suivit des yeux quelques secondes avant de s'élancer derrière lui au pas de course ; il le rattrapa au bout de cinquante mètres.

– Vous permettez que je vous accompagne ?

– Bien sûr.

Ils abordèrent la première courbe en marchant du même pas.

– Je viens de voir mon avocat, annonça Argrow.

– Votre frère ? fit Spicer d'une voix haletante.

Son pas n'avait pas l'aisance de celui d'Argrow, son cadet de vingt ans.

– Oui. Il a parlé à Aaron Lake.

Spicer s'arrêta net, comme s'il venait de heurter un mur de verre. Il leva la tête vers Argrow, puis se retourna pour regarder au loin.

– Vous comprenez pourquoi il faut que je vous parle

– Je comprends.

– Rendez-vous dans la bibliothèque de droit, dans une demi-heure, reprit Argrow.

Il s'éloigna aussitôt. Spicer le suivit des yeux jusqu'à ce qu'il disparaisse.

Il n'y avait pas de Jack Argrow, avocat, dans les pages jaunes de l'annuaire de Boca Ratón. Cela les remplit d'inquiétude. Finn Yarber utilisa fébrilement un téléphone non protégé pour appeler les renseignements dans toute la Floride du Sud. Quand il en fut à Pompano Beach, il entendit l'opératrice répondre : « Un moment, je vous prie » et ne put s'empêcher de sourire. Il nota le numéro, le composa aussitôt Un répondeur se mit en marche. « Vous êtes au cabinet de Jack Argrow. Me Argrow ne reçoit que sur rendez-vous. Veuillez laissez votre nom, un numéro de téléphone et faire une description succincte du produit que vous recherchez. Nous vous rappellerons. » Finn raccrocha ; il traversa rapidement la cour pour aller rejoindre ses collègues qui attendaient dans la bibliothèque. Argrow avait déjà dix minutes de retard.

Juste avant son arrivée, l'ex-avocat entra, un énorme dossier sous le bras, visiblement décidé à passer de longues heures dans la bibliothèque.

Lui demander de partir eût provoqué une algarade et éveillé les soupçons ; en outre, il n'était pas du genre à respecter des juges. L'un après l'autre, ils se retirèrent dans la salle du fond, où Argrow les rejoignit. La pièce était déjà trop petite quand Beech et Yarber, seuls, y rédigeaient leurs lettres ; avec la présence supplémentaire de Spicer et la tension qui s'établit à l'entrée d'Argrow, ils avaient l'impression d'étouffer. Les quatre hommes prirent place autour de la table, épaule contre épaule.

– Je ne sais que ce qu'on m'a révélé, commença Argrow. Mon frère est avocat à Boca Ratón, en Floride du Sud ; il a un peu d'argent et milite depuis longtemps dans les rangs des républicains. Hier, des gens travaillant pour Aaron Lake sont entrés en contact avec lui. Ils avaient pris leurs renseignements et savaient que son frère était incarcéré à Trumble avec M. Spicer. Ils lui ont fait des promesses, lui ont fait jurer de garder le secret ; il vient à son tour de me le faire jurer. Maintenant que tout est clair et confidentiel, je pense que vous pouvez remplir les blancs.

Spicer n'avait pas pris le temps de se doucher ; la sueur mouillait encore son visage et sa chemise, mais sa respiration était plus régulière. Pas un son du côté de Beech et de Yarber ; les Frères étaient en extase. Seuls leurs yeux disaient à Argrow de continuer.

Il considéra les trois visages tournés vers lui et fouilla dans sa poche pour prendre une feuille de papier. Il la déplia, la posa devant eux : c'était une copie de leur dernier envoi à Al Konyers, celle dans laquelle les masques tombaient, la lettre d'extorsion portant la signature de Joe Roy Spicer et l'adresse du pénitencier fédéral de Trumble. Ils en connaissaient la teneur ; inutile de la relire. Ils reconnurent l'écriture, celle du pauvre Ricky, et comprirent que la boucle était bouclée. La lettre était revenue à son point de départ : des Frères à Aaron Lake, d'Aaron Lake au frère d'Argrow, du frère d'Argrow à Trumble, le tout en treize jours.

Spicer finit par prendre la feuille de papier.

– J'imagine que vous savez tout, fit-il en se tournant vers Argrow.

– Je ne sais que ce que je sais.

– Dites-nous ce qu'on vous a dit.

– Vous avez mis sur pied, tous les trois, une entreprise d'extorsion. Vous faites passer des petites annonces dans des revues gay, vous nouez des relations épistolaires suivies avec des hommes mûrs, vous découvrez, je ne sais comment, leur véritable identité et vous les faites chanter.

– Voilà un bon résumé, déclara Beech.

– Et M. Lake a commis l'erreur de répondre à une de vos annonces. Je ne sais ni à quand cela remonte ni comment vous avez découvert qui il était. Pour moi il y a encore des zones d'ombre dans le scénario.

– Il vaut mieux les y laisser.

– D'accord. Je n'ai pas demandé à être mêlé à cette histoire.

– Qu'avez-vous à y gagner ? s'enquit Spicer.

– Une mise en liberté anticipée. Je vais rester quelques semaines ici avant de solliciter un nouveau transfert. Je serai libre avant la fin de l'année ; si Lake est élu, je serai gracié. Que demander de plus ? Le prochain président aura une dette envers mon frère.

– Vous êtes donc le négociateur ? s'enquit Beech.
– Non, je ne suis qu'un messager.
– Alors, qui commence ?
– À vous l'honneur.
– Vous avez lu la lettre. Nous voulons de l'argent et nous voulons sortir d'ici.
– Combien ?
– Deux millions chacun, lança Spicer.

À l'évidence, ils en avaient déjà longuement parlé. Les six yeux braqués sur Argrow étaient à l'affût d'un tressaillement, d'un froncement de sourcils, d'un geste de surprise. Il n'eut aucune réaction, affronta leur regard en silence.

– Je n'ai aucun pouvoir de décision, il faut que vous le compreniez. Je ne suis pas en mesure d'accepter ou de rejeter vos exigences. Je ne puis que les transmettre à mon frère.
– Nous lisons le journal tous les jours, reprit Beech. Aaron Lake ne sait plus que faire de l'argent qu'il reçoit ; ce que nous demandons est une goutte d'eau dans la mer.
– Il dispose de soixante-dix huit millions et n'a aucune dette, précisa Yarber.
– Peu importe, fit Argrow. Je ne suis qu'un messager, un coursier, un peu comme Trevor Carson.

Les Frères se raidirent en entendant le nom de leur défunt avocat. Ils lancèrent des regards suspicieux à Argrow, qui considérait ses ongles avec attention. Fallait-il prendre la mention du nom de Trevor comme une sorte d'avertissement ? Le jeu était-il devenu vraiment dangereux ? La perspective d'être bientôt riches et libres leur faisait tourner la tête, mais leur vie était peut-être en péril. Le serait-elle dans l'avenir ?

Ils seraient toujours au courant du secret de Lake.

– Quelles conditions pour le versement de l'argent ? poursuivit Argrow.
– Très simples, répondit Spicer. Tout sera viré en une seule fois dans un de ces endroits paradisiaques, probablement Panamá.
– Très bien. Et pour votre libération anticipée ?
– Que voulez-vous dire ?
– Des suggestions ?

Pas vraiment. Nous avions pensé que M. Lake ferait le nécessaire. Il s'est fait des tas de nouveaux amis récemment.

– Certes, mais il n'est pas encore à la Maison-Blanche. Il ne dispose pas des appuis indispensables.

– Hors de question d'attendre qu'il prête serment en janvier. Nous n'attendrons même pas novembre pour savoir s'il gagne.

– Vous voulez être libérés tout de suite ?

– Aussitôt que possible, affirma Spicer.

– La manière dont vous recouvrez la liberté est-elle importante ?

– Il faut que ce soit fait dans les règles, déclara Beech après un moment de réflexion. Pas question de passer le reste de notre vie en cavale, de nous retourner sans cesse pour voir si on nous suit.

– Partirez-vous ensemble ?

– Oui, répondit Yarber. Et nous avons des idées précises sur la manière dont nous voulons le faire. D'abord, mettons-nous d'accord sur l'important : l'argent et la date précise de notre libération.

– Très bien. Les autres voudront la totalité de vos dossiers, les lettres, les notes, tout ce que vous avez rassemblé sur vos correspondants. Il va sans dire que M. Lake devra recevoir l'assurance que son secret sera bien gardé.

– Si nous obtenons ce que nous demandons, déclara Beech, il n'a rien à craindre. Nous oublierons sans regret ce que nous savons sur M. Lake, mais je dois vous avertir, pour que vous puissiez en aviser M. Lake, que s'il nous arrivait malheur, l'affaire éclaterait au grand jour.

– Nous avons un contact à l'extérieur, ajouta Yarber.

– Ce sera une réaction différée, précisa Spicer comme pour tenter d'expliquer l'inexplicable. S'il nous arrive quelque chose, ce qui est arrivé à Trevor par exemple, une petite bombe à retardement explosera quelques jours plus tard. M. Lake ne résistera pas à la déflagration.

– Cela ne se produira pas, affirma Argrow

Vous êtes le messager, déclara Beech d'un ton sentencieux. Vous ne savez pas ce qui se produira ou non Nous parlons de ceux qui ont tué Trevor

– Vous ne pouvez pas en être sûr.

– Non, mais notre opinion est faite.

– Ne parlons pas de ce que nous ne sommes pas en mesure de prouver, messieurs, déclara Argrow, mettant un terme à la discussion. Je vois mon frère demain, à 9 heures du matin. Rendez-vous ici, à 10 heures.

Argrow se retira, laissant les Frères immobiles sur leur siège, plongés dans leurs pensées, comptant l'argent à venir mais redoutant de commencer à le dépenser. Il prit la direction de la piste, se ravisa en voyant un groupe de détenus y faire leur jogging. Il erra dans la cour, finit par trouver un coin retiré, derrière la cafétéria. Il appela Klockner.

Moins d'une heure plus tard, Teddy était au courant des nouveaux développements de l'affaire.

37.

La sonnerie de 6 heures retentit d'un bout à l'autre du pénitencier, dans les couloirs des chambres, à travers les cours, autour des bâtiments, jusque dans les bois alentour. Elle durait précisément trente-cinq secondes, la plupart des détenus pouvaient en témoigner ; quand elle cessait, plus personne ne dormait. Elle les tirait du lit comme si des événements d'importance étaient au programme de la journée et qu'il leur fallait se préparer en hâte. Mais la seule activité urgente était le petit déjeuner.

La sonnerie fit sursauter les Frères, mais elle ne les réveilla pas. Pour des raisons évidentes, le sommeil les avait fuis. Ils dormaient dans des chambres distinctes, mais, à 6 h 10, ils se retrouvèrent dans la queue pour le café. Leur gobelet plein à la main, sans un mot, ils se dirigèrent vers le terrain de basket et prirent place sur un banc, aux premières lueurs du jour. Ils parcoururent la cour du regard ; la piste de jogging était derrière eux.

Combien de temps encore leur faudrait-il porter cette chemise olive, cuire sous le soleil de la Floride, gagner des clopinettes pour ne rien faire, juste attendre, rêver, boire des gobelets de café ? Un mois ? Deux ? Pouvaient-il compter en jours ? Ces questions leur avaient ôté le sommeil.

– Il n'y a que deux possibilités, expliqua Beech.

Ils écoutèrent attentivement, même s'ils étaient en terrain connu.

La première consiste à adresser à la juridiction de première instance une demande de réduction de peine. Dans des circonstances très précises, le juge est habilité à libérer un détenu. Mais ce n'est pas courant.

– Tu l'as déjà fait ? lança Spicer.

– Non.

– Quelles circonstances ? s'enquit Yarber.

– Seulement lorsque le prisonnier a fourni des éléments nouveaux sur des délits anciens. S'il apporte une aide substantielle aux autorités, sa peine peut être réduite de quelques années.

– Ce n'est guère encourageant, soupira Yarber.

– Seconde possibilité ? fit Spicer.

– On nous envoie dans un centre de réinsertion, un bon, où on ne nous imposera pas de suivre le règlement. Le Bureau des prisons est seul habilité à placer les détenus dans ces établissements. Si nos nouveaux amis à Washington font ce qu'il faut, on pourrait nous faire sortir d'ici et ne plus s'occuper de nous.

– N'est-on pas obligé de vivre dans ces centres ? demanda Spicer.

– Dans la plupart, en effet. Mais ils sont tous différents. Certains ferment la nuit et le règlement y est strict. D'autres sont beaucoup plus relax ; il suffit de passer un coup de fil une fois par jour, voire une fois par semaine. Tout dépend du Bureau des prisons.

– Mais nous serions encore coupables, objecta Spicer.

– Ça ne me dérange pas, glissa Yarber. De toute façon, je ne voterai plus.

– Une idée m'est venue, cette nuit, reprit Beech. Nous pourrions poser comme condition que Lake nous gracie s'il est élu.

– J'y avais pensé, affirma Spicer.

– Moi aussi, fit Yarber. Mais qui se soucie d'avoir un casier ? La seule chose qui compte, c'est de sortir.

- On peut toujours demander, conclut Beech.

Ils restèrent silencieux quelques minutes, concentrés sur leur café.

– Argrow me rend nerveux, déclara soudain Finn Yarber.

- Pourquoi ?

Il débarque on ne sait d'où et devient tout de suite notre meilleur ami. Un tour de passe-passe et notre argent se retrouve dans une banque plus sûre. Et maintenant, le voilà devenu messager d'Aaron Lake. N'oubliez pas que quelqu'un ouvrait notre courrier et que ce n'était pas Lake.

– Cela ne m'inquiète pas, fit Spicer. Lake avait besoin d'un intermédiaire : il s'est renseigné, il a fait jouer ses relations. Il a découvert qu'Argrow était ici et qu'il avait un frère qui l'écouterait.

– Vous ne trouvez pas que cela fait beaucoup de coïncidences ? demanda Beech.

– Et toi ?

– Peut-être. Il y a du vrai dans ce que dit Finn ; nous avons la certitude que quelqu'un d'autre est mêlé à cette histoire.

– Qui ?

– C'est la grande question, reprit Yarber. Voilà pourquoi je n'ai pas fermé l'œil depuis une semaine : il y a quelqu'un d'autre.

– Pourquoi faudrait-il s'en inquiéter ? poursuivit Spicer. Si Lake peut nous faire sortir d'ici, parfait. Si c'est quelqu'un d'autre, cela ne me gêne pas.

– N'oublie pas ce qui est arrivé à Trevor, coupa Beech. Deux balles dans la tête.

– Peut-être sommes-nous plus en sécurité ici que nous ne le pensons.

Spicer n'était pas convaincu.

– Croyez-vous vraiment, demanda-t-il en terminant son café, qu'Aaron Lake, le prochain président des États-Unis, donnerait l'ordre d'éliminer un avocat marron en fuite ?

– Non, répondit Yarber, ce serait beaucoup trop risqué. Il ne se débarrassera pas de nous non plus. Mais l'homme mystérieux qui lit notre courrier n'hésitera pas : c'est lui qui a tué Trevor.

– Cela reste à prouver.

Ils étaient réunis dans la bibliothèque de droit, là où Argrow pensait les trouver ; ils semblaient attendre. Il entra précipitamment, s'assura qu'ils étaient seuls.

– Je viens de m'entretenir avec mon frère. Nous devons parler.

Ils filèrent dans la petite salle de réunion et se tassèrent autour de la table.

– Tout va aller très vite, commença nerveusement Argrow. Lake accepte de payer : l'argent sera viré où vous voudrez. Je peux vous aider, si vous le souhaitez ; sinon, faites comme bon vous semble.

Spicer se racla la gorge

– Deux millions chacun ?

– C'est ce que vous avez demandé. Je ne connais pas Lake, mais à l'évidence il n'aime pas perdre de temps.

Argrow regarda sa montre, se retourna pour lancer un coup d'œil vers la porte.

– Il y a des gens de Washington qui sont venus vous voir, poursuivit-il. Des gros bonnets du ministère.

Il prit plusieurs feuilles dans sa poche, les déplia, en posa une devant chacun des Frères.

– Ce sont les grâces présidentielles, signées hier.

Ils tendirent le bras, prirent les feuilles avec des gestes hésitants, essayèrent de lire. Les copies avaient un aspect on ne peut plus authentique : ils regardaient bouche bée les caractères gras des tampons apposés en haut de la feuille, les paragraphes remplis d'une prose hermétique, la signature du président. Abasourdis, ils ne comprenaient pas un seul mot.

– Nous sommes graciés ? parvint enfin à articuler Yarber, la bouche sèche.

– Oui. Par le président des États-Unis.

Ils reprirent leur lecture. Ils se tortillaient sur leur chaise, se mordillaient les lèvres, serraient les mâchoires, s'efforçaient de dissimuler leur surprise.

– On va venir vous chercher pour vous conduire dans le bureau du directeur, où les gros bonnets de Washington vous annonceront la bonne nouvelle. Faites comme si vous tombiez des nues.

– Pas de problème.

– Ce ne sera pas difficile

– Où vous êtes-vous procuré ces copies ? demanda Yarber.

– On les a remises à mon frère ; je n'en sais pas plus. Lake a des amis puissants. Voici ce qui va se passer : vous serez libérés dans une heure, un véhicule vous conduira à Jacksonville, dans un hôtel où vous retrouverez mon frère. Vous y resterez en attendant la confirmation des virements, après quoi vous lui remettrez vos sales petits dossiers. Tout ce que vous avez Compris ?

Ils acquiescèrent tous trois de la tête. À ce prix-là, ils se débarrassaient de tout.

– Vous vous engagerez à quitter immédiatement ce pays et à ne pas y remettre les pieds avant deux ans.

– Comment pourrons-nous franchir la frontière ? demanda Beech. Nous n'avons plus de passeport, plus aucun papier.

– Mon frère vous remettra ce qu'il faut. Vous aurez une nouvelle identité, les papiers nécessaires et une carte de crédit. Tout cela vous attend.

– Deux ans ? fit Spicer.

Yarber le regarda comme s'il avait perdu la tête.

– Exact, deux ans. Cela fait partie du marché. D'accord ?

– Je ne sais pas, répondit Spicer d'une voix tremblante.

Il n'avait jamais quitté les États-Unis.

– Ne fais pas l'imbécile ! s'écria Yarber. Nous avons une grâce présidentielle et deux millions de dollars pour passer deux ans à l'étranger. Bien sûr que nous acceptons ce marché !

Un coup frappé à la porte les pétrifia ; deux surveillants regardaient par la vitre. Argrow ramassa les feuilles, les fourra dans sa poche.

– Alors, messieurs, marché conclu ?

Ils inclinèrent la tête et lui serrèrent la main.

– Parfait. N'oubliez pas : ayez l'air surpris.

Ils suivirent les gardiens jusqu'au bureau du directeur où les attendaient deux hommes au visage sévère, l'un du ministère de la Justice, l'autre du Bureau des prisons. Le directeur fit les présentations sans se tromper sur un seul nom, puis il tendit à chacun des détenus un document officiel. C'étaient les originaux des papiers qu'Argrow leur avait mis entre les mains.

– Messieurs, annonça le directeur d'un ton théâtral, vous venez d'être graciés par le président des États-Unis.

Il leur adressa un large sourire comme s'il avait la responsabilité de cette bonne nouvelle.

Ils considéraient les documents en silence, encore hébétés, la tête pleine d'une multitude de questions dont la plus troublante était de savoir comment Argrow s'y était pris pour devancer le directeur de la prison.

– Je ne sais que dire, marmonna Spicer.

Les deux autres murmurèrent quelques mots à peine audibles.

– Le président s'est penché sur votre cas, déclara le fonctionnaire du ministère de la Justice. Il a estimé que vous aviez purgé une peine assez longue. Il a la conviction que vous serez plus utiles à la collectivité nationale en redevenant des citoyens actifs.

Ils le regardèrent avec des yeux ronds. Cet imbécile ne savait donc pas qu'ils allaient changer d'identité et passer au moins deux ans loin de leur patrie ? Qui était de quel côté ?

Et pourquoi le président leur accordait-il sa grâce alors qu'ils avaient de quoi briser la carrière d'Aaron Lake, l'homme qui s'apprêtait à terrasser le vice-président ? C'est Lake qui achetait leur silence, pas le président ! Alors ?

Comment Lake avait-il pu persuader le président de les gracier ?

Comment Lake avait-il pu, à ce stade de la campagne, persuader le président de faire quoi que ce soit ?

Ils serraient le document entre leurs doigts crispés, muets, le visage impénétrable, tandis que les questions se bousculaient dans leur tête.

– Vous devriez vous sentir honorés, déclara l'envoyé du Bureau des prisons. Une telle mesure de clémence est rare.

Yarber parvint à faire un petit mouvement de tête en signe d'approbation, mais il ne cessait de se poser une question lancinante : qui nous attend dehors ?

– Je crois que la surprise nous coupe la parole, affirma Beech.

C'était une première pour Trumble ; jamais le pénitencier n'avait hébergé des détenus assez importants pour être graciés par le président. Le directeur était fier de ses trois hommes, mais ne savait comment marquer le coup.

– Quand voulez-vous partir ? demanda-t-il, comme s'il avait pu leur venir à l'esprit de rester pour faire une petite fête.

– Tout de suite, répondit Spicer.

– Très bien. Nous allons vous conduire à Jacksonville.

– Merci. Quelqu'un passera nous prendre.

– Comme vous voudrez. Il y a des papiers à remplir.

– Faisons vite, dit Spicer.

On remit à chacun un sac marin pour réunir leurs affaires. Suivis de loin par un surveillant, ils traversèrent la cour épaule contre épaule, en marchant du même pas.

– Qui a bien pu obtenir cette grâce ? souffla Beech entre ses dents.

– Certainement pas Lake, rétorqua Yarber d'une voix juste assez forte pour être audible.

– Bien sûr que ce n'est pas Lake, poursuivit Beech. Jamais le président n'accéderait à une demande de Lake.

Ils pressèrent le pas.

– Qu'est-ce que cela change ? s'interrogea Spicer.

– Je n'y comprends rien, affirma Yarber.

– Alors, Finn, que vas-tu faire ? lança Spicer sans le regarder. Rester quelques jours ici pour réfléchir à la situation ? Et si tu as une idée de l'identité de celui à qui nous devons cette grâce, peut-être la refuseras-tu ! Tu me fais rigoler !

– Il y a quelqu'un derrière tout cela, reprit Beech.

– Eh bien, ce quelqu'un a toute ma gratitude ! Je ne vais pas rester ici pour poser des questions.

Ils vidèrent fébrilement leur chambre de ce qu'elle contenait sans prendre le temps de faire leurs adieux à quiconque. Leurs meilleurs amis étaient disséminés dans plusieurs bâtiments.

Il fallait se dépêcher avant que le rêve se termine ou avant que le président change d'avis.

À 11 h 15, ils franchirent la porte du bâtiment de l'administration, celle par laquelle ils étaient entrés, des années auparavant. Ils attendirent sur le trottoir brûlant la voiture qui devait passer les prendre. Aucun des trois ne jeta un regard en arrière.

C'était une camionnette conduite par Wes, accompagné de Chap. Ils donnèrent d'autres noms, ils en avaient tellement.

Joe Roy Spicer s'enfonça dans le siège arrière, un avant-bras devant les yeux, résolu à ne rien voir avant d'être loin de la prison. Il avait envie de pleurer et de crier en même temps, mais l'euphorie le paralysait : une euphorie totale, brute, muette. Il se cacha les yeux en souriant béatement. Il voulait une bière, il voulait une femme, la sienne de préférence. Il l'appellerait dès que possible. La camionnette prenait de la vitesse.

La soudaineté de leur libération les avait secoués. Les détenus, pour la plupart, comptent les jours ; ils savent donc, avec une certaine précision, quand arrive le moment tant attendu. Ils savent où ils vont et qui les attendra.

Les Frères ne savaient rien de tout cela. Et ils ne croyaient pas vraiment au reste. La grâce présidentielle était une blague, le virement bancaire un leurre. On les emmenait loin de Trumble pour se débarrasser d'eux, comme on avait éliminé le pauvre Trevor. La camionnette allait s'arrêter d'un moment à l'autre, les deux malfrats à l'avant fouilleraient dans leurs sacs pour prendre les dossiers compromettants, ils les abattraient froidement et jetteraient les corps dans un fossé.

Peut-être. En tout état de cause, ils ne regrettaient pas la sécurité de Trumble.

Assis derrière le conducteur, Finn Yarber regardait la route. Il tenait à la main le document signé du président, prêt à le présenter à qui arrêterait le véhicule pour annoncer que le rêve était fini. À ses côtés se trouvait Hatlee Beech qui, au bout de quelques minutes, s'était mis à pleurer doucement, les yeux fermés, les lèvres tremblantes.

Beech avait de bonnes raisons de pleurer. Avec les huit ans et demi qu'il lui restait à tirer, sa peine était plus longue que celles de ses deux amis réunies.

Pas un mot ne fut prononcé entre Trumble et Jacksonville. À mesure qu'ils s'approchaient de la ville, les routes devenaient plus larges, la circulation plus dense, les trois ex-détenus dévoraient des yeux le paysage urbain. Des voitures circulaient dans tous les sens, des avions traversaient le ciel, des bateaux naviguaient sur les cours d'eau : la vie était redevenue normale.

Ils remontèrent Atlantic Boulevard à l'allure d'une tortue, savourant chaque instant de l'encombrement de véhicules. Il faisait chaud, les touristes occupaient les trottoirs, les jambes des femmes étaient longues et bronzées. Ils longèrent les restaurants de fruits de mer et les bars proposant des bières fraîches et des huîtres. À l'extrémité du boulevard, la plage ; la voiture s'arrêta sous le porche de la Tortue de mer. Ils suivirent Chap dans le hall de l'hôtel, attirant quelques regards ; ils portaient encore la tenue du pénitencier. Au cinquième étage, ils sortirent de l'ascenseur. Chap ouvrit la bouche pour la première fois.

– Vos chambres sont là, fit-il en montrant le couloir. Ces trois portes. M. Argrow aimerait vous voir aussi rapidement que possible.

– Où est-il ? demanda Spicer.

– Au fond du couloir, dans la suite. Il attend.

– Allons-y, fit Spicer.

Ils suivirent Chap, leurs sacs de marin se heurtant à chaque pas.

Jack Argrow ne ressemblait pas du tout à son frère. Beaucoup plus petit, il avait des cheveux blonds ondulés alors que son frère était brun et se dégarnissait. Des détails, mais ils ne leur échappèrent pas. Il leur serra la main du bout des doigts, pour ne pas être impoli. Il était nerveux et parlait très vite.

– Comment va mon frère ?

– Bien, répondit Beech.

– Nous l'avons vu ce matin, ajouta Yarber.

– Je veux qu'il sorte, coupa Jack, comme s'ils étaient responsables de son incarcération. C'est tout ce que j'ai à gagner dans l'affaire : la libération de mon frère.

Ils échangèrent un regard ; il n'y avait rien à dire.

– Asseyez-vous, poursuivit Argrow. Comprenez bien que je ne sais ni comment ni pourquoi je me trouve mêlé à cette histoire Je parle ici au nom de M. Aaron Lake qui, j'en suis convaincu, sera élu et deviendra un grand président. Je suppose que je pourrai alors faire sortir mon frère de prison. Je n'ai jamais rencontré M. Lake. Des hommes à lui m'ont contacté il y a huit jours pour me prier d'intervenir dans une affaire très secrète et délicate. Voilà pourquoi je suis ici : c'est un service que je rends. Je ne suis pas au courant de tout, vous comprenez ?

Le débit était rapide, les phrases hachées. Incapable de rester immobile, il parlait autant avec les mains qu'avec la bouche.

Les Frères gardèrent le silence ; on ne leur demandait rien.

Deux caméras cachées filmaient la scène. Les images étaient transmises directement à Langley ; Teddy, York et Deville les regardaient sur un grand écran, dans le bunker. Les ex-juges, maintenant ex-détenus, ressemblaient à des prisonniers de guerre dans les minutes suivant leur libération : hébétés de stupeur, incrédules, encore en uniforme. Serrés les uns contre les autres, ils regardaient l'agent Lyter faire son numéro.

Après avoir tenté pendant trois mois de les percer à jour et de les prendre de vitesse, il était fascinant de les voir enfin en chair et en os. En étudiant leurs visages, Teddy ne put s'empêcher d'éprouver pour eux une certaine admiration. Ils avaient été assez chanceux et perspicaces pour prendre à leur piège une proie de taille ; ils avaient maintenant recouvré la liberté et leur ingéniosité serait amplement récompensée.

– Bon, commençons par l'argent, reprit Argrow d'un ton acerbe. Où le voulez-vous ?

Ils n'avaient pas une grande expérience de la chose.

– Quelles sont les possibilités ? hasarda Spicer.

– Il faut le virer quelque part, poursuivit Argrow sur le même ton.

– Pourquoi pas à Londres ? fit Yarber.

– Londres ?

– Nous aimerions que la totalité de l'argent, les six millions, soit virée en une seule opération, sur un seul compte, dans une banque de Londres.

– Nous pouvons le virer n'importe où. Quelle banque ?

– Pouvez-vous nous aider pour les détails ? demanda Yarber.

– On m'a dit que nous pouvons faire tout ce que vous désirez. Il faut que je passe quelques coups de fil. Pourquoi n'iriez-vous pas dans vos chambres prendre une douche et vous changer ? Donnez-moi un quart d'heure.

– Nous n'avons pas d'autres vêtements, glissa Beech.

– Vous trouverez des affaires dans les chambres.

Chap les accompagna dans le couloir et leur remit les clés.

Spicer s'étendit sur le grand lit et regarda le plafond. Debout à la fenêtre orientée au nord et donnant sur des kilomètres de plage, Beech contempla les eaux paisibles qui venaient lécher la grève de sable blanc. De petits enfants jouaient près de leur mère ; des couples se promenaient main dans la main. Un bateau de pêche avançait lentement à l'horizon. Enfin libre, se répétait-il. Enfin libre.

Yarber prit une longue douche brûlante : intimité d'une salle de bains, pas de limite de temps, savon à volonté, serviettes moelleuses. Quelqu'un avait disposé des articles de toilette sur la tablette du lavabo : déodorant, crème à raser et rasoir, brosse à dents et dentifrice, fil dentaire. Il prit son temps avant de s'habiller : bermuda, sandales et tee-shirt blanc. Il serait le premier à partir ; il devait trouver un magasin de vêtements.

Vingt minutes plus tard, ils se retrouvèrent dans la suite d'Argrow ; ils avaient apporté leurs dossiers enveloppés dans une taie d'oreiller. Argrow était toujours aussi nerveux.

– Il y a à Londres une grande banque, la Metropolitan Trust. Nous pouvons y envoyer l'argent et vous en ferez ce que vous voudrez.

– Très bien, fit Yarber. Le compte sera à mon nom.

Argrow se tourna vers Beech et Spicer : ils inclinèrent la tête en signe d'acquiescement.

– Bon. J'imagine que vous avez un plan.

– En effet, fit Spicer. M. Yarber prend l'avion pour Londres cet après-midi. Il se rendra directement à la banque. Si tout se passe bien, nous partirons aussitôt après.

– Je vous assure que tout se passera bien.

– Nous vous croyons, mais prudence est mère de sûreté.

– J'ai besoin de votre signature pour ouvrir le compte et donner l'ordre de virement, poursuivit Argrow en tendant deux feuilles de papier à Yarber. Avez-vous déjeuné ? ajouta-t-il pendant que l'ex-juge signait.

Ils secouèrent la tête. La perspective d'un bon repas n'était pas pour leur déplaire, mais ils ne savaient comment s'y prendre.

– Vous êtes des hommes libres maintenant. Il y a quelques bons restaurants tout près d'ici : faites-vous donc plaisir. J'ai besoin d'une heure pour préparer l'ordre de virement ; rendez-vous ici à 14 h 30.

Spicer tenait la taie d'oreiller ; il la souleva, la tendit vers Argrow.

– Les dossiers sont là-dedans.

– Parfait. Mettez donc cela sur le canapé.

38.

Ils quittèrent l'hôtel à pied, sans escorte, leur grâce dans la poche, à tout hasard. Le soleil tapait près de la plage, mais l'air était assurément plus léger, le ciel plus limpide. Le monde avait retrouvé sa beauté ; l'air vibrait d'espoir. Ils souriaient, ils riaient de tout. Ils descendirent tranquillement Atlantic Boulevard en se mêlant aux touristes.

Ils déjeunèrent d'un steak accompagné d'une bière à la terrasse d'un café, sous un parasol, en regardant le va-et-vient des passants. Ils n'échangèrent que quelques mots pendant le repas. Mais rien ne leur échappait, surtout pas les femmes jeunes en short et corsage moulant. La prison avait fait d'eux des vieillards avant l'âge ; ils éprouvaient maintenant le besoin de faire la fête.

Surtout Hatlee Beech. Il avait eu la richesse, la position, l'ambition et, en sa qualité de juge fédéral, ce qu'il était presque impossible de perdre, un poste à vie. Plus dure avait été la chute. Après avoir tout perdu, il avait passé deux années à Trumble dans un état proche de la dépression. Il avait accepté le fait qu'il mourrait en prison et avait sérieusement pensé au suicide. Maintenant, à l'âge de cinquante-six ans, il sortait du tunnel dans des conditions idéales. Il avait perdu sept kilos, il était bronzé, en bonne santé, il avait divorcé d'une femme qui, à part son argent, n'avait pas grand-chose à offrir et il était sur le point de ramasser une fortune. Tout allait pour le mieux. Ses enfants lui manquaient, mais ils avaient suivi leur mère et ne pensaient plus à lui.

Hatlee Beech avait envie de s'amuser.

Spicer pensait aussi à se faire plaisir, de préférence dans un casino. Sa femme n'avait pas de passeport ; elle ne pourrait le rejoindre avant plusieurs semaines, que ce soit à Londres ou ailleurs. Y avait-il des casinos en Europe ? Beech le croyait ; Yarber n'en savait rien et s'en fichait.

Finn était le plus réservé des trois. Il avait bu un soda au lieu d'une bière et s'intéressait moins aux jeunes personnes passant sur le trottoir. Finn était déjà en Europe. Il n'en repartirait jamais, il ne reverrait jamais sa patrie. Il avait soixante ans, il était en pleine forme et n'aurait plus à se soucier de l'argent ; il allait passer les dix prochaines années à se balader en Italie et en Grèce.

Ils trouvèrent sur l'autre trottoir une petite librairie où ils achetèrent plusieurs livres de voyage. Dans une boutique de vêtements de plage, ils dénichèrent les lunettes de soleil dont ils avaient envie. Puis ils regagnèrent l'hôtel pour rejoindre Jack Argrow et mettre un point final au marché.

Klockner et sa troupe les virent prendre le chemin de la Tortue de mer. Klockner et sa troupe en avaient leur claque de Neptune Beach, de chez Pete, de la Tortue de mer et de la maison de location où ils se marchaient sur les pieds. Six agents, au nombre desquels se trouvaient Wes et Chap, étaient encore à Jacksonville ; tous attendaient avec impatience une nouvelle mission. Klockner et sa troupe avaient découvert les Frères, les avaient fait sortir de Trumble pour les amener ici, au bord de la plage. Ils attendaient maintenant de les voir quitter le pays.

Jack Argrow n'avait pas touché aux dossiers, du moins le semblait-il. Ils étaient toujours enveloppés dans la taie d'oreiller, sur le canapé, à l'endroit exact où Spicer les avait posés.

– Le virement est en cours, déclara Argrow dès qu'ils furent installés.

Du fond de son bunker, Teddy ne perdait pas une miette du spectacle. Les Frères avaient une nouvelle garde-robe. Yarber était coiffé d'une casquette de pêcheur munie d'une visière de quinze centimètres ; Spicer portait un chapeau de paille et un tee-shirt jaune ; Beech, le républicain, un short kaki, un tricot et une casquette de golf.

Trois grosses enveloppes étaient posées sur la table du salon ; Argrow en tendit une à chacun des Frères.

– Vous trouverez à l'intérieur vos nouvelles identités. Actes de naissance, carte de crédit, carte de Sécurité sociale.

– Et les passeports ? s'enquit Yarber.

– Nous avons un appareil photo dans la chambre voisine. Il faudra des photographies pour les passeports et les permis de conduire ; cela prendra une demi-heure. Vous trouverez aussi cinq mille dollars en espèces dans les enveloppes.

– Je m'appelle Harvey Moss ? demanda Spicer en parcourant son acte de naissance.

– Oui. Vous n'aimez pas ce prénom ?

– C'est le plus beau prénom du monde.

– Tu as une tête à t'appeler Harvey, glissa Beech.

– Et toi, comment t'appelles-tu ?

– Voyons... James Nunley.

– Enchanté, James.

Argrow n'esquissa pas un sourire, ne se détendit pas un seul instant.

– Il faut me mettre au courant de votre programme. On tient absolument à Washington à vous savoir loin d'ici.

– Je dois me renseigner sur les vols pour Londres, fit Yarber.

– Nous l'avons fait. Il y a un vol pour Atlanta au départ de Jacksonville dans deux heures. À 19 h 10, vous avez un vol à destination de Londres ; arrivée demain très tôt à Heathrow.

– Pouvez-vous me prendre une place ?

– C'est fait. En première.

Finn ferma les yeux et sourit.

– Et vous ? demanda Argrow en se tournant vers les deux autres.

– Je me sens bien ici, répondit Spicer.

– Je regrette. Ce n'est pas ce qui était convenu.

– Nous prendrons les mêmes vols demain après-midi, fit Beech. En supposant que tout se soit bien passé pour M. Yarber.

– Voulez-vous que nous nous chargions des réservations ?

– S'il vous plaît.

Chap se glissa sans bruit dans la pièce ; il saisit la taie d'oreiller enveloppant les dossiers et se retira silencieusement.

– Allons faire les photos, dit Argrow.

Finn Yarber, voyageant sous le nom de William McCoy, de San Jose, Californie, arriva à Atlanta sans incident. Pendant une heure, il arpenta les couloirs de l'aéroport et prit les navettes souterraines sans se lasser de la cohue et de l'excitation produite par un million de personnes courant en tous sens

Confortablement installé dans son siège en première classe, un lourd fauteuil en cuir inclinable, il but deux coupes de champagne et s'abandonna à des rêveries. Il avait peur de dormir, car il redoutait de s'éveiller. Il était certain de se retrouver à Trumble, sur son petit lit, le regard fixé au plafond, comptant les jours qui lui restaient

Joe Roy Spicer appela sa femme d'une cabine téléphonique, près de Beach Java. Elle crut au début que c'était une blague et refusa le PCV.

– Qui est à l'appareil ?

– C'est moi, ma chérie. Je ne suis plus en prison.

– Joe Roy ?

– Oui. Écoute bien : je suis sorti de prison. Tu es toujours là ?

– Je crois. Et toi, où es-tu ?

– Dans un hôtel près de Jacksonville, en Floride. J'ai été libéré ce matin.

– Libéré ? Mais comment..

– Ne pose pas de questions, j'expliquerai tout plus tard. Je pars demain pour Londres. Je veux que demain matin, à la première heure, tu ailles à la poste faire une demande de passeport.

– Londres ? Tu as bien dit Londres ?

– Oui.

– En Angleterre ?

– C'est ça, oui ! Il faudra que j'y reste quelque temps ; cela fait partie du marché.

– Combien de temps ?

– Deux ans. Je sais que c'est difficile à croire, mais je suis libre et nous allons vivre deux ans à l'étranger.

– Tu as parlé d'un marché... T'es-tu évadé, Joe Roy ? Tu as dit qu'il n'y avait rien de plus facile.

– Non, j'ai été libéré.

– Mais il te reste plus de vingt mois !
– Plus maintenant. Va chercher cette demande de passeport et suis les instructions.
– Pourquoi me faudrait-il un passeport ?
Pour venir me rejoindre en Europe.
Pendant deux ans ?
- C'est ça, deux ans.
– Tu sais bien que maman est malade ! Je ne peux pas partir comme ça et l'abandonner !
Il en avait des choses à dire sur sa mère ; il préféra se taire. Il respira un grand coup, lança un coup d'œil derrière lui.
– Je pars à l'étranger, reprit-il. Je n'ai pas le choix.
– Rentre à la maison !
– Impossible. Je t'expliquerai plus tard.
– J'aimerais beaucoup avoir une explication.
– Je rappelle demain.
Beech et Spicer mangèrent des fruits de mer dans un restaurant où la clientèle était jeune. Ils arpentèrent les trottoirs, finirent par pousser la porte de chez Pete où ils regardèrent un match de basket au milieu d'une foule bruyante.
Finn survolait l'Atlantique, sur la piste de l'argent.

À Heathrow, la police de l'air et des frontières jeta à peine un coup d'œil à son passeport, une merveille de maquillage. Il avait déjà beaucoup servi, accompagnant William McCoy autour du monde. Aaron Lake avait décidément des amis puissants.
Un taxi conduisit Finn à Knightsbridge ; il prit une chambre à l'hôtel Basil Street, la plus petite, qu'il régla en espèces. Avec Beech il avait trouvé cet hôtel dans un guide de voyage. C'était un établissement vieillot, bourré de coins et de recoins, rempli de meubles anciens. Il prit un petit déjeuner dans la salle à manger du premier étage – café, œufs brouillés, saucisse grillée – et sortit faire une balade. À 10 heures, son taxi s'arrêta devant la banque Metropolitan Trust, dans la City. À l'accueil, l'employée tiqua devant la tenue de ce client en jean et pull-over. En apprenant qu'il était américain, elle eut un petit haussement d'épaules condescendant.
On le fit poireauter une heure sans qu'il s'en formalise. Il était nerveux mais ne le montrait pas. Il aurait attendu des

jours, des semaines, des mois s'il l'avait fallu, pour avoir le magot. Finn Yarber avait appris la patience. Le banquier qui avait reçu le virement, M. MacGregor, vint enfin le chercher en s'excusant de l'avoir fait attendre ; l'argent venait d'arriver. Les six millions de dollars avaient traversé l'Atlantique sans encombre et se trouvaient à sa disposition sur le sol britannique. Ils n'allaient pas y rester longtemps.

– Je voudrais transférer la totalité des fonds en Suisse, déclara Yarber avec la confiance que procure l'expérience.

Le même jour, dans l'après-midi, Beech et Spicer s'envolèrent pour Atlanta. Comme Yarber la veille, en attendant le vol à destination de Londres, ils parcoururent l'aéroport sans contraintes, jouissant de leur liberté retrouvée. Assis côte à côte, en première classe, ils mangèrent et burent pendant tout le vol, regardèrent des films, essayèrent vainement de trouver le sommeil.

À leur grand étonnement, Yarber les attendait à Heathrow. Il les mit au courant de l'arrivée de l'argent et de son transfert vers la Suisse où il était en sécurité. Il les prit de court en suggérant de partir tout de suite.

– Ils savent que nous sommes ici, expliqua-t-il dans un bar de l'aéroport. Essayons de nous débarrasser d'eux.

– Tu crois qu'ils nous suivent ? demanda Beech.

– Faisons comme si c'était le cas

– Pourquoi ?

Ils en discutèrent une demi-heure avant d'aller regarder le tableau des vols au départ d'Heathrow. Leur choix se porta sur un vol Alitalia à destination de Rome ; en première classe, bien entendu.

– On parle anglais à Rome ? s'informa Spicer sur la passerelle d'embarquement.

– Plutôt italien, répondit Yarber.

- Tu crois que le pape nous recevra ?

– Je pense qu'il a mieux à faire.

39.

Buster poursuivit plusieurs jours sa cavale en zigzag vers l'ouest ; il descendit pour la dernière fois de l'autocar à San Diego. L'océan l'attirait après tous ces mois passés sans voir l'eau. Il traîna sur les quais, cherchant des petits boulots, discutant avec les habitués. Le skipper d'un bateau faisant du cabotage le prit à son bord ; il débarqua à Los Cabos, à la pointe méridionale de la Basse Californie. Le port mexicain était rempli de luxueux bateaux de pêche, plus beaux que ceux qu'il revendait autrefois avec son père. Il fit la connaissance de quelques patrons ; quarante-huit heures après son arrivée, il était engagé comme homme d'équipage. Les clients, des Texans ou des Californiens fortunés pour la plupart, passaient plus de temps à boire qu'à pêcher. Buster n'était pas payé ; il ne touchait que les pourboires. Plus le client avait bu, plus le pourboire était généreux. Une journée calme lui rapportait deux cents dollars, une bonne journée cinq cents. Il avait pris une chambre dans un motel bon marché. Au bout de quelques jours, il cessa de se retourner dans la rue : Los Cabos était devenu sa nouvelle patrie.

Wilson Argrow fut transféré du jour au lendemain de Trumble à Milwaukee, dans un centre de réinsertion où il passa une nuit avant de disparaître. Comme il n'existait pas, on ne put le retrouver. Jack Argrow l'attendait à l'aéroport avec deux billets pour Washington. Quarante-huit heures après avoir quitté la Floride, les frères Argrow – Kenny Sands et Roger

Lyter – se présentèrent à Langley pour recevoir leur prochaine mission.

Trois jours avant son départ de la capitale pour se rendre à la convention de Denver, Aaron Lake fut invité à déjeuner à Langley par le directeur de la CIA. Ce devait être un moment de plaisir, l'occasion pour le candidat conquérant de remercier une fois de plus le génie qui l'avait lancé dans la course à la présidence. Son discours d'acceptation était écrit depuis un mois, mais Teddy aurait aimé y apporter une ou deux retouches.

On l'escorta jusqu'au bureau du directeur ; Teddy attendait dans son fauteuil, sous son plaid, comme d'habitude. Lake le trouva pâle et fatigué. Dès qu'ils furent seuls, il remarqua que la table n'était pas mise. Les deux hommes restèrent face à face, tout près l'un de l'autre.

Le discours plut à Teddy qui se contenta de quelques remarques.

– Vos discours tendent à devenir trop longs, ajouta-t-il doucement.

– Nous nous efforçons de couper, répondit Lake, qui avait beaucoup à dire depuis quelque temps.

– La victoire vous tend les bras, monsieur Lake, poursuivit Teddy d'une voix douce.

– Je suis confiant, mais je pense que ce sera serré.

– Vous l'emporterez avec quinze points d'écart.

Le sourire de Lake s'effaça.

– C'est une marge énorme, fit-il prudemment.

– Vous êtes légèrement en avance dans les sondages. Le mois prochain, le vice-président reprendra l'avantage. Vous resterez au coude à coude jusqu'à la mi-novembre. À ce moment-là, une menace nucléaire répandra la terreur par toute la planète. Et vous, monsieur Lake, vous arriverez comme le messie.

La perspective glaça le sang du messie.

– Une guerre ? demanda-t-il tout doucement.

– Non. Il y aura des victimes, mais pas d'Américains. Natty Chenkov sera accusé de tous les maux et les électeurs de notre pays iront aux urnes en masse. Il se peut même que vous l'emportiez de vingt points.

Lake poussa un profond soupir. Il voulait poser d'autres questions, peut-être même manifester ses réserves. C'eût été inutile : ce que Teddy avait programmé pour le mois d'octobre était déjà en préparation. Lake ne pouvait rien dire ni faire pour arrêter la marche des choses.

– Continuez de répéter inlassablement vos arguments, monsieur Lake. Martelez votre message. Le monde va devenir encore plus fou et nous devrons être forts pour protéger nos valeurs.

– Cela a bien marché jusqu'à présent.

– Votre adversaire fera feu de tout bois. Il vous attaquera sur votre programme traitant uniquement des questions de défense et se plaindra de vos dépenses de campagne. S'il marque quelques points, ne vous affolez pas. La planète sera sens dessus dessous au mois d'octobre, faites-moi confiance.

– Vous avez ma confiance.

– C'est dans la poche, monsieur Lake. Contentez-vous de répéter votre message.

– Je n'y manquerai pas.

– Bien.

Teddy ferma les yeux, comme s'il avait besoin d'un moment de repos. Il les rouvrit rapidement.

– Maintenant, pour aborder un sujet totalement différent, je suis assez curieux de connaître vos projets quand vous vous installerez à la Maison-Blanche.

Lake laissa transparaître sa surprise. Teddy finit de tendre son traquenard.

– Il vous faut une compagne, monsieur Lake, une première dame, une présence féminine à la Maison-Blanche. Une femme qui saura recevoir, jolie, assez jeune pour avoir des enfants. Cela fait bien longtemps que nous n'avons pas eu d'enfants à la Maison-Blanche, monsieur Lake.

– C'est une plaisanterie, murmura Lake, abasourdi.

– J'aime bien une jeune femme de votre équipe de campagne : Jayne Cordell. Elle a trente-huit ans, elle est intelligente et s'exprime bien. Assez jolie, mais il lui faudra perdre quelques kilos. Son divorce remonte à douze ans, c'est du passé. Je suis convaincu qu'elle fera une première dame irréprochable.

La tête inclinée sur le côté, Lake sentit une bouffée de colère monter en lui. Il avait envie de jeter quelques phrases cinglantes à la tête de l'infirme, mais ne trouvait rien à dire.

– Vous avez perdu la tête ? réussit-il à articuler.

– Nous sommes au courant pour Ricky, fit posément Teddy plongeant comme une vrille son regard dans celui de Lake

Lake en eut le souffle coupé.

– Oh, mon Dieu ! soupira-t-il d'une voix faible.

Comme paralysé, il garda la tête baissée, les yeux fixés sur ses chaussures.

Teddy lui tendit une feuille de papier, comme s'il voulait lui faire boire le calice jusqu'à la lie. Lake la prit, reconnut aussitôt l'écriture. C'était une copie de sa dernière lettre à Ricky.

Cher Ricky,

Je pense qu'il est préférable de mettre un terme à notre correspondance. Je vous souhaite bonne chance pour la fin de votre cure.

Amicalement.

Al.

Lake faillit s'écrier qu'il pouvait tout expliquer, que ce n'était pas ce qu'on pouvait croire. Mais il préféra se taire. Les questions se bousculaient dans son esprit. Que savent-ils exactement ? Comment s'y sont-ils pris pour intercepter le courrier ? Qui d'autre est au courant ?

Teddy le laissa se torturer en silence ; il n'était pas pressé.

Quand il eut mis un peu d'ordre dans ses idées, le politicien commença à analyser la situation . Teddy lui laissait une porte de sortie. « Jouez selon mes règles et tout se passera bien », disait-il.

– En fait, elle me plaît, articula Lake, la gorge serrée.

– Bien sûr qu'elle vous plaît. Elle sera parfaite.

– Oui. C'est une femme très loyale.

– Vous couchez avec elle ?

– Pas encore.

– Ne perdez pas de temps. Prenez-la par la main pendant les débats de la convention. Laissez les rumeurs se répandre, la nature suivre son cours. Une semaine avant l'élection, annoncez votre mariage pour Noël.

– Un grand mariage ?

– Énorme. L'événement de l'année à Washington.

– Bonne idée.

– Mettez-la enceinte rapidement. Juste avant votre entrée en fonctions, annoncez que la première dame attend un enfant. Ce sera comme un conte de fées. Et il sera agréable de voir des enfants en bas âge à la Maison-Blanche.

Lake sourit en hochant la tête : l'idée semblait lui plaire. Soudain, il se rembrunit.

– On n'entendra plus jamais parler de Ricky ? demanda-t-il.

– Non. Il a été neutralisé.

– Neutralisé ?

– Il n'écrira plus jamais de lettres, monsieur Lake. Et vous serez si occupé à jouer avec vos enfants que vous n'aurez plus le temps de penser aux Ricky de ce monde

- Ricky comment ?

– Bravo, Lake ! Bravo !

- Toutes mes excuses, monsieur Maynard. Cela ne se reproduira plus.

– Bien sûr. Je conserve le dossier, monsieur Lake, ne l'oubliez jamais.

Teddy recula son fauteuil, comme pour indiquer que l'entretien touchait à sa fin.

– Un moment de faiblesse, reprit Lake.

– Ce n'est pas grave. Prenez soin de Jayne. Renouvelez sa garde-robe ; elle travaille trop, elle a l'air fatigué. Ménagez-la. Elle fera une première dame parfaite.

– Oui, monsieur Maynard.

– Plus de surprises, Lake ? lança Teddy de la porte

– Ne vous inquiétez pas.

Teddy Maynard ouvrit la porte et disparut dans le couloir.

À la fin du mois de novembre, ils s'étaient établis à Monte Carlo, essentiellement pour la beauté du site et les conditions climatiques, mais aussi parce qu'on y parlait anglais. Et il y avait des casinos, ce dont Spicer n'aurait pu se passer. Ni Beech ni Yarber n'auraient su dire s'il gagnait ou s'il perdait, mais il prenait assurément du plaisir à jouer. Son épouse s'occupait encore de la belle-mère qui ne se décidait pas à mourir. La situation était tendue : Joe Roy ne voulait pas rentrer et elle ne voulait pas quitter le Mississippi.

Ils partageaient le même hôtel, petit mais charmant, et prenaient le petit déjeuner ensemble deux fois par semaine. Le reste du temps, chacun vaquait à ses occupations. Au fil des mois, à mesure que chacun s'installait dans sa nouvelle vie, ils se voyaient de moins en moins. Chacun avait ses centres d'intérêt. Spicer aimait jouer et boire en galante compagnie. Beech préférait le bord de mer et la pêche. Yarber voyageait : il étudiait l'histoire du midi de la France et de l'Italie du Nord.

Mais chacun savait toujours où trouver les autres. Si l'un s'absentait, les deux autres voulaient le savoir.

Ils n'avaient pas entendu parler de leur grâce présidentielle. À Rome, juste après leur arrivée en Europe, Beech et Yarber étaient restés des heures dans une bibliothèque à passer au crible les journaux américains. Pas une ligne sur eux. La femme de Spicer prétendait n'avoir dit à personne qu'il était sorti de prison ; elle demeurait convaincue qu'il était en cavale.

Un après-midi chaud et ensoleillé de cette fin novembre, Finn Yarber buvait un express à la terrasse d'un café. L'idée lui traversa l'esprit que c'était Thanksgiving, une fête importante aux États-Unis. Il s'en fichait : il n'y retournerait jamais. Beech dormait dans sa chambre ; Spicer jouait dans un casino, au coin de la rue.

Un visage vaguement familier entra soudain dans le champ de vision de Yarber ; l'homme s'assit prestement en face de lui.

– Salut, Finn. Vous vous souvenez de moi ?

Yarber prit lentement une gorgée de café ; ce visage, il l'avait vu à Trumble.

– Wilson Argrow, reprit l'homme.

Yarber faillit lâcher sa tasse.

– Bonjour, monsieur Argrow, fit-il lentement, posément, se contenant pour ne pas poser de questions.

– J'imagine que vous êtes surpris de me voir.

– En effet.

– La victoire écrasante d'Aaron Lake a dû vous remplir de joie.

– Assurément. Que puis-je faire pour vous ?

– Je voulais juste que vous sachiez que nous ne sommes jamais loin, pour le cas où vous auriez besoin de nous.

– Cela semble peu probable, fit Yarber avec un petit rire.

Cinq mois s'étaient écoulés depuis leur libération. Ils s'étaient déplacés de pays en pays, de la Grèce à la Suède, de la Pologne au Portugal, descendant lentement vers le sud à mesure que le temps changeait. Comment diable Argrow avait-il pu retrouver leur trace ?

C'était impossible.

Argrow prit une revue dans la poche intérieure de sa veste.

– Je suis tombé là-dessus la semaine dernière, fit-il en la tendant à Yarber.

La revue était ouverte à une des dernières pages où on avait entouré au feutre rouge une annonce personnelle :

JH, 25 ans, cherche monsieur la cinquantaine, Américain, attentionné et discret pour correspondance.

Yarber connaissait bien le texte, mais il haussa les épaules comme si cela ne lui disait rien.

– Cela vous rappelle quelque chose, non ? demanda Argrow.

– Pour moi, elles se ressemblent toutes, répondit Finn.

Il lança la revue sur la table : c'était l'édition d'*Out and About* pour l'Europe.

– Nous sommes remontés jusqu'à la poste de Monte-Carlo, expliqua Argrow. Nous avons trouvé une boîte postale, louée récemment sous un faux nom. Étrange coïncidence.

– Je ne sais pas pour qui vous travaillez, mais j'ai l'impression que ce que nous faisons ne relève pas de votre compétence. Nous n'avons enfreint aucune loi. Lâchez-nous donc !

– Vous avez raison, Finn, mais deux millions de dollars ne vous suffisent pas ?

Finn Yarber regarda autour de lui en souriant ; il porta la tasse de café à sa bouche.

– Il faut bien s'occuper.

– À un de ces jours, fit Argrow.

Il se leva d'un bond et disparut.

Yarber termina son café comme si rien n'était arrivé. Pendant quelques minutes, il regarda tranquillement les passants et les voitures, puis il se leva pour aller rejoindre ses amis.

Cet ouvrage a été réalisé par

FIRMIN DIDOT
GROUPE CPI
Mesnil-sur-l'Estrée

en juin 2001

Édition exclusivement réservée aux adhérents du Club
Le Grand Livre du Mois
15, rue des Sablons
75116 Paris
réalisée avec l'aimable autorisation des éditions Robert Laffont

Imprimé en France
Dépôt légal : mai 2001
N° d'impression : 55978
ISBN : 2-7028-4666-1